NO ES POR MÍ, ES POR TI

No es por mí, es por ti

Originally published in the English language by
HarperCollins Publishers Ltd. under the title *It's Not Me, It's You.*

© Mhairi McFarlane, 2014

© de la traducción: Inés Fernández Taboada

© de esta edición: Libros de Seda, S.L.
Paseo de Gracia 118, principal
08008 Barcelona
www.librosdeseda.com
www.facebook.com/librosdeseda
@librosdeseda
info@librosdeseda.com

Diseño de cubierta: Salva Ardid
Maquetación: Nèlia Creixell
Ilustración de la cubierta: © Shutterstock/Denis Cristo
Ilustraciones interiores: © Chris King

Primera edición: abril de 2016

Depósito legal: B. 4950-2016.
ISBN: 978-84-16550-31-9

Impreso en España – Printed in Spain

MHAIRI MCFARLANE

NO ES POR MÍ, ES POR TI

AGRADECIMIENTOS

Nunca hubiera imaginado al inicio de 2014 que tendríamos que despedirnos de Ali Gunn, mi increíble agente literaria. Pero hubo que hacerlo, y nos está siendo muy difícil asimilar la pérdida. Descansa en paz, Ali, ¡te debo tanto! Además, el mundo es mucho más aburrido sin ti.

En su ausencia, Doug Kean, de Gunn Media, ha desempeñado un papel incluso más heroico de lo habitual, además de ser un amigo entrañable y un representante dinámico e incansable.

Muchísimas gracias, como siempre, a mi maravillosa editora, Helen Bolton: es nuestro tercer «combate» juntas y mi gratitud por su dedicación, que siempre consigue mejorar el libro, no puede hacer otra cosa que crecer. En esta ocasión también me he beneficiado del conocimiento de Martha Ashby y Kimberley Young, de Harperfiction: ¡Gracias por tan duro trabajo! La corrección de Keshini Naidoo's ha resultado, como siempre, muy efectiva y divertida. Y el departamento de arte consiguió que me sintiera muy orgullosa de esta portada. ¡Tres hurras por la familia HarperCollins y gracias por su entusiasmo y apoyo! Y... por las fiestas, con todo ese champán.

Gracias a Chris King, cuyas ilustraciones dieron vida a *La Raposa* de manera excelente: me siento muy afortunada por trabajar con gente de tanto talento. Aunque también trabajo con gente normal, como mi agente «tapadera», Mark Casarotto de Casarotto Ramsay & Associates. (¡Ja, ja! Estoy de broma, Marco. Vamos, venga, no te enfades. Gracias por tu apoyo también.)

Las personas que me leyeron al principio y me dijeron cosas bonitas me ayudaron más de lo que creen: ¡Tres hurras para mi hermano, Ewan, Sean Hewitt, Tara de Cozar, Jenny Howe, Jennifer Whitehead, Mark Casarotto, Tim Lee y Kristy Berry. Mejor robo un chiste de Tom Bennett, el gran maestro: «Avisadme si necesitáis que os organice una clase o cualquier otra cosa para compensar». Y otro de James Donaghy, crítico de televisión extraordinario: «Como en antena no puedo decir lo que pienso en realidad, os mandaré unas cuantas trufas Lindt llenas de polvo».

Gracias a Andy Welch, gran periodista y un gran tipo que me ayudó muy amablemente y de manera divertida con el mundo del periodismo.

El genio de los ordenadores y declarado galés, Colin Jones, me ayudó a perfilar el pragmatismo de Chile Picante; gracias por ocultar mi timidez con tu gran cerebro.

Jay Rayner, *bon vivant* y crítico culinario, me dio la genial idea para la escena en la que se pide un envío de *pizza* al restaurante en el que están comiendo; estoy en deuda con usted (y por lo que vale, creo que debería de hacerlo en la vida real).

Serena Mandair me proporcionó asesoramiento legal acerca del exhibicionista imaginario sin preguntar nunca: «¿Estás segura de que esto es para una novela?».

Tres hurras para el despampanante Fraser Wilson y su revelación de que Andrew era, en realidad, Adam.

Gracias a Rachel Burns, que ni siquiera sabía que me estaba ayudando por gustarle el licor de almendras amargas y cereza, cocinar mucho, ser muy especial, muy como Delia y, de igual manera, gracias a Katie de Cozar Rushford por parecerse tantísimo a Emma, a pesar de convertirse en la enemiga número uno del hígado de cualquiera.

Por último pero sobre todo, gracias a Alex, cuya ayuda en el proceso creativo en esta ocasión ha sido increíble.

Y, ¡gracias a ti por haber comprado este libro! Tener lectores es el privilegio más asombroso para un escritor: intento por todos los medios no hacerte perder el tiempo.

Para Tara, una de las mujeres
más valientes que conozco.

Capítulo 1

Ann entró pisando fuerte con unas zapatillas de la talla de King Kong, un yogur, una cuchara y cara de enfado.

—¿Esa cosa de la fiambrera de tapa azul es tuya?

Delia parpadeó.

—En el frigo —aclaró Ann.

—Sí.

—Huele que apesta. ¿Qué es?

—Gambas al chili. Es una receta marroquí. Son las sobras de mi cena de ayer.

—Pues ahora resulta que el yogur griego que me había traído huele a eso. ¿Por qué traes comida tan «aromática» al trabajo?

—No pensé que fuera a pasar nada.

—Es como los sándwiches de atún: no se pueden comer en el tren. O las hamburguesas en el autobús.

—¿No se puede?

No dejaba de sorprender que una mujer que llevaba semejantes zapatillas, tan «monas», de esas que crearían tendencia, la pusiera en ridículo por lo que trajera o dejara de traer para el almuerzo. A Ann no le quedaba más remedio que calzar zapatillas deportivas porque tenía unos juanetes tremendos. Era como si sus pies no se gustaran entre sí.

—No. Y Roger quiere hablar contigo un momento —concluyó Ann.

Volvió a su sitio, dejó en la mesa su yogur «con aroma de gambas al chili» y continuó escribiendo, aporreando el teclado con las yemas de los dedos. Hasta el pelo, que llevaba teñido de color morado oscuro, le temblaba cuando lo hacía. Si la mirabas de perfil, parecía una berenjena.

La manera de controlar el frigorífico de la oficina de aquella mujer casi daba miedo. Aunque ya había superado la menopausia hacía bastante tiempo, presumía de «Anita la Fértil» y, para que nadie le tocara la leche, la echaba en un bote vacío y la etiquetaba como LECHE MATERNA.

Era una de esas mujeres capaces de combinar una sentimentalidad extrema con una brutalidad exagerada. En su escritorio, Ann tenía enmarcado un pasaje de los Corintios en punto de cruz que versaba sobre el amor junto a la lista de cuánto debía cada cual al fondo común para comprar el té de la oficina. En el Amigo «No Tan Invisible» del año pasado, le regaló a Delia una alarma antivioladores.

Delia se levantó de la silla y se dirigió al despacho de Roger. La vida como *community manager* del Ayuntamiento de Newcastle no es que ofreciera un ambiente muy inspirador. Las vistas desde las ventanas eran bonitas, pero unas persianas de listones desiguales color «gachas» se encargaban de que los cristales parecieran sucios, como si se estuvieran ahorrando costes en la limpieza. Había plantas trepadoras con las puntas resecas que parecían querer trepar fuera de la estantería... y haber muerto en el intento. Los focos del falso techo, con su luz amarillenta y cegadora, conseguían que aquello pareciera una oficina de los años setenta.

Por lo demás, Delia se llevaba bastante bien con el resto del personal, todos bastante tranquilos, de unos cuarenta y tantos en su mayoría. Sin embargo, geográficamente estaba atrapada detrás de Ann y sus manías. Su compañera interceptaba todas las conversaciones en las que ella intervenía de manera inevitable.

Cruzó la oficina y llegó al despacho de Roger, al final de la sala.

—¡Ah, Delia! Como experta en redes sociales y detective en plantilla, tengo un juego del gato y el ratón que encaja perfectamente en tu perfil —dijo empujando unos impresos tamaño A4 en su dirección.

No estaba segura de qué le parecía que la bautizara como la «detective en plantilla» de la oficina solo porque había descubierto que el olor persistente que llegaba desde el aseo de señoras procedía de una boñiga depositada en una de las cisternas por un hombre con una mala experiencia en el trabajo que debía de tener un problema importante con las mujeres. Fue un momento exultante que Delia hubiera preferido ahorrarse.

Roger juntó las manos y respiró de manera teatral.

—Parece que tenemos un duende.

Delia se detuvo.

—¿Te refieres a un infiltrado?

—¿Cómo llamarías a una persona que se mete en Internet para molestar a propósito a otras personas?

—¿Un capullo? —dijo Delia.

Roger hizo una mueca de dolor. Él no decía palabrotas.

—No, me refiero al ataque coordinado de un cíborg.

—¿Un robot? —dijo Delia sin estar muy segura.

—¡No! ¿He dicho cíborg? Quería decir, cibernética.

—Insultar a gente en Internet... ¿Un topo?

—¡Topo! ¡Eso es!

Delia inspeccionó los impresos. Eran historias que solo interesaban a la gente de la localidad, surgidas a partir de artículos del Ayuntamiento. Nada particularmente alarmante, bueno, casi nunca lo eran.

—Este tipo que se hace llamar «Chile Picante» está causando problemas en los foros que se crean sobre las historias *online* del *Chronicle* —dijo Roger.

Delia examinó el papel de nuevo.

—¿No podemos pasar de él? Quiero decir, hay muchísimos topos en Internet.

—En circunstancias normales lo haríamos —dijo Roger agarrando un bolígrafo en posición horizontal como si fuese un superdetective secreto informando al servicio de inteligencia.

Se tomaba su trabajo demasiado en serio. En realidad, no se tomaba nada a la ligera.

—Pero es que son mensajes insultantes. Se inventa citas, citas ficticias, de personas que trabajan en este Ayuntamiento. Se burla de los concejales, daña su reputación y destroza todo el debate fundamentándose en una mentira. Y quien no los conoce se lo cree todo. Mira este, por ejemplo.

Dejó una hoja de papel sobre su escritorio haciendo mucho ruido: una historia reciente del periódico local.

—«El Ayuntamiento da luz verde al club de *striptease*» —Delia leyó el titular en voz alta.

Roger tiró del papel.

—Bueno, si miras los comentarios de debajo del artículo, nuestro amigo, el «Picante», empieza a quejarse. —Se pone las gafas—. Fíjate: «No me sorprende esta evolución teniendo en cuenta que el concejal John Pollock, alias «Pollaloca», en la reunión del 4 de noviembre del año pasado anunció: "Seré el primero en poner mis manos peludas sobre esas titis"».

Delia abrió la boca de par en par.

—¿Dijo eso el concejal Pollaloca... ejem... Pollock?

—¡No! —exclamó Roger irritado, quitándose las gafas—. Pero semejante basura desencadena una reacción en cadena sobre sus hábitos sexuales que no resulta agradable. Al concejal no le hizo ninguna gracia que le llamaran así. Son gente decente, su mujer participa en las actividades de su parroquia...

Delia intentó no reírse, pero no lo logró cuando Roger añadió:

—Y, por supuesto, que eligiera a este concejal para el comentario fue para dar pie a esas burlas de adolescente creando confusión sobre su apellido y para burlarse de su...

Empezó a temblar de manera descontrolada y se encontró con la mirada de decepción de Roger.

—Tu misión es encontrar a ese tipo y decirle de la manera más convincente posible que lo deje.

Delia trató de mantener la compostura.

—¿Todo lo que tenemos son sus comentarios en la web del *Chronicle*? ¿Sabemos por lo menos si es un hombre o una mujer?

—Reconozco el humor pueril cuando lo veo.

Pero Delia no estaba tan segura de que Roger fuera capaz de diferenciar entre el sentido del humor de un zapato, un pepino o un ambientador.

—Utiliza tus contactos, mueve los hilos —añadió Roger—. Emplea cualquier medio, sucio o limpio. Tenemos que poner fin a este asunto.

—¿Tenemos derecho a decirle que pare?

—Amenaza con denunciarle por difamación. Bueno, intenta razonar primero. Lo principal es establecer un diálogo.

Tomando aquello como un «No, no tenemos ningún derecho a decirle que pare», Delia se despidió y volvió a su asiento.

Cazar al topo era una tarea mucho más interesante que escribir un comunicado de prensa sobre la nueva instalación de riego por goteo que habían puesto junto a la estación de metro de Haymarket. Ojeó otros ejemplos del trabajo del tal Chile Picante. El señor parecía tener un conocimiento muy profundo del Ayuntamiento y estar obsesionado con él.

Jugueteó con el auricular del teléfono. Podría intentar hablar con Stephen Treadaway, un periodista de unos veintitantos años del *Chronicle*. Llevaba trajes holgados que le hacían parecer un niño de doce años y hacía gala de un sexismo divertido y pasado de moda que, según Delia imaginaba, copiaba de su padre.

—¡Delia la despistada! ¿Qué puedo hacer por ti? —dijo cuando le pasaron la llamada desde la centralita.

—Me preguntaba si podría pedirte un favor —dijo ella con su voz más zalamera. Uf, el trabajo de *community manager* a veces era un asalto a la propia dignidad.

—Un favor. Bueno, depende de lo que puedas hacer por mí a cambio.

Stephen Treadaway era un poco capullo. Podía ser incluso lo que Roger llamaba «un verdadero cerdo».

—Ja, ja —dijo Delia con voz neutra—. Tenemos un problema con alguien llamado Chile Picante en vuestros mensajes.

—No es cosa nuestra, ¿sabes?

—Sí que lo es. Vosotros sois los dueños de la página. Esa persona está escribiendo muchísimas mentiras sobre el Ayuntamiento. No tenemos ningún problema con vosotros. Nos gustaría que nos dieseis su dirección de correo electrónico para poder aclarar las cosas.

—Ah, no. No puedo. Es confidencial.

—¿No me puedes decir aunque sea con qué correo electrónico se registró? Puede que sea algo así como chile@hotmail, ya sabes, algo anónimo.

—Lo siento, querida Delia. La Ley de Protección de Datos y todo eso.

—¿No es eso lo que la gente tiene que citar en vuestra página?

—¡Ja, ja! ¡Diez puntos para el concursante! A lo mejor puedes ganar un premio en *Saber y Ganar*.

Delia maldijo entre dientes y colgó. Tenía razón, no podían dárselo.

Intentó buscar en Google «ChilePicante» en una palabra y encontró miles de recetas. Intentó varias combinaciones de Chile Picante y Ayuntamiento de Newcastle, pero solo aparecieron comentarios de gente cabreada en TripAdvisor y un extraño blog impenetrable.

Ya había aceptado el reto, pero de pronto le pareció una tarea casi imposible. Podía ir hasta los comentarios y solicitarle abiertamente que se pusiera en contacto con ella, pero aquello no sería una manera, digamos, muy discreta de gestionar la crisis.

¿Y era una crisis? El dichoso «Chile Picante» era activo, pero tampoco parecía tan malo. Leyendo los nuevos artículos del *Chronicle,* estaba claro que la mayoría de la gente entendía que estaba de broma y las respuestas eran igual de estúpidas.

En un artículo acerca de cómo la huelga de basuras atraía a las ratas, el tipo sostenía que el concejal Benton había empezado a cantar *Rat in my kitchen (Tengo una rata en la cocina),* de UB40.

Delia se rio con disimulo.

—Algo te está divirtiendo —dijo Ann con recelo.

—Un follonero en la página del *Chronicle.* Roger me ha pedido que lo investigue.

—¿Traje nuevo? —añadió Ann, indiferente a su respuesta. Sus ojos se deslizaron con desaprobación por el vestido estampado de libélulas de Zara que vestía.

Para Ann, la ropa de Delia era demasiado festiva para una profesional. Aparte de aquellas ridículas zapatillas deportivas, era partidaria de un atuendo sencillo y sobrio. Delia llevaba vestidos vaporosos de colorines, medias estampadas, bailarinas y un abrigo color fresa. Ann llevaba trajes lisos de Next.

Y pezuñas de gorila.

La gente decía que Delia tenía un estilo femenino característico. A ella le gustaba y le sorprendía, puesto que era cuestión de necesidad. Los *jeans* y la moda de «tío» no casaban bien con sus curvas femeninas.

Mucho antes de llegar a la pubertad, Delia se había dado cuenta de que no tenía muchas alternativas para destacar con su color de pelo. No era un rubio rojizo, no, era un castaño color óxido brillante. Llevaba el pelo largo, recogido y con un flequillo abundante a la vez que compensaba la blancura color perla de su piel con capas de rímel.

Con sus grandes ojos y su ropa algo infantil, a menudo la confundían con una estudiante universitaria. Especialmente cuando iba a trabajar en bici. A sus treinta y tres años, le hacía bastante gracia aquel error.

Delia tamborileó con los dedos sobre el escritorio. Tenía el fuerte presentimiento de que Chile Picante era un hombre, aburrido y en la treintena.

En sus mensajes hacía alusión a canciones y programas de televisión que ella también conocía. Mmm. ¿En qué otro sitio de Internet podría estar? Según su experiencia, los gamberros de la red siempre se han entrenado antes en otro lugar. ¿Twitter? Empezó a teclear. Un momento. ¡Bingo!

Sí, con avatar de algo parecido a una guindilla, ahí había un Chile Picante. Y en su biografía mencionaba que era un *Geordie*.* «Nacido junto al Tyne.» Hizo clic en la localización GPS de los tuits mientras rezaba a un Dios benevolente. No solo la consiguió, sino que —¡BAM!— resultó ser una cafetería del centro de la ciudad, Tragoz y Tapaz. Siempre había pensado que ese nombre debía de resultar inquietante para los amantes del buen gusto. Conocía el sitio, y su novio Paul solía bromear sobre aquel local.

Se desplazó por el perfil de Chile Picante y se dio cuenta de que normalmente escribía a la hora del almuerzo y los fines de semana. Tenía que ser alguien cabreado con el mundo y aburrido que trabajaba en una oficina con antivirus. Sintió empatía con él. El asunto Chile Picante la mantuvo ocupada las dos horas siguientes, hasta que llegó el pre fin de semana. La verdad era que la productividad de los viernes por la tarde en su oficina nunca resultaba precisamente hercúlea.

Bueno, ya tenía claro dónde iba a ser el almuerzo del lunes. Se dedicaría a tareas de vigilancia, mucho más divertido que su rutina habitual. Aún no se lo diría a Roger: no tenía sentido presumir para darse cuenta después de que se había cruzado con un Chile Picante diferente.

Delia se dirigió al baño para arreglarse. Aquella noche iba a salir. Se había dejado la bici en casa y había ido en autobús a trabajar. Se calzó unos zapatos de tacones no muy altos y una enagua estilo años cincuenta que había llevado al trabajo en una bolsa de plástico. La sacudió y se la puso bajo su vestido.

---

* Apodo que se da a los habitantes de Newcastle y poblaciones de los alrededores. (*N. de la T.*)

Era de tafetán ondulado color lavanda oscuro. Sobresalía un centímetro por debajo del dobladillo y hacía juego con el estampado del vestido. Al llegar donde estaban sus compañeros le dio vergüenza y salió corriendo a por su abrigo, pero no lo suficientemente rápido como para evitar la mirada inquisitiva de Ann.

—¿Pero qué te has puesto? —dijo riéndose a carcajadas.

—Es de Attica, la tienda *vintage* —respondió con las mejillas ardiendo.

—Pareces la pantalla de la lámpara de un burdel —concluyó Ann.

Delia suspiró y susurró: «Vaya, gracias» haciendo una mueca. De todos modos, lo que ocurriese aquel día en horario laboral no tenía importancia. Lo trascendental sería la noche: el momento en que la vida daría uno de esos pequeños giros, un cambio de dirección que la llevaría a un nuevo y amplio horizonte.

Capítulo 2

—Si está inventándose historias sobre el Ayuntamiento que merezca la pena leer, deberían pagarle, no demandarle —dijo Paul limpiándose las manos grasientas del bocadillo de sardinas en una servilleta de papel.

—Sí —respondió Delia con la boca llena de patata picante—. Pero cuando un concejal se enfada, tiene que parecer que hacemos algo. Muchos de los mayores no saben nada de Internet. Uno de ellos nos dijo: «Pues eliminadlo. ¡Borradlo!», y entonces le tuvimos que explicar que no se trataba de una pizarra enorme.

—Tengo treinta y cinco años y no sé nada de Internet. Griz me estuvo mostrando Meetic en su teléfono móvil el otro día; esa aplicación de citas, ya sabes. Deslizas el dedo a la derecha o a la izquierda para decir sí o no a las fotos de la gente. Ya está. Una foto, así de fácil. Sí, no, quizá. Es brutal.

—Gracias a Dios, nosotros nos conocimos a la manera antigua —dijo Delia—. Clases para preparar cócteles.

Sonrieron. Un bonito recuerdo. El día que se conocieron, ella había ido a su bar envuelta en una nube de Eternity, de Calvin Klein, con una pandilla de amigas, y había pedido un Cherry Amaretto Sour. Paul no sabía hacerlo. Ella se ofreció a pasar al otro lado de la barra y enseñarle.

Todavía recordaba la cara de sorpresa que puso y, al mismo tiempo, lo divertido que le pareció entrar pasando las piernas por encima de la barra.

—Bonitos zapatos —había dicho Paul acerca de los tacones de cuña redondos de color rojo Supermán con tiras en el tobillo. Él le ofreció trabajo. Cuando lo rechazó, él le pidió una cita.

—En el ambiente actual, seríamos friquis marginados que tendrían que entrar en una web especial para personas con nuestro color de pelo: Liguespelirrojillos.com.

Delia se rio.

—Habla por ti.

—Si no hay mujeres de mi especie en Liguespelirrojillos.com, ¿con quién voy a salir? ¿Con Espinete?

—¡Vaya, eso casi ha sido un cumplido! —dijo Delia—. Deberías estar tirando la caña en el campeonato de pesca nacional, Paul Rafferty.

Se rio y dio un sorbo a la cerveza.

Delia no era imparcial, pero él era muy atractivo, la verdad.

Paul era pelirrojo oscuro, un tono algo menos fosforito que el de Delia. Tenía ese aspecto moderno, desaliñado, de pasar toda la noche jugando al póquer, barba de tres días, y llevaba unos *jeans* que parecían haber sido arrastrados por suelos llenos de cerveza. No había chiste de pelirrojos que no les hubiesen contado. Lo peor era cuando la gente se creía que eran hermanos.

Paul llamó al camarero.

—Dos cervezas más, cuando puedas, por favor.

Los modales de Paul cuando trataba con miembros del sector servicios eran impecables y siempre daba propinas generosas, por el hecho de tener su propio bar. *Pub*, corregía siempre Paul a Delia. «Los bares hacen pensar en tragos diminutos para aprendices de borrachos.»

Delia pensaba que lo más adecuado era decir que el negocio de Paul estaba en el límite entre un *pub* y un bar. Decorado con ladrillo visto y lámparas de techo enormes, ofrecía pan de masa fermentada en el menú. Pero también tenía cervezas de verdad, una normativa contra imbéciles, y ponía la música a un volumen en el que todavía podías hablar y oír lo que decías. Estaba entre las columnas del puente sobre el Tyne y salía en la *Guía de los mejores pubs*. Para Paul, aquel local era como un bebé muy deseado.

—Voy a hacer un descanso —dijo Delia inspeccionado los restos de su *dosa*.

—Yo sigo, soy una máquina. Una máquina amante del *curry* —respondió Paul clavando su tenedor en un trozo del crep de Delia.

Habían sopesado ir a uno de esos restaurantes caros donde te ponen manteles de lino en su décimo aniversario. Pero tuvieron que acabar reconociendo que preferían ir a su restaurante indio favorito, Rasa. Era todo un premio sacar a Paul a cenar un viernes por la noche.

Tal vez fuera estúpido, pero Delia aún se emocionaba al verlo en su salsa detrás de la barra; el trapo sobre el hombro y dirigiendo el orden del servicio con la confianza de un guardia de tráfico, girando y cerrando los frigoríficos con un golpe de pie, al tiempo que sostenía tres botellas en cada mano.

Cuando descubría a Delia, le hacía un breve saludo militar y luego un gesto de «Dame un minuto, te traigo algo de beber en cuanto haya servido a los clientes» con el que ella sentía esa chispa tan familiar.

—¿Cómo le va a Griz en su búsqueda del amor?

Paul siempre era bastante paternal con su personal. Más de una vez, Delia había convertido su habitación de invitados en una bonita sala de recuperación para algún joven ebrio.

—No creo que sea amor. Si acaso, está pescando las manzanas pochas. En serio, De —continuó Paul—, nos siguen generaciones muy raras. Todos, chicas y chicos, se depilan el vello púbico y ninguno escucha música.

Delia sonrió. Estaba muy acostumbrada a aquel tipo de discurso. Eso la divertía, Paul tenía una inclinación especial a actuar como si fuese mayor de lo que era.

Fue durante su primer arrebato pasional cuando Paul le habló de su pasado: a su hermano Michael y a él los habían metido en un orfanato cuando eran adolescentes, después de que el conductor de un camión se quedase dormido al volante y chocase contra el automóvil de sus padres en la A1. Los dos hermanos reaccionaron de manera diferente al suceso. Y a la herencia. Michael desapareció en Nueva Zelanda cuando tenía veinte años y nunca volvió. Paul echó todas las raíces que pudo en Newcastle: compró una casa en Heaton y, más adelante, el *pub*; buscaba estabilidad.

La naturaleza tierna de Delia no pudo conmoverse más. La primera vez que le reveló aquello ya se estaba enamorando. Después se volvió completamente loca. ¿De verdad había vivido aquel horror? ¿Y era tan afable y tan divertido? De manera instantánea supo que quería dedicar su vida a quitarle ese dolor, a ser la familia que Paul necesitaba.

«Bueno, fue una mierda. Está claro», decía Paul siempre que salía el tema, frotándose el ojo mientras bajaba la cabeza, un poco avergonzado por la tremenda emoción de la cara de Delia, como haciéndose el héroe herido.

—¿Quién ha escrito canciones como *Love will tear us apart* de Joy Division en los últimos diez años? —continuaba ahora Paul, que seguía enganchado a la música moderna—. ¿De qué va esa que dice *«that isn't my name»*? *«Na na na, they call me DYE-ANNE, that's not my name...»*

Paul puso una expresión triste y le pidió la cuenta al camarero con un gesto.

—Te encanta hacerte el abuelete, pero no eres más que un niño grande —dijo Delia, y Paul puso los ojos en blanco pegándole en la mano. Niños. Se imaginó a Paul siendo padre, y su corazón dio un pequeño vuelco.

Pagaron la cuenta y salieron al fresco de la noche de principios de verano en Newcastle.

—¿Una copa? —preguntó él ofreciéndole el brazo.

—¿Podemos dar una vuelta primero? —respondió Delia, agarrándolo.

—¿Una vuelta? —dijo Paul—. No estamos en una de esas películas que te gustan donde no salen más que sombrillas y gente haciendo el amor. Vamos a dar una vuelta hasta el *pub*.

—¡Por favor! Es nuestro décimo aniversario. Solo hasta el puente y volver.

—¡Ni hablar! Es muy tarde. Otro día.

—No tardaremos mucho —dijo ella tirando de él hacia delante mientras Paul suspiraba con fuerza.

Comenzaron a caminar en silencio. Paul tal vez resentido, Delia temblando de nervios y preguntándose si en realidad la sorpresa era tan buena idea.

♡ Capítulo 3

—¿Qué vamos a hacer cuando lleguemos? —preguntó Paul con humor e irritación en la voz.

—Compartir un momento.

—Preferiría compartir el momento de estar en un *pub* calentito con una buena cerveza.

Paul no demostraba su cariño en público ni decía te quiero. Delia había tenido que preguntárselo meses después de haber empezado su relación. Él había palidecido. «¿Por qué, si no, te habría pedido que vinieses a vivir conmigo?»

«¿Porque te habían subido el alquiler?», había pensado Delia.

Todo lo que ella necesitaba de vez en cuando era afecto sin más, directo y sencillo. Para ella la estabilidad y el compañerismo significaban mucho más que los ramos de flores o las joyas. Paul era su mejor amigo, y eso le parecía más romántico que cualquier otra cosa.

Y le encantaba aquella ciudad, con sus bonitos barrios de edificios de piedra arenisca, nubes bajas, voces intensas y familiaridad. Mientras bajaban por la empinada calle hacia el embarcadero, respirando el aire fresco junto al río y apretando el brazo de Paul contra ella, supo que estaba en el lugar adecuado con la persona adecuada.

Las luces naranjas y amarillas de las farolas de la ciudad creaban un estampado a rayas de tigre sobre el agua color petróleo del río Tyne cuando llegaron a la boca del puente Millennium. El delgado arco con luces destellaba en rojo.

Parecía una señal. Zapatos rojos, pelo rojo, bicicleta roja. Por alguna razón se le vino a la cabeza la frase «Cita con el destino», que sonaba a novela de Agatha Christie. No había mucha gente, pero tampoco estaban solos. ¡Ay! ¿Cómo no había pensado en ello? Lo último que necesitaba eran unos cuantos cotillas que le hundiesen el plan. Aunque con aquella temperatura, merodear por los puentes después de las nueve de la noche no era lo más normal del mundo que digamos.

Notó que el corazón se le aceleraba cuando se acercaron al centro del puente. Estaba llegando el momento.

—¿Tenemos que cruzar el puente hasta el otro lado o ya es suficiente? —preguntó Paul.

—Ya es suficiente —respondió Delia soltándose de su brazo—. ¿No te parece que la ciudad se ve preciosa desde aquí?

Él contempló la vista y sonrió.

—¿Qué te pasa? Espera, ¿no estarás en esos días, verdad? ¿No irás a volver a llorar por la pobre gaviota herida que solo tenía un ojo y una pata, eh? Te lo dije: todas las gaviotas son así.

Delia se rio.

—Seguramente estaba fingiendo. —Paul cerró un ojo, dobló la rodilla y dijo con voz chirriante—: «Por favor, sea generosa y dele unas patatas fritas a esta pobre gaviota discapacitada, buena mujer. Mi situación es desesperada».

Delia estalló en carcajadas.

—¿Qué voz es esa?

—La voz de una gaviota timadora.

—¿La voz de una gaviota timadora japonesa?

—Racista.

Los dos se rieron. De acuerdo, ya se había espabilado. Respiró hondo. «Vamos.» Era una estupidez estar nerviosa, pensó Delia: ya habían hablado del futuro. Llevaban viviendo juntos nueve años. No era como si estuviera subida a lo alto de la torre Eiffel colgando de un brazo y con fobia al compromiso después de un cortejo relámpago.

Paul comenzó a quejarse del tiempo de mierda que hacía y a Delia no le quedó más remedio que interrumpirlo.

—Paul —dijo mirándolo directamente a la cara—. Es nuestro décimo aniversario.

—Sí... —dijo Paul advirtiendo por primera vez sus intenciones.

—Te quiero. Y tú me quieres, espero. Formamos un gran equipo...

—¿Y...? —Ahora parecía por completo cauteloso.

—Ya hemos hablado de que queremos pasar nuestra vida juntos. Así que, ¿quieres casarte conmigo?

Silencio. Paul, con las manos metidas en los bolsillos, la miró de reojo por encima del cuello de su abrigo.

—¿Estás de broma?

Aquello empezaba mal.

—No. Yo, Delia Moss, te pido a ti, Paul Rafferty, que te cases conmigo. Oficial y formalmente.

Paul parecía... incómodo. Esa era la única palabra para describirlo.

—¿No se supone que te lo tengo que pedir yo?

—Según la costumbre, sí. Pero nosotros no somos muy tradicionales y estamos en el siglo XXI. Somos iguales. ¿Quién ha dictado las normas? ¿Por qué no te lo puedo pedir yo?

—¿No deberías ofrecerme un anillo?

Por encima del hombro de Paul, Delia vio a un grupo de hombres de despedida de soltero que se les acercaban vestidos como si fueran presos de Guantánamo, con jerséis de color naranja. Su intimidad no iba a durar mucho tiempo.

—Sé que no te gusta llevarlos, así que pensé ahorrarte esa parte. Aunque yo sí que quiero un anillo. Quizá ya haya encontrado uno. ¡Podemos ser tan modernos que hasta lo pagaré yo!

Hubo un breve silencio y Delia supo que aquello no era lo que esperaba o lo que quería que ocurriera.

Paul miró hacia el río.

—Es un gesto muy bonito, por supuesto. Es solo que... —repuso encogiéndose de hombros.

—¿Qué?

—Pensé que sería yo quien te lo pidiera.

Mmm. Delia pensó que eso de que insistiera en seguir códigos tradicionales no le importaba mucho en realidad. Lo que pasaba era que no le gustaba que se le adelantasen.

Sintió la urgencia de decir: «Lamento que sea demasiado pronto para ti, pero llevamos ya cinco años emborrachándonos en vacaciones y diciendo que tal vez al año que viene... Tengo treinta y tres años. Deberíamos empezar a formar una familia, tal vez durante la luna de miel. Es nuestro décimo aniversario. ¿A qué estamos esperando? ¿A qué estabas esperando?»

Se sacudió de encima la irritación. Ya estaba con el ánimo tenso y no quería acabar de fastidiarlo todo con acusaciones y reproches.

—No me has respondido —dijo esperando que aquello sonara alegre.

—Ah, sí. Por supuesto que me casaré contigo —dijo Paul—. Lo siento. No me lo esperaba.

—¿Nos vamos a casar? —preguntó Delia sonriendo.

—Eso parece... —respondió Paul poniendo los ojos en blanco, devolviéndole la sonrisa de mala gana mientras ella lo abrazaba. Se besaron, un fuerte beso en los labios, tras el cual Delia quiso quedarse en silencio para guardar aquel momento y lo que sentía en su memoria.

—¡Y tengo champán! —añadió cuando se separaron.

Se arrodilló y sacó como pudo de su pesado bolso la botella de champán y las copas de plástico.

—¿Aquí? —preguntó Paul.

—¡Sí! —dijo Delia mirando hacia arriba, colorada por la emoción y el frío que hacía.

—Ni hablar. Vamos a parecer un par de borrachos haciendo botellón. O indigentes.

—O dos personas que se acaban de comprometer.

Paul hizo una mueca y ella tensó sus músculos, negándose a que la decepción se abriera camino en su interior.

Él debió de darse cuenta, porque la atrajo hacia sí y la besó en la frente.

—Podemos ir a algún sitio donde vendan champán y tengan calefacción. Esa es mi propuesta —dijo, hablando contra el pelo de ella.

Delia se detuvo. «No puedes dirigir tú todo el espectáculo. Deja que él lo haga a su manera.» Le tomó de la mano y le siguió bajando el puente, con el brazo alrededor del suyo. Ahora iban más rápido, mientras los pensamientos se arremolinaban en su cabeza. «Estamos prometidos.»

Una vez, hablando de cuando había perdido a sus padres, Paul le había dicho: siempre se puede elegir ser o no infeliz. Incluso a pesar de haberse enfrentado a algo horrible, comenzó a recuperarse cuando se dio cuenta de que era algo que podía elegir. «Pero ¿qué pasa cuando te han sucedido muchas cosas malas, eres infeliz y no es culpa tuya?», le había preguntado ella. Paul había respondido: «¿A cuántas personas conoces que estén en esa situación? Decidieron estar tristes, eso es todo. Cada día hay que escoger».

Delia se dio cuenta de dos cosas en el transcurso de aquella conversación: 1) Parte de la razón por la que amaba a Paul era su talante positivo. 2) Desde aquel momento podría entretenerse con la caza de Buscadores de Tristeza. En su oficina había al menos uno o dos.

Así que, aquella noche —pensó Delia— podía obsesionarse con el hecho de que nunca le había propuesto matrimonio y que cuando ella se lo propuso a él, se mostró reticente. O con que Paul nunca sería el tipo de hombre que la mirara fijamente a los ojos y le dijera: «Tú das sentido a mi vida»...

...O podía quedarse con el hecho de que iba andando de la mano con su prometido hacia un *pub* de su preciosa ciudad para beber champán y charlar de planes de boda con el estómago lleno de *curry* de coco.

Decidió sentirse feliz.

Capítulo 4

—Solo tienen champán —dijo Paul después de entrar en el calor del Crown Posada. Paul nunca bebía en lugares que no hubiesen ganado el premio nacional a la mejor cerveza. Se frotaron las manos y estudiaron la carta plastificada de las bebidas como si estuviesen en el hotel Ritz.

—¿Lo intentamos con algo espumoso? Una burbuja es siempre una burbuja —dijo Paul.

Delia se dio cuenta de que la noche no iba a transcurrir tal y como se la había imaginado, pero no le fuerces, pensó. Quédate con la planificación de la boda para ti. (¡Planificación de la boda! Era posible que Delia tuviese ya un tablero secreto en la plataforma Pinterest lleno de vestidos de manga larga de encaje y lugares pintorescos en la zona de Newcastle. Bueno, y ramos de peonías, narcisos o rosas en colores pastel todos ellos hechos a mano. Por fin ya podía hacerse público.)

Asintió feliz, y Paul se abrió paso entre la muchedumbre para pedir lo de siempre: una cerveza Brooklyn Lager para él y una de frambuesa Liefmans para ella. A Paul le preocupaba a veces que se estuvieran volviendo viejos y convirtiéndose en unos *hipsters*.

Le hizo señas para que buscase una mesa y ella se retiró de la barra para observarle esperar su turno con un ojo puesto en la maniobra y el otro jugando con su teléfono móvil. La canción *These foolish things (Remind me of you)* de Nat King Cole crepitaba en el antiguo gramófono del local compitiendo con una habitación inundada de conversaciones animadas y ebrias.

El aspecto desaliñado de Paul resultaba todavía más atractivo cuando lo compensaba con algo elegante, pensó ella, como la gabardina que llevaba hoy. Se le ocurrió sugerirle un conjunto de traje de la marca Paul Smith, con corbata y zapatos de cuero, para la boda (el tablero de Pinterest echaba humo), pero tendría que escoger bien el momento para mencionárselo y que Paul no se sintiese demasiado presionado. Quería que él se comprometiera a fondo.

Sabía cómo hacer que se involucrara: primero hablarían de las bebidas, después de la música y finalmente de la comida.

Imagínatelo como una cena en casa pero a mayor escala, diría ella. A Paul y Delia se les daba de maravilla invitar a gente a cenar. Cuando Delia se mudó a su casa de Heaton, tuvo libertad para hacer y deshacer a su antojo. Paul puso dinero en la casa como si partiese de cero, pero sin ninguna idea concreta de qué hacer. Estaba encantado de que a ella le gustase la decoración, y llegaron a un equilibrio perfecto.

Mientras que otras personas de su edad se gastaban el dinero en ropa, copas y drogas, Delia ahorraba para comprar una escalera de mano que pensaba pintar de azul marino; o rastreaba en las subastas armarios con puertas de espejo que se cerraran con una llave que tuviera una borla colgando. Sabía que parecía aburrida, como si no fuera con su tiempo, pero cuando eres feliz, todo te da igual.

Además, Delia era una cocinera estupenda, y Paul siempre tenía montañas de bebidas que compraba al por mayor para el *pub*. Por todo esto, ellos fueron los primeros de entre sus colegas en tener una casa de adultos acogedora.

Muchas noches de sábado terminaban en ruidosas actuaciones junto a sus mejores amigos, Aled y Gina, y Paul haciendo de pinchadiscos.

De hecho, Delia había estado pensando en celebrar una fiesta de compromiso. Hacía poco había adquirido unos libros de cocina de los años setenta y disfrutaba preparando comida retro: gambas con salsa tártara, tarta Selva Negra. También fantaseaba con un cursi bufé estilo Abigail's Party.

¿Debería invitar a su familia? Quizá debería esperar para llamar a sus padres; lo dejaría para el día siguiente. Le encantaría contárselo en ese mismo instante, para hacerlo más real, pero no soportaba la idea de que Paul no pudiese hacer la misma llamada. Ni siquiera a su hermano, por la diferencia horaria.

Su teléfono vibró con un mensaje. Era de Paul. Lo miró sorprendida. Estaba como si tal cosa, metiéndose el teléfono móvil en el bolsillo mientras pedía las bebidas al camarero.

Delia sonrió como una idiota sintiendo cómo la alegría se extendía por su cuerpo. Había que tener fe. Ella había tenido su momento y él había necesitado tiempo para acostumbrarse, eso era todo. Había un romántico dentro de él. Deslizó la barra de bloqueo, tecleó su código (su cumpleaños y el de Paul) y leyó el mensaje:

> *C. Ha pasado algo con D y no quiero que te enteres por otra persona. Me ha pedido que nos casemos. No sé qué hacer. ¿Nos vemos mañana? Besos, P.*

Delia se quedó sentada, en silencio. El teléfono le pesaba en la palma de la mano. De pronto nada tenía sentido. Tuvo que lidiar con aquella información discordante, línea por línea, mientras se le revolvía el estómago.

«No sé qué hacer», esa frase le golpeó el corazón.

Además, había besos al final del mensaje. Paul no daba besos electrónicos. Delia tenía el privilegio de recibir alguno pequeñito. Y ella era su familia más cercana.

Pero lo que de verdad la aterraba era el tono íntimo del mensaje. Un tono que no era el de Paul o, al menos, no el que ella conocía.

Se dijo para sí: «Delia. No seas tan estúpida. Junta las piezas. Esto solo puede significar que hay otra mujer. La Otra.»

«No quiero que te enteres por otra persona.» ¿Una extraña sin rostro ni nombre tenía tanta importancia en sus vidas? Sintió que estaba a punto de vomitar.

Paul puso las bebidas sobre la mesa y se sentó en una silla enfrente de ella.

—Me gusta la cerveza de aquí, pero deberían mejorar el servicio. No tienen ninguna prisa. —Paul se detuvo al ver a Delia contemplarle con el ceño fruncido—. ¿Te encuentras bien?

Quería decir algo elegante, breve, hiriente. Algo que cortase el aire en dos, del mismo modo que el mensaje de texto le había dado el golpe de gracia a su vida y había creado un antes y un después.

En lugar de eso, volvió a mirar el teléfono y preguntó:

—¿Quién es C?

Paul miró el móvil y después la cara de Delia. Se puso rojo y blanco al mismo tiempo, igual que aquel hombre del tren junto al que Delia se había sentado y que estaba a punto de tener un ataque al corazón. En aquella ocasión, era la única que sabía algo de primeros auxilios, así que terminó arrodillándose en la cuneta, llenándose de barro y haciéndole el boca a boca mientras intentaba contener las arcadas al notar su aliento a cerveza.

No pensaba hacerle el boca a boca a Paul.

—Delia —dijo con cara de angustia. Fue solo una palabra. Su nombre y su voz ya no sonaban igual. Desde entonces, todo iba a ser diferente.

Capítulo 5

El séptimo arte (es decir, ver muchas películas) no te preparaba para los pequeños momentos entre los grandes, pensó Delia. En la vida real no había un editor que adaptase las escenas de la película hasta convertir la historia en algo que fluyese.

Si la llegada del mensaje de Paul se hubiese producido en una película, tras el primer plano de la cara horrorizada de Delia se habría insertado un salto para pasar a una escena en la que ella corría calle abajo dando trompicones con sus tacones (comedia romántica), lanzando cacharros por los aires en la cocina (telenovela), preparando furiosísima su maleta (videoclip) o mirando fijamente el tempestuoso río Tyne (película alternativa).

En vez de eso, lo que pasó después socavó aquel momento horrible con un pragmatismo aburrido.

Se estableció en palabras de pocas sílabas que Paul había mandado el mensaje a la persona sobre la que hablaba, no a aquella a la que iba dirigido. Un desastre bastante habitual que solía tener un escaso impacto dramático. Hubo un momento surrealista cuando un Paul con los ojos como platos divagó diciendo que solo se lo había mandado a Delia la segunda vez, cuando se le ocurrió que tal vez no se había enviado o algo así. Como si eso mejorase la situación y pudiese pasar desapercibido.

Aquel dichoso mensaje requería de muchas preguntas y respuestas que no podían intercambiar en un ruidoso *pub*.

Delia consiguió reprimir sus urgentes ganas de vomitar. Tenía que llegar a casa.

Mientras consideraba una escena en la que dejaba a Paul solo, mirando dos vasos llenos mientras se bamboleaba a la puerta del *pub*, pensó que tal vez la seguiría. De todos modos, si consiguiese subirse a un taxi sola, todo lo que haría en casa sería esperar a enfrentarse con él. Parecía un gesto de resistencia contraproducente que no le serviría más que para pagar dos taxis.

Así que tuvo que soportar un viaje en silencio y angustiante en un taxi, pegada al lado opuesto de Paul, mirando por la sucia ventanilla y descubriendo que el conductor no dejaba de curiosear por el retrovisor.

Cuando metió la llave en la cerradura, se oyeron del otro lado los habituales arañazos, sacudidas, y bufidos de *Chirivía*, su perro. Paul, obviamente contento con aquella distracción, lo hizo callar y lo acarició haciendo que Delia quisiese gritar: «¡Sí, sí, muy cariñoso con el perro, farsante!».

Chirivía era un cruce de labrador y cocker, senil e incontinente, que habían recogido de una perrera siete años antes.

«No somos capaces de colocar a este, se mea», les había dicho el hombre mientras acariciaban a un *Chirivía* triste, herido y de ojos vidriosos. «¿Será porque le dice a la gente que se mea?», había preguntado Paul. «Tenemos que hacerlo», había respondido el hombre. «Si no, nos lo devolveríais. Tendría que llamarse *Meón*, no *Chirivía*, y así, no habría malentendidos posibles».

«No controla su vejiga y tiene nombre de hortaliza. Pobre bicho —suspiró Paul mirando a Delia—. Me parece que se viene con nosotros, ¿verdad?»

Y había sido precisamente por eso por lo que Delia se había enamorado de Paul. Divertido, amable y protector... Y se acostaba con otra.

Delia se quitó su enorme bolso del hombro y se dejó caer en el sofá de piel, el chéster rojo oscuro por el que había pasado un día entero pujando en eBay. No tenía ganas de quitarse el abrigo. Paul tiró el suyo en el brazo del sofá.

Le preguntó en voz baja si quería una copa y ella volvió a sentir que aquella era una maldita película y no le habían dado la copia del guion.

¿Debería ponerse a gritar ya? ¿Más tarde? La oferta resultaba indignante: ¿debería decirle que él tampoco podía beberse una copa? Se limitó a negar con la cabeza mientras oía cómo abría los armarios, el choque del vaso sobre la mesa, el tintineo de la botella y el sorbo de... ¿*whisky*? Pudo oír cómo Paul se tomaba un buen trago antes de volver a entrar en la habitación.

Se dejó caer en aquella vieja rinconera de terciopelo amarillo en ángulo recto en la que ella se encontraba.

—Di algo, Dee. —Parecía que le temblaba la voz, ¡bien!

—¿Qué se supone que tengo que decir? Y no me llames Dee.

Silencio, excepto por el repiqueteo de las uñas de *Chirivía* sobre los azulejos cuando volvía de la cocina y se instalaba en su cesta del pasillo.

¿Acaso era ella la que tenía que comenzar la conversación?

—¿Cómo empezó?

—Vino al bar una noche —contestó Paul mientras miraba fijamente la chimenea.

«Igual que conmigo», pensó Delia.

—¿Cuándo?

—Hace unos tres meses.

—¿Y...?

—Charlamos.

Silencio. Paul volvía a estar tan pálido que parecía que iba a darle un infarto. Era como si contar aquello resultara tan malo como el hecho de que le hubiese descubierto. Bien.

—¿Charlasteis y lo siguiente que recuerdas es como te la follabas?

—Yo no quería que pasase, Dee..., Delia. Es como una pesadilla de realidad paralela. No me reconozco.

—¿Y cómo acabaste follándotela? —gritó, y Paul casi se muere de miedo. Entre bambalinas, *Chirivía* gimió. El hombre dejó el vaso de golpe y puso las palmas juntas sobre su regazo.

—Siguió viniendo. Tonteamos. Un viernes hubo una fiesta privada con sus amigos. Vino a buscarme cuando estaba guardando las botellas. Sabía que le gustaba, pero... fue un *shock* absoluto.

—¿Te la tiraste en el almacén?

—¡No!

—Sí, ¿verdad?

—No, claro que no —dijo Paul sacudiendo la cabeza sin mucha convicción. Delia conocía la respuesta que él no iba a admitir: no habían tenido sexo completo, pero sí algo más que un beso. Lo que Ann llamaba «hacer manitas».

—¿Cómo se llama?

—Celine.

Un nombre *sexy*. Un nombre guay. Celine sonaba a belleza con tetas grandes, fumadora de Gitanes y pantalones pitillo.

Madre mía, aquello dolía. Una herida abierta que dolía como si le estuviera azotando alguien que sabía exactamente cuánto tiempo dejar que el golpe escociera antes de azotar de nuevo.

—¿Es francesa?

—No... —La miró a los ojos—. A su madre le gusta Celine Dion.

Si Paul pensaba que podía arriesgarse a decir: «Te gustaría, seríais amigas» partiendo de la información que había obtenido de charlas de almohada, Delia temía llegar a ponerse violenta.

—¿Cuántos años tiene?

Paul volvió a bajar la mirada.

—Veinticuatro.

—¿Veinticuatro? Es patético. —A Delia nunca le había desagradado su edad, pero en ese instante hervía de inseguridad. ¿Veinticuatro frente a treinta y tres? Nunca se había preocupado por el hecho de que a los hombres les gustasen las jovencitas, y resultó que ella en persona estaba viviendo el tópico de siempre.

Veinticuatro. Un año mayor que Delia cuando conoció a Paul. La había cambiado. Décimo aniversario: el momento para encontrar a alguien diez años más joven.

—¿Cuántas veces os habéis acostado?

Delia nunca se había preguntado si, llegada a una situación así, le gustaría no saber nada o saberlo todo. Parecía que todo.

—No lo sé.

—¿Tantas que has perdido la cuenta?

—No las he contado.

—Es lo mismo.

Silencio. Resulta que habían tenido tanto sexo que Paul había perdido la cuenta. Si se paraba a pensarlo, seguramente podría decirle cuántas veces se habían acostado ellos dos en el último año.

—¿Dónde os habéis acostado?

—En su casa. Jesmond. Es estudiante.

Delia podía visualizarlo, ella también había vivido allí en su época de estudiante. Bombilla decorada con una de esas guirnaldas metálicas de Habitat que parecía una nube de mariposas plateadas. Luces alargadas de color carmesí por el cabecero. Edredón de Ikea. Cuerpos desnudos debajo de él, riendo. Gimiendo. Volvía a sentir náuseas.

—¿Cómo lo ocultaste? Quiero decir, ¿dónde creía yo que estabas?

Era alarmante no haberlo sospechado. Delia siempre había estado muy orgullosa de la confianza que tenían entre ellos. «Todas esas oportunidades... ¿no te preocupan?», solían decirle algunas mujeres. Y ella se reía. «Ni lo más mínimo.» Ellos no engañaban.

—He estado saliendo antes de trabajar algunas noches. Delia, por favor, ¿podemos...

Paul metió la cara entre las manos. Unas manos que habían estado en lugares que ella nunca imaginaría.

Miró el vestido de libélulas que se había puesto para su aniversario. Paul y ella compartían una casa, una forma de pensar, una mascota, un pasado. Siempre eran sinceros, o eso creía ella. Cualquier fantasía de cualquiera de las partes se convertía en una broma recurrente y se podía admitir con la seguridad de que sabían que no existía un riesgo real. Había libertad y confianza. Paul y Delia. Delia y Paul. La gente aspiraba a tener lo que ellos tenían.

—¿Cómo es en la cama? —preguntó Delia.

—¿Podemos dejar...?

—¿Podemos dejar esta extraña conversación sobre todas las veces que te has acostado con otra persona? Eso dependía de ti, no de mí, ¿verdad?

Sentía que Paul había dejado colarse a un intruso en sus vidas, una tercera persona en su cama. Era una traición absoluta, una confusión, una insensatez. Y le había venido de la persona en la que precisamente más confiaba. ¿Por qué? No quería preguntárselo a sí misma, era Paul quien tenía que enfrentarse a aquella pregunta.

«¿Habría sido diferente si yo hubiese sido distinta? ¿Te he hecho sentir menos seguro? ¿Debería haber perdido peso? ¿Haber salido más? ¿Haberme puesto arriba más veces?»

—Cuando empezó era como si estuviera fuera de mí —dijo Paul, y Delia abrió la boca para decir algo acerca de que en realidad estaba muy dentro, así que él continuó rápidamente—: No me podía creer lo que estaba haciendo, ni siquiera que pudiese hacerlo. No lo buscaba, te lo juro. Tú y yo tenemos una relación tan sólida...

—Teníamos —le corrigió Delia, y él la miró angustiado.

—Y no sé qué pasó. Es como si de repente hubiera cruzado una línea y no hubiese vuelta atrás. Me odiaba a mí mismo, pero no podía parar.

Ahora tocaba aquello, el asunto de parar, pensó Delia.

—¿Cómo es en la cama? —insistió Delia.

—Nunca os comparé.

—Pues hazlo ahora.

—No sé.

—¿Era como yo?

—¡No!

—¿Tan diferente?

—No lo sé.

—¿Mejor?

—No.

—¿Me lo dirías si lo fuese?

—... No lo sé, pero no lo es.

—¿Es algo que llevabas tiempo deseando?

—¡No, por Dios! Simplemente ocurrió.

—Eso no ocurre sin más. Tomas la decisión de hacer algo así por alguna razón. Quiero decir, seguro que otras mujeres se te han insinuado y tú les has dicho que no, ¿verdad? Tú mismo me lo has contado.

—Sí. No sé por qué ha ocurrido todo esto.

—¿Era demasiado atractiva para pasar?

—Supongo que no me lo esperaba y después, no sé cómo, cuando estaba borracho, sucedió.

—¿Qué le ibas a decir mañana?

Por primera vez Paul pareció desconcertado.

—«Me ha pedido que me case con ella y no sé que hacer. ¿Nos vemos mañana?» —citó Delia.

Paul miró al suelo.

Justo en ese momento se oyó el teléfono: la respuesta de Celine.

Capítulo 6

—Léelo —dijo Delia.

Paul negó con la cabeza.

Delia sintió que el veneno corría por sus venas.

—Léelo ya —le ordenó.

Cuando sacó el teléfono del bolsillo de su abrigo ella esperó a ver la expresión de su cara por si le indicaba que el mensaje no era de Celine, pero por su ceño fruncido y la cara de miedo que puso supo que sí lo era.

—No pienso leerlo.

—Si quieres que alguna vez vuelva a haber confianza entre nosotros, lee ese mensaje en voz alta.

Paul abrió el mensaje de mala gana, con la mandíbula apretada. Cuando habló, sonó como si lo estrangulasen. Delia supo que nunca olvidaría la extraña situación de escuchar la voz de la amante de su prometido en la de él. Podía verlo intentando modificarlo desesperadamente sin tener tiempo y, aun así, haciendo que sonase natural.

—Si creo que te estás dejando una sola coma, te pediré verlo —dijo escuchándose como si fuese una desconocida. El de mujer despechada era un papel que nunca había pensado tener que desempeñar.

—«¡Santo cielo!, ¿te vas a casar con ella? ¿Y qué va a pasar con nosotros? ¿Puedes...?» —Paul apartó la mirada suplicando avergonzado y esperando que Delia rompiese a llorar y dejase que no leyera más. Ella sacudió la cabeza y se exigió a sí misma esperar. Él continuó con un susurro fúnebre—: «¿Puedes escaparte y llamarme? Si no, hablamos mañana. Te quiero. C.»

«Te quiero.»

—¿Te manda besos?

—Sí.

Con un jadeo, Delia notó que las lágrimas comenzaban a deslizarse por sus mejillas como agua caliente y emborronaban parcialmente la imagen de Paul. Su nariz también empezó a gotear, era una explosión de líquido en toda regla. Paul amagó con levantarse para animarla y ella le gritó que se apartase. No le permitiría abrazarla para que él se sintiese mejor. Como si en aquel momento pudiera ser él la persona indicada para que se animase.

Luego se frotó los ojos, y cuando pudo enfocar la vista vio a Paul, que también estaba llorando, aunque no de la misma manera, no a lágrima viva. Se limpió la cara.

—La dejaré. Se ha terminado. Ha sido el error más grande e idiota...

—¿Qué le ibas a decir mañana? —dijo Delia medio suspirando.

Paul sacudió la cabeza, afligido porque le siguiesen haciendo tantas preguntas delicadas.

—Dime la verdad o no habrá solución. Si sigues mintiendo, se acabó.

—Iba a decirle que nos vamos a casar y que teníamos que dejarlo.

—No. Le dijiste que no sabías qué hacer.

—Porque no quería dejarla con un mensaje. Estaba intentando hacer bien las cosas.

Delia se aclaró la garganta varias veces y se limpió lo mejor que pudo con las manos.

—No te creo. Creo que todavía no habías decidido qué le ibas a decir. No te quieres casar.

—Fue una sorpresa, lo admito —balbuceó Paul.

—Me imagino que, si estabas ocupado pensando en otra persona, no estabas muy receptivo.

Paul la miró con los ojos irritados.

—¿Cómo te sentirías si te lo hubiese hecho yo?

—Destrozado —dijo él sin dudar—. Increíblemente decepcionado. No te puedo decir que el mío no haya sido un comportamiento más que injusto y horrible, porque lo ha sido. Me odio por ello.

¿Le parecía a Delia que aquello sonaba como si se estuviese recuperando, al menos un poco? Algo de la seguridad en sí mismo de Paul estaba regresando. Para él, lo peor ya había pasado, lo notó. Y ahora estaba recomponiéndose, mientras que ella todavía seguía rota en mil pedazos.

Chirivía entró en la habitación. Por primera vez desde que lo trajeron a casa, Delia se enfadó con su perro, pues ya había limpiado demasiado. Acariciarlo hubiera sido una manera de rebajar el malestar de Paul, de romper la tensión.

—Sé que vamos a tener que hacer un esfuerzo enorme para sobreponernos a esto, pero dime que podemos, por favor —dijo Paul.

¿Paul no la iba a dejar por Celine? No se había planteado la cuestión tan claramente hasta entonces, pero esa era la gran pregunta. De todas maneras, estaba claro que lo que en realidad le preguntaba era: «Si dejo a Celine, ¿me prometes que te quedarás conmigo?». No quería quedarse sin ninguna de las dos.

Todavía no estaba preparada, ni por asomo, para decidir cómo se sentía. En especial porque no se creía que él pensara dejar a Celine. El mensaje hablaba de inseguridad («Dime qué hacer»), exactamente igual que ahora.

La luz se reflejó sobre las copas de champán que seguían en su bolso. No habían llegado a usarlas.

Su décimo aniversario, su novio corroído por la culpa, y ni siquiera se había podido tomar el champán. Bueno, quizá la culpa era el motivo por el que no había querido ser el centro de atención en la escena del puente, pero aquello no mejoraba las cosas.

—No sé si podremos —dijo Delia levantándose y haciendo crujir la tiesa enagua. Parecía una pantomima—. Esta noche dormiré en la habitación de invitados.

—No tienes que hacerlo, yo dormiré allí.

—No quiero dormir en nuestra cama. Mañana me iré a casa de mis padres. Puedes quedar con Celine y contarle lo que te de la gana.

—No podemos dejarlo así —rogó Paul.

¿De verdad esperaba algún tipo de compromiso por su parte? Delia se temió que esto significara algo importante: para ella y para él.

—Ya no sé con qué tipo de persona estoy, así que ¿cómo voy a saber si quiero estar contigo?

—Sigo siendo el mismo. Solo he hecho algo que me convierte en un completo capullo.

—No, no eres el mismo. Eres un traidor en el que no confío.

Delia dejó a Paul con *Chirivía*, subiendo las escaleras con paso decidido y se fue a la cama sin quitarse el maquillaje y con su ropa interior nueva. No volvió a llorar. Estaba paralizada, solo funcionaba a medio gas: como si una parte de su corazón ya no bombease sangre al cuerpo. La canción de Joy Division *Love will tear us apart* le daba vueltas en la cabeza.

Se dio cuenta de que quizá no haber puesto una fecha hasta entonces no estaba relacionado con la pregunta de a qué estaba esperando Paul, sino a quién.

Capítulo 7

Ralph le abrió la puerta vestido con una camiseta que ponía CLUB DE SURF DE COLORADO '83 y comiendo media tostada de pan Bimbo a rebosar de mantequilla.

—¿Qué pasa? —preguntó sonriendo, y después recordó por qué su hermana estaba en el umbral de la puerta con una maleta y los ojos hinchados—. Eh, ¿te encuentras... bien?

Delia sonrió, aunque no tuviera ganas. Su hermano no entendía muy bien las sutilezas de las interacciones convencionales. Más de un psicólogo intentó diagnosticarle algo para que todo el mundo pudiese ponerle una etiqueta y sentirse mejor, pero ninguno lo consiguió. Ralph sufría «ralphosis» crónica. Era una enfermedad benigna, en su opinión.

—He tenido días mejores —dijo Delia sonriendo, entrando y estirándose para que la abrazase. Ralph inclinó la cabeza de un modo extraño y tierno, y la rodeó con los brazos. Parecía que repitiera lo que hubiera leído en un manual de instrucciones acerca del comportamiento humano.

Su hermano era como una montaña con los mismos tirabuzones color zanahoria que ella colocados al azar.

Alguien con mala leche podría darse cuenta de que el hecho de que Colorado no tuviese mar hacía imposible que allí hubiera un club de surf. Vaya camiseta estúpida... Delia estaba preocupada por su peso, pero como su hermano trabajaba en una tienda de patatas fritas y nunca había encontrado ningún tipo de comida basura que no le gustase, sabía que aquella era una batalla perdida.

—Mamá está en el huerto y papá en la parte de atrás. ¿Quieres una tostada?

Delia sacudió la cabeza.

No había comido nada desde el *curry* de la noche anterior, en parte porque se había dado un atracón. En este momento, tenía un nudo en el estómago que se apretaba cada vez que se quedaba un minuto meditando.

—Voy a dejar mis cosas en la habitación —dijo con fingida alegría, tirando de su maleta por las escaleras y alegrándose de que sus padres no fuesen testigos de aquella triste imagen. Su hija vagabunda de treinta y tres años volvía.

Se suponía que iba a enseñarles un anillo de compromiso.

—¿Qué tal está *Chirivía*? —preguntó Ralph detrás de ella. Delia se alegró de no tener que enfrentarle la mirada. Haber dejado al perro había sido una tortura. Ya lo habían abandonado una vez y le había prometido que no pasaría nunca más.

—¡Muy bien!

—Puedes traerlo, ¿sabes? Le dejaría dormir en mi habitación.

—Gracias.

La familia de Delia vivía en un chalé adosado en Hexham, una población dedicada al comercio a unos treinta kilómetros de Newcastle, al norte del río Tyne. La casa tenía aquel aspecto desde que ella era capaz de recordar, llena de muebles de madera maciza, mantas de ganchillo y *patchwork* y montones de macetas con plantas aromáticas que manchaban de tierra el alféizar de la ventana. Se trataba desde luego de la función, no de la forma, y de ahí posiblemente viniera la necesidad de Delia de adornar y crear un hogar.

De todas maneras, resultaba acogedora y daba sensación de estabilidad. En la repisa de ladrillo de la chimenea había una foto enmarcada de la boda de sus padres en el año 1971: su padre llevaba un traje color chocolate, con pantalones acampanados que le quedaba grande y lucía una larga barba pelirroja de estudiante de universidad a distancia; su madre tenía el pelo color rubio ceniza, con aquel corte a lo paje y un velo adornado con margaritas herencia de la época jipi.

Su familia era... Excéntrica como mínimo. Sin embargo, Delia sentía que los traicionaba al pensar así. Paul solía cantar la canción de los Lunis cada vez que iban a visitarlos como una referencia cariñosa a que la casa de su familia era un planeta propio con sus propias costumbres.

Paul. Su equipo de dos ya no existía. El nudo de su estómago se apretó un poco más.

Cualquier miembro de la familia de Delia se relacionaba mejor con cualquier cosa antes que con una persona: su madre con su huerto y su jardín, su padre con la madera, las sierras y los cepillos del cobertizo, su hermano con los juegos de ordenador y la televisión de su sofocante habitación.

A Delia la querían, pero se sentía, aunque no le gustara admitirlo, un poco distinta en aquel mundo. Era la única con sentido común y conciencia del mundo exterior.

Colocó la maleta sobre la cama individual de pino, abrió la cremallera y levantó la parte superior. Mirando las pertenencias que había metido, notó que la opresión aumentaba en su pecho. Por Dios, aquello era más difícil de lo que había pensado. Quería volver a su casa de Heaton. Pero no podía. Sus sentimientos se lo prohibían. Por lo que sabía, Paul estaba con Celine, y le estaría diciendo en aquel momento que se casaría con ella en vez de con Delia. Ya no sabía dónde estaba o qué quería.

Se levantó muy pronto después de una noche sin dormir, alegrándose de tener guardada mucha ropa en la habitación de invitados y de haber podido hacer la maleta e irse sin ver a Paul. Seguro que le había despertado al cerrar la puerta principal y con los movimientos de *Chirivía*, ya que poco después de irse recibió una llamada perdida y un mensaje ofreciéndose a llevarla en su automóvil. Para qué.

De nuevo, Delia pedía a voces que alguien le dijese qué hacer. ¿Irse era lo correcto?

Su madre había emitido unos ruiditos compasivos cuando la llamó aquella mañana para decirle que tenían problemas y que se quedaría unos días en casa, pero a Delia no le sorprendió que no estuviese allí para recibirla. Su madre encontraba las emociones desconcertantes, especialmente las más fuertes. Le prepararía una taza de té y le frotaría la espalda, aunque estuviera ansiando salir con sus pepinos y sus rábanos y no tener que hablar sobre aquel problema personal tan delicado. Ralph y su padre eran todavía peores.

No, solo existía una persona que le podría dar otro punto de vista y ofrecerle algo de comprensión, pero temía contárselo.

Los ojos de Delia se fijaron en una foto familiar pegada en el espejo. Aquella era tal vez su foto favorita entre todas las que tenían. Podía quedarse allí, ya que había hecho copias y enviado una enmarcada a Emma.

Se la había hecho en su segundo año de universidad un novio olvidado mucho tiempo atrás. Delia y Emma enlazadas en un abrazo con las mejillas pegadas formando una enorme sonrisa de labios pintados y con unos vasos de plástico en las manos llenos de cerveza negra Newcastle, brindando con el cámara.

No era la ingesta exagerada de alcohol típica de los veinte años lo que las hacía estar tan felices. Era que las dos parecían muy seguras de sí mismas. Rebosaban osadía del tipo «Estate atento, voy a por ti».

Aunque Delia no era superficial, pensaba que en aquella foto estaba guapa. Tenía tanto lápiz de ojos que parecía que llevara puesta la máscara de *El Zorro*. Entonces creía que la vida iba a estar llena de aventuras. Tres años más tarde conoció a Paul y fue feliz de abandonarlas. De repente, todo lo que tenía era él.

—Hola. Toc, toc —dijo Ralph apareciendo por la puerta despeinado y con aquellos ojos azules detrás de sus gafas—. Mmm... ¿Quieres jugar a Grand Theft Auto?

Delia sonrió. En realidad, aquello era exactamente lo que quería hacer. Aunque no sabía qué implicaba.

Lo siguió hasta su habitación. La abarrotada guarida de Ralph, sin luz natural y llena de recuerdos de *Star Wars*, bien podría ser la sede de una página web punk de cultura pop juvenil o el cuartel general de un magnífico *hacker* del Pentágono. Pero no era más que lo que parecía: la cuna de ensueño donde un hombre niño de veintiocho años seguía perdiendo el tiempo y viviendo en casa de sus padres.

Le pasó un complejísimo mando y le indicó que se sentase en uno de los pufs. Le encantaba cómo los videojuegos les hacían cambiar los papeles: Delia hacía preguntas estúpidas y Ralph la reprendía por no entenderle a la primera.

Resultaba extrañamente reconfortante concentrarse en grupos de pixeles en lugar de en cosas reales en aquel escondite secreto de luz azulada.

—¿Entonces Paul no va a volver por aquí? —preguntó Ralph con los ojos fijos en la pantalla mientras el avatar de Delia se agachaba detrás de un automóvil en medio de un tiroteo con la banda de un narcotraficante mexicano. Sus padres se habían tomado la libertad de transmitirle la noticia antes de que ella hubiera podido hacerlo.

—No estoy segura —dijo Delia. Tuvo un repentino deseo de contarle más—. Está con otra.

—¿Por qué? —preguntó Ralph—. Están muertos, ya te puedes mover. Corre.

—No lo sé —Delia apretó un botón y dio un cabezazo a una pared.

—¿Le gusta más que tú? —insistió Ralph. Viniendo de cualquier otra persona aquello habría resultado doloroso; viniendo de Ralph era curiosidad ingenua e infantil.

—Tampoco lo sé. Es más joven que yo. A lo mejor es más lista, mejor, más simpática, más atractiva y más... fresca.

—Bueno, sigue sin ser La Raposa —dijo Ralph quitándole el mando a Delia y librándola de la muerte virtual con facilidad.

—¿Qué? —Hacía tanto tiempo que Delia no oía aquel nombre que le llevó un rato captar su significado.

—*La Raposa*. Como Súper Delia.

—¿Te acuerdas de ella? —preguntó Delia atónita y muy emocionada.

—Claro —respondió Ralph.

—Se retiró hace mucho tiempo —dijo ella suspirando y apoyando su cabeza en el brazo de su hermano. Después Ralph se dio cuenta de que interrumpía su juego y lo movió de una manera rara.

—Fuiste tú la que la retiraste, así que puedes volver a sacarla. Tú estás al mando, como aquí —dijo Ralph—. ¡Sí! Vamos a robar un avión.

Ralph tenía una risa de cotorra, chillona, que salía de su laringe sin previo aviso y pillaba a la gente desprevenida.

Delia sonrió. Se divertía un rato con los juegos de su hermano, pero después se aburría. La habilidad que él tenía para sumergirse totalmente en ellos durante días le parecía algo propio del cerebro masculino. O más bien del cerebro de Ralph.

—¿Quieres brazo de gitano? —preguntó Ralph, y por un momento Delia pensó que estaba hablando con el juego, pero él se estiró para acercarle una caja de pastel.

—No tengo hambre, gracias —le contestó frunciendo ligeramente el ceño mientras él desenvolvía el celofán y comenzaba a comer un enorme cilindro esponjoso lleno de crema del tamaño de una *baguette*.

Su madre asomó la cabeza por la puerta. Llevaba un chaleco de jardinería lleno de manchas de hierba.

—Ay, cariño. Estás aquí.

—Sí —Delia sonrió.

—¿Macarrones con queso para cenar?

—Buena idea.

Su madre dudó.

—¿Estás bien?

—Lo estaré.

—¿Una taza de té?

—Sí, por favor.

En cuanto a consejo materno, aquello sería todo. La puerta se cerró y Delia volvió a mirar la pantalla en la que Ralph estaba corriendo por la ciudad ficticia de Los Santos con la canción *Windowlicker* de Apex Twin de fondo, y con el viento agitándole su cabello virtual.

—¿De verdad te gustaba *La Raposa*? —le preguntó Delia a Ralph—. Me preocupaba que fuese una tontería.

—Claro que no. Es lo mejor que has hecho nunca —respondió él limpiándose un poco de mermelada de la mejilla.

Aquello era algo importante viniendo de alguien que, pasara lo que pasase, decía siempre la pura verdad.

Capítulo 8

—Veo que hoy has traído algo menos «aromático» —le dijo Ann como saludo de lunes por la mañana.

La pobre Delia estaba sacando su comida a la mesa: sándwiches de jamón y pepinillo envueltos en papel film, patatas fritas sabor vinagre y una manzana ácida.

—Eh, sí —dijo ella distraídamente registrando la sonrisa triunfal de Ann y recordando después la bronca que le había echado por las gambas al chili.

Delia no iba a contarle que sus fiambreras y las especias exóticas con que solía condimentar su comida se habían quedado en su casa de Heaton, de la que había huido el sábado por la mañana. Aquello hubiera sido demasiado.

Todavía no era capaz de comer, pero no quería preocupar a su madre. Notó su inquietud cuando devolvió su pegajoso bol de macarrones con queso sin apenas haberlos probado.

Cada vez que iba a visitarles, llevaba una bolsa de plástico llena de especias para adaptar a sus gustos la cocina de sus padres, por lo que se estaban preguntando quién era aquella impostora blandengue, silenciosa y sin apetito.

Dejó el teléfono móvil en el escritorio y vio que tenía un mensaje: el enésimo de Paul.

Por favor, contesta a mis llamadas. Tenemos que hablar. Besitos, P.

«Besitos», lo de siempre, pensó Delia, recordando que Celine sí se merecía esa birria de besos. Sintió que la ira la invadía.

¿Siempre sería así? ¿Podría ver alguna vez su relación libre de aquella mancha? Solo sabía que tenía un agujero en medio del cuerpo a través del cual se podía ver el cielo, como en una pintura surrealista.

Agradeció que nadie en la oficina fuera lo suficientemente cercano como para tener que confesarle el fiasco del viernes.

Nadie le preguntó por el racimo cuadrado de esmeraldas y diamantes que ese día no llevaba puesto, ni tuvo que contar cómo se lo había pedido o la reacción de Paul. Tampoco por la esperada fecha de la boda que nunca tendría lugar.

Solo una persona conocía los planes de Delia para el viernes, y en una hora llegó el inevitable correo electrónico. La habría llamado durante el fin de semana si Emma no hubiera estado en Copenhague, en una escapada de tres días. Era algo que hacía a menudo. Últimamente, solo hablaban por correo electrónico.

De: Emma Berry
Asunto: ¡¿Y bien...?!

¿Qué tal fue, futura señora Rafferty? (Me gustaría pensar que vas a mantener Moss de apellido, pero apuesto a que no, que te has rendido, defensora de los cupcakes*.) ¿Puedo ver ya mi vestido de dama de honor? (Que no sea satinado ni de tirantes diseñado para algún insecto palo, en este momento parezco más bien Alfred Hitchcock). Besos.*

En otro universo en el que Paul se hubiera concentrado más en a quién mandaba los mensajes —o, todavía mejor, se volviera hacia la de veinticuatro y le dijera «Lo siento, estoy con alguien»—, Delia estaría riéndose de puro placer con aquellas palabras en lugar de retorcerse de dolor.

No se lo quería contar. Emma adoraba a Paul, Paul adoraba a Emma. «¿No puedes clonarlo o crear un androide a su imagen y semejanza?», repetía siempre su amiga.

Él siempre la recibía con un gran abrazo de oso cuando venía a visitarlos y cocinaba su receta especial de huevos revueltos manteniendo, además, su vaso lleno. Delia se pasaba todo el rato moderando un sano debate entre dos personas muy tercas, y disfrutaba de cada segundo. No había nada mejor que dos personas a las que uno quiere por separado se quieran.

Bajar a Paul de su pedestal no la estaba resultando placentero, aunque parecía el tipo de consuelo frío al que debía tener derecho.

Con tristeza y arrastrando las manos, Delia abrió un mensaje de respuesta que le costaba creer que estuviese escribiendo:

Hola, E. Fue así: le pedí matrimonio. Paul dijo que sí, no muy entusiasmado. Después fuimos a tomar algo y me envió un mensaje dirigido a su amante diciendo «Mierda, Delia quiere casarse conmigo» por error. Resulta que lleva tres meses tirándose a una universitaria. Me he ido a vivir a casa de mis padres y él me pide que me quede, pero no tengo nada claro qué esta pasando. Es difícil decir qué quiere Paul ahora. O qué es lo que quiero yo. ¿Qué tal el finde? (Por cierto, por si no quedaba claro: no va a haber boda). (Y, que te quede claro, nunca escogería para ti un vestido feo, ¿qué somos, aficionadas?) Besos.

Recibió la respuesta a través de Blackberry tres minutos después.

Delia, ¿qué? ¿En serio? ¡¿Qué?! ¿Te puedo llamar? Besos, E.

Gracias, pero mejor ahora no. Ann tetas amargas se alegraría demasiado de mis penurias si nos oyese. ¿A la hora de comer? ¿13:30? Besos.

Sí. ¡JODER! Besos, E.

Delia no estaba segura de si le convenía pasar la hora de la comida sollozando por teléfono, pero seguro que Emma no lo dejaría pasar mucho tiempo. Su amiga era una abogada de empresa en una gran compañía de Londres, y seguía su agenda con la dedicación que Delia guardaba para decorar los huevos de Pascua.

Sus vidas habían tomado rumbos muy diferentes desde la universidad, y Delia se sentía muy agradecida de que se hubiesen conocido en aquel pequeño reducto de oportunidades igualitarias. El breve lapso entre la adolescencia y la edad adulta en el que no importaba que Emma fuese una alfa poderosa y Delia una beta domesticada, sino que las habían puesto en habitaciones contiguas en la residencia de estudiantes. A ella le habría aterrorizado conocer a Emma tal y como era en la actualidad. Pero en sus recuerdos había una Emma más joven tratando de decolorar su minifalda de denim descosida con lejía con olor a limón, o tirándose a un caballero del sindicato de estudiantes, conocido como el «Capitán Lengua», tres viernes seguidos.

Delia mantuvo la mirada clavada en las palabras de la pantalla de su ordenador, sobre los últimos árboles que había plantado el Ayuntamiento, sin verlas, hasta que llegó el mediodía y la oportunidad de acechar a Chile Picante. En su confusión lo había olvidado, y se alegraba mucho de tener una excusa para escaparse de la oficina y respirar aire fresco. Sería la oportunidad de llamar a Emma. Sin embargo, en cuanto se puso de camino hacia la cafetería, sintió que pensar y llorar a la vez no sería lo más adecuado. ¡Oh, no! Y justo estaba pasando al lado de la universidad y sus estudiantes.

Cada una de las chicas que entraba en su campo de visión era una posible Celine. Los ojos de Delia se movían a toda velocidad de izquierda a derecha hasta que sintió los nervios a flor de piel. ¿Celine sabría quién era ella? «Madre mía, ¿te vas a casar con ella? ¿Qué significa eso para nosotros?»

«Ella.» «Nosotros.»

Casi echó a correr para llegar a la cafetería y tiró violentamente de la puerta como si la estuviese persiguiendo una jauría de lobos.

Pidió un café cortado y se sentó junto a la ventana desde donde dominaba toda la sala. Había una jipi pija con rastas tecleando en un MacBook Air, y tres estudiantes japoneses se apiñaban alrededor de un iPhone. Ninguno tenía potencial para ser Chile Picante. Antes había pensado que le encantaría hacer una redada; hoy le daba igual. Era una cuenta atrás para hablar con Emma.

El cerebro de Delia vagaba sin rumbo mientras jugueteaba con el sobrecillo del azúcar.

Se dio cuenta de que los tópicos acerca de las consecuencias de que le hubiesen puesto los cuernos se estaban haciendo realidad.

Por ejemplo, solía pensar que la frase «Lo que duele es la mentira» era bastante idealista. «¿En serio? Estoy bastante segura de que serían las lenguas, las manos y los frenéticos tirones de la ropa, y el toqueteo y los lamentos y los jadeos y los arañazos y el compartir un clímax alucinante lo que más me molestaría a mí.»

Y mientras que la idea de Paul teniendo relaciones sexuales con Celine resultaba tan horrible que le hacía sentir náuseas, no era el peor dolor. Había tenido un montón de novias antes que ella; la idea de que se acostase con otra mujer se podía asimilar, aunque fuese insoportable. Lo que no podía aceptar era la inquietante y desconcertante sensación de que no conocía a aquel hombre tanto como creía.

Tomemos como ejemplo la conversación durante su cena de aniversario en el Rasa. Se había burlado de los tipos de citas que tenían las generaciones más jóvenes y había insinuado que estaría perdido si volviese a ese momento. Mientras tanto, estaba tirándose en secreto a una de veinticuatro años. ¡Madre mía! Y los comentarios sobre la depilación del pubis. ¿Lo sabría por un encuentro de primera mano con las partes íntimas sin vello de una mujer? Delia no podía soportar planteárselo.

Aquella conversación había sido gratuita. Paul había hecho una interpretación de una persona que no era él, para el bien de Delia. Ella trató de justificarle pensando que Paul tenía tanto miedo de que lo descubriese que se pasó. Pero era más que eso. La había tratado como a una idiota.

Ahora recordaba que últimamente se había quejado unas cuantas veces de que le tocaba recoger a él las botellas al final del turno. «Soy demasiado buen jefe.» Aquellas veces el «demasiado buen jefe» había estado al otro lado de la ciudad en la cama de otra mujer.

Lo había conseguido, qué valentía de mierda. Había perpetrado su engaño torpemente como parte de su encantadora forma de ser. ¿De quién se había enamorado?

¿Lo sabía alguno de sus empleados? Debían de tener alguna idea pasando tantas horas juntos en ese espacio tan reducido. ¿Lo sabrían Aled y Gina? Aled y Gina. No podía creer que no se hubiesen dado cuenta. Recordaba que habían rechazado su última invitación a cenar.

¿Lo habían cancelado porque se sentían incómodos? ¿Paul se lo habría contado a Aled en una confidencia, tras haberse tomado unas copas de más, diciendo: «Joder, la he cagado»?

No podía fingir que se encontrara precisamente en su mejor momento, puesto que estar sola le hacía pensar en su compromiso roto, pero durante la hora que permaneció en el Tragoz y Tapaz estaba segura de que no había visto a nadie que pudiese remotamente ser Chile Picante.

La única pandilla que tenía un ordenador era un grupo de adolescentes ruidosos con sus uniformes de colegio privado, y todas las veces que pasó por su lado aparentando que iba a por una cucharilla o azúcar, en la pantalla tenían Facebook.

Supuso que Chile Picante podría ser alguno de los empleados. Sí, eso es, y que escribiría desde un despacho interior sin que nadie pudiera verle. Pero entonces su actividad no tendría que estar restringida al mediodía. Comprobó su perfil de Twitter en el teléfono móvil: no había tuits nuevos.

La búsqueda de respuestas tendría que continuar, y en más de un área de su vida. Qué irónico: Delia, la detective en plantilla, no se había dado cuenta de que su media naranja llevaba una doble vida.

Capítulo 9

—Estoy estrujándome los sesos para entender esto —dijo Emma al otro lado del auricular mientras Delia se limpiaba las lágrimas y aspiraba sonoramente al tiempo que se arrastraba de nuevo hacia la oficina.

—Yo también.

—¿Por qué? ¿Crisis de los treinta?

—No creo que tenga ninguna crisis. O que la tuviese. Creo que una estudiante atractiva se abalanzó sobre él y él se lo puso fácil.

Sí, eso.

¿Cuánto tiempo habrían seguido si ella no lo hubiese descubierto? Aunque fuese a dejarla tras su declaración, sería por la iniciativa de Delia, no por la de él. A lo mejor su proposición de matrimonio le había forzado a acabar con Celine cuando no quería.

—¿No viste ninguna señal? —preguntó Emma—. Creía que todo iba tan bien como siempre.

Su voz era aguda e infantil. Cualquier detalle acerca de Emma resultaba desconcertante. Un nombre bonito, un rostro saludable y angelical de mejillas rosadas y media melena rubia y lisa por encima de los hombros, a lo *Torres de Malory* de Enid Blyton. De hecho, su amiga estaba formada por una parte de alta sociedad casposa y dos de fiscal aterradora.

Emma sabía que su contundencia siempre pillaba por sorpresa a los demás y se aprovechaba de ello en su trabajo. Incluso lo reforzaba con sus estilosos vestidos de Boden y sus zapatos Mary Jane. Creen que tienen enfrente a Shirley Temple y después descubren que es más bien el templo maldito de Indiana Jones.

—No, ninguna señal. Nada. Y eso lo empeora. Soy oficialmente estúpida y él es un mentiroso retorcido —dijo Delia.

—No eres la primera persona que no se entera de que se la están pegando. No es culpa tuya, sino de Paul. No me lo puedo creer.

—¿Lo sabe? —preguntó Delia con tristeza. Se sentía a la vez avergonzada y enfadada con él, y aun así sintió un calambre de instinto protector—. Todo lo que creía verdad ha resultado ser mentira.

—Todo no. ¿Estás viviendo en casa de tus padres?

—Solo durante este tiempo.

—¿Quieres volver con él?

—No lo sé. —Delia alzó los ojos al cielo encapotado—. De verdad que no lo sé. Dijo que iba a dejarlo con la otra, pero no sé qué pensar.

—¿Te dijo que era solo sexo?

—Sí —contestó Delia encogiéndose de hombros. Aunque su mensaje no era a lo que sonaba: «¡Santo cielo!, ¿te vas a casar con ella? ¿Y qué va a pasar con nosotros?». Delia nunca había tenido una aventura. Quizá siempre eran tan urgentes y apasionadas, incluso aunque solo se tratase de follar—. Pero la dejará, ¿verdad? Es muchísimo más fácil escogerme a mí que a ella. Es horrible. Ya no confío en él.

—Lleváis diez años juntos, vivís juntos. Él te quiere.

—Diez años que han culminado conmigo pidiéndole en matrimonio y él tirándose a otra. Júzgalo tú misma.

—¿Crees que será fácil obtener tu parte de la casa si lo dejáis?

Emma sabía lo mucho que le gustaba su casa y que ella había pagado su parte de la hipoteca el tiempo suficiente como para que un buen trozo fuese suyo. Su mente de abogada solía ir directamente al grano.

—No lo creo. Me extrañaría que tuviera tanto ahorrado como para darme lo que me corresponde. Últimamente ha hecho muchas reformas en el bar.

—Y además habría que calcular cuánto has gastado en decoración. Ay, Delia, lo siento mucho por ti. Esto es una mierda. ¿Puedo ir a visitarte?

—Me encantaría, pero no hay sitio suficiente en Hexham. ¿Puedo ir yo?

—Por supuesto. Cuando quieras. ¡Este finde! Lo siento, tengo que entrar en una reunión ya...

—¡No pasa nada, ve! —Delia se despidió en el mismo momento en que su teléfono móvil sonó mostrando una llamada en espera de Aled. Descolgó antes de pensar lo que estaba haciendo.

—Hola, De. ¿Cómo lo llevas? —preguntó con voz tensa.

—Hola —respondió Delia—. Así que Paul te lo ha contado, ¿no?

—Sí. Hace un mes solo. Le dije que lo dejara.

Silencio.

—Me refería a si te había contado que lo sé.

—Oh, joder —exclamó Aled.

A pesar de ser su mejor amigo, disimular no era su fuerte. Aquel oso enorme de pelo castaño, barba y unas manos como palas tenía el curioso trabajo de fotógrafo de bodas. Ocurrió sin quererlo: comenzó como fotógrafo autónomo en general y después todo el trabajo que conseguía era nupcial. Delia le habría pedido que hiciese el reportaje de la suya.

—¿Lo sabías desde hace un mes y no me lo dijiste? —preguntó Delia, ardiendo de resentimiento y vergüenza. Ahí estaba el siguiente paso del proceso: la humillación.

—Ya, lo siento. Me hubiese matado. No podía meterme entre vosotros.

—¿Por qué te lo dijo?

Delia podía oír la reticencia y la incomodidad de Aled zumbando al otro lado la línea, pero él mismo se había metido en un callejón sin salida.

—Él, mmm..., bueno, no decidió contármelo exactamente. Le vi con ella y tuvo que darme explicaciones.

—¿Qué? ¿Cuándo?

Delia se quedó paralizada y con la boca abierta. ¿Paul había sido tan indiscreto?

—Los pillé en el almacén. Iba a por los últimos pedidos.

—¿Los pillaste? —dijo Delia sintiéndose mareada—. ¿Follando?

—¡No! Besándose.

El almacén era obviamente el reino encantado de Paul y Celine. Delia solo había entrado para llevar cajas polvorientas y pesadas llenas de minibotellas de bebidas para mezclar. Le entró un deseo irrefrenable de saber qué aspecto tenía Celine para completar la imagen. La imagen de Paul y ella encerrados en una sesión de morreo apasionado, ella apoyándose contra la estantería del zumo de tomate y los refrescos.

Delia se quedó sin palabras. Si intentaba hablar, los sonidos serían histéricos e inconexos.

—Gina y yo pensamos que es un idiota.

¿Gina lo sabía? ¿Sus mejores amigos en aquella ciudad? Delia ya sabía que daría igual el tiempo que pase o las explicaciones que le diesen. Su relación no volvería a ser igual.

Nunca.

Sentía que su vida pertenecía a Paul, que ella solo la compartía con él. En una separación, cuando toca dividir las pertenencias, el hecho de la posesión es importante.

Descubrir una infidelidad no era un hecho único. Era como las *matrioskas*, una mentira dentro de otra y esta dentro de otra.

—Paul me dijo que no quería perderte —dijo Aled.

—Ah, claro. Por supuesto que no quiere perderme. Está claro. Me trata con mucha delicadeza. Me siento como un jarrón de cristal.

—Gina tiene miedo de que también te enfades con ella.

Delia murmuró que aquello solo era culpa de Paul, aunque estaba ligeramente irritada por tener que ser ella la que buscara argumentos para que el otro se sintiese mejor.

—Bueno, Delia, en serio. Piénsalo. No podíamos tomar partido por ninguno. Teníamos que dejar que él te lo contara.

—¿Te dijo que me lo iba a contar?

Aled hizo una pausa.

—Dijo que la iba a dejar y ya está.

Aquello respondía la pregunta de por qué era Aled quien hacía la llamada de condolencia y no Gina. La falta de solidaridad femenina resultaba demasiado patente. No hablarían de aquello. Nunca. Se hubiese sentado en medio de los discursos de la boda, aplaudiendo y brindando por ellos sabiendo que Paul le había sido infiel.

Delia quería decirles: «Ya habéis tomado partido por uno de nosotros, por Paul», pero no tenía ganas discutir más.

Entonces, con una crueldad totalmente innecesaria, Aled añadió:

—Lo del viaje a París es una estupidez tremenda. Ya se lo dije.

—¿Lo de qué? —dijo Delia con miedo.

—Un plan. Cel..., ella, quería que fuesen a París para superar todo esto. Tienes que hablarlo con Paul. Lo siento.

Sonó como si Aled hubiese dado cualquier cosa para no mantener aquella conversación. ¿Cómo creía que se sentía ella?

Delia solo consiguió decir «Mmm, eeeh, vale, adiós» antes de salir disparada hacia el seto de los jardines de debajo de la oficina para vomitar café solo y bilis, mientras oía a los pájaros cantar a su alrededor y el raro comentario de un espectador.

—¡Un lunes por la tarde! La cantidad de estudiantes que beben hoy en día es terrible, Stanley —exclamó una mujer de mediana edad que estaba detrás de ella.

—Tengo gastroenteritis —dijo Delia volviéndose con los ojos rojos, pero la mujer negó con la cabeza y siguió caminando.

Por un instante, a Delia se le pasó por la cabeza solicitar la baja. Tenía tan mal aspecto que incluso Ann le daría la tarde libre. Pero luego se imaginó en casa, contemplando las cuatro paredes de su antiguo cuarto y a sus padres, preocupados porque sabían que estaba mal psíquicamente, no físicamente.

Delia se recompuso lo mejor que pudo, mirándose en el espejo de su estuche de maquillaje con la luz del sol a la espalda y tomándose un caramelo de menta extrafuerte para combatir el olor a vómito. Vagó hasta la oficina como un fantasma transparente.

¿Paul iba a irse a París? ¿Había dicho en serio que la dejaría o simplemente había sentido que tenía que decir que era a ella a quien quería cuando se pelearon?

Delia debía admitir algo: nunca había captado toda su atención. Dudaba que la hubiese elegido a ella, hubiese luchado por ella e incluso que lo hubiera sentido tanto como ella si la hubiera visto tambalearse sobre sus zapatos rojos de tacón unos meses después.

Tomar la decisión de pedirle en matrimonio encajaba con el patrón que no había querido aceptar hasta entonces. Ella había construido una vida alrededor de Paul, pero él no se había movido ni un centímetro. Su esfuerzo en la decoración de la casa lo mostraba como en un microcosmos: él se alegraba de que ella lo hiciese, pero eso no era participar de verdad.

Todo era falso, había estado actuando y, en realidad, él estaba más enamorado de sí mismo que de ella.

Tal y como estaba, necesitaría de algo cuanto menos «sorprendente», o que le llamara mucho la atención, para poder concentrarse de nuevo en el trabajo: una amenaza de bomba en la oficina o que Ann apareciera por la puerta dándole los buenos días de manera amable (eso sí que sería una sorpresa). Sin embargo, poco después de las cinco recibió algo parecido: un correo electrónico tan raro que tuvo que girar su silla para observar la sala a su alrededor.

> De: chile.picante@gmail.com
> *¿Me estás buscando?*

Capítulo 10

Una cosa era buscar a alguien que usaba la frase «apalear al obispo» —Delia tuvo que consultar en Google para entenderlo y enterarse de que era lo mismo que «hacerse una paja»— en la sección de cartas del lector de los periódicos, y otra muy distinta era descubrirte de pronto en el punto de mira de un topo *online* omnisciente. Se quedó helada y casi tiritó.

No se imaginaba de qué manera aquel hombre (¿sería un hombre?) la había encontrado. Sí, había estado en la cafetería, pero ¿cómo sabía él que lo estaba buscando? No había hablado de él *online*, así que incluso si hubiese pirateado su email —y no sabía cómo podría llegar a hacerlo— no iba a ser una pista decisiva.

El principio de la navaja de Occam, pensó Delia: en igualdad de condiciones, la explicación más sencilla suele ser la más probable.

Así que Chile Picante podía ser cualquiera de sus compañeros. ¿Quién podría haber oído la conversación con Roger?

Lo único seguro es que no era nadie de aquella oficina de funcionarios puntuales que no mostrarían semejante falta de respeto hacia su salario.

Es decir: ¿podía ser el educado de Gavin, cuarenta y tres, a quien le gustaban los Dire Straits, el esquí acuático, sus hijos y odiaba a su mujer? No. ¿O quizá Jules, cincuenta y uno, casada y sin hijos, ahorrando para un mes de vacaciones en las islas griegas para celebrar su trigésimo aniversario de boda? Difícilmente.

La idea de enviar correos privados en horario de trabajo para poner en peligro su fuente de ingresos era una auténtica locura. Y seguro que no usaban Viz.

No obstante, las palabras de Chile Picante brillaban en blanco y negro delante de ella. Delia podía ir directamente a llevarle a Roger la pista del correo electrónico y decirle: «*Voilà*, aquí tienes una manera de hablar con él», pero algo la detuvo y no estaba segura de hacerlo. Tal vez fuera su orgullo. Si aguantaba un poco más, quizá podría resolver el misterio y conseguir un resultado estelar.

Tras quince minutos de dudas, Delia se dispuso a responder:

Sí. ¿Cómo sabes que te estoy buscando?

No le contestó, y eso a pesar de que estuvo actualizando su bandeja de entrada cada dos minutos hasta que llegó la hora de irse a casa. A su casa de Hexham.

Justo al salir de la oficina sonó su móvil y se dio cuenta de que Paul estaba calculando el tiempo sabiendo que ya no estaría trabajando. Descolgó. Tenían que hablar algún día.

—Delia, por fin.

—¿Qué quieres?

—Saber si podemos quedar.

—No, no quiero. No tenemos nada de que hablar.

«Eso, nada.»

—Entiendo que estés enfadada, pero no estoy de acuerdo con que no tengamos nada de que hablar.

—¿Te refieres a lo de París?

Hubo un satisfactorio momento de silencio absoluto y después Paul murmuró:

—Joder, Aled, tremendo gilipollas —y a continuación, con voz más alta—: Sí, lo de París, podemos hablar de ello. De que no voy a ir. Lo he dejado con Celine.

—Lo siento. Espero que estéis bien. Un abrazo.

Paul pareció impresionado, y Delia se sorprendió de lo insignificante que había sido para él en aquella relación para que no esperase la furia y el dolor tan profundo que sentía porque él se hubiese acostado con otra mujer. ¿Se creía que le tiraría las ollas de Le Creuset, sollozaría y en algún momento le permitiría rodearla con sus fuertes brazos? Ojalá le dieran en la cabeza y le provocasen un traumatismo o, al menos, un buen chichón.

—Sé que necesitas tiempo. Estoy aquí en caso de que necesites hablar —repuso Paul.

—Parece que das por hecho que voy a volver en algún momento.

—¡No doy por hecho nada! Te digo lo que ha pasado y dónde estoy. Me alegro de haberlo hecho después de ver que Aled no es precisamente un mediador fiable.

Muy meritorio, muy verosímil, muy Paul. El Paul mentiroso. ¿Qué había dicho Aled? «Le dije que lo de París era una idea estúpida». Sonaba a que Paul le había dicho a Aled que estaba pensando si ir, a pesar de que después rechazase esa opción.

—Aled dijo que tuvo que convencerte de que no fueras.

—¡Qué...! ¿Qué? No me lo puedo creer. Solo se me ocurre que habló sin pensar y luego creyó que tenía que decirte eso para compensar. Ya sabes cómo es, el tacto a veces le suena a chino.

—¿Quién sabe? Yo no, desde luego. Adiós, Paul.

Delia no podía actuar como si él y ella todavía tuviesen algo en común y una confianza mutua.

Ya había pensado antes en la explicación de Paul: que Aled, sabiendo que su llamada le pondría en un lugar bastante malo, estaba intentando ganar puntos haciendo creer a Delia que no estaba nada de acuerdo como para intervenir.

Ella sabía lo que estaba haciendo. Estaba intentando suturar la herida casi instantáneamente: para encontrar una salida que le hiciese creer que el comportamiento de Paul no era tan malo como temía. Delia quería creerle a él, no a Paul. Se detuvo, pero no antes de asegurarse de que había dejado a un lado los sentimientos hacia su ex.

Delia tendría que dominar más impulsos como aquel. Siempre había confiado en él, del todo, y mira para qué le había servido. Ahora tenía muchas dudas y ya no confiaba ni siquiera en ella misma.

Capítulo 11

Ralph estaba tras la puerta de su habitación rapeando «¡Esto es una MIERDA, tío!» y dando golpes en los muebles, así que Delia pensó que ya tenía demasiada cafeína en el cuerpo y que le vendría mejor una taza de té.

Le habría pedido que le ayudase a seguir la pista de Chile Picante, pero Paul siempre se metía con ella por pensar que Ralph era un fenómeno de las tecnologías. «Juega a muchos videojuegos, De, no es un experto. Es como esperar que alguien que ve la tele todo el día te escriba el guion de *Los Soprano* o te arregle la antena.»

Al darse la vuelta para bajar las escaleras, vio que su madre había lavado su delantal de tienda de comida rápida, de rayas azul marino y amarillas, y lo había dejado doblado cuidadosamente junto a su puerta.

Delia había intentado mantener conversaciones de motivación con Ralph para buscarle un trabajo alternativo, pero él siempre se hacía el sordo.

«¿Te gusta tu trabajo?», fue una de las tácticas que usó. «No, por eso lo llaman trabajo», respondió Ralph riéndose histéricamente.

«¿No te gustaría usar más el cerebro?», le había preguntado Delia, y él se había encogido de hombros. «¿A ti te gusta tu trabajo?»

Ahí la había pillado.

A ella no la volvía loca escribir comunicados de prensa sobre las excursiones de una escuela a la empresa de gestión de basuras o sobre la señalización del tráfico de Gosforth. Su trabajo pagaba la vida que vivía cuando no estaba trabajando, eso era todo.

Ralph dijo que él hacía lo mismo, solo que su labor trataba de añadir tintes verdes a los días grises o convertir las patatas crudas en fritas.

De vez en cuando, Delia les pedía a sus padres que la ayudasen en la causa. Según ella Ralph no tenía ningún problema y parecía feliz. Algún día se mudaría de allí. No eran ambiciosos con la vida de sus hijos y a Delia eso le solía gustar.

Pero en esa ocasión le molestaba. Una patada en el trasero a veces no estaba mal, pero confundir a Ralph era como pinchar a través de las barras de la jaula a un animalillo manso, que nunca te podrá morder.

Se arrastró escaleras abajo y cruzó la puerta trasera de PVC sellada con silicona, con una taza de té en la mano —el té era la moneda de cambio en casa de sus padres; como los budistas intercambian regalos, allí había que tomarse el té—, luego atravesó el jardín hasta el cobertizo de su padre. Era más bien un pequeño cenador, y estaba inundado de olor a bosque tras haber cortado madera.

Su padre estaba junto a su mesa de trabajo con un trozo de roble que había lijado haciendo una forma de cresta que seguramente más adelante formaría parte de una cama o un armario.

—Gracias, cariño —dijo poniéndose las gafas sobre la cabeza y aceptando una taza de té con leche sin azúcar con las manos llenas de polvo.

—Mamá todavía no ha llegado, así que he pensado hacer espaguetis para cenar.

—Qué ricos. ¿Te encuentras bien? —dijo su padre.

—Un poco triste —dijo Delia—. Ya mejoraré.

—Siempre estás muy alegre, normalmente —dijo su padre. Sopló su taza de té e hizo una pausa—. ¿No se quería casar?

—Dijo que se quería casar —respondió ella, y se detuvo. Solo les había dicho que Paul y ella habían discutido y necesitaban un poco de espacio. (Le había dicho la verdad a Ralph, pero sabía que su hermano no lo contaría ni aunque le preguntasen.)

Era consciente de que, si decía que Paul le había sido infiel, nunca sería capaz de recuperar su reputación a ojos de sus padres. Una cosa era decidir perdonar a tu pareja, pero adaptarse no resultaba tan fácil para tus padres. Sería mejor mantener una verdad a medias hasta que decidiese. De nuevo parecía que se le negaba el beneficio de portarse mal que le correspondía como mujer despreciada.

—Creo que no era muy feliz conmigo. O no tan feliz como yo pensaba. No estoy segura.

Su padre asintió. Quizá había descifrado aquel código.

—Tú haces feliz a todo el mundo.

Delia asintió a su vez, sonrió y se tragó un sollozo.

—Puedes quedarte tanto tiempo como quieras —concluyó su padre fijando la mirada con sus ojos azules vidriosos, la versión mayor de Ralph—. No tengas prisa.

—Gracias, papá. Me alegra saberlo —respondió ella, y lo decía de verdad.

Al volver a la cocina picó cebollas y ajo, rehogó menta y volcó un bol de tomates troceados en la sartén, limpiando los residuos con agua y añadiéndola a la mezcla, un truco de aprovechamiento de su época de estudiante que la había marcado. Se le pasó por la cabeza lo reconfortante que podía llegar a ser cocinar incluso sin tener hambre.

Aquello era irónico: sin su habitual gran apetito, Delia se sentía pequeña y encogida dentro de su ropa. Como si fuese a acabar desapareciendo en un vestido desinflado, igual que se derretía la bruja mala del Oeste al final de *El mago de Oz*.

Si todavía se fuese a casar, le encantaría aquella situación: los corsés de algunos de los vestidos *vintage* que había visto parecían preocupantemente opresores. Pero ahora daba lo mismo. Podía ser del tamaño que quisiese, Paul se había acostado con Celine igualmente.

Cuando la salsa boloñesa se ligó formando algo marrón anaranjado en lugar de marrón rojizo, apagó el gas, puso una tapa encima y subió a su habitación.

Delia dudó tras cerrar la puerta. Oía cantar a Ralph y la sierra de su padre. Su madre estaba en el huerto. Abrió el armario. Allí, en el fondo, bajo ropa vieja y abrigos con bolas de naftalina, había unas cajas de almacenaje de plástico con asas.

Las arrastró fuera del armario, tirando de ellas hasta la cama, y abrió la primera. Delia estaba extrañamente ansiosa, nerviosa y cohibida. Había pasado tanto tiempo desde que había visto aquello por última vez.

Delia empezó *La Raposa* cuando era adolescente. Había sido una idea nacida de ensoñaciones en la escuela, cuando la vida la estaba sobrepasando. Se metían con ella por ser pelirroja. No era una estudiante excepcional, ni tampoco una atleta, ni guay o popular.

Estaba sola. Así que fantaseaba con otra vida en la que era todas las cosas que quería ser en el mundo real: especial, fantástica, heroica, valiente, útil e interesante. Cuando era niña, se sentía fascinada por un zorro que había visitado el jardín familiar y bombardeaba a sus padres con preguntas: «¿Por qué solo sale por la noche?» «¿Todos los zorros se conocen entre ellos?» «¿Dónde se esconden durante el día?» Delia había decidido que prefería sus respuestas inventadas a sus explicaciones.

Cuando se le pasó por la cabeza escribir un cómic en su adolescencia, supo desde el principio que tenía que salir un zorro, una raposa.

Como buena superheroína, *La Raposa* vivía en una madriguera subterránea, se movía en una bicicleta súperveloz y tenía un compinche, un zorro parlante, llamado *Reginald*. Su red de espías peludos le contaban lo que pasaba en la ciudad, y ella usaba la información para descubrir delitos y luchar contra el crimen.

Una vez le habló a Paul de todo aquello y dijo: «El LSD es una droga magnífica».

Delia siempre había sido creativa y nunca había sabido cómo canalizarlo: escribiendo y dibujando *La Raposa* se sintió más satisfecha que nunca. Se compró bolígrafos de punta fina y cuadernos de dibujo tamaño A3 con su paga, y se evadía entre las páginas de la historia pasando horas sentada con las piernas cruzadas sobre la cama, garabateando. En su familia, todos tenían una válvula de escape mágica del mundo real, y entonces Delia también la tenía.

Se sentía demasiado ridícula para enseñárselo a sus amigos, pero, por suerte, tener un hermano tan diferente como Ralph significaba tener una audiencia nada crítica. Cuando, tímidamente, le enseñó por primera vez las escapadas de *La Raposa*, pensaba que incluso él se reiría de ella. Sin embargo, se quedó fascinado. Y de Ralph siempre sabía que recibías una reacción sincera.

«¿Puedo ver más? —le había preguntado él—. Qué pasa después?»

«¿Qué pasa después?» podía ser la pregunta más emocionante que podían hacerle. A alguien le interesaba qué podía pasar después en un universo ficticio que ella había inventado, solo para entretenerse, como si tuviese vida propia. Como si *La Raposa* existiese.

De algún modo, a pesar de que *La Raposa* había empezado como el *alter ego* de Delia, se volvió instructivo para ella. Si pasaba algo y Delia no sabía cómo lidiar con ello, se lo pasaba a la Raposa, presentaba el reto en un universo en el que podía tomar una decisión valiente.

Siguió escribiendo y dibujando en la universidad, donde estudió diseño gráfico, pero lo abandonó cuando se graduó, ya que carecía de autoestima para empezar una carrera profesional. «Lo que he aprendido en clase es que todo el mundo tiene más talento que yo», le había dicho a Emma, quien pensaba que su obra era increíble y la había llamado idiota redomada. Delia se quejaba de que tenía todo tipo de deficiencias técnicas en comparación con sus compañeros. Su amiga discrepaba enérgicamente: «Tienes algo muy especial que te diferencia de los demás: tienes encanto», le había dicho.

En lugar de intentarlo y fallar, Delia nunca lo intentó. Se dijo a sí misma que fallar era inevitable y que mientras eso sucedía solo conseguiría parecer idiota. Era miedo, oculto tras racionalizaciones y desprecio por sí misma. Así que Delia acabó en el tipo de trabajos en el que acaba una chica joven con estudios y buenos modos al teléfono en el siglo XXI, porque se había dicho a sí misma que solo era buena para era aquello.

Aquella tarde, doce años después de salir de la universidad, Delia se sentía ligeramente estúpida por volver a la vía de escape de su juventud. Sin embargo, al pasar las páginas se veía sonriendo a pesar de sí misma. Era vivaracha y alegre como muchas veces uno no lo es de adulto.

¿Qué había dicho Ralph? «Tú estás al cargo.» Le sorprendía lo inspiradoras que sonaban aquellas cuatro palabras. Tal vez él era mucho mejor motivándola a ella que al revés.

Estaba perdida releyendo las aventuras de *La Raposa* hasta que su madre, que entretanto había llegado a casa sin que se diese cuenta, gritó por las escaleras si querían que sirviese ya los espaguetis.

Después de la cena, Delia buscó un bolígrafo y comenzó, vacilante, una nueva página de *La Raposa*. Le volvió a la mente de inmediato, como las letras de una canción antigua que no has oído durante años pero de la que instintivamente recuerdas la siguiente frase.

LA CIUDAD SE VOLVIÓ CONTRA MÍ.

TRAICIONADA POR LAS PERSONAS EN LAS QUE CONFIABA…

¿SERÁ EL FINAL?

¿CUELGO LA CAPA?

¿O… CONTINÚO?

Capítulo 12

¿Habría decidido Delia no contarle nada a Roger sobre la aparición sorpresa del señor Chile Picante en su bandeja de entrada tal vez porque le gustaba la distracción que suponía dedicarse a realizar aquella búsqueda en su miserable vida?

Se le ocurrió la idea al encender el ordenador a la mañana siguiente y sentir que un escalofrío le subía y bajaba por los brazos. Era un analgésico para el dolor de pensar en Paul.

Como era de esperar, tenía un mensaje electrónico del Chile esperándola, de una dirección de Gmail de Chile Picante.

De: chile.picante@gmail.com
¿Por qué me buscas?

Delia escribió:

De: Delia Moss
¡No has respondido mi pregunta! Quid pro quo.

¿Tendría que esperar otro día entero para obtener la respuesta? Sería muy frustrante. No, la recibió al cabo de unos diez minutos. Otra idea: el Chile tenía trabajo de oficina. La hora de desconexión de ayer reforzaba aquella premisa.

De: chile.picante@gmail.com
Lo supe porque soy bastante bueno con los ordenadores.
Ahora tú...

No tenía por qué esconder sus intenciones, pensó Delia. Metería en medio un emoticono para que aquello siguiese en un tono amable.

> De: Delia Moss
> *Eso no es una respuesta, ¿verdad?* ☺ *Quiero hablar de por qué eres tan duro con el Ayuntamiento. ¡Muchos de tus comentarios en la página del* Chronicle *son bastante crueles! (suponiendo que no hay otro Chile afrutado y malhablado por ahí?) (¿POR QUÉ te llamas Chile Picante?)*

> De: chile.picante@gmail.com
> *No soy tan duro. Escribo cosas que me hacen gracia. (Es el Chile más problemático. ¿Por qué no se utiliza en más platos? Sé que estarás de acuerdo conmigo.)*

> De: Delia Moss
> *OK, pero... no siempre haces reír a la gente. Algunos concejales están bastante molestos. (Sep, estoy de acuerdo en lo del condimento. Chile y/o ajo, siempre. Cilantro si quieres sorprender.)*

> De: chile.picante@gmail.com
> *Eso es porque son unos viejos falsos que no reconocerían el humor ni aunque explotase detrás de ellos con una cuerda colgando y gritando su nombre. (A mí también me gusta con carne.)*

Delia se rio levemente en su escritorio y Ann, ocupada en hacer oscilar un pulgar torcido con su banda elástica de quiropráctico, la miró con recelo.

—Una cosa de Buzzfeed —balbuceó Delia mientras escribía una respuesta.

> De: Delia Moss
> *Sea cierto o no..., ¿podrías moderar un poco el tono?*

De: chile.picante@gmail.com
¿Hay alguna razón por la que debiera hacerlo? ☺

Delia tamborileó con los dedos sobre el escritorio.

De: Delia Moss
¿Por hacerme un favor? Me han encargado pararte los pies. Me ayudaría muchísimo que lo hicieses. O que cuidases tus modales un poco más. Mi jefe estaría más contento.

De: chile.picante@gmail.com
Quizá tu jefe tendría que echarle un par de huevos y decirles a esos concejales que ganasen un poco de perspectiva. Yo entretengo a la gente y aumento la felicidad del universo.

De: Delia Moss
Puedes ser entretenido y no llegar tan lejos para sugerir que el concejal Hammond dijo en la junta general que se blanquea el ano.

De: chile.picante@gmail.com
Eso no era mentira. Comprueba los minutos de la junta. Dijo que después parecía tan fresco como una lechuga.

En su mesa, Delia casi soltó una carcajada que pudo reprimir a tiempo cuando la mirada de Ann se deslizó hacia ella de nuevo.

Delia pensó que podía hablar de esta conversación con Chile Picante. Haría un informe para ver si podía disuadirle de la anarquía de comentarios salidos de Viz.

El misterio continuaba: ¿cómo demonios la había encontrado? Aquella parte resultaba desconcertante e incomprensible.

Sonó un mensaje en su teléfono móvil. Emma.

Te llamaré en cinco min. Tengo una idea. Ve a una zona segura y abre tu mente para recibir magnífica idea. E.

Delia se sonrió metiendo el móvil en el bolsillo de su vestido de cambray de tirantes, y salió al jardín. Al parque, si uno se quería poner elegante: una tira de hierba que separaba el Ayuntamiento del resto del mundo.

Mientras hacía entrechocar los zapatos, Delia pensó que había olvidado, para su desgracia, lo importante que Emma y ella eran la una para la otra.

La amistad sincera de Delia casaba bien con la inteligencia entusiasta de Emma. Delia solo pensaba en su hogar; Emma, en su trabajo, aunque a las dos les encantaba reírse de la estupidez vestidas con anchos pantalones de pijama. Les resultaba difícil soportar el lado cruel de las reuniones de mujeres. No eran criticonas ni competían entre ambas y ninguna de ellas le había fallado nunca a la otra. En sus diferencias, aprendían mutuamente.

Así que cuando ella languidecía y asimilaba la pérdida de Paul, Emma no iba a decirle «pobrecita», ni a colocarle los cojines y hacerle sopa de fideos. Estaba con ella en aquel barco que naufragaba, intentando achicar agua.

A Delia se le pasó por la cabeza que ella también formaba parte de un dúo de larga duración, una pareja fiel, y la idea la reconfortaba.

De todos modos, le preocupaba qué rumbo tomaría aquello. Daba igual lo que funcionase para Emma a la hora de arreglar una disputa, porque no iba a sentarse a la mesa para aclarar las cosas con Paul y Celine.

Cuando respondió la llamada, oyó la banda sonora del denso tráfico y el jadeo de alguien que caminaba rápido. La vida de Emma se movía a diferentes revoluciones que la de Delia.

—¡No puedo hablar mucho! Tengo una idea brillante. Al principio vas a decir que no y después vas a pensártelo y cambiarás de opinión.

—Eeeh, vale...

—¿Sabes que habíamos hablado de que vinieses a verme? ¿Por qué no te mudas un tiempo?

—¿Qué quieres decir?

—Quiero decir que te mudes aquí conmigo. Tengo una habitación vacía y tú podrías ser la solución para ese sentimiento de culpabilidad que tengo por no buscar un inquilino. No quiero tener a nadie y no puedo permitirme vivir sola, y mi padre me ha estado dando la lata bastante con esto. Vive aquí gratis, aclárate, prepara la cena. Haz esa cosa misteriosa que haces para que un sitio sea acogedor. Podríamos ser un consuelo para la otra, como las dos solteronas de *Una habitación con vistas*. Tu habitación no tiene vistas, por cierto.

Delia todavía no había visto el nuevo piso de Emma en Finsbury Park. Con las horas que trabajaba, sospechaba que ella tampoco lo habría visto mucho. Alzó la vista al sol y disfrutó de estar fuera, no en la oficina, un lugar que olía a moqueta y decepción.

—¿Y el pequeño detalle del empleo? No puedo dejar mi trabajo —dijo.

—¿Por qué no?

—Porque es el único que tengo y necesito el dinero.

—Siempre decías que no sería un trabajo para toda la vida, ¿y cuánto tiempo llevas ya? ¿Siete, ocho años? ¿Cuándo vas a dejarlo?

Delia hizo un gesto. Cierto, pero cuando te rompes las dos piernas te das cuenta de que no es el mejor momento para tirarte en paracaídas. O algo así.

—Ya lo sé. Pero habiendo perdido mi casa y a mi pareja, no estoy como para dejar mi trabajo.

—Sabía que dirías eso. Parece el peor momento para hacerlo, cuando en realidad es el mejor. De todos modos, ya está todo del revés. Y suponiendo que quieras volver con Paul...

—Eso es mucho suponer —dijo Delia pensando que Emma la había calado. Sus ojos se encontraron con una mujer agachada, que le hacía muecas a un bebé de cara redonda en un cochecito.

—Suponiendo que quieras volver, venir aquí te asegurará toda su atención. Confía en mi instinto. Conozco la diferencia entre un arreglito y un gran arreglo. Y lo que ha pasado entre Paul y tú necesita un gran arreglo. Haz que te eche de menos.

—¿No les estaré allanando el camino a él y a esa zorra?

—¡Qué va! Tú ya estás fuera si él quiere. Pero mientras estés en Newcastle puedes volver con él en cualquier momento. En Londres, de pronto desaparecerás de su vista y estarás en su corazón y su cabeza. Si antes había demasiada rutina entre vosotros... —Se le contrajo el estómago. Pensaba que la rutina era lo que se sentía cuando uno era feliz—. Si haces algo drástico e inesperado, harás que se concentre. Correrá detrás de ti. Tendrás la prueba de que eres tú lo que quiere.

Se imaginó la idea. Paul alucinaría, eso era cierto.

La Delia casera desapareciendo en la gran ciudad. No estaba segura de que fuese muy sano hacer cosas impulsivas por cómo las vería Paul, la verdad. Y le podía salir el tiro por la culata.

—Mi jefe tiene un dicho —dijo Emma—: «Cuando llegue la pelea, no te «atortugues».

—¿«Atortugues»?

—Que no te escondas en tu caparazón.

A Emma le encantaban los neologismos sin ningún sentido.

—Entonces, ¿quieres que sea tu limpiadora? —dijo Delia.

—¡No! Bueno, sí. Si quieres serlo. Sobre todo quiero que me hagas compañía y endereces tu vida.

—No puedo dejar de trabajar y vivir de ti. Es una locura.

—¡Pues busca un trabajo! Tienes experiencia como *community manager* y relaciones públicas. Aquí habrá un montón de oportunidades más. Empezaré a husmear por aquí.

Delia estuvo a punto de decir que en el norte también había mucho trabajo, que no vivían en blanco y negro, pero Emma no solía alardear de la superioridad de Londres, así que le perdonó aquel desliz.

—¡No! Lo pensaré —dijo Delia—. Te lo prometo.

No iba a hacerlo, solo estaba calmando a su amiga. Era bonito saber que alguien la quería a su lado. Y habría estado bien jugar con la idea de que Paul se pusiese en guardia y le prestase atención. Pero pensando de manera realista, no era posible que Delia añadiese «desempleada» a su lista de éxitos vitales. Londres la intimidaba. Era tan enorme. Se suponía que uno tenía que sentirse parte de todo, pero en realidad nunca formaba parte de nada.

Cuando colgó y alzó los ojos del suelo, se encontró con los de una chica con un cabello estilo mus de chocolate, labios rosa brillantes y una expresión nerviosa y expectante. Había estado esperando a que terminase la llamada. Era bastante posible que tuviese veinticuatro años.

Sintió que se iba a desmayar. «Aquí no. Ahora no.»

—Perdona...

Se le quedó la boca seca y se le aceleró el corazón: bum-bum, bum-bum, bum-bum, bum-bum, bum-bum.

—¿Sí...?

—¿De dónde es ese vestido? Me encanta.

El alivio la inundó como un arco iris de energía cósmica.

—¡URBAN OUTFITTERS! ¡Pero es de hace mucho tiempo, lo siento! ¡Ja, ja, ja, ja! —chilló mientras la chica la miraba educadamente como si estuviese borracha—. Puedes intentarlo en eBay.

La chica sonrió seguramente pensando: «... y tú en una clínica de desintoxicación».

Aunque no se iba a ir a Londres, pensó Delia mientras caminaba sin querer volver a la oficina temblando por la adrenalina, tampoco podía fingir que Newcastle fuese el mejor lugar para ella.

Capítulo 13

Delia se metió en la bañera con sus sales de aguacate y se dedicó a poner los dedos de los pies en el grifo como había hecho miles de veces en su juventud, observando la laca de uñas color burdeos. Siempre usaba tonos rojos oscuros en sus pálidos pies. Le recordaban a un cuento de hadas de su niñez que hablaba de gotas de sangre sobre la nieve.

La casa estaba en silencio: Ralph estaba trabajando y sus padres en su concurso semanal en el *pub*.

En el reflejo del espejo con marco de plástico que colgaba justo al fondo de la bañera podía verse los párpados como manchas de carbón tras haberse limpiado el lápiz de ojos negro. Llevaba maquillaje como aquel desde hacía tanto tiempo que se veía rara sin él, como si fuera un topo recién nacido.

Mmm. Ya no tan recién nacido. No le faltaba mucho para cumplir los treinta y cuatro. Delia no había querido pensar en ello hasta entonces, pero el hecho de estar desnuda la llevaba a sincerarse duramente consigo misma.

Allí estaba el pensamiento que había estado zumbando como una avispa en el filo de sus pensamientos desde que había sabido lo de Celine.

Si quería tener hijos, probablemente Paul seguiría siendo mejor opción que relanzarse al mundo de las citas con sus treinta y tantos esperando encontrar otra posibilidad real.

Aunque Delia conociese a alguien pronto (y no parecía probable), debía tener en cuenta el tiempo para conocerlo y confiar en él antes de dar el paso de la maternidad. Odiaba tener que considerar la idea pasada de moda de ser madre soltera de cierta edad. No se debía tomar ninguna decisión que fuera producto de la desesperación, o no sería una decisión. Ella había sido la primera en decirles a sus amigas que tenía todo el tiempo del mundo. Pero se dicen cosas así para hacer que los que no tienen elección se sientan mejor. Si era sincera, su situación actual parecía arriesgada.

Paul y ella habían hablado la noche anterior, ¿cómo iba a empezar a salir con otro ahora? Era algo injusto que, con treinta y cinco años, él siguiese siendo lo suficientemente joven para ser ese chico mayor guay, en lugar de asqueroso, para una chica de veinticuatro. Él aún podía esperar a que ella tuviese, por ejemplo, treinta y estuviese preparada para pensar en tener una familia.

Delia no tenía el mismo margen.

Había estado fuera de circulación tanto tiempo que la actitud necesaria para tener una conversación educada frente a un *gin-tonic* con un extraño con el que quizá se quisiese acostar le parecía algo abrumador y totalmente ajeno a ella.

Antes de estar con Paul había saltado de un novio a otro sin siquiera tener que pensar en el beneficio. Siempre estaban cuando los necesitaba y a veces también cuando no los necesitaba. Las citas modernas requerían práctica: no era algo que se podía empezar de repente y esperar un éxito instantáneo. No ibas sin equipaje, y ellos tampoco.

Emma era soltera de largas temporadas, con la excepción extrañamente deshonrosa de hombres bruscos y pijos que conocía por su trabajo y con los que tenía breves y bruscas aventuras. Delia siempre se estremecía un poco ante toda aquella brutalidad. A Emma la habían dejado un par de veces por redes sociales descubriendo a Harry o a Olly con otra en un *selfie* en las pistas de esquí. (A pesar de que Delia pensaba que aquellas crueldades tenían un poco que ver con su reconocido y cuestionable gusto para los hombres.)

Emma llevaba buscando toda su vida a su Paul *online* y mediante amigos de amigos, y todavía tenía que encontrarlo.

Después también había otros obstáculos, si Delia conseguía milagrosamente llevarse bien con una aventura potencial en The Baltic. Sexo con una persona nueva. ¡Uf!

Se miró el cuerpo.

Nunca antes había necesitado evaluar su valor estético tan abiertamente: hacía su trabajo y lo querían. Podía querer tener un vientre más plano, pero mientras hubiese faldas acampanadas, queso azul cremoso y estuviese con Paul, no era prioritario para ella.

Ahora se preguntaba qué trabajo de reparación necesitaría antes de volver a abrirse al público. Contempló con desánimo las blancas esferas de sus pechos meciéndose en el agua. Con ropa llamaban bastante la atención. La copa DD era bastante popular entre los hombres.

Sin embargo, durante su época fuera del mercado había aparecido la cirugía estética. Alarmada, había visto cómo soltaban cruelmente la palabra «flácida» a mujeres de las que ella pensaba que eran muy atractivas. Tener los pechos grandes significaba inevitablemente que caían cuando no tenía el sujetador puesto. Creía que soltarse el botón y dejar asesorarse por alguien que no conocía de nada era terrible.

Se estremeció: una vez dejaron a Emma justo después de la primera vez con él. Imagínate. Incluso el despreocupado carácter de Emma había recibido un duro golpe.

Delia no era delgada ni escultural. Tenía hendiduras plateadas provocadas por las estrías en las caderas. Y tenía vello.

¿Sorprendería algo que fuese pelirroja natural? ¿Teniendo en cuenta que las depilaciones extremas eran la norma? Solían meterse con ella por tener la peluca de Ronald McDonald en los vestuarios del colegio. No tenía ganas de descubrir que aquel prejuicio estaba vivito y coleando, dos décadas después, justo cuando ella y lo que podía llamar un nuevo amante estuviesen a punto de hacerlo.

Un nuevo amante: parecía imposible. Paul y Delia. Delia y Paul. El uno debía estar con el otro. Aunque él se había entregado a otra.

Echó más agua caliente a la bañera para compensar el frío que sentía.

¿Era aquello lo que se sentía cuando se terminaba con una relación, como si se estuvieran pasando las etapas de una muerte: enfado, negación, negociación y aceptación?

Sí, aquello era exactamente una pérdida. Aceptar que la larga relación con Paul, durante la cual nunca le había sido infiel y en la que tenía una confianza ciega, estaba muerta. Si volvían, sería una nueva relación. Tendría muchas características de la antigua, pero no sería la misma. Darse cuenta de aquello hizo que se sintiera muy triste, pero también le dio algo de paz.

¿Qué pasaría si se fuese a Londres? ¿Si se apartase de todo aquello y obtuviese algo de perspectiva con la distancia? Solo que significaría perder el trabajo. Por más que le diese igual su empleo, Delia no podía permitirlo.

Sumergió la cabeza dejando que su pelo flotase como un cálido halo de serpientes alrededor de su cabeza, pensando en sí misma como una Ofelia moderna, sumergida en burbujas de champú L'Oréal. Lo que sentía por Paul no había desaparecido durante el transcurso de una horrible tarde.

Podía imaginarse volviendo con él algún día. También sabía que tenía un gran bulto en la barriga, un peso muerto de dolor y resentimiento que tendría que disolver lentamente hasta que pudiese volver a sentir amor por él.

Delia no sabía cómo, cuándo y ni siquiera si sería capaz de superarlo. Parecía un reto lo suficientemente grande como para admitir al menos que lo intentaría.

Capítulo 14

—Hemos tenido una brecha de seguridad grave y el dichoso Chile ese ha pasado al nivel de amenaza naranja —le gruñó Roger, con lo que provocó que todo el mundo los mirase preguntándose obviamente cómo todas aquellas palabras juntas en su propio idioma podían formar una frase tan incomprensible—. Ha habido algunas novedades.

Delia lo miró perpleja.

—¿Eres tú o no la que tiene que actualizar nuestra cuenta de Twitter?

—Sí —dijo ella desconcertada.

—¿Cuándo fue la última vez que tuiteaste?

—Mmm... Hace una hora más o menos.

—Pues entra en tu cuenta —dijo Roger inclinándose sobre ella y expulsando su aliento a café descafeinado en el cuello de su jersey. Se puso con los brazos en jarras, con la prepotencia de un espía que va a informar de las novedades en una reunión de los jefes de seguridad del país.

Delia obedeció sintiendo el cosquilleo que antecede al miedo. ¿Debería mencionar los correos de Chile Picante?

Abrió el perfil del Ayuntamiento e instantáneamente apretó la mandíbula para que los músculos de su cuello no se contrajesen de risa.

Estaba lleno de tuits falsos.

¡Camaradas! ¡Ha vuelto la temporada de premios! Por favor, nominad en las siguientes categorías...

–Los peores planes.

–La peor experiencia en un baño público.

–El concejal más sexy.

–El mejor lugar para tener sexo en público.

Delia exclamó para sí: «¡Madre mía!» y se aclaró la garganta. «No te rías, no te rías...»

—¿No habías visto esto?

—¡Por supuesto que no! —exclamó yendo rápidamente a los ajustes de la cuenta—. Voy a cambiar la contraseña ahora mismo.

—¿Nos han pirateado la cuenta? —dijo Roger subiéndose las gafas de profesor de ciencias en la nariz.

«No, pensé que sería divertido hacer creer que el Ayuntamiento tiene un premio al grafiti más específico.»

—¿Cómo sabemos que es Chile Picante? —preguntó Delia.

—El mismo *modus operandi* —Él le quitó el ratón y fue examinando la página—. Las citas inventadas.

Atención. Janet Walworth ha dicho: «Los premios son una oportunidad para que nos digáis cuál de nuestros políticos os pone más cachondas».

—Esto nunca había pasado antes. Cambiar la contraseña lo mantendrá alejado por ahora, pero a la luz de los acontecimientos me pregunto cuántos puntos débiles tendrá el sistema. Pondré a trabajar en esto a nuestro departamento de informática. Ahora echa un vistazo a lo que está pasando en el *Chronicle*.

Delia se dio cuenta de que a Roger le estaba encantando aquello.

Ya lo creo.

Abrió la web del *Chronicle* y, dejándose guiar por Roger, escribió «Ayuntamiento» en el buscador. La primera noticia que apareció iba sobre un curso para parados.

Delia fue revisando los comentarios sin esperar ver nada, pero allí, en el tercero, aparecía el dichoso Chile (¿es que no tendría otra cosa que hacer esa persona?).

Hola, chicos. Tenía que avisaros de que los poderes establecidos y sus perros fieles del Ayuntamiento están por mí. Supongo que a algunos no les gusta que el rebaño tenga un punto de vista propio. Me han pedido que «cuide mis modales». ¡Pues no van a callar a este buscador de la verdad! El director ejecutivo está sentado sobre un trono de mentiras. Y firma las facturas de enormes bandejas de Ferrero Rocher para recepciones. Se ha abierto la CAJA DE PANDORA.

Los labios de Roger se movían mientras leía las palabras y cavilaba. Miró a Delia con ojos de loco, aterradores, como los Malines Azules en la película *El submarino amarillo*.

—¿Qué te parece?

Delia tenía muy poco tiempo para decidir qué hacer. En la pequeña ventana de tiempo que se permitió abrir para hacer cálculos, concluyó que hacerse la tonta no funcionaría. El Chile estaba describiendo su acercamiento justo después de que Roger le pidiese que lo hiciese.

—He... abierto un diálogo —dijo ella.

—¿Cómo? —se inquietó Roger. El ambiente de amenaza se podía cortar con cuchillo, y Delia sabía que todos y cada uno de sus compañeros observaban el espectáculo con avidez.

—Por correo electrónico. Yo...

—¡Envíame los mensajes! —exclamó él, furioso. Literalmente. Parecía una caricatura de Quentin Blake: pelo desordenado, barba hecha de heno, cejas puntiagudas, ojos de alfiler ampliados detrás de unas gruesas gafas cuadradas de pasta.

Volvió a fijar la mirada en su pantalla para esperar la prueba y Delia se empezó a marear.

El intercambio de bromas entre Chile Picante y ella solo parecería aceptable bajo dos condiciones: 1) Si tuviese tiempo para presentarlo de manera cuidadosa y agradable, y 2) si Chile Picante hubiese dejado de molestar.

Dado que ninguna de las dos se cumplía, estaba jodida.

Volvió a mirar la conversación e intentó decirse que por lo menos la habían pillado diciendo «JA, JA, JA, JA: QUÉ BUENO, DÍSELO A ESOS VE-

JESTORIOS». No era el tipo de reprimenda de institutriz que la ira de Roger requería, para ser sinceros.

Le dio a reenviar con el gran pesar de una mujer condenada e hizo una introducción:

Hola, Roger. Como puedes ver, aquí doy los primeros pasos para ganarme su confianza.

Aquello era una súplica cobarde de comprensión por su parte. También le ofreció una breve explicación sobre su vigilancia en Tragoz y Tapaz. No le ayudaba nada que la interacción hubiese empezado porque Chile Picante la hubiese localizado a ella y no al revés. O que se aludiese a la fortaleza testicular de Roger.

Pasaron diez minutos extremadamente tensos. Roger estaba encorvado sobre la pantalla y ella intentaba no mirarlo.

Ann dijo lo suficientemente alto como para que Roger sacudiese la cabeza:

—¿Tiene algo que ver con las cosas de las que te reías últimamente?

«Vaca traidora», pensó Delia. Tal vez la muy bruja solo encontraba graciosos los desastres naturales y los ataques yihadistas.

Que apareciera por detrás de su hombro solo fue cosa de quince minutos. Parecía que Roger se le había acercado con una ráfaga de aire helado y los acordes iniciales de *Enter Sandman*.

—Sígueme —dijo.

Roger condujo a Delia a una oficina desierta y sofocante al final del pasillo, llena de archivos y con una vieja pizarra donde se decía: PRINCIPIOS FUNDAMENTALES = ACCIÓN? -> ASESORAMIENTO escrito con rotulador.

—¿Tienes idea de qué quiero hablar contigo?

—¿De Chile Picante? —preguntó Delia esperando que su tono no sonase insumiso.

—Me gustaría que me explicases la lógica que hay detrás de la correspondencia informal que has iniciado con alguien que es un enemigo declarado de esta institución.

Por Dios, ¿por qué tenía que hablar siempre como si hubiese salido de una novela de Tom Clancy? ¡La flota de combate nunca estará preparada!

—Estaba ganándome su confianza para hablarle en su propio idioma —dijo Delia.

—La impresión que le has dado al dichoso Chile, y a mí, es que te parecía aceptable el tenor de su contribución. No hay duda de que le alentaste a lanzar su última invectiva.

Ya era oficialmente Chile Picante, como el Asesino del Zodíaco o el Rey del Pop.

—Debía tener cuidado de no pasarme y decirle: «No puedes hacer eso», porque técnicamente sí puede. Pensé que un acercamiento suave funcionaría mejor.

—Ya hemos visto lo bien que ha funcionado. Siento no haber sido lo suficientemente claro, señorita Moss, pero como representante del Ayuntamiento no se esperaba que mostrase su agrado hacia bromas eróticas y que le pidiese con desinterés que «moderase un poco el tono».

Aquello era muy injusto. Roger había dicho «cualquier medio, sucio o limpio».

—No creo que hubiese respondido a una simple petición de cese ni que yo tuviese nada que ver.

Roger hinchó la nariz.

—Podrías haber venido muchas veces para que decidiese qué había que hacer. Pero en lugar de eso, consideraste la confianza que deposité en ti como una licencia para permitirte unas risitas inmaduras y así empeorar la situación todavía más. ¿Tienes idea de lo que va a parecer esto cuando tenga que darle explicaciones al concejal Pollock?

Eso era. Roger tenía encima una mosca cojonera y sentía muchas ganas de pasársela a Delia. Pero esta vez la mosca tenía el tamaño de una morsa.

—¿De verdad tenemos que decir que hemos estado en contacto? —preguntó Delia.

Él se puso morado.

—Sí, claro. Tu actitud hacia lo que constituye una revolución es extremadamente preocupante. Te voy a mandar un aviso por escrito y se guardará en tu expediente —dijo Roger.

—No es justo —respondió Delia—. Estaba trabajando en secreto, con normas especiales...

—¡No estabas trabajando en secreto cuando contactó contigo en tu correo electrónico de aquí! ¿Tienes idea de cómo supo que le estabas buscando?

Delia sacudió la cabeza con tristeza.

—Tus éxitos se reducen a cero. Juego, set y partido para Chile Picante.

A Delia se le pasó por la cabeza que posiblemente el dichoso Chile todavía no hubiese acabado de hacerla quedar mal. Haber pirateado la cuenta de Twitter era una señal de que había desbloqueado un nuevo nivel de travesuras.

Cuando volvió a su mesa, se estremeció al ver un correo electrónico de aquel desconocido esperándola. Estaba bastante enfadada con el responsable invisible de su desgracia y no tenía ninguna libertad para decirlo.

¡Eh! ¿Qué pasaría si el concejal Hammond pensase que su trasero blanqueado se pareciera al culo de un mono? Piénsalo.

Pulsó el botón de borrar.

Capítulo 15

Dudaba que el día pudiese irle todavía peor.

Entonces, a media tarde, todo el mundo se levantó de la silla de pronto. Delia echó un vistazo a su alrededor, confundida.

—¿Simulacro de incendio? —preguntó a Mark.

—Trabajo en equipo o algo así —murmuró él disculpándose.

Se dio cuenta de que estaba avergonzado porque le estaba hablando con el susurro que se reserva para alguien que tiene problemas. La habían etiquetado, llevaba la letra escarlata, y ahora nadie quería que le vieran conspirando y confraternizando con ella. Era un poco ridículo.

Quizá Roger había preferido montar un melodrama (tal vez fuese ese el modo de compensar una vida tranquila de golf y ajedrez), pero no entendía por qué los demás tenían que seguirle la corriente.

Marcharon en grupo a una sala de reuniones del piso de abajo. Al final de la sala había otra pizarra con una lista de mandamientos. (El número 4 era «Vencer las diversidades», y Delia estaba bastante segura de que lo que quería decir en realidad era «adversidades», pero no iba a sacar el tema.)

Cuando todo el rebaño estaba ante la puerta, una mujer con un traje de falda y blazer púrpura y con una placa en la que se leía el nombre de LINDA se dirigió a ellos. Tenía un aire de jovialidad gastada pero persistente que solo podía venir de veinte años currándose los informes del circuito de formación regional.

No se podían sentar porque habían apartado las mesas de una manera que Delia, la verdad, no entendía, formando una sola mesa en el medio de la habitación.

—¡Buenas tardes! ¿Cómo están ustedes?

Murmullos.

—Vamos, eso no ha sido muy alentador. He dicho: ¿CÓMO están US-TEDES?

Murmullos algo más altos.

—Hoy estamos aquí para participar en un taller tras el cual tendrán una idea más clara de lo que hacen y de con quién lo hacen.

Miró de refilón a Ann. No quería tener una idea más clara de aquella bruja.

—Para empezar, el propósito del ejercicio de la Caída desde la mesa es crear un sentimiento de seguridad en nuestros compañeros.

Madre mía, ¡no! ¿Iban a hacer eso de tener confianza para tirarse hacia atrás y dejar que te agarrasen? ¿El Ayuntamiento había oído hablar por fin de aquella moda de hacía una década?

—Se trata de cómo nos apoyamos unos a otros y cooperamos para crear un sentimiento físico real de unión como equipo.

Aquello tampoco le apetecía.

Ni hablar.

—¿Quién quiere ser el primero y ganar puntos extra por valiente? —Linda parpadeó alegremente como hacían todos los sádicos felices.

La compañera de Delia, Jules, alzó la mano.

—Vale, ya que tenemos una voluntaria, súbete a esa silla y los demás quedaos aquí de pie, así, con los brazos estirados y unidos para crear una red... —dijo Roger, quien de pronto se había convertido en el ayudante de Linda. Estaba segura de que lo había hecho para que no se diesen cuenta de que él no iba a hacerlo y correr el riesgo de que lo empujasen.

Delia se unió de mala gana al grupo de quienes ya habían hecho una hamaca con los brazos entrecruzados e hizo un gesto de dolor por lo vergonzante que resultaría aquello. Llevaba una falda de algodón acampanada, ¿qué pasaría si se le subía al caer? Se estremeció al recordar cómo de niña, por su cumpleaños, la tiraban por los aires de manera agresiva haciendo que se le viesen las bragas. De hecho, aquella situación tenía un parecido sorprendente: la excusa de la positividad que enmascaraba la intención de humillar sin opción de negarte.

Bien, ayudaron a la obediente Jules a subir a la silla y luego a la mesa.

Parecía nerviosa. En realidad, todo el mundo lo parecía; Jules había seguido un programa de adelgazamiento el año anterior y ya había recuperado todo el peso perdido.

Jules se dio la vuelta e intentó tirarse hacia atrás. Todo el mundo se puso tenso. Gritó:

—¡No puedo!

—¡Es más difícil de lo que creía, eh! —gorjeó Linda con satisfacción—. Dejarse llevar puede ser sorprendentemente difícil.

—No es muy aconsejable fingir un desmayo desde lo alto de un mueble. Por eso es difícil —dijo Delia. Sabía que se iba a meter en más problemas, pero se sentía demasiado soliviantada como para que le importase.

Linda giró los ojos de fanática hacia ella.

—¡Exactamente! Olvidar nuestras inhibiciones cuesta trabajo. Los desinhibidores nos acercan emocional, social e incluso espiritualmente.

Menuda frasecita.

—Pero yo soy cristiana y no creo... —dijo Ann.

—La espiritualidad tiene muchas formas —dijo Linda con dulzura.

—El tema ese de los aliens que salen en las películas no es religión —replicó Ann—. Jesús era el hijo de Dios, no el hijo de Zod.

Linda parecía confusa, y Delia se descubrió de pronto riendo con una ocurrencia que Ann había tenido sin ninguna intención.

Después de dos intentos, Jules se dejó caer hacia atrás sobre sus brazos, se podía palpar el sudor entre los brazos entrelazados.

Cuando su compañera cayó hacia ellas, tuvo el horrible presentimiento de que le fallarían y Jules moriría de una manera ridícula e innecesaria. Chúpate esa, Ayuntamiento.

Finalmente se tambalearon un poco, pero la sujetaron con facilidad. O eso pensaban, hasta que se oyó un grito aterrador.

Al principio pensó que había sido Jules, pero la mujer seguía en posición horizontal mirando hacia ellos. Parecía tan asustada como todos los demás.

Cuando la pusieron en pie, Delia se volvió para ver a Ann sentada en una silla agarrando su brazo frente a ella con el rostro retorcido en una mueca de dolor.

—¡Mi brazo! ¡Mi brazo!

—¡Por Dios! ¿Qué pasa? —dijo Roger.

—Es una fractura. Hoy no me he puesto la venda.

Alguien se acercó para intentar examinarla y ella soltó otro aullido.

—¡No lo toques!

—¿Qué te ha pasado? —preguntó Delia.

—Me pillé con una puerta de seguridad en la iglesia de St Leonards —respondió Ann—. Y todavía no se me ha curado, no del todo.

Delia recordó la historia. El espantoso incidente había ocurrido en 1989. Obviamente, Ann no solo estaba obsesionada con las fechas de caducidad de la comida, también con otras.

—¿Es que peso tanto? —preguntó Jules en voz baja, y Delia contestó rápidamente:

—¡Claro que no! ¡Ni un poquito! Lo de Ann es una vieja lesión.

Sí, un esguince de modales.

—¿Necesitas un antiinflamatorio? —le dijo Roger a Ann.

—No, estoy acostumbrada al dolor —dijo Ann con un tufillo a mártir chamuscado.

—¿Quién es el siguiente voluntario? —dijo él intentando recuperar la atención.

—¿No deberíais hacer ejercicios en los que pueda participar? —dijo Ann con los ojos brillantes mirando a Roger con recelo. De pronto los ojos él de parecían decir: «¡Madre mía! Me van a demandar por un asunto de discriminación y discapacidad».

Delia tuvo que contener las carcajadas. Ann era una verdadera serpiente de cascabel con jersey de angora.

Roger se puso a hablar entre susurros con Linda y, cuando terminaron, ella dijo:

—Bueno, vamos a pasar a un ejercicio muy divertido, mi favorito. Vamos a contar un hecho sobre nosotros que nadie sepa y luego lo hablaremos todos. Les cuento el mío para romper el hielo: he ido a casi cincuenta conciertos del grupo Del Amitri y soy miembro fundador de uno de sus clubes de fans, Los chicos y chicas de los Del.

—No los conozco —dijo Ann.

Capítulo 16

Después de los nervios que habían pasado por lo de Ann, el resentimiento de Delia ante los juegos de equipo volvió con todas sus fuerzas.

Luego la irritación se convirtió en aburrimiento. Fingir interés en un compañero cuyo *hobby* eran los mercadillos o los éxitos deportivos de la infancia de otro no resultaba fácil.

Mientras hablaban del viaje a Reykjavik de Tim, su tímido compañero gay, la mente de Delia deambuló por la habitación hasta llegar a la ventana. Y de pronto —¡BUM!—, algo explotó en su cabeza en el momento menos apropiado.

Como si fuera una obra musical saltando a través de las cortinas con los brazos extendidos, ¡tachán!, mientras la audiencia está sentada en un silencio sepulcral.

Había ocurrido a principios de febrero de ese año. Paul había colgado su chubasquero en el pasamanos de la escalera y Delia había visto que una tarjeta sobresalía del bolsillo interior. Normalmente no era tan cotilla, pero había visto una cara de osito de peluche. No podía ser para los sobrinos de Paul, porque Delia se encargaba de los cumpleaños por él.

—¿Qué es eso? —Lo había sacado y había encontrado una tarjeta de San Valentín empalagosa, de esas típicas para adolescentes con ositos barrigones formando una pirámide, y cada uno de ellos llevaba una letra: F-E-L-I-Z S-A-N V-A-L-E-N-T-Í-N.

Paul se había puesto como un tomate. Y él nunca se ponía colorado.

—¿Para mí? ¡Oh! Mira que ponerte sensiblero a tu edad... —dijo metiéndose con él.

Le había parecido raro: su novio pensando en San Valentín por primera vez, la elección de la tarjeta... A veces aparecía con una botella de Amaretto el 14 de febrero en honor a la primera vez que se vieron, pero él no era de los que compraban flores y tarjetas.

—Te compraré otra, aunque ya no será sorpresa —había objetado. En efecto, Delia recibió en su lugar una tarjeta con *Los nenúfares* de Monet, aunque le habían gustado los ositos cursis.

Al final, ató todos los cabos. Era para Celine. Le dedicaba gestos románticos que desde hacía tiempo le negaba a ella. Y de febrero a mayo: habían estado juntos más de tres meses.

Se sentía como si la hubiesen destripado con un vaciador de melones.

—Delia, ahora tú —dijo Roger volviéndose hacia ella.

—¿Qué? —respondió de modo inexpresivo. No pretendía ser maleducada, simplemente se sentía de lo más vacía. Siempre había pensado que no pasaba nada porque el trabajo no significara nada para ella, porque su hogar lo era todo. Ahora no tenía ninguna de estas dos cosas.

—Por favor, cuéntanos a todos algo sobre ti que no sepamos.

Delia parpadeó. ¿Que no supiesen? ¿De su vida?

Se le secó la boca.

Por Dios.

—El viernes pasado le pedí matrimonio a mi novio. Después me mandó por error un mensaje que era para otra mujer. Resulta que tenía una aventura. Lo hemos dejado.

El círculo de rostros mostró una mezcla de fascinación y sorpresa.

—Eso no, por Dios —respondió Roger ante el silencio resultante.

—Dijiste algo que no supieseis —repuso Delia.

—¡Sí! Algo que no supiésemos, no... eso.

—¿Te referías a que tuviera que ver con el trabajo? —preguntó ella. No sabía si preocuparse por su puesto allí o por el ridículo que acababa de hacer. Era como aquella vez en un *camping* en el que estaba con una fiebre tremenda y no le importó defecar en un váter portátil.

—¡No! —dijo Roger.

Se dio cuenta de mala gana de que, a pesar de que no estaba intentando pasarse de lista, él sí parecía confundido e incluso intimidado.

—Tenía que ser algo inocuo. No necesitamos conocer tus trapos sucios.

¿Trapos sucios?

Delia suspiró y sopesó lo que había a su alrededor. Aquella sala, aquella gente, aquel trabajo. ¿Para qué servía todo aquello de trabajar, callarse y lamer culos? ¿A dónde la llevaría?

—Pues vaya gilipollez. Me pedisteis que contase algo personal que no supieseis y lo he hecho. Ahora no es lo suficientemente bueno. Que me hayan engañado tampoco es lo bastante bueno, pero tengo que vivir con ello. Sería mejor que no organizaras estúpidos juegos del tipo «Vamos a conocernos» para luego quejarte por conocer a alguien.

El aludido se quedó pasmado. Los demás estaban clavados en la silla, perfectamente inmóviles, como esos sujetalibros que hay en forma de setter irlandés. Linda se había quedado como si le hubiesen dado una torta. Ann estaba fascinada y había olvidado su agonía osteopática.

—Y otra cosa que no sabes de mí: me largo.

Roger resopló.

—Entonces necesito que vengas conmigo arriba y hablaremos de tu plazo de preaviso.

—He guardado todas mis vacaciones para la luna de miel que no voy a tener, así que eso compensa el plazo de preaviso. Por lo tanto, puedo marcharme ahora mismo. Y punto.

Silencio.

Roger clavó la mirada en ella. La sala había pasado a mirarlo a él, como si estuviera en la pista central de Wimbledon, esperando su revés. Se subió las gafas y se aclaró la garganta.

—El Ayuntamiento acaba de pagar para que vayas a ese curso de salud y seguridad y ahora dices que te largas... Cría cuervos y te sacarán los ojos.

Capítulo 17

Delia iba a llamar antes para decir: «¡Sorpresa! He dejado el trabajo y me presentaré en casa a una hora poco habitual», pero después se preguntó por qué iba a hacerlo.

No le debía ninguna cortesía a Paul. De hecho, ¿a quién estaba protegiendo? Si había algo que interrumpir, tenía que saberlo. Sería el colmo que el desgraciado se arriesgase a hacerlo en su cama cuando ella aún tenía su llave, pero los parámetros de qué era y no era típico en él habían cambiado.

Al abrir la puerta, sintió una fría inquietud, pero no oyó ningún ruido. Tampoco apareció *Chirivía* a saludarla. Paul debía de estar dando un paseo con él o se lo habría llevado al *pub*. Delia se preguntó si Celine le habría acariciado alguna vez y la ira volvió a surgir. Comprobaría si el pelo de *Chirivía* olía a algún perfume desconocido.

Sonó el teléfono: un mensaje nervioso de Gina, la pareja de Aled, preguntando si estaba bien. Un poco tarde. Delia mandó una breve confirmación para zanjar el asunto.

Se preguntaba qué habría hecho ella si se hubiese enterado de que Aled estaba engañando a Gina, y decidió que habría insistido a Aled para que se lo contase. Estaba segura de que no se habría quedado sentada ni jugado a dos bandas. Y respecto a las condolencias, tampoco habría aparecido con un mensaje días después de lo ocurrido. Habría llevado una botella de vino, una caja de galletas y lo habría insultado, como hacen las amigas de verdad.

Evitó mirar la casa y subió la escaleras en tensión. Sacó la maleta más grande de la parte de arriba del armario, la de color azul oscuro con colibríes de la que Paul siempre se quejaba diciendo que le hacía parecer un mariquita mientras esperaba en la sala de salidas y llegadas. Pero se lo inventaba porque, de hecho, nunca iban de viaje. Entre que *Chirivía* estaba débil y el *pub*, siempre había alguna excusa para quedarse en casa.

¿Qué iba a meter en la maleta? Empezó a colocar mudas y ropa en la maleta. ¿De verdad había dejado su trabajo? ¿Acaso el *shock* de Paul la había vuelto loca? ¿Estaba actuando en contra del consejo que había escuchado varias veces de no tomar decisiones importantes en los seis meses posteriores a un acontecimiento que te cambiaba la vida?

Oyó el golpe de la puerta principal y el corazón le dio una sacudida. Paul estaba en casa hablando con *Chirivía*. Oyó los ladridos del perro y sus tres vueltas habituales persiguiéndose la cola antes de instalarse en su cama. *Chirivía* no se sentaba, sino que dejaba que sus patas se desplomasen debajo de él.

Delia se detuvo ante la maleta. Sabía que Paul se había quedado mirando su viejo abrigo rosa.

—¿Delia? ¿De? —gritó desde abajo.

Ella cerró la cremallera de la maleta y la levantó de la cama con su bolsa de ir al trabajo colgada del hombro. Junto con las cosas que tenía en Hexham, aquello le serviría por ahora.

La arrastró por el primer piso y se detuvo cuando se encontró a Paul a mitad de las escaleras.

—Delia —dijo él, mientras la mirada se le iba a la maleta cuando la descubrió entre las barras del pasamanos.

Parecía cansado y tenía un corte de afeitado en la mejilla. Llevaba el jersey de John Smedley que Delia le había comprado porque combinaba con sus ojos grises, aunque no iba a ganar ningún punto por ello.

—¿Te vas a quedar más tiempo en Hexham?

Era extraño. Delia se dio cuenta de que no había tomado una decisión hasta aquel momento. Al ver a Paul allí, de pie, supo que tenía que irse de Newcastle. Tenía tan pocas cosas claras, que debía confiar en las raras ideas que le quedaban. Se sorprendió por su resolución.

—Me voy a Londres.

—¿Qué? ¿A pasar el fin de semana?

—No, el futuro próximo. Voy a vivir con Emma.

—¿Cuántos días libres te han dado en el trabajo?

—He dejado el trabajo.

—¿Qué?

La horrorizada expresión de Paul era una satisfacción amarga. Ella también podía sorprender.

—¿Y eso? ¿Te encuentras bien?

—Me regañaron por cómo administraba las redes sociales y participaba en los cursos para mejorar el trabajo en equipo, aunque de todas formas necesitaba dejarlo. No estoy bien desde lo de nuestro aniversario.

Dejó la maleta en la puerta del baño y llenó su neceser de frascos y tubos. Paul y su confusión deambulaban detrás de ella.

—¿No crees que deberíamos hablar antes de que te mudes definitivamente a la otra punta del país?

—¿Tú sí? —dijo Delia—. ¿Tienes algo nuevo que decirme?

Cerró la cremallera del neceser de vinilo decorado con flores e hizo mentalmente un inventario: sus vestidos favoritos, rímel, ordenador portátil. Aquellas eran sus pertenencias esenciales, sin las que no podía vivir; el resto podía comprarlo.

—Sí, hemos estado juntos diez años, creo que hay más cosas de las que hablar.

—Pues habla —dijo Delia—. Voy a llamar a un taxi.

Sacó el móvil y pidió uno con urgencia mientras Paul fruncía el ceño.

—¿Vienes abajo mientras lo esperas? —insistió él.

Antes de poder detenerlo, se movió rápidamente, levantó la maleta y la bajó por las escaleras dejándola en la entrada.

Delia lo siguió y se agachó ante la cama de *Chirivía* para acariciarlo rápidamente y para no llorar. Le dio un beso en la cabeza, le frotó las orejas y aspiró su olor a galleta. Parpadeó con sus siniestros ojos color chocolate y compuso una especie de sonrisa antes de continuar roncando. Paul cuidaría bien de él, al menos por un tiempo. Todavía confiaba en él en este sentido.

—¿De verdad te vas? —preguntó Paul cuando Delia ya había mostrado claramente que no se iba a sentar.

—Me voy por una temporada. No sé cuánto tiempo —dijo Delia.

—¿Esto significa que no quieres que sigamos juntos?

—Lo único que sé es que ahora mismo no puedo vivir aquí contigo.

—Vale... ¿Te puedo llamar de vez en cuando?

—Sigues teniendo mi número.

—¿Vas a buscar trabajo en Londres?

—Sí.

—Entonces te vas a quedar bastante tiempo.

Ella se limitó a encogerse de hombros.

—¿Te puedo hacer unas preguntas? —dijo después de una breve pausa.

Paul asintió.

—¿Cuándo empezaste con Celine?

Él se puso colorado inmediatamente.

—¿Como en una cita...? No sé.

—¿Tuvisteis una cita? —inquirió Delia para aumentar el malestar, cruzándose de brazos.

—No. Me refiero a algo así como una cita, el día que empezamos.

—¿Fue antes de febrero de este año?

Paul frunció el ceño.

—No...

—¿Después?

—Sí. Como ya te había dicho, hace unos tres meses.

—Compraste una tarjeta de San Valentín. La vi, y no me la regalaste a mí.

Paul volvió a fruncir el ceño.

—Viste una antes de tiempo y compré otra. Sí que te regalé una.

—Tú nunca me comprabas tarjetas por San Valentín.

—Lo sé. Como era el veinte aniversario de lo de mis padres..., me puse más sentimental de lo normal.

Si mencionaba la muerte de sus padres para hacer que ella diese marcha atrás, era la estrategia más cobarde que se podía imaginar. ¿Y si no? Los sentimientos de Delia por fin se despertaron.

—Entonces, ¿cuándo empezaste con Celine? Me resulta difícil creer que no se te haya grabado en la memoria.

Paul se atusó el pelo y cambió el peso de un pie a otro.

—A finales de marzo —dijo bruscamente.

—¿Cómo lo sabes?

Como con el mensaje, Delia tenía la sensación de que él intentaba modificar su respuesta para eliminar los aspectos más delicados, pero no tenía tiempo para ello.

—Al día siguiente era el Día de la Madre.

—Decías que nunca te acordabas de cuándo era el Día de la Madre. ¿Fuiste al cementerio?

Paul y ella habían hablado largo y tendido sobre por qué no celebraba el Día de la Madre cuando ella vivía y por qué no tenía significado para él. Habían planeado hacer algo por el aniversario del accidente, en noviembre, pero resultaba muy difícil hablar de ello con su hermano. Michael no pensaba igual de aquella fecha: él consideraba que había que señalarlo según la importancia de un acontecimiento estúpido y horrible.

Delia no sabía qué se sentía al perder a los padres, pero sospechaba que nunca se puede elegir qué momentos de la vida son importantes para ti, excepto tu boda.

—No. Hablamos de ello. Me preguntó si le había comprado un regalo a mi madre.

¡Ah! Ahora lo entendía. ¿La emotiva orfandad de Paul había sido lo que había llevado a Celine a la cama? La idea de que podía haber sido Paul quien sedujo a Celine se le ocurrió por primera vez, y no se pudo creer que no lo hubiera pensado antes.

—¿Cuándo ocurrió por primera vez? ¿En el almacén? Es tu lugar favorito.

—No, ya te lo he dicho. Yo nunca... haría eso en el *pub*. Fue en su casa.

—¿Te dijo: «¿te apetece un polvete?»?

—No exactamente. Yo estaba cerrando solo después de aquello... y volvió. Yo estaba fuera.

—¿Y te fuiste a su casa tan rápido?

—Habíamos estado tonteando y entonces apareció.

—Necesito saber qué palabras empleó, qué te dijo.

Paul alzó la vista al cielo y apretó los dientes.

—De, entiendo que esto es horrible. ¿Por qué te torturas con los detalles? No tiene importancia. Nada de esto la tiene.

—Es importante porque es la única manera de empezar a entender por qué lo hiciste. Para mí es tan misterioso que necesito saber cómo pasaste de

«No me tiro a chicas de veinticuatro que conozco en el bar» a «Sí, muy bien, ¿dónde en Jesmond?».

No le gustaba nada lo resentida que aquello la hacía parecer.

Vaya mierda.

—Vino y me dijo que no podía dejar de pensar en mí y que deberíamos hacer algo con lo que estaba ocurriendo entre nosotros. Añadió que solo se vive una vez —soltó de carrerilla.

Delia sintió lo que no estaba diciendo.

—¿Utilizó la muerte de tus padres como argumento para que me engañases? Supongo que sabía que yo existía.

—Sí, no mucho, pero sí lo sabía.

—Eso es… —dijo sacudiendo la cabeza—, de mal gusto ni siquiera es la palabra, ¿verdad?

—Suena peor de lo que fue en realidad. Dos personas borrachas diciendo tonterías…

—Tonterías lo suficientemente buenas como para que te fueras con ella.

—Sí.

Paul parecía rendirse. Aquello ya no podía ir a peor.

—¿Y fue suficiente lo que dijo?

—En aquel momento, sí. Fue algo así como: «Toma la pastilla roja, sigue esto y a ver dónde te lleva». Era como arriesgarse, supongo.

—¿Fue sexo animal?

—¿Qué?

Paul parecía aturdido.

—¿Sexo salvaje? Dame alguna idea de lo que hicisteis.

—Fue solo sexo. Sexo normal y corriente.

—¿Quién se puso encima?

Paul apretó más la mandíbula.

—Ella.

A Delia se le contrajo el estómago.

—¿Luces encendidas o apagadas?

—Apagadas. Bueno, tenía una tira de lucecitas de esas que sí estaban encendidas.

Delia sintió el chisporroteo triunfante de comprobar que tenía razón.

—¿Por qué me dijo Aled que te convenció de que no fueses de viaje a París?

—La verdad es que no tengo ni idea —respondió Paul, visiblemente aliviado al poder exteriorizar su ira—. Cuando se lo conté, ya había dejado a Celine. Si respondiese a mis llamadas, créeme, tendríamos unas palabras.

Fuera se oyó el ruido de un motor y un pitido.

—Oye, Delia…

—¿Cómo se apellida Celine? —preguntó ella para cortar a Paul.

—Roscoe, ¿por qué?

—Por si alguna vez necesito saberlo —respondió Delia—. Cuida de *Chirivía*.

Recuperó su maleta y salió por la puerta principal antes de que Paul pudiese convencerla de que se quedase. Antes de ver cómo su perro se levantaba, antes de poder mirar a su alrededor y pensar lo que estaba dejando, posiblemente para siempre.

A mitad de camino sonó su teléfono.

Te compré la tarjeta de San Valentín en un impulso pensando lo mucho que le habrías gustado a mi madre. Por favor, vuelve a casa. P.

Capítulo 18

En ese momento entre el sueño y el despertar en el que recuerdas quién eres, dónde estás y a qué te dedicas, Delia se pasó más tiempo del habitual encajando todas las piezas. Formaban una imagen extraña.

Cuando el sol se filtró a través de las persianas y se dio cuenta de que había dormido hasta más tarde de las nueve, sintió la extraña sensación de no tener un trabajo al que acudir.

Se imaginó su antigua mesa sin los *post-it* rosas enmarcando la pantalla del ordenador y la foto de *Chirivía* en la piscina hinchable. La vida continuaba sin ella. Se sintió extrañamente abandonada. Sería extraño no sentirse así, pensó, después de siete años en la misma oficina.

Después se le ocurrió que Ann todavía estaría gimiendo a causa de su hombro y Roger la estaría fulminando con la mirada, y se dijo a sí misma que mejor tarde que nunca. Ya no tenía una boda para la que ahorrar. Otra persona podría hacer de intermediario entre Chile Picante y Roger.

La noche anterior se había bebido una buena copa de vino tinto antes de decírselo a sus padres, y les contó algunas mentiras piadosas. «Mi jefe conocía mis intenciones desde hacía tiempo, todo el mundo estaba de acuerdo con ello.» Tenía ahorros, les recordó. El fondo para la boda era sustancioso, de hecho.

Aun así, sus incómodas expresiones parecían decir: «¿Deberíamos estar prestándote más atención? ¿Te estás resquebrajando ante nuestros ojos?».

A pesar de todos sus esfuerzos por actuar de modo natural, obviamente la mayoría de la gente que se mudaba a la otra punta del país no solía tomar la decisión en una tarde. Ni se iba al día siguiente.

Delia decidió salir a media tarde, pensando que al menos deambularía por Newcastle sin trabajo durante poco tiempo.

Llamó a la puerta y entró en la habitación de Ralph.

—Nos vemos. Me voy a Londres a vivir con Emma una temporada.

—Guay. ¡Ve al Big Ben!

—¿Es tu lugar favorito?

—Es donde se lucha contra los ultranacionalistas en el *Call of Duty: Black Ops II*.

Delia se rio.

—¿Por qué no vienes a visitarme cuando esté allí?

Ralph se encogió de hombros e hizo un ruido que no le comprometiese. Él no viajaba. Sus padres tampoco. Cada año se peleaba con ellos para conseguir llevarlos al centro de Newcastle para celebrar un cumpleaños. La última vez que habían ido a un buen restaurante, su madre se quejó de que un plato llevaba «tinta de calamar y huevas de rana».

—Espera. Llévate esto —dijo Ralph, hurgando en su sofá plegable y sacando una caja un poco aplastada de nubes de azúcar.

Delia le dio un fuerte abrazo y un beso en sus suaves mejillas sin mirarle a los ojos.

Su padre estaba en la cocina tomando un té mientras su madre se movía como loca buscando las llaves de su automóvil. Delia tenía la sensación de que estaban hablando de ella antes de que entrase.

—¡Me voy, papá! Nos vemos pronto.

Él le dio un beso en la mejilla y dos billetes de veinte libras.

—No, no y no —dijo ella mientras se le formaba un nudo en el estómago y en la garganta—. Tengo mucho dinero, papá, de verdad.

—Seguro que quieres tomar un sándwich al llegar —replicó su padre, y Delia se dio cuenta de que si lo aceptaba haría que él se sintiese mejor.

—Ten cuidado. Londres está lleno de ladrones y buscavidas, y verán que tú eres una buena chica.

Le pareció una muestra de cariño paterno pensar que en Londres verían cualquier cosa en Delia antes de que la propia ciudad la echase de allí.

Ella sonrió y asintió.

—¿Te vas a quedar en casa de Emma?

—Sí.

—¿Vive sola?

—Sí.

—No estás... —dudó—. No hay otro chico, ¿verdad?

Fue una pregunta tan inesperada que Delia tuvo que contenerse para no resoplar.

—¡Claro que no!

Miró a su madre, que estaba jugueteando con el bolso y evitaba la mirada de su hija. Aquella era la conclusión a la que habían llegado tras tanta preocupación. Se iba detrás de un chico.

—Te juro que simplemente necesito desaparecer una temporada. Casi no he visto a Emma los últimos años, ¿cómo voy a haber tenido tiempo de conocer a otra persona?

Su padre asintió. Mientras salían de manera apresurada por el vestíbulo y él resoplaba llevando su maleta a la altura del pecho —los padres no aceptaban las ruedas de las maletas, tenían que llevarlas en brazos—, Delia se sintió culpable por ser el motivo de tanta preocupación.

Su madre la llevó a la estación en su Volvo, mientras Delia intentaba nerviosamente restarle importancia al peligro de haber perdido el trabajo con una verborrea sin sentido. Seguro que si hablaba lo suficientemente rápido, su madre no se daría cuenta.

—Este problema que hemos tenido Paul y yo ha llegado en el momento adecuado —dijo esperando que repetir las palabras de Emma funcionase.

—¿Te vas a quedar en Londres para siempre? —preguntó su madre con timidez. Sus padres casi nunca perdían los nervios ni trataban de imponer su voluntad. Había algo en aquella contención que le hacía sentir más remordimientos que unos gritos o que una desaprobación tajante.

Era una buena pregunta. A Delia se le revolvieron las tripas. Tenía derecho de no ser clara con Paul, pero no con su madre.

—¡No! No lo sé. Es más bien para alejarme de los problemas durante un tiempo.

El bucle de la relación paterna: mentiras piadosas para protegerlos de sus preocupaciones y que ellos sientan que les mienten y se preocupen. La verdad (que no tenía ni idea de lo que estaba haciendo) les preocuparía mucho más, así que no tenía elección.

En el tren se sentó al lado de un hombre mayor y bajito que llevaba un abrigo voluminoso y que comenzó a hablarle de la contaminación, lo que Delia soportó estoicamente deseando poder escuchar su iPod.

Cuando llegaron a Northallerton, señaló a las vías y dijo:

—¿Ves esas palomas?

—Sí...

—Las palomas saben más de lo que creemos.

—¿Sí? —preguntó Delia.

—¿Crees que habiendo llevado todos esos mensajes nunca han leído ninguno? —respondió el hombre con incredulidad.

Delia dijo que iba al vagón restaurante y se cambió a otro asiento.

Al llegar a Londres, fue de la estación de King's Cross a Finsbury Park, y se dijo a sí misma que a partir del día siguiente ahorraría más. Era tarde, estaba cansada y llena de nubes de azúcar, sándwich de queso, caramelos ácidos y un bote pequeño de Pringles que había comprado por los nervios y el aburrimiento.

Al salir de la estación, el aire vespertino de la capital olía de manera extraña: pesado, cálido y a gasolina. Le golpeó una oleada de añoranza tan fuerte que estuvo a punto de arrastrarla.

Capítulo 19

El apartamento de Emma estaba en el primer piso de una de aquellas casas victorianas arrogantes y frías. Había bicicletas apiñadas bajo el arco de yeso del estrecho recibidor y pilas hundidas de cartas de los vecinos amontonadas en una mesa auxiliar barata junto al radiador.

Era una calle residencial arbolada, pero aun así parecía ligeramente dejada y deteriorada.

Delia se había advertido a sí misma que no debía dejarse sorprender por lo que un salario intergaláctico como el de Emma podía comprar. Pero aun así, estaba sorprendida.

Arrastró la maleta por las escaleras enmoquetadas hasta la puerta que separaba el territorio de Emma del resto del edificio y llamó a la puerta. Del otro lado se oía música, y Delia esperó no haber llegado a una fiesta. Todavía no tenía ganas de conocer a ningún londinense.

La puerta se abrió de golpe, y el metro y medio de Emma Berry apareció entre las jambas llevando un vestido de fiesta verde claro con falda de vuelo, tacones finos color salmón y el pelo ahuecado a lo Marilyn Monroe. Aunque se quejaba constantemente de una obesidad imaginaria, tenía uno de esos cuerpos de Campanilla en los que el peso que ganaba siempre se quedaba en las curvas.

—¡Qué pasa, chica *Geordie*! —canturreó.

Delia sonrió, dijo «¡Hola!» e hizo un extraño movimiento de dedos con la maleta en la mano.

Hubo un instante de confusión cuando su amiga intentó dar la vuelta y subir la maleta de Delia por las empinadas escaleras, pues estaba claro que Delia podía morir en el intento. Emma volvió al apartamento para dejar a su amiga hacer una entrada muy laboriosa.

—¿No interrumpo nada, verdad? —preguntó Delia.

—¡No, te estaba esperando! Admito que probablemente he empezado a beber un poco pronto, la verdad. ¡Déjame darte un abrazo! Esto es maravilloso.

Emma olía a gardenias, y su vestido tenía suaves reflejos plateados sobre las tablas de la falda. Cuando Delia lo tocó, crujió con la frescura de una tela nueva y cara. Pero el ojo experto de Delia se dio cuenta de que no era de *boutique*.

—¡No me puedo creer que estés aquí! —chilló Emma, y después se leyó en su rostro que lo decía con su mejor intención, pero no era lo mejor que podía haber dicho.

Delia respondió:

—¡Joder, yo tampoco!

Y las dos se rieron aligerando la tensión.

—Va a ser genial.

Como Delia no podía compartir con Emma su secreto, pero tampoco quería ofenderla con su falta de entusiasmo, dijo:

—Tu vestido es espectacular.

—Es un diseño de Marchesa.

Delia jadeó.

—¿Como los vestidos que llevan en los Oscar?

—Es una réplica que conseguí en Etsy por una miseria. Huele un poco chungo, por eso lo he cubierto de colonia Marc Jacobs —dijo Emma—. El pelo tampoco me ha quedado muy bien —dijo toqueteándolo—. Quería un moldeado a lo Doris Day, pero creo que se ha quedado más bien como el de un ama de casa de Nueva Jersey.

Delia se rio.

—¿Quieres que te haga el *tour*? Se tarda menos de dos minutos.

—¡Sí!

Siguió a Emma, que hacía mucho ruido sobre el duro suelo con sus zapatos de tacón, por el apartamento. Arreglarse para la llegada de Delia era algo muy propio de su amiga.

El ánimo agotado de Delia dio un pequeño suspiro de alivio al ver que el piso no tenía nada que ver con el vestíbulo ecléctico y sin personalidad.

De hecho, era pequeño pero muy bonito. La tarima estaba formada por tablas de madera con un barniz dorado claro y las puertas eran de un color verde aguamarina ingeniosamente desgastado con pomos de vidrio argentado.

El baño gritaba: «Aquí no vive ningún hombre»; una gran bañera antigua con patas en forma de garra, una bata de seda de estilo oriental colgada en un colgador de cerámica grabada, gruesas toallas blancas y un montón de revistas de moda brillantes arrugadas por el agua. Y uno de esos lavabos colgados de cristal que parecían una lentilla gigante.

—¿Todo esto lo has hecho tú? —preguntó Delia asombrada.

—No, no tengo huevos. La chica anterior tenía buen gusto y un presupuesto enorme. Como yo digo, no malgastes tu dinero en algo que no está roto. Ya fue bastante gasto comprarlo. Le pasé un poco la bayeta y listo.

El salón era otra habitación impresionante de techos altos con rosas talladas en yeso y una araña de cristal de Murano color rubí, un sofá en forma de L color verde esmeralda y unas enormes cortinas estampadas que arrastraban.

—¿Dónde están... tus cosas? —preguntó Delia entendiendo qué era lo que la había confundido. Estaba tan perfectamente ordenado como una casa de esas que salen en las revistas.

—Me deshice de algunas cosas de Haggerston y guardé otro montón de cosas en casa de mis padres cerca de Bristol.

Delia sintió un ligero cosquilleo de preocupación. Quedaba claro que Emma nunca estaba allí.

Subieron haciendo ruido por las estrechas escaleras de tarima flotante que llevaban a los dormitorios. Delia se preparó para encontrarse con una habitación de invitados del tamaño de un envase de margarina, pero en realidad estaba bien proporcionada y no había mucha diferencia entre aquella y la de Emma: la diferencia principal residía en que la suya tenía un sofá cama y la de su amiga tenía una cama de princesa de hierro forjado. Ambos ocupaban toda la habitación, dejando espacio solo para un pequeño armario.

Su amiga había colocado un póster enmarcado de David Bowie en la portada de *Low* en el alféizar de la ventana de la habitación de invitados.

—¿Te sigue gustando? Para que te sientas como en casa.

—¡Muchas gracias, Emma! Es todo fantástico.

—Lo será —asintió Emma—. Teniendo en cuenta que me ha costado todos mis ahorros.

Los padres de Emma tenían bastante dinero y los abuelos todavía más. Estos últimos las habían ayudado amablemente y les habían dejado a su hermana y a ella una suma de seis cifras cuando quisieron instalarse en una casa en propiedad, aunque Delia suponía que aquello solo había supuesto un tercio de lo que había costado aquel apartamento. Aquellas sumas de dinero la mareaban.

Para finalizar, Emma la llevó hasta la cocina, que era de un blanco espacial con toques de verde mar.

Una enorme y moderna lámpara halógena retorcida como una escobilla hecha de filamentos de tungsteno colgaba a poca distancia de la mesa de madera rústica que había en el centro de la habitación, cubierta de muchísimas bandejas de comida de papel de aluminio con tapas de cartón.

—He pedido comida tailandesa —dijo Emma—. No sabía si tendrías mucha hambre, así que he pedido de todo. ¡Y he traído champán! Aunque no tengo cubitera.

Sacó una botella de champán Taittinger de un barreño lleno de cubos de hielo y lo sirvió en una copa.

—¿Todo este escándalo para mí? —quiso saber Delia.

—¿Para quién iba a armar yo tanto escándalo? ¡Por la aventura londinense de Delia Moss! —exclamó y ella aceptó la copa y brindó.

Delia no pensaba que estuviese viviendo ninguna aventura y tampoco le apetecía. Pero se sentía muy agradecida y abrumada, porque de alguna manera había olvidado lo divertida que era su mejor amiga. «Una loca titulada», como solía decir Paul cariñosamente.

Emma tenía ese don hedonista de hacer la vida más interesante. No tenía nada que ver con su sueldo, también era así en la universidad.

Era la persona que conseguía asientos baratos en el gallinero para una obra de Shakespeare aquella misma tarde y que ya había ido a un mercado y había comprado un pulpo entero para cenar con los tentáculos saliendo de la bolsa. O volvía de la barra de un *pub* con una ronda sorpresa de cócteles de Sambuca en tazas de café (su capacidad para conseguir algo embriagador resultaba casi legendaria).

Lo raro era que si intentabas repetir un gesto de Emma más adelante, nunca era exactamente lo mismo. Había algo en su espontánea y generosa alegría de vivir que hacía que el momento fuese especial y perdía algo al esforzarse en imitarlo. Las ideas de Emma vivían solo una vez y brillaban fugazmente, como un castillo de arena o el arco iris.

O, en aquel momento, *larb* de cerdo con *khao pad* y curry *massaman*.

Comida para llevar, champán, carcajadas, y el mundo de Delia cobró sentido. Su apetito había vuelto.

Media hora después, supo que el champán se le estaba subiendo a la cabeza y que, sin ninguna duda, acabaría con resaca, pero le daba igual.

Al llegar la noche, ambas se desplomaron juntas en el sofá y Emma de vez en cuando llenaba las copas que estaban en el suelo con la tercera botella.

—No la vamos a terminar —dijo ella solemnemente antes de que el corcho saliera volando y chocase con la araña del techo con un suave «pop»—. Sería una locura.

Cuando les alcanzó la medianoche, ya habían hablado de la salida de Delia del Ayuntamiento y del desafortunado lío de Emma con el despiadado pero fuerte Richard, del Departamento de Cobros.

—Rick «el Capullo», como lo llaman las secretarias. Por desgracia, con ese apodo, yo agarré el lado de la flor incorrecto, literal y figuradamente.

Y después, la enorme tontería de la boda de la hermana de Emma.

—¡Diez días en Roma como despedida, Delia! ¡Diez días! ¡Cuéntalos! Diez.

—Pero si a ti te encantan ese tipo de fiestas interminables —dijo Delia, alzando la copa para que se la llenase y pensando lo mucho que le gustaba ser otra vez la Delia de cuando estaba con Emma.

—No, con las amigas de Tamsin, no —repuso su amiga, girando la botella justo antes de que se desbordase—. Será como el misterio de Salem's Lot con camisetas de marinero de marca Joules y botas de agua Hunter. Yo esperaba hacer algo en algún salón de té en Bath, un balneario, dos noches, ir y volver. Todo el mundo sabe lo que pasa en las despedidas de soltera: te emborrachas la primera noche y llamas por teléfono borracha la segunda. Imagina eso en modo «Borrar-Repetir» durante diez días. ¡Uf!

Delia se rio. Emma rellenó su vaso. Como una amiga de verdad, Emma se había dado cuenta de que Delia necesitaba tiempo para conseguir hablar de Paul.

—¿Crees que vas a volver con él? —preguntó en algún momento.

—No lo sé. Quizá sí. Cuando haya disminuido la rabia que siento por él y por Celine. Si es que eso ocurre algún día.

—Celine —dijo Emma pensativa—. ¡Uf! Por lo menos podía haberse tirado a una Hilda. O a una Ethelred.

—Ethelred es un nombre de chico, ¿no?

—Exactamente.

Delia recordó el efecto relajante que provocaba que alguien no hiciese lo que debía hacer. Como Ralph.

—¿Tienes alguna idea de por qué lo hizo? Quiero decir «por sexo»... Paul no parece ser ese tipo de hombre.

—Creo que quería probarlo, arriesgarse. Llevábamos juntos diez años.

Delia se odiaba un poco por parecer que estuviese disculpándole. Intentó una táctica diferente: sinceridad total.

—¿Sabes algo que nunca he admitido hasta ahora? Cuando empezamos juntos se lo puse fácil. Sabía que, si era difícil, quizá no se molestase.

—¿Qué quieres decir?

—Nunca ha estado loco por mí...

—¡Eso no es verdad!

Delia respiró hondo. Había empujado aquella idea en un armario y había cerrado la puerta con llave, pero ahora la aventura de Paul hacía que su contenido brotase como una cascada.

—Sí que lo es, Em. No me importa. O no me importaba. Sé que me quería y que le gustaba mi compañía, y que yo le gustaba bastante. Estaba bien, teníamos una vida genial. ¿Pero eso superespecial que te hace quedarte despierto para ver al otro dormir al principio de la relación o querer matar a tus rivales con tus propias manos? Paul nunca ha sentido ese tipo de pasión como yo la sentía por él. Yo le quería, así que lo construí todo a su alrededor. Por eso llevaba tan bien que pasase tantas horas en el *pub*. Iba a ser lo mismo con la boda. Solo tendría que aparecer y leer su texto.

—Esa es la preocupación de Delia. Siempre has sido así con todo el mundo.

—Pero no lo había intentado tan seriamente con los hombres antes de que apareciese Paul. Siempre lleva la delantera. —Delia se apartó el flequillo, grasiento por el viaje, de los ojos—. ¿Puedo decir que estaba bastante solicitada ahora que ha pasado tanto tiempo?

—Ya lo creo que lo estabas —dijo Emma—. Recuerdo que ibas al bar de la asociación de estudiantes con esos moños que hacían suspirar a todos los chicos. Eras una de esas chicas de ensueño que siempre andan de acá para allá. Sin ser una gilipollas con ukelele.

¿Qué había de diferente en Paul? Era su actitud más bien pasota, su indiferencia. Eso fue lo que hizo que ella se lo propusiese: vas a saber que estás aquí, vas a querer estar conmigo.

—Quizá su desinterés fue lo que hizo que quisiese estar con él de todas todas. ¿Cómo puede ser? Sabía que tenía que luchar por él. Estaba tan loca por ganármelo que nunca consideré si quería estar con alguien que necesitaba que lo convenciese.

La verdad de la última frase la impactó. Delia se sintió deprimida. Aceptar que había tenido algo tan falso la llenó de pesar. ¿Ahora desearía borrar los últimos diez años? No. Pero debería haberlos observado con los ojos bien abiertos. Había alentado la autocomplacencia de su ex.

—Yo nunca vi ese desequilibrio —dijo Emma, colocando el pie de la copa sobre su barriga entallada glamurosamente. Hacía rato que se había quitado los zapatos y tenía las medias color piel arrugadas entre los dedos.

—No lo había en el día a día. Pero su casa era mi casa. Su estilo de vida era el mío. Sus amigos eran mis amigos. *Chirivía* fue el único proyecto que tuvimos juntos. Piénsalo.

—¿Crees que ahora que has llegado a esa conclusión no vas a poder dejar de pensar así?

—Más o menos. Tengo que afrontarlo y que cambiar si alguna vez volvemos a estar juntos —respondió Delia tocando distraídamente el borde de la copa con los labios, reflexionando—. ¿Sabes todas esas cosas que nunca te tienes que preguntar porque en el fondo ya conoces la respuesta? —añadió—. Eso puede sonar raro, pero cuando aparecía inesperadamente en el bar, Paul siempre parecía contento. Al instante. ¿Sabes esa milésima de segundo en la que no puedes ocultar cómo te sientes? Como cuando ves a alguien que conoces en la calle y piensas: «Mierda, ahora tengo que pararme a hablar», y los dos veis lo mismo en vuestras caras durante un instante? Paul nunca hizo eso, ni siquiera en los meses que estuvo con Celine.

—Quizá siempre se alegraba de verte.

—Sí, ¿pero no mostrar nunca ninguna preocupación de que lo encontrase con la otra? Resulta que es muy bueno mintiéndome. Eso es lo que no puedo dejar de pensar. No estoy segura de conocerlo tan bien como creía. Es como si lo hubiese sospechado, habría sido más fácil. Ahora creo que podría pasar otra vez. Porque no sospeché absolutamente nada.

—Pero Paul y tú llevabais una buena vida juntos. Sé que es tentador verlo todo a través de este enorme error, pero esto no quita todo lo que teníais.

—Lo sé. Lo único que puedo hacer es esperar a ver cómo me siento dentro de algún tiempo.

Emma asintió.

—Y hay una cosa más —añadió Delia, consciente de que no quería alarmarla o juzgar la soltería de Emma—. Tengo que aceptar que si no vuelvo con Paul no conoceré a nadie que quiera tener hijos durante algún tiempo.

—Sí —suspiró Emma—. No te voy a mentir: cuando tienes citas por encima de los treinta ese miedo siempre está ahí. A veces me preocupa ser demasiado exigente. Por ejemplo, mira Dan. Me aburrí, pero quizá fue culpa mía.

—¿Cuál era Dan?

—El de la familia rica de Hertfordshire que descubrí que tenía el jodido hábito de esnifar coca un día en las carreras.

—Ah, sí —dijo Delia sin estar segura de recordarlo. Un drogadicto con dinero y un viaje a Ascot no era algo que destacase en la lista de romances de Emma.

—La cocaína habría sido un problema si hubieseis tenido hijos.

—Lo sé. No era peor en comparación con los idiotas que suelo conocer. Él no era un cretino. Era agradable. Era... benigno.

—Los tumores pueden ser benignos.

—¡Joder, qué profundo! Escríbelo —la apremió Emma.

Después de haber hablado mucho se quedaron tumbadas en paz en el sofá, observando cómo una tenue brisa movía las cortinas, escuchando una discusión que tenía lugar en la calle con un taxista y su tarifa. Era como volver a estar en la residencia de estudiantes.

—¿Sabes lo que me molesta? —murmuró Emma—. Cuando la gente actúa como si el hecho de no tener la vida personal resuelta a nuestra edad se debiese a una falta de atención. Como si pudieses tenerla automáticamente si lo quisieses. Como si solo se debiese a la suerte. Nosotras hemos tomado caminos diferentes y aquí estamos. En mi sofá.

—En tú sofá —convino Delia.

—El otro día leí una entrevista. ¿Te acuerdas de aquella rubia...?

—¿Qué rubia?

—Ya sabes. Decía esas cosas en los noventa. No recuerdo su nombre. Decía todo el rato: «Las mujeres deberían recordar que después de los treinta y cinco son menos fértiles y deberían quedarse embarazadas antes». ¿Te acuerdas? —gritó Emma—. Pues gracias, aquello quedó totalmente fijado en mi mente. ¿Dónde he metido a mi hombre y padre perfecto? He debido de olvidarlo en el bar con el paraguas. Qué mentirosa.

Delia se rio. No era la primera vez que se imaginaba a Emma como una contrincante formidable en una sala de juntas.

—¿No tienes que irte a la cama? —preguntó mirando el reloj.

—Me inyectaré varios cafés fuertes. Últimamente con dos ya estoy bailando. Mañana no tengo ninguna reunión importante. Y volviendo al asunto del sexo opuesto: tengo que compartir contigo algo tan horrible que solo puedo contárselo a mi mejor amiga —continuó Emma—. Rick «el Capullo» hacía algo muy raro. ¡Joder, es tan horrible que no te lo puedo contar! No exagero si digo que es lo peor que puede ocurrirle a alguien.

—Dijiste eso cuando te compró unos vales para Zara Home y no los pudiste utilizar en Zara mujer.

—Todavía peor que aquello.

—¿Llevó juguetes picantes? ¿Una pera puntiaguda de goma?

—Cuando llegó al final dijo cosas estúpidas.

—¿Qué? ¿Guarradas?

—Algo así..

—¿Puta, zorrita y cosas por el estilo?

—No: ¡Eso lo podría haber soportado! Era surrealista, irrelevante.

—No estoy segura de entender lo que dices... —puntualizó Delia.

—Empezó a decir cosas sin sentido. Tonterías. ¡No te lo puedo decir! —Emma se cubrió la cara con las manos y se oyó su voz amortiguada detrás de ellas—. Dejé entrar a ese hombre en mi cama, así que estoy implicada en ello.

Delia se enderezó en el asiento.

—Emma Berry, ¡dime ya lo que dijo!

—La primera vez dijo: «¡Fuerteventura!».

—¿Qué? —Delia se quedó sentada, sorprendida, y luego se puso una mano sobre la boca—. ¡Ja, ja, ja, ja, ja, ja!

—Otra vez exclamó: «¡Drambuie!». Y el peor fue este —Emma estaba hiperventilando al intentar pronunciar las palabras—: «¡Charles Dickens!».

Torció la cara al decir esas palabras. Delia estaba destrozada, con la cara sobre los cojines y temblando de risa.

—¿Le preguntaste por qué? —jadeó Delia con el rostro empapado de lágrimas.

—¿Cómo iba a hacerlo? «¿Por qué mencionaste los mejores novelistas del período victoriano cuando te corriste?»

Las dos se revolcaron riendo a carcajadas y llorando.

—Debe de ser una forma muy específica del síndrome de Tourette —dijo Delia, secándose los ojos. ¿Por qué reírse con Emma resultaba tan terapéutico? Quería mandar a Richard una nota de agradecimiento. Firmado: Emily Brontë.

Se produjo un silencio en el que observaron las luces de los automóviles que se colaban en la habitación a oscuras y se reían, reflexionado sobre los misterios del amor y de las relaciones. Delia abrió al boca y pensó que quizás estaba a punto de alumbrar un pensamiento profundo.

—¿A dónde voy ahora? No puedo empezar a tener citas. Quiero decir: los tangas vuelven a estar de moda. Por Dios. Parezco mi padre con un tanga.

Capítulo 20

Cuando Delia se levantó en el inquietante silencio del apartamento vacío, le vino a la cabeza un pensamiento increíblemente triste. Estaba tumbada en el sofá cama, examinando los rincones llenos de telarañas de un techo que no era el suyo.

Emma y ella habían hablado de enamorarse la noche anterior, y Delia había revivido la angustiante sensación de que su mundo giraba alrededor de una sola persona. Solo había tenido un sentimiento tan fuerte con Paul, así que las posibilidades de volverlo a hacerlo, y de que fuese recíproco, parecían escasas.

Era muy posible, pensó, que fuese una característica que solo se tenía a los veinte, cuando uno tiene tiempo, una obsesión consigo mismo y la suficiente inocencia para recopilar corazones rotos de canciones románticas y mirar con tristeza a través de una ventana mojada por la lluvia.

Los veinte es ese momento en el que te apasiona estar a punto de fundirte con otra alma. Y hacerlo como conejos sofocados, asfixiados en una funda de almohada.

¿Pero y a los treinta y tantos? No eres viejo, pero estás mucho menos abierto a todo eso. Ya hace mucho que hiciste la primera comunión, como le gustaba decir a Emma. La capacidad de conectar la cabeza con el corazón cambia, porque eres capaz de presentir problemas potenciales y predecir resultados mucho más claramente.

Planeas embarcarte en una relación seria como si compres una casa: buscando solidez estructural y regateando el precio de compra.

Paul y ella habían salido porque a él le gustaban sus piernas y su sentido del humor, y a ella su sonrisa y su carisma. De lo demás ya se ocuparían más tarde.

Hoy en día, él quizá hubiese querido saber cuándo quería tener hijos y ella si había comprado el bar con un préstamo bancario. Él se preguntaría si su trabajo en la oficina y su amor por la ropa de casa serían sus temas de conversación por las noches; ella se preocuparía de si su amor por las fiestas era un signo del síndrome de Peter Pan.

¡Vaya! Delia tuvo unas palabras duras consigo misma: «Son las nueve y media, deja de holgazanear, levántate y afronta el día. Estás destinada a estar tristona, la bebida siempre deprime».

En el silencio del apartamento, caminó lentamente hasta la cocina y encendió el hervidor de agua. Había un juego de llaves sobre una nota.

ME EXPLOTA LA CABEZA. Debemos de habernos bebido ese champán ☺. Que tengas un buen día. Las dos llaves doradas son las de la cerradura de seguridad y la de abajo. Si Carl, el del piso de abajo, te pregunta quién eres, di que estás de visita. Lo reconocerás: es como un grano en el culo. E.

La bolsa de ir al trabajo de Delia estaba en el pasillo. La encontró, sacó el ordenador y lo colocó sobre la mesa del comedor.

Había un asunto que había estado posponiendo, pero era necesario, una extraña necesidad del siglo XXI. Abrió su Facebook. Su foto de perfil era una de Paul y ella de vacaciones en los Yorkshire Dales. Ella sonreía a la cámara y él se hacía el dormido sobre su hombro. En la esquina superior derecha de la foto se veía una vaca defecando. Cola en alto y un buen chorro.

Era divertida, espontánea y perfecta, y tenía que desaparecer. De momento no iba a cambiar el estado de su relación y sufrir un aluvión de preguntas de los cotillas. Pero tampoco podía presentar a Paul y a ella como una pareja perfectamente unida.

Subió su nueva foto. Era de cuando ella era un bebé: todavía llevaba flequillo pelirrojo y coletas. Llevaba las gafas de carpintería de su padre como una máscara de superhéroe y el velo de margaritas de su madre como una capa, y estaba de pie con expresión seria en medio de la cocina, mirando hacia arriba a la cámara de sus padres.

Cambió su nueva imagen de perfil y se sentó con la barbilla apoyada en la palma de la mano, contemplándola. La pequeña Delia. ¿Qué quería para sí misma y en qué medida lo había conseguido?

Su pestaña de mensajes mostró que tenía un mensaje nuevo. Hizo clic y vio, con una descarga de adrenalina, que era de Chile Picante. De una cuenta de Facebook de Chile Picante con una guindilla como foto de perfil.

Bueno, ahora sí que tenía miedo. En la soledad del apartamento, sintió cómo se le aceleraba el corazón y se le ponía la piel de gallina.

> *Hola, Delia. Por favor, no pienses que te estoy acosando, es fácil encontrarte aquí. Has estado muy callada en el correo del trabajo y me preguntaba por qué. Perdón si las bromas sobre blanqueamiento anal fueron demasiado lejos. CP.*

Delia lo leyó y releyó hasta que sus pulsaciones se normalizaron. No le gustaba que aquel hombre la persiguiese. Sin embargo, le estaban dando la oportunidad de airear un poco su furia.

> *La razón por la que estoy callada es porque he dejado mi trabajo. En parte por los problemas que me causaste y de los que me echaron la culpa. Por favor, no me molestes en mi cuenta personal. Saludos. Delia.*

Comprobó el perfil de él. Era anónimo y no tenía amigos. Obviamente lo había creado solo para mandarle un mensaje a ella. Se sintió nerviosa antes de pensar: «Seguro que no va a venir hasta aquí a cazarme».

Tamborileó los dedos sobre la mesa, hizo otra taza de té y esperó la respuesta. Su mente deambuló pensando en otras cosas y otra gente.

De pronto se le ocurrió una posibilidad terrible y aterradora, pero irresistible. Ahora sabía su nombre completo. Lo escribió en el cuadro de «Buscar personas» sintiéndose algo mareada y esperando no obtener resultados.

«Celine Roscoe» apareció rápidamente. Solo había una, y la línea de la biografía que vio le indicó que había encontrado a la correcta «estudiante de la Universidad de Newcastle».

La foto de perfil era de una chica ligeramente bronceada con unas piernas increíbles y con sandalias, sentada en el suelo fingiendo que bebía de una botella hinchable gigante.

Respiró hondo, oliendo todo el peligro y la competencia que emanaban de aquella diminuta imagen. Belleza de sílfide, juventud, fogosidad, confianza. Delia se había preguntado si simplemente ya no sería suficiente para Paul. Ver a Celine hizo que esa posibilidad fuera completamente real.

Hizo clic para entrar en la página, esperando que Celine tuviese los ajustes de privacidad limitados que salvasen a Delia de sí misma. No quería saber nada y al mismo tiempo tenía que verlo todo. Por desgracia, Celine no tenía «candados» virtuales. Podía ver sus álbumes de fotos, sus actualizaciones de estado, todo.

Una horrible y enfermiza obsesión la atrapó. Pasó foto a foto, actualización a actualización, decidida y cada vez con más miedo. Era como la versión virtual de radiografiar la parte interna de su propio brazo.

Celine era guapa. No de una belleza perfecta ni convencional, pero aquello solo la hacía más atractiva. Delia podía imaginarse fácilmente por qué su ex había caído en su hechizo. Tenía el pelo abundante de color marrón chocolate, una gran nariz aquilina, unos ojos rasgados marcados con lápiz de ojos y los labios de color burdeos.

Aquel cuerpo hacía que ella casi se desmayase de celos, imaginándoselo desnudo enrollado en su hombre; era esbelto y gracioso sin pretenderlo. Parecían las líneas de un dibujo de un diseñador de moda.

Pero, sobre todo, Delia se sentía amenazada por su actitud: fanfarrona, bromista, graciosa, totalmente satisfecha de sí misma. Cada una de las imágenes llevaba implícito de un subtexto que decía: «QUE TE FOLLEN. ME LO HE FOLLADO».

¿Celine habría buscado a Delia alguna vez? Seguro que lo había hecho. ¿Qué pensaría de ella? ¿Alguna vez se había sentido culpable?

Después, examinando los comentarios de su página, vio algo que la dejó sin respiración. Alguien le preguntaba si iba a llevar a su «novio» a una fiesta.

Otra persona decía que «el novio de C es el señor Misterioso». Celine había respondido «SIN COMENTARIOS» y tenía once «Me gusta». Once.

Todas esas personas sabían que el dueño del *pub* se estaba acostando con ella. Delia era el hazmerreír de unos extraños.

¿«Novio»? ¿Celine consideraba a Paul su novio?

Dio un salto y se inclinó sobre el fregadero, poniéndose el pelo a un lado. El bonito fregadero marca Bristol de Emma no estaba pensado para vomitar a las diez de la mañana. Devolvió. Dos veces.

«Cierra la página, cierra la página», se dijo a sí misma. Encontrar fantasmas de Newcastle en Internet no era sano ni ayudaba. Estás en Londres, puedes salir por la puerta y no verás a nadie que conozcas. Estás a salvo.

Cuando iba a cerrar la pantalla del ordenador, vio que Chile Picante había respondido:

> *¿En serio? Madre mía, lo siento muchísimo. No tenía ni idea de que lo que estaba haciendo te metería en problemas, aunque era divertido. Por favor, dime cualquier cosa que pueda hacer para arreglarlo. Me muero de vergüenza, la culpabilidad me corroe. En serio, lo siento de verdad. CP.*

Delia reflexionó un momento.

> *Si te refieres a «cualquier cosa», entonces me gustaría saber cómo me encontraste la primera vez. Y quién eres.*

Capítulo 21

Delia estuvo sola durante la semana siguiente. Le sorprendió cuánto hasta que se recordó a sí misma: «Joder, has perdido a tu pareja y tu trabajo, te has ido de casa y has dejado allí tu perro, te has mudado a una ciudad de más de ocho millones de personas donde no conoces a nadie».

Levantarse y oler el... bueno, el olor a café tostado de la marca Café Direct y la curiosa mezcla de contaminación y niebla a la que poco a poco se iba acostumbrando. El olor de muchísimos cuerpos, vehículos y edificios encerrado en un espacio tan pequeño.

No era tan fácil aceptar la dura realidad de la agenda de Emma, que la dejó de piedra. Delia pocas veces se levantaba a la hora en que Emma se iba del apartamento, y solía aparecer por la puerta pasadas las nueve de la noche, nunca antes.

Delia compraba comida y flores, preparaba cosas que se mantenían bien en el horno como guisos o *moussaka*, encendía las velas de los faroles de estilo marroquí y esperaba. Y esperaba. Esperó muchas veces.

Al llegar, Emma intentaba parecer debidamente emocionada, cuando solo podía ponerse un bol caliente en el regazo y un vaso frío en la mano, tener una breve charla y darse un baño caliente antes de que el proceso comenzase de nuevo.

Entretanto, Delia, después de esperar todo el día con impaciencia que volviese, intentaba no molestarla con su necesidad de ser atendida y de charlar. Era como ser un ama de casa en los cincuenta.

También estaba recibiendo un curso intensivo de cómo hablar la jerga londinense. Emma echaba unos discursos entretenidos, pero extraños, sobre las dificultades de vivir en la capital, llenos de todo tipo de complicados problemas prácticos referentes a moverse y aparcar que Delia no había considerado, y la rivalidad tribal fue una sorpresa. Parecía que era una ciudad, pero eran cinco o seis unidas, y todas se odiaban y desconfiaban de las otras.

Por ejemplo, una amiga de Emma iba a dar una fiesta de inauguración de su piso en Brockley: algo aparentemente catastrófico. Era como si Emma estuviese hablando de los Uruk-hai de Isengard, de *El señor de los anillos*, en comparación con los residentes del sur de Londres.

«¡Brockley! —había dicho alzando el tenedor sobre el pastel de queso de cabra y espinacas con hojaldre casero—. Trabajo en el oeste de Londres. ¿Cómo coño voy a llegar a Brockley? ¡No tienen parada de metro! ¿En autobús? ¡Yo, a estas alturas de la vida, en autobús!»

«¿Cómo va la gente de Brockley a Londres», había preguntado Delia.

«Pues yendo —había contestado Emma estremeciéndose—. Brockley tiene nombre de estar casi en el condado de Kent. ¿Quieres venir?»

«Otro día.»

Delia no tenía ganas de conocer gente nueva. Pero le sorprendió descubrir que tenía dos amigos virtuales, que le hacían compañía en sus primeras dos semanas. Ante todo, Chile Picante. Había respondido. Ella se había ablandado.

Cómo te encontré. Recuerda que esto es como explicar un truco de magia, siempre decepciona. Creé un espía en Google. CP.

¿Un qué? Ahórrate la ironía de que podría buscarlo en Google. D.

Es una combinación única de palabras escondida en una web que provoca que cualquier búsqueda de esas palabras te lleve a un mismo resultado. Supuse que me buscarían en Internet. Cuando llegaste a mi blog, tu dirección IP me mostró que la visita era de la oficina central del Ayuntamiento. ¡Bum! CP.

¡Ah! Delia recordaba aquel blog extraño con aquellas tonterías y pensó: «Sí, es verdad». Sin embargo, el correo de «¡te pillé!» llegó directamente al *email* de Delia. Sabía muy poco de la mecánica y las especificidades de las direcciones de Internet, pero entendía lo suficiente como para saber que aquello no le diría al Chile que venía del ordenador de la pelirroja del pichi que estaba a la izquierda de la mujer enfadada con zapatillas de gorila.

> *Pero ¿cómo supiste que era yo concretamente? Por cierto, ¿no me dices quién eres? D.*

> *Las respuestas a esas preguntas están conectadas. Sigue. Inténtalo una vez más y te lo diré. CP.*

Delia se alegró de tener la oportunidad de pensar aquel día en algo más que en el álbum de Celine «Chicaaas en Creta 2011, ¡aaaaaaah!» y su exceso de fotos en bikini.

Reflexionó. Que Chile Picante la identificase debía de estar relacionado con su visita al Tragoz y Tapaz. Así debió de saber quién era. Pero ¿la reconoció? La web del Ayuntamiento no tenía fotos del personal de la oficina de prensa.

¡Ajá! Volvió a su primera teoría.

> *¡Un momento! Me conoces. Lo que significa que,... ¡¿te conozco?! D.*

> *¡4,5/5! No te conozco exactamente. Sé quién eres. Sé que siempre llevas un vestido bueno a las fiestas de navidad y que no te gustan las ensaladas de fruta (charla en el bufé). (¡Una vez me di cuenta de que habíamos tenido esa conversación! Aunque sorprendentemente no creo que yo te venga a la mente). Y sí, gracias a la trampa de Googlewhack supe ser cauteloso en el Tragoz ese día. No entré. No te tenías que haber sentado en la ventana. Vigilancia 101. CP.*

> *DIOS MÍO. ¡No me puedo creer que trabajes en el Ayuntamiento! D.*

Yo tampoco. CP.

Entonces, ¿por qué haces el topo, siembras el caos, pirateas nuestro correo y te enfrentas al Ayuntamiento? D.

Porque trabajo en el Ayuntamiento. CP.

En el silencio de la cocina de Emma, Delia se rio a carcajadas frente a la pantalla de su ordenador.

Ja, ja, ja. ¿Tanto lo odias? D.

No es odio. Tengo el umbral de aburrimiento muy bajo, soy vago, el demonio y todo eso. A decir verdad, nunca pensé en convertirlo en algo habitual. Una vez oí que los concejales se estaban volviendo locos con esto, no pude resistirme y seguí. Soy así. Si hay alguna travesura que hacer online, la suelo hacer. CP.

Pero ¡¿¿qué pasa con tu trabajo si te pillan??! D.

Nunca me pillan en acción. Soy como Macavity el Gato Misterioso que sale en el musical Cats. Con banda ancha. Pero definitivamente llegué demasiado lejos. En particular cuando me puse en contacto contigo. Nunca pretendí que fuese asqueroso, en mi cabeza eran solo bromas rebeldes. Lo siento. CP.

No te preocupes. ¿En qué departamento estás? D.

¿Te importaría que no divulgásemos esta información ahora? Sé que me dijiste que te habías ido. Pero todo lo que sé es que te has tomado un año libre y esta es otra nueva etapa de la investigación de la oficina de prensa. ☹ Lamento que te hayas ido. CP.

Delia se relajó. Le creía. Era alguien que se había arriesgado, no un insensato altamente peligroso.

> *¡Ah! Vale. Aunque creo que el detective Katejan Chrumps podría comprobar fácilmente si realmente me he ido. D.*

> *... ¿Katejan Chrumps? CP.*

> *El perro detective de* Cats. *¿Nunca has oído hablar de él? A mi prometido le encantaba ese musical. (Digo prometido cuando solo estuvo prometido conmigo una noche antes de que descubriese que se estaba tirando a otra. ¿Un exprometido es un exprometido aunque solo fuese tu prometido durante menos de una hora? Si un árbol cae en el bosque, etc., etc.). D.*
> *P.D.: No puedo creerme que no me acuerde de ti.*

> *Como te decía, para ser sincero, no soy fácil de recordar. Siento lo de tu ex. Si me permites decirlo, parece un idiota. CP.*

> *Estoy aquí sentada mirando el perfil de la chica con la que está/estaba acostándose. Sinceramente, puedes decir todo lo que quieras. D.*

> *¿Quieres que borre su cuenta de Facebook? Porque puedo hacerlo. CP.*

> *¡¿Puedes?! D.*

> *Tendrías que darme una sala de mando, unos cuantos soldados de plomo para colocarlos sobre un mapa, un juego de rotuladores, una pizarra y una caja de dónuts de Krispy Kreme. Probablemente penetraría en la fortaleza de Zuckerberg en Palo Alto llena de imbéciles con sandalias en*

una semana. Lo digo modestamente. Eh, tengo muchas otras cosas por las que ser modesto. CP.

Si eres tan bueno con la informática, ¿por qué no trabajas para los Servicios de Inteligencia o el FBI? D.

Ah, es que eso supondría una falta de confianza y motivación y nadar a lo perrito sería más fácil que enfadarse. Además, estoy llegando a una edad en que nadar a lo perrito es todo lo que hago. (Un anciano de 31). CP.

Yo tengo 33, así que ¡cállate la boca! ☹ D.

Normalmente no era tan borde, o por lo menos no cuando estaba sobria, pero había acelerado directamente hasta llegar a una relación de colegas de *pub* con el dichoso Chile.

Bueno, no lo parece ☺ CP.

Delia nunca había sido mucho de socializarse a través de las redes sociales. Nunca le había atraído vender su vida en un escaparate. Subir álbumes titulados «Gran mordisco a la Gran Manzana con el equipo Hello Kitty» (Celine parecía una completa idiota) siempre le había parecido ligeramente narcisista. Era supersticiosa en lo relativo a presumir: incluso las vidas más atractivas podían hundirse. Como ella misma podía atestiguar.

Pero ahora había caído en las redes de la era digital. Tenía una especie de amigo que vivía en la pantalla, detrás de un cristal protector. Chile Picante parecía realmente arrepentido de haberle causado problemas, y ella se rindió y admitió que él solo era una parte que salía corriendo por la puerta que de todas maneras ya tenía que cerrar.

En sus primeros días en el sur empezaron a hablar sobre la vida, el universo, las diferencias entre Newcastle y Londres, los miedos que te podían paralizar y las cosas que te podían empujar a seguir. Cuando estaba *online* podía ser una Delia diferente: más superficial y divertida, y menos triste y agobiada.

Su otro amigo era La Raposa. En su tercer día de soledad, Delia fue a una tienda de manualidades. Era un lugar precioso con galerías de frascos de colores formando un arco iris de pigmento puro en polvo, tablas de pinturas pastel y pinturas espesas en gordos tubos que daban ganas de apretar. Compró lápices, pinceles y cuadernos nuevos y volvió al apartamento hecha un manojo de nervios. Una vez en el salón de Emma, donde solo se oía el el roce del grafito sobre el papel, Delia llenó metros de pliegos color crema con la historia de su *alter ego* de superheroína al servicio de la ciudad. Empezó con lápices suaves y después lo pasó a tinta.

Había algo estimulante en el hecho de estar al mando, como había dicho Ralph. Había pasado mucho tiempo sin dibujar y se sentía extrañamente avergonzada de haber sido tan perezosa. ¿Había sido perezosa o es que había tenido miedo? Le preocupaba lo que pensarían los demás del resultado, tanto que se había olvidado del efecto que causaba en ella dibujar. Entraba en una suerte de trance, absorbida por un universo alternativo. Contar aquella historia resultaba relajante y emocionante al mismo tiempo.

A La Raposa no le asustaba encontrarse en un territorio nuevo. Navegaba por las calles por la noche o se sentaba al borde de un tejado, olfateando el aire y disfrutando de las muchas posibilidades que se abrían ante ella. Nada ni nadie podía asustarla, tenía batallas en las que luchar.

En la cuarta noche, Delia se dio cuenta de que La Raposa estaba intentando decirle algo.

DESPUÉS DE ENCONTRAR UN SANTUARIO CON UN ANTIGUO ALIADO,… EMPIEZO A CONSTRUIR UNA NUEVA BASE.

… POCO A POCO ME HE REHECHO.

ESTOY PREPARADA. ES EL MOMENTO DE AFRONTAR NUEVAS AVENTURAS.

WHOOSH

♡ Capítulo 22

—¿Por qué crees que sirves para este puesto de contable júnior?

Al escuchar la pregunta, a Delia le pareció que lo de «júnior» lo decía con un toque de sarcasmo.

Aquella muchacha hindú maquillada a la perfección, Tori, tenía las cejas finas, perfectamente delineadas y del ancho de una cerilla. Sus ojos afilados comunicaban pena e irritación a partes iguales. Mucha, de hecho.

«¿Por qué has venido? ¿Por qué estás cualificada para el puesto? ¿Por qué tu maquillaje es un tono demasiado pálido y te hace parecer una *geisha* pelirroja? ¿No hiciste el test bla, bla, bla? ¿Cuándo puedo finalizar esta deprimente conversación para tomarme mi salmón bajo en carbohidratos?»

Delia era capaz de responder a esas preguntas no planteadas mejor que a las planteadas. 1) Pánico. 2) Desesperación. 3) Intenté ahorrar y usar el resto del bote. La vendedora de Fenwicks me enredó, parezco un mimo. 4) Cuando quieras, ¿cómo podéis justificar los londinenses que os cobren cinco libras por un trozo de pescado? Yo estaría muriéndome de hambre una hora después.

—Estoy muy motivada, soy entusiasta y escribo bien —respondió Delia.

Tori hizo un gesto extraño con los labios y agitó la cabeza casi imperceptiblemente.

—Eso lo tienen muchos candidatos.

—Soy muy sociable y trabajo bien en equipo.

Oh, no. Estaba a punto de caer en el tópico de «trabaja bien sola y también en grupo». Tori no le hizo caso.

—¿Tienes alguna pregunta para mí?

Delia había pasado la última media hora tratando de disimular la vergüenza que le provocaba tener solo conocimientos rudimentarios de trabajos en un bar, suplencias de maternidad en la administración de la empresa SpecSaver y dieciocho meses en una aburrida empresa de relaciones públicas, principalmente con clientes de la construcción, antes de aterrizar en el Ayuntamiento. Relaciones públicas y contabilidad no eran lo mismo, Delia lo sabía. Tampoco lo eran Newcastle y Londres. Solo porque podía hacer comunicados proclamando buenas o malas noticias no significaba que fuese automáticamente una experta en «comenzar conversaciones dinámicas» y en «convencer al público objetivo» para lanzar clientes, productos y servicios al saturado ciclo de noticias de la capital.

Delia no entendía por qué conseguía las entrevistas ya que con el escaso contenido de su currículum la solían descartar. ¿Es que los entrevistadores no lo leían antes para ahorrar tiempo y problemas? La respuesta parecía ser un rotundo no.

Era demasiado consciente de lo que debería tener su historial laboral: saltar cada dos años entre empresas cada vez más importantes y que el nombre de su puesto fuese más impactante con cada movimiento. Sin embargo, su currículum era el equivalente a un peinado cruzado: unos cuantos pelos bien puestos intentaban ocultar la coronilla medio calva y no engañaban a nadie.

La entrevista había llegado a la fase en que había que salvar la dignidad. Era el cuarto de esos momentos en pocos días, y la voluntad de Delia de fingir se había esfumado.

—... No. Está todo bien. No tengo preguntas. Creo que me he hecho una idea —dijo sonriente mientras la glamurosa Tori, de veintiocho años como mucho, parecía sentir vergüenza ajena. Delia había arruinado el brillo y lo guay del lugar con su sudorosa honestidad. La cara de Tori mientras la acompañaba fuera le decía que tenía que irse antes de que lo suyo se volviese contagioso.

Confianza. ¿Cómo se conseguía? ¿Cómo lograbas tener esa cualidad extraordinaria que cambiaba vidas?

Una vez, Emma le había contado que en su última empresa le habían ofrecido un aumento de sueldo que era mucho mayor del que esperaba. Aun así, torció el gesto y les dijo a sus jefes: «¿Qué? ¡Esto es un insulto!». Y se lo duplicaron. Emma se moría de risa. Delia no se lo podía creer. «¿Pero cómo te atreves?» Emma se encogió de hombros. «Es un juego, ¿no? Solo se trata de dinero. Lo peor que puede pasar es que te digan que no.»

Se había repetido aquel mantra una y otra vez mientras se movía por Londres en su tercera semana como una especie de londinense. Planificaba meticulosamente sus paradas y rutas de metro, y aun así aquello seguía siendo una pesadilla logística escalofriante, y dependía totalmente de Google Maps.

Las oficinas de las empresas de relaciones públicas que había visitado hasta ahora eran los típicos santuarios luminosos con aire acondicionado llenos de jarrones con amarilis, teléfonos que no dejaban de sonar y el ajetreo de gente moviéndose rápidamente en su muy necesario negocio. Entretanto, Delia estaba sentada en la recepción sintiéndose una pieza de repuesto y agarrando un abrigo estúpido.

Llámenla derrotista, pero no veía que aquello fuese a cambiar. Había pensado que por lo menos podría conseguir un trabajo de verano. Esa noche iba a decirle a Emma que aquello había sido un bonito experimento, pero después de dos semanas de entrevistas desastrosas, volvería a Newcastle a fin de mes. Con el rabo entre las piernas. Esperando zafarse de sus enemigos...

Delia era demasiado débil para enfrentarse a más rondas de rechazos y, como estaba en el paro, empezaba a sentir el típico bajón adolescente, gorroneando en casa de Emma.

Viviría en Hexham, buscaría otro trabajo como contable, aunque aquello no sonase muy tentador. Llegaba diez años tarde para empezar los estudios de diseño gráfico, pero quizá podría empezar con las clases nocturnas...

Si por lo menos Tori fuese la última. El último atentado contra su dignidad estaba previsto para las tres en una oficina de Charing Cross, en un lugar llamado Twist & Shout. No recordaba si Emma o ella lo habían preseleccionado. Su amiga había estado buscando durante el almuerzo y le había mandado correos con sus sugerencias. Un gesto generoso, teniendo en cuenta que Emma no parecía tener más de doce minutos de pausa.

La desigual y colorida página web le dijo que buscaban a alguien original y con una mentalidad fresca, que era mucho más importante que la experiencia. «Sí, seguro», pensó Delia.

Al principio de la tarde, el director de la empresa, un tal Kurt Spicer, le había mandado un mensaje. Dado que acababan de llegar nuevos muebles, sería más fácil quedar en un Starbucks que había cerca. ¿Le parecía bien?

Daba igual, dijo Delia. Daba exactamente igual.

♡ Capítulo 23

Delia llegaba pronto. Fantástico. Podría pedir una bebida, elegir una mesa y atarse los machos.

Vio que algo se movía por el rabillo del ojo. Un hombre robusto de mediana edad la saludaba con la mano desde el otro lado de la sala. Delante de una mesa llena de papeles esparcidos, un ordenador y una bolsa ante sus piernas. Joder. No había llegado lo suficientemente pronto. Hizo el gesto de acercarse el índice y el pulgar a los labios que significaba «¿Algo para beber?» y el hombre de gafas sacudió la cabeza. Esperaba que estuviese bien pedir algo para ella y luego presentarse y empezar a responder preguntas. Delia hizo cola sintiendo que las monedas se humedecían en sus manos y diciéndose a sí misma que no debía estar nerviosa.

Solo tenía que superar este último rechazo y su aventura londinense se habría acabado.

Recogió su café y fue esquivando las mesas hasta llegar a la suya.

—Hola. ¿Kurt?

—Delia, ¿verdad?

—Sí —dijo ella intentando despojarse del abrigo de una manera elegante digna de una entrevista de trabajo pero sintiéndose en cambio como la torpe señora Bigarilla, de *Beatrix Potter*.

Vio una copia de su ridícula solicitud sobre la mesa y se avergonzó ligeramente. Dios mediante, por lo menos aquello sería breve. Por algo había escogido un cortado.

Kurt tenía unos cuarenta años, era rollizo, con el pelo de punta, gafas sin montura, y pronunciaba la erre con acento Australiano. Hablaba con un deje un poco pijo. Parecía alguien a quien te podrías encontrar como corresponsal de bolsa en el canal de noticias 24 horas.

Delia le dijo que esperaba que los muebles de oficina hubiesen llegado bien y Kurt sopló sobre la superficie de su enorme café solo.

—¡Qué pasa, norteña! Me gusta tu acento.

—Gracias —dijo—. Cuando empecé a hablar ya estaba ahí.

—¿Eres de Newcastle?

—De muy cerca. Un sitio que se llama Hexham.

—Bueno, cuéntame la historia de Delia Moss. Principalmente tienes experiencia en comunicación para el Ayuntamiento, ¿verdad?

—Sí, así es —dijo Delia rotundamente, pensando que era una mierda. Retorzamos el cuello del pollo y acabemos con esto.

—¿Por qué has venido a Londres?

—Por motivos personales, en realidad. Tengo una buena amiga aquí y necesitaba cambiar de aires.

—¿Una ruptura dolorosa? —preguntó Kurt.

—¿Cómo lo sabes?

—He visto antes esa mirada. Mi exmujer es la mejor amiga de Satán. Si estuviese en peligro, tiraría el teléfono al mar. Por suerte sigue viviendo en Canberra y no pudimos tener hijos. Parece que a veces Dios sabe lo que hace, ¿eh?

—Sí —dijo Delia pensando: «Ayuda, ¿qué está pasando?».

—¿Y por qué crees que podrías entrar en el mundo de las relaciones públicas?

—Bueno, confianza. La vida es confianza, ¿no? Sé que tengo esa capacidad, pero no tengo experiencia.

—La experiencia está sobrevalorada. Es lo que nadie tiene al empezar, sea lo bueno que sea. La actitud lo es todo. ¿Puedes escribirme un comunicado de prensa con el que tenga ganas de acostarme?

—Bueno... —Delia intentó no reírse—. Eh, depende de qué tipo te gusten...

—Cuando se trata de la capacidad de vender, busco simple «follabilidad». No me ofrezcas la postura del misionero. Dalo todo. Sedúceme, por ambos lados. Con liguero.

«¡Uf!», pensó Delia. La luz de alarma «antisalidos» parpadeaba como loca en su panel de mandos interior.

—¿Puedes suscitar interés y crear publicidad? Es todo lo que quiero que hagas. La frase es: «Capta la atención». No la pidas, cáptala.

Delia abrió la boca y se dio cuenta de que Kurt era el tipo de persona al que le gustaba hablar con preguntas retóricas y con frases tipo eslogan. No tuvo que decir nada, simplemente asentir con entusiasmo entrecerrando mucho los ojos.

—De hecho, me faltó poco para llamar a la empresa «Destroza&Capta».

—Pero las connotaciones violentas de ese nombre no resultaban muy adecuadas, ¿verdad? —dijo ella bebiendo un sorbo de café. Hasta ahora había intentado aparcar su aridez del norte en Londres, pero pensó que valía la pena.

—Exactamente. Después de los disturbios, parecía que lo que quisiéramos era alunizar en el supermercado Tesco para conseguir un paquete de arroz Basmati. Qué pena.

—El nombre que le habéis puesto también es bueno —dijo Delia preguntándose cómo habían pasado a tener una conversación tan rara tan rápidamente.

—Me refiero al arroz. ¿Qué iban a hacer esos gilipollas, una paella gigante? Me pone enfermo esa tontería.

Delia estuvo a punto de reirse, pero se dio cuenta de que no esperaba que lo hiciese. También se abstuvo de comentar que para la paella se utiliza arroz bomba. El basmati es más bien para hacer un pilaf.

Para ser alguien que decía tantas cosas graciosas, Kurt las soltaba de un modo tan inexpresivo que no sabía si lo decía de broma o no.

—Me gusta hacer de relaciones públicas para personas especiales. Soy más bien lo que podríamos llamar un publicista. También hago publicidad de consumo, si es interesante. Ocasionalmente gestión de crisis, apagando incendios con extintores. No de empresa a empresa, prefiero quedarme mirando cómo fragua el cemento.

—De acuerdo.

—Dime: ¿cuál ha sido hasta ahora tu peor día de trabajo?

—El día que me fui. Dije que un ejercicio de trabajo en equipo era una mierda.

—Trabajo en equipo —resopló Kurt—. ¿Los vengadores consiguieron luchar contra el mar y después hicieron el experimento de la caída del huevo?

—Ja, ja —dijo Delia pensando que nunca había oído hablar de tal experimento.

—¿Y cuál fue el mejor día?

—Pues... Había una escultura en un parque que tenía un aspecto un poco fálico y que aún estaban construyendo. Hubo algunas quejas con los típicos «¿Por qué? ¿Por qué?». Sabíamos que el resultado final no sería tan... parecido a un pene, pero el artista se estaba comportando como una diva con eso de la discreción y de no hablar de una obra inacabada. Así no íbamos a ninguna parte, no habría noticia. Mi contacto del periódico local me echó un cable y me dijo que esperaría y después sacaría el titular: «¡Menudo rabo, qué carajo!».

Delia no tenía ni idea de si aquella era una buena anécdota, pero Kurt asentía.

—Bueno, era una «reinterpretación» de un mayo. El alcalde hizo la inauguración oficial con muchísimos niños alrededor. Nos faltaba uno en la conferencia de prensa, así que hice que el reportero que había creado el artículo del «rabo» se uniese al baile como venganza. Quizá fue un poco duro, pero resultó divertido.

—Me encanta.

Kurt se recostó en un su asiento.

—Vale. Listo —dijo.

—Eh... ¿cómo? —dijo Delia.

—Estás contratada. Empiezas el lunes a las nueve. Estaré allí para una reunión de equipo y firmaremos el contrato entonces.

—Oh, vaya. ¡Bien! —exclamó Delia preguntándose si la estaba vacilando. Kurt la escudriñaba de un modo algo incómodo.

—Tu acento dice que eres de fiar, tu cara dice que eres simpática y tu ropa de estudiante de la facultad de Bellas Artes sugiere creatividad. Gustarás a los clientes. Y, sinceramente, respecto a la contabilidad, prefiero enseñarte a mi manera.

—Ah, gracias —dijo Delia pensando que aquello no tenía muy buena pinta.

—Te aviso: no soy convencional. Me gusta saltar y tirar de la horca en el último minuto. No soy de los que preguntan «Por qué», soy de los que dicen «Joder, ¿por qué no?». Resumiendo: paso de las normas.

Delia pensó que seguramente aquello era una cámara oculta. Seguro que acabaría en *Los peores jefes del Reino Unido* o algo similar.

Se despidieron rápidamente y Delia se preguntó cómo era posible que hubiese conseguido trabajo gracias a una conversación extraña en una cafetería y qué tipo de trabajo sería. ¡Vaya! Aquello de que las cosas salen bien cuando menos te lo esperas era cierto. Estaba contenta y un poco sorprendida.

Aun así, era un motivo indudable para devolverle a Emma el recibimiento con champán. Había descubierto que una de las ventajas de vivir en Londres era que tenía unos servicios a domicilio increíbles. Cuando Emma entró tambaleándose por la puerta, Delia ya tenía un cubo lleno de hielo y Moët y dos *pizzas* de masa fina del tamaño de tapas de cubo de basura humeando dentro del cartón.

Se saludaron efusivamente, y Delia vio que su amiga se alegraba muchísimo de que ella tuviera que quedarse más tiempo.

Emma encendió el ordenador de Delia al tiempo que, con la otra mano sujetaba un triángulo de *pizza* de chorizo y chile verde. Se puso a hacer sus propias consultas.

— La web de Twist & Shout parece un poco misteriosa, ¿no?, pero supongo que es una empresa nueva —dijo—. Oh, Del, ¡muy bien! Sabía que alguien se daría cuenta de que eres especial.

Delia vertió más champán en la copa de Emma, y cuando sentía una pequeña explosión de nervios intentaba apaciguarlos. Ya tenía la mañana del lunes para estar nerviosa. Ahora era el momento de celebrarlo.

Cuando Emma cerró la ventana del explorador de Twist & Shout, vio un correo electrónico abierto con una enorme imagen de FELICIDADES.

—¿Y este admirador?

—Chile Picante.

—¡¿Hablas con él?!

—Sí, me hace compañía. Es muy gracioso.

—¿Pero no lo has visto en persona, verdad?

—No, ni siquiera sé cómo se llama.

—Ten cuidado.

—No creo que sea peligroso.

—No lo digo por tu seguridad. Digo que no te enamores *online*. Es una cortina de humo.

Delia se rio, nerviosa por el nuevo trabajo, el alcohol y las novedades en general.

—¡No creo!

Aunque no era totalmente cierto que se equivocase. Después de varios días escribiéndose, a menudo se pillaba a sí misma pensando en Chile Picante, poniéndole cuerpo y rostro. Se levantaba con ganas de hablar con él, imaginándose los mensajes que le mandaría. Era como tener un diario que respondía. Era una sorpresa inesperada, un nuevo aliado que había salido del lugar más inesperado.

La mayor parte de su vida en Newcastle tenía que ver con Paul. Era la pareja de Paul el del *pub* y todo giraba en torno a él, como los planetas alrededor del Sol. Chile Picante era solo suyo y no tenía nada que ver con aquella vida. Cuando escribía las respuestas, podía ser quien ella quisiese. Su voz era divertida e irreverente, y notaba que se sentía mejor siempre que hablaba con él.

Paul le escribía bastante a menudo, a veces con novedades sin importancia y pidiéndole que le hablase de las suyas. Y llamaba diciendo que solo quería charlar. Delia no hacía ni caso de las llamadas o ponía excusas. Solo cuando era necesario daba respuestas intermitentes y concisas que ofrecían información básica funcional, como las coordenadas de un submarino, pero sin sustancia ni emoción. Los canales de comunicación permanecían abiertos, pero no había mucho movimiento.

—Una del trabajo conoció a un chico en un chat... —dijo Emma.

—¿Y resultó ser un estafador? No le voy a dar tres de los grandes cuando me diga que su primo estadounidense necesita un riñón nuevo.

—No, peor. Lo conoció en persona después de un año escribiéndose y no le gustó.

—¡Qué horror! —exclamó Delia, burlona.

—En serio, ¡estaba destrozada! En su cabeza ya se habían casado, mudado a una casa de campo en Shropshire con un garaje enorme que había visto en Internet y tenían tres hijos. Imagínate qué gran desilusión. Lo único que digo es que si empiezas a sentir algo, queda con él cuanto antes. Si no es como si te quedases bloqueada justo antes del primer beso durante demasiado tiempo.

—Muy poético.

—Estoy bastante borracha. Conocí a un chico trabajando con una gran empresa ...

—Anda... —Delia sospechaba que aquel consejo ocultaba un resquemor personal doloroso.

—Me mandó un correo después de cerrar el trato. No me refiero al trato sexual, al trato en sentido literal, nunca me acosté con él. Me estuvo escribiendo cada día durante un mes. Estaba superemocionada con él, creía que éramos almas gemelas. Entonces paró. Ya está, adiós, en medio de la conversación. Le mandé un par de correos preguntándole «¿Dónde andas», pero no me hizo ni caso, así que se acabó.

—A lo mejor se fue de la empresa. O murió.

—Negativo, detective. Sigue en su web. No se anuncia al tipo que dirige el departamento de Derecho Inmobiliario si está muerto. ¿Qué aprendí de aquello? Esto: si algo llega demasiado fácilmente, se puede ir igual de fácilmente. ¿Queda más Cuatro Estaciones?

Capítulo 24

En el pórtico de piedra, Delia examinó la lista de los nombres de las empresas junto al timbre, pero no encontró Twist & Shout. ¿Estaría en el lugar equivocado? Ah, ¡no! Ahí estaba, justo al final. Escrito a mano en un pedazo de papel: Twist & Sharp.

Llamó al timbre de aquel edificio georgiano en forma de caja de un color crema sucio y esperó. Tan llena de inquietud como estaba, resultaba emocionante formar parte del ajetreo londinense aquella mañana. En una ciudad llena de energía, era imposible formar parte de las cosas si cuando tú conseguías levantarte por la mañana todo el mundo ya lo había hecho y ya estaba en la calle.

Y aunque Delia seguía sin ver a Emma, por primera vez estaba en medio de la muchedumbre que iba de acá para allá. Había intentado actuar como si siempre hubiese usado una tarjeta de transporte (¡Espera! ¿Funciona a través de la cartera? ¡Brujería!), al mismo tiempo que esperaba que alguien de la línea de metro de Picadilly la golpease en el hombro y le dijese «No te he visto nunca, ¿me dejas ver tu documentación?».

«¿... LA?», crujió de pronto una voz en el intercomunicador.

—¡Hola! Soy Delia Moss, vengo a Twist & Shout —dijo Delia sintiéndose tan estúpida como se siente uno siempre que habla por un intercomunicador.

Se oyó un sonido estático, se apagó, y la pesada puerta con uno de esos picaportes de *hobbit* estilo Bolsón Cerrado se arrastró sobre una gruesa moqueta. Una mujer bajita de mediana edad, con un sobrio moño gris y gafas colgando de una cuerda, apareció ante ella.

—¿Twist & Shout? —preguntó Delia.

La mujer la miró con lo que parecía una mueca de incomprensión.

—¿Kurt Spicer...? —añadió Delia.

—¡Ah! Kurt —dijo más tranquila dejando pasar a Delia—. En el piso de abajo.

—Gracias —dijo Delia pensando que había recibido bienvenidas más cálidas.

Avanzó pasando por un arco de cajas de cartón con documentos y teléfonos fijos desconectados y bajó por unos precarios, estrechos y chirriantes escalones hasta el sótano. Aquello no era el palacio de hielo, la Fortaleza de la Soledad de Supermán construida al estilo de las oficinas de relaciones públicas de sus últimas experiencias.

Al final había un pasillo que llevaba, por un lado, a una estrecha cocina con la habitual bolsa empapada de azúcar, tazas feas, hervidor de agua de plástico y refrigerador. Más allá vio un lavabo del tamaño de una alacena con un paquete de doce rollos de Scottex abierto. Bueno, Delia había ido por el lado que no era, pero ya sabía dónde estaba lo más básico.

En el otro lado encontró una oficina con un viejo archivo de metal, escritorios baratos, un teléfono fijo y una pizarra. La única decoración era una figura dorada de un gato de la suerte japonés encima del archivo, con la pata moviéndose sin parar. A Delia esos animales siempre le habían parecido ligeramente macabros. ¿No había dicho Kurt que iba a recibir muebles nuevos? Los que allí había, desde luego, no lo parecían.

Sacó la cabeza por la puerta y no vio más estancias. No. Aquello debía de ser todo.

Se sentía ridícula e insegura, y recordó que aquello era lo que hacía que los trabajos nuevos resultaran tan absurdamente estresantes. No era el trabajo, eran todos aquellos pequeños procedimientos desconocidos que te dejaban parada, confundida como una idiota.

—¡Hola! —exclamó una voz de mujer detrás de ella.

—¿Eres Delia?

Se dio la vuelta. Una chica, por una vez una chica actuaba con condescendencia, y le dedicó una amplia sonrisa.

Parecía tener veinte años como mucho, con el cabello castaño recogido sobre su dulce cara sin maquillar. ¿De verdad Kurt había escogido dos personas a primera vista tan poco convencionales para trabajar en relaciones públicas?

—¡Sí! Hola. —dijo Delia alcanzándole la mano y pensando que aquella chica tenía una expresión y un comportamiento con los que sabías automáticamente que era honesta y amable. Había algo en su sonrisa y en sus ojos.

—Soy Steph.

Madre mía. ¿Y de Liverpool?

—¡Otra norteña! —saltó sin poder contenerse.

—De Wirral.

—¿Llevas mucho tiempo aquí? En Twist & Shout, me refiero.

—No, también empiezo hoy. Creo que solo somos nosotras dos.

Delia estuvo a punto de tirar al suelo el bolso y el abrigo, agarrar a Steph y bailar un vals con ella por la sala. Se había imaginado tener que lidiar con mujeres intimidantes y desafiantes, pero en lugar de eso se había topado con Steph, que llevaba zapatos Dr. Martens con medias negras, como una enfermera, y tiraba de la coleta para sacarla de la capucha de su parka de lana mientras decía:

—¿Crees que habrá algún tipo de cafeína en estas instalaciones? Salí tarde de casa y no me ha dado tiempo a pasar por Caffè Nero.

Delia se sentía como si hubiese hecho una amiga el primer día de colegio.

Intimaron a la manera tradicional británica, preparando dos tazas de té. Steph acababa de graduarse en Comunicación Audiovisual y, como Delia, había encontrado Twist & Shout a través de su web. Hacía cada día un duro viaje desde casa de su tía en Essex, y Delia pensó la suerte que tenía de vivir en casa de Emma en la zona 2 del transporte.

Era extraño que Kurt contratase a dos candidatas tan similares, pensó Delia. Pero no tenía nada que decir al respecto.

Llevaron las bebidas a la sala e inspeccionaron el espacio vacío.

—¿Has traído un portátil? —preguntó Delia. Ella había llevado el suyo, tras haber tenido el impulso de tomar todas las precauciones posibles.

—Sí, buen trabajo —respondió Steph—. ¿Por qué no nos dijo que no estaban aquí los ordenadores?

Los encendieron (Delia el viejo Dell que había heredado de Ralph cubierto de pegatinas de Marvel), se conectaron a la wifi, esperaron impacientemente y charlaron mientras llegaba su nuevo jefe.

Diez minutos después, Kurt apareció repentinamente en la sala.

La temperatura, el volumen y la cantidad de gente no parecieron triplicarse, sino aumentar diez veces.

—¡Señoritas! —vociferó—. Día uno del nuevo amanecer. Vamos a ir empezando. Lista de clientes, notas estratégicas —dijo tirando un archivador de anillas en cada una de sus mesas.

—Prefiero trabajar con copias en papel, son más difíciles de compartir o duplicar. Esta es la Biblia de nuestra empresa. Protegedla como a un recién nacido. No se la mostréis a nadie fuera de esta habitación.

Delia y Steph intentaron parecer lo suficientemente fascinadas mientras pasaban las páginas.

—¡Dejadlo para más tarde! —dijo Kurt—. Dentro de una hora me iré a una reunión, leedlas después. Primero un par de cosas para explicaros de qué va Twist & Shout.

Arrastró una silla al centro de la sala y se sentó como si hubiese un comité entrevistándolo.

—Un dato sobre mí —añadió como si fuese a presentarles una gran revelación—: No hago colas.

Un silencio tenso. Delia sintió que, como empleada mayor, era su tarea dar el primer paso.

—¿No haces colas?

—No.

Otro silencio.

—¿Y qué haces cuando quieres comprar algo que se sirve, mmm... secuencialmente? —se arriesgó a preguntar Delia.

—Encuentro otra manera de hacerlo. O no me molesto. Lo que quiero decir es que hay gente que hace cola y deja que otra gente marque el paso y las condiciones. Y después están los que se hacen cargo.

Delia no tenía ni idea de cómo se traducía ese mantra a una situación real. «Hola. Creo que tú no estabas delante de mí en la cola de la caja. Aparta.» Se imaginaba a Kurt llevado por los guardias de seguridad del supermercado al grito de «*Carpe diem!*».

—Empezaréis a entender cómo funciono a medida que vayamos trabajando juntos. Veréis que los clientes vienen a mí porque yo no pienso como los demás. Mis campañas son un *shock* además de asombrosas. Soy una máquina de hacer negocios.

«Yo soy más una máquina de hacer té», pensó Delia descartando toda posibilidad de que Kurt dijese algo con sentido.

—Salgo y veo qué pasa. Vosotras seréis mis chicas de confianza. Necesito que os encarguéis de la administración, mantengáis contentos a los clientes, respondáis llamadas, escribáis los comunicados de prensa y gestionéis las consultas de la prensa. Alguna de nuestras aventuras requerirá ingenuidad y flexibilidad…

Delia esperaba que no lo dijese literalmente.

—Pero os prometo que vamos a pasarlo bien. ¿Alguna pregunta?

Sintió que debería tener tres mil preguntas, pero no le venía ninguna a la cabeza.

—¿Por dónde empezamos hoy? —preguntó Steph educadamente.

—Leed los documentos y familiarizaos con las notas. Dadme ideas de cómo podemos abordar a algunos clientes, si queréis. Eso es todo. Salid a comer e intimad como hacéis las chicas. Podemos empezar poco a poco. De vez en cuando necesitaré que vengáis alguna tarde.

Las dos asintieron.

Kurt se levantó y devolvió la silla a su lugar.

—Estaré en mi teléfono móvil si me necesitáis, pero pongo el «modo avión» cuando estoy con clientes. Han de saber que reciben toda mi atención. —Cuando salió, alzó la mano y dijo—: «*Shalom*».

Hubo un silencio significativo mientras Delia intentaba calcular qué irrespetuosa podía ser con Steph.

—¿Soy yo o habla con enigmas? —preguntó Steph.

La combinación del acento de Liverpool y el alivio hicieron que aquello resultase increíblemente gracioso para Delia, y a ambas les dio un ataque de risa.

Steph hojeó las páginas.

—¡He oído hablar de algunos de ellos! —exclamó jadeante.

Delia compartió su sorpresa y su respeto. Era en parte el contraste entre el perfil de los clientes, las oficinas infernales y la manera aleatoria en la que Kurt llevaba aquello.

No volvió en todo el día y, a las doce y media, Steph dijo:

—¿Nos vamos a esa comida de chicas que nos han mandado? Creo que la palabra «intimar» es una clara invitación a tomar una pinta, ¿no?

Delia se estaba enamorando.

Capítulo 25

¿Qué haces hoy, Delia dinámica? CP.

Voy a comer con el crítico de restaurantes de la revista Evening Standard. *Aparentemente Kurt tiene grandes planes. Aunque yo solo voy a ir a tomar notas, porque el jefe dice que le dará más presencia que parezca que tiene asistentes. No estoy segura de que eso sea dinamismo. O feminismo. D.*

Era una suerte que Delia hubiese sido capaz de controlar sus expectativas respecto a conocer a Gideon Coombes, porque no había nada bueno que conocer.

Se trataba de una criatura larguirucha y enjuta, que llevaba unas gafas de búho enormes y muy redondas combinadas con un traje de franela en apariencia caro y una camisa a cuadros. El tipo tenía reputación de destrozar completamente los establecimientos que no le gustaban. La suya era una pluma envenenada controlada por una víbora enfundada en un traje de Paul Smith.

Kurt y ella quedaron con él en una moderna *trattoria* italiana cerca del Soho. Aunque había pensado que era una pena que la tratasen como la ayudante de Kurt, pronto se sintió profundamente agradecida de que el grueso de la conversación no requiriese su contribución.

Al principio, Delia creyó que se trataba simplemente de un comportamiento típicamente londinense por parte de Gideon. Pero a medida que pasaba el tiempo, sus instintos le dijeron que estaba en compañía de un completo imbécil.

De vez en cuando, Gideon interrumpía la conversación a mitad de una frase y murmuraba comentarios sobre la comida a su dictáfono. Delia no veía que hubiese motivo alguno para interrumpir la conversación aparte de querer exhibirse y mostrar lo listo que era.

Kurt hablaba del deseo de Gideon de pasar de la prensa escrita a la televisión, y de pronto el tipo alzó el dedo. *Click*.

—Esta no es una de las mejores experiencias que he tenido con los *gnocchi*. Consistencia pegajosa. Deberían flotar como pequeñas nubes, no quedarse pagados al bol. Comparar con Bocca y Locanda. Las cosas mejoran con las notas florales del hinojo y los sabores vigorosos de las judías borlotti y la salchicha de jabalí. Añadir algo sobre las bragas bajo un vestido de Laura Ashley. Mencionar el curioso olor de los servicios para caballeros. El incienso no debería salir de las tiendas que escriben la palabra «mágico» con K.

Pulsó el botón de *stop* y retomó con fluidez la conversación que había interrumpido. Kurt se mostraba impertérrito ante aquello, pero al fin y al cabo mostrarse impertérrito ante las excentricidades de sus clientes era su trabajo. Delia estaba atónita.

—... entonces necesitas luchar con un gran chef —concluyó Kurt—. Al fin y al cabo, ¿quién era Gordon Ramsay antes de destrozar a AA Gill? Un tipo con un par de sartenes y la cara como un escroto de tortuga.

Delia estaba bastante segura de que se trataba un escroto de tortuga con estrellas Michelin, pero no lo mencionó.

—Aquella refriega fue una victoria de ciento ochenta grados. Ramsay queda como el tipo duro y Gill como el crítico más polémico del país. Todo el mundo se va a casa siendo más famoso.

—¿Quieres que le dé una paliza al restaurante de Ramsay? Ya no es polémico. Su marca de neoclasicismo formal para aniversarios de boda está claramente gastada. Pero si ha abierto restaurantes hasta en aeropuertos, ¡por Dios!

—No, no tiene sentido volver a hacerlo con Ramsay. Tú eres el niño malo de las críticas, necesitas a alguien que esté a tu altura. Había pensado en Thom Redcar.

Gideon Coombes inclinó la cabeza.

—¿Hacer una crítica mala de Apricity? Supongo que varios de sus platos pecan de alguna innovación que va más allá del chef Blumenthal, sin ningún sentido. A veces las especias que emplea resultan vulgares. Pero Apricity es bueno. Le doy un cuatro sobre cinco, a pesar del tropiezo del *sashimi* de trucha. Comparé esa experiencia con el hecho de hacer el amor en una morgue, pero el sustituto perdió los nervios y lo eliminó.

Delia conocía un poco a Thom Redcar de un artículo del suplemento dominical de hacía unos meses. Se trataba de uno de esos desplegables en los que un cocinero guapo y fuerte con los brazos llenos de tatuajes posaba como si fuera una estrella de *rock* con su traje de chef, sosteniendo un cuchillo gigante, con los bíceps como sacos de patatas y el pelo engominado. El titular decía que era un joven impulsivo que sería un cocinero de puta madre y que normalmente te confundía con una aproximación iconoclasta de las vieiras.

Después de aprender en casa de varios peces gordos, Thom Redcar había abierto hacía poco su propio restaurante, Apricity, en una estación en ruinas cerca de King's Cross. Su plato estrella era un huevo de pato humeante sobre el nido, y las listas de espera eran más largas que las de donantes de hígado. Vamos, que no iba nadie.

—No digo que dejemos a la suerte que te corone. Vamos a meter a Thom en esto. Así pondremos al tipo sobre aviso. Será una publicidad eterna para Apricity y encima le saldrá gratis.

Gideon pinchó un par de aquellos *gnocchi* que acababa de criticar de su plato. Delia se dio cuenta de que, a pesar de que los comparaba con el estiércol, podía terminárselos.

—¿Qué pasa si alguien se va de la lengua y cuenta que todo estaba preparado? Me pone un poco nervioso que estas cosas tan forzadas puedan salir mal.

—Eso es lo bonito de meter a Thom. No te delatará porque eso significaría delatarse a sí mismo.

—¿Y qué pasa si dice que no desde el principio y después nos delata?

—¡Ja! —Kurt se recostó sobre su asiento—. Créeme, ese no es mi estilo. No sabrá que has aceptado hasta que él lo haya hecho.

Gideon se limpió la boca con una servilleta.

—Entonces acepto. ¿Qué tal la alcachofa?

A Delia le sobresaltó que aquel hombre se dirigiese a ella directamente. Casi no se había dado cuenta de que estaba allí desde su llegada.

—Pues..., bien —dijo ella.

—«Bien» no es suficiente para un crítico, cariño. Si me disculpas... —y al decir esto, Gideon metió su tenedor en la pasta de Delia.

No era habitual que ella hiciese ascos a los postres.

Al despedirse de aquel individuo en la calle, murmuró a su dictáfono:

—Se salvó parcialmente con un *tartufo* eficiente y poco inspirado.

—¿Qué piensas? De Gideon —dijo Kurt andando a zancadas por el Soho por miedo a que ella pensase que quería que le diese una visión de aficionada acerca de la salsa de tomate.

—Bueno, te ha dado bastante... bola —contestó Delia, felicitándose por haber encontrado algo positivo que decir y que tuviera un ligero viso de verdad.

—¡Ja, ja! Es una patada en las bolas, eso seguro.

Delia se permitió una pequeña sonrisa culpable.

—¿Sí?

—Tiene muchas ganas de trabajar en televisión. El problema es que quiere ser una estrella mediática, y su personalidad es su punto débil. Necesitamos convertirlo en un Simon Cowell, un capullo hacedor de estrellas.

—O una flor mustia —dijo Delia sin poder contenerse. Kurt estalló en una carcajada.

—¿Qué te parece Steph?

—Es estupenda. Me encanta —dijo Delia.

—Mmm. No estoy seguro de que sea suficientemente original.

Aquello la inquietó. No pegaba con el tono que venía a decir: «Tranquilas, ya nos iremos conociendo» de los días anteriores. Además, tampoco era tan egocéntrica e inocente para pensar que no le haría la misma pregunta a Steph.

Una de las reglas de Delia era que si consentías que alguien tratase mal a otra persona, se volvería en tu contra. No podía decir que le gustara el hecho de que Paul fuese amable con sus ex cuando le llamaban, pero respetaba lo que aquello le decía de él.

—Está adaptándose —dijo Delia, pero Kurt no la escuchaba.

—Voy a por un café, si ya sabes volver sola —dijo. Ella no sabía cómo se las arreglaba Kurt para no salir volando con la cantidad de cafés que se tomaba.

—Kurt —dijo ella cuando él ya se iba—. ¿Cómo vas a hacer que Thom Redcar acepte sin decirle que Gideon ya ha aceptado?

—Ah, sí le diré que ha aceptado —dijo Kurt con aire despreocupado—. Lo único que hice fue decirle a Gideon lo que quería oír para asegurármelo. Regla de oro, pelirroja: dile al cliente lo que quiere oír.

¿Pero qué pasaba si salía mal como había dicho Gideon? ¿Qué pasaba con el riesgo? Delia siguió caminando hasta la oficina pensando que era demasiado sensible para aquel mundo.

Al llegar a la oficina, se sintió aliviada al poder hablar en voz alta y contarle a Steph cómo Gideon Coombes hablaba a las camareras. Así pudo distraerse un poco y dejar de pensar en lo que Kurt acababa de hacer para separarlas. No le gustaba pensar lo que sus comentarios significaban para Steph, seguro que no la echaría a su antojo, ¿verdad? Era la compañera perfecta: con los pies en la tierra, divertida, y una seguidora incondicional de la costumbre de un buen té de las cinco.

Al final del día sonó el teléfono mientras Steph preparaba el té. Delia la oía tocar una canción con las cucharas sobre la Formica (Steph tocaba la batería y estaba destrozada por haber tenido que dejarla en Birkenhead).

—Hola. Twist & Shout —canturreó con confianza.

—Con Kurt Spicer, por favor —dijo una voz segura de hombre joven.

—Kurt Spicer no está aquí en este momento. ¿Hay algo en lo que pueda ayudarle o quiere dejar algún mensaje?

—¿Usted es...?

—Delia Moss, *community manager*.

—Hola, Delia Moss, *community manager*. Quería tener una reunión de presentación. Una charla acerca de los clientes de Twist & Shout y posibles oportunidades. ¿Me puedes ayudar? —rápido y un poco pijo.

—¿Y tú eres...?

—Adam West. Periodista. Soy autónomo. Principalmente escribo periodismo financiero.

—¿Estás buscando artículos generales?

Delia apoyó el teléfono entre la mejilla y el brazo y escribió sin hacer ruido su nombre en Google, añadiendo: «periodismo financiero». De pronto aparecieron muchos artículos de periódicos nacionales.

—Soy fácil, va con ser autónomo. Si tienes algo atractivo, quizá podamos llegar a un acuerdo.

—Vale, podemos reunirnos —dijo Delia. Quería sentirse capaz ante aquel hombre presuntuoso y le gustaba marcarse el tanto de haber conseguido un contacto útil—. ¿Cuándo podrías?

—¿Qué tal mañana? ¿*Brunch* en Balthazar? ¿A las once?

Delia solo tenía una vaga idea de dónde y qué era aquello, pero hacer un *brunch* sonaba bien.

—De acuerdo.

—Muy bien. Nos vemos allí.

Colgó y añadió la reunión en el calendario de la oficina que en realidad nadie consultaba.

Sintiéndose eufórica con la idea de llevar un contacto suyo a la empresa, pensó: «Voy a hacerlo bien». Quizá la confianza consistía simplemente en fingir hasta que ya no finges.

Delia notó que la inundaba una oleada de nervios y orgullo.

Su seria oficina anterior, los pies planos de Ann, el *Juego de patriotas* que hacía Roger con Chile Picante e incluso Paul y su *pub* parecía que estaban a muchos kilómetros de distancia.

¿Sería tan fácil, después de una vida nadando a lo perrito, lanzarse al océano y nadar al estilo mariposa?

Capítulo 26

El ruidoso restaurante Balthazar, en Covent Garden, le pareció un Café Rouge pijo. Entendía que ambos eran una versión a la inglesa del original francés, pero nunca había estado en Francia, así que aquel era su único punto de referencia. Apartó todos los pensamientos de París de su cabeza. Paul nunca desaparecía del todo de su mente.

Detrás de la puerta había una explosión de flores del tamaño de un árbol dentro de un jarrón gigante. Llegó con mucho tiempo y pidió una mesa para dos, intentando actuar como si formase parte de aquello.

La acompañaron hasta un reservado de color rojo carmín bajo un espejo gigante con marco plateado y pidió un chocolate caliente. Sacó la carpeta de los clientes, se quitó el abrigo y pensó: un *brunch* de negocios. Bastante respetable. Hasta chic. Oficialmente formo parte del ritmo de la industria de esta ciudad. Al final, quizá Londres no fuese tan malo. Necesitabas poner chinchetas en un mapa y crear puntos fijos de familiaridad alrededor de los cuales orbitar.

Entre repiqueteos, zumbidos y el silbido de una máquina de café del turno de la mañana, tuvo un momento de alegría. Quizá aquello fuese lo que pasaba cuando se avanzaba y se hacían cosas nuevas y difíciles, cuando uno se aclimataba. Estabas brevemente sincronizado con el ambiente; durante unos segundos todo empezaba a cobrar sentido. Ojalá que con el tiempo esos momentos se volviesen más numerosos hasta unirse como una cadena de papel y simplemente se sintiese en casa.

Ojeó la carpeta de Twist & Shout, sus deberes todavía sin acabar. Disfrutaba de los planes para Marvyn Le Roux, un mágico de la vieja escuela de los de verbena de pueblo que Kurt estaba decidido a rediseñar como un peligroso embaucador psicológico.

Pronto dejó de examinar las notas de los clientes para observar a la gente. Había dos mujeres enormes, madre e hija, norteamericanas, que eran tal para cual. Hablando a todo volumen comentaban que habían estado en los lugares más bonitos de Florencia, donde habían comprado dos pañuelos de seda iguales. «Conmovedoras», pensó, y es que, después de todo, debía de ser bonito tener tanta confianza con tu madre.

En el otro lado de la sala, una mesa de veinteañeros vestidos con traje parecía una competición de a ver quién hablaba más alto y se reían a intervalos definidos.

Sus ojos se posaron en un cliente que acababa de sentarse y ahora estaba hablando con el camarero que tomaba las comandas. No tenía el mismo aspecto que la gente normal: más bien parecía que estaba en una película o en una serie de televisión discutiendo su papel con el director.

Tenía el pelo corto, revuelto y rubio pajizo, y uno de esos rostros clásicos con pómulos y mentón pronunciados y una nariz recta y grande. Era una belleza de manual que podía cambiar la presión atmosférica de una habitación haciendo que las cabezas de todas las mujeres se volvieran hacia él como pasa en los anuncios de Nespresso con George Clooney.

Era el típico pijo londinense, pensó Delia, pavoneándose como si fuese el dueño del local. Ninguna otra ciudad era suficientemente grande para alguien así.

A Delia le parecía interesante admirar su aspecto, como en un safari, a través de unos prismáticos, pero no podía decir que le gustase particularmente. Prefería la belleza estilo Paul: modesto, con carácter. Aspectos que te cautivaban en lugar de darte una bofetada; que te seducían en lugar de intimidarte. Pero, bueno, Delia siempre había preferido las cosas usadas y de segunda mano a la perfección resplandeciente y angulosa.

Sintió una punzada extrañando a Paul. Habría probado el Bloody Mary si estuviese allí. Era un experto, y tenía que probarlo en todos los sitios a los que iba. No había pensado que el truco de «la ausencia aviva el amor» también funcionaría para ella.

El rubio llevaba una trenca beis larga y las manos metidas en los bolsillos. Mientras hablaba, se balanceaba sobre los talones, dando la viva imagen de una merecida confianza metropolitana.

Se giró y examinó la habitación como si estuviese buscando a alguien. Un momento. No, no. Tú no. Delia se dio cuenta de que esperaba que llegase un paleto estilo Stephen Treadaway del *Chronicle*, pero aquello se salía de su zona de confort.

Sus ojos se detuvieron en ella y su ánimo cayó en picado. La miró con atención, como si fuese una anomalía en el universo con vestido rosa a cuadros. Le encantaba su vestido de camarera de cafetería americana, pero bajo la mirada de aquel hombre se sintió rápidamente incómoda. La habían descubierto. No pertenecía a aquel lugar.

Mientras lo aceptaba y ocultaba a toda prisa la carpeta llena de secretos, él se acercó dando zancadas hacia ella.

—¿Delia, de Twist & Shout? —dijo con un aire de pregunta en la voz cuando llegó a su mesa. Ella asintió, y él puso una sonrisa mecánica de esas que no llegaban a los ojos. La anterior explosión de felicidad de Delia se había hecho trizas sobre sus pies—. Adam West.

Le alcanzó la mano y ella se la estrechó. Era una palma fría y segura de sí misma, por supuesto, y Delia agradeció que a la suya no le hubiese dado tiempo a humedecerse. ¿Por qué tenía que desequilibrarla con su deslumbrante superioridad genética? No era justo, los guapos siempre resultaban automáticamente superiores.

—Había hecho una reserva y me dijeron que aún no habías llegado. No me di cuenta de que te habías sentado en otra mesa —dijo él.

—Lo siento —dijo ella sin estar segura de si le acusaba de algo.

—¿Quieres comer? —preguntó él.

Bueno, habíamos quedado para un *brunch*, pensó Delia.

—No... —mintió. Quería las tostas con huevo y salsa amarilla o incluso el filete a la pimienta con patatas paja, y también que el hombre que tenía enfrente no estuviese allí.

—¿Seguro? Me han dicho que los gofres son buenos.

—¿Tú vas a comer?

—No.

—Yo no quiero nada.

Si aquello era algún tipo de lucha de poder basada en gofres, Delia no iba a picar.

—Pediré las bebidas, entonces —dijo cuando apareció un camarero a su lado—. Para mí un café solo, por favor, y ... —añadió mirando a Delia.

En ese momento llegó un chocolate caliente lleno de nata. Sí, por supuesto que había pedido una bebida de críos. Adam West lo miró mientras lo colocaban en la mesa y dijo distraídamente:

—Claro.

—¿Has tardado mucho en llegar? —dijo Delia intentando distraerle de su bebida.

— En Londres todo queda bastante lejos—dijo él. A Delia la irritó inmediatamente que por su acento supusiese que no conocía la ciudad—. ¿Desde cuándo trabajas para Kurt Spicer?

—Bueno... —No quería dar una respuesta que trasluciera que era una novata, pero, como se había quedado sin mentiras descaradas, no tenía otra opción—. Casi un mes.

—¿Un mes? —dijo Adam a la vez que aceptaba su café cuando llegó —. ¿Y antes dónde estabas?

—No entiendo por qué esa información es importante —dijo Delia de repente, avergonzada.

—Es solo una de esas «charlas para conocernos», Delilah —dijo Adam dando la aprobación a su café.

—Es Delia —espetó a su coronilla.

—Delia. —Ni un parpadeo de vergüenza por el error. Aquel hombre empezaba a caerle mal.

—Me he mudado hace poco desde Newcastle —admitió—. Trabajaba como *community manager*.

—Pues es un pequeño cambio —dijo Adam mirándola por encima de la taza mientras daba un sorbo.

Aquello la molestó. Era otra forma de llamarla «paleta de pueblo sin experiencia».

—No tanto. Son los mismos principios.

Entonces Adam West esbozó su primera sonrisa sincera.

—Principios.

Delia removió su chocolate caliente para hacer que desapareciese la embarazosa nata y decidió que era momento de cambiar de tema.

—Bueno, ¿en qué te puedo ayudar?

—He pensado que podríamos empezar por explicarme en detalle a quién tenéis en vuestras filas.

—¿Cómo...? No damos nuestra lista de clientes.

Delia sintió una punzada de enfado que debía añadir a su instintiva aversión hacia aquel tipo. Él debería saber que no se la daría. ¿Qué pretendía?

¡Ay, la experiencia! En aquellos momentos es cuando venía bien.

Llegaron unos clientes a la mesa de al lado y Delia tuvo que mover su abrigo y su bolsa. Le alegró poder romper el contacto visual con aquel hombre; realmente hacía que descendiese la temperatura.

—Como te dije, me vale cualquier tipo de historia. Historias buenas. Algo que enganche. No mucho del frívolo mundo del espectáculo, a no ser que sea algo de peso —dijo.

—¿Negocios?

—Sí —dijo Adam con la indiferencia de alguien completamente encantado de haberse conocido—. Negocios. Finanzas. Política.

—¿Dónde trabajas? Me dijiste que eres autónomo. ¿A quién vendes la mayor parte de tus artículos?

—¿No me has buscado en Google? —preguntó alzando las cejas. Una mirada que sin duda alguna funcionaba con muchas mujeres. Pero, con aquella mujer no funcionaría.

—Sí —dijo Delia secamente—, muchas de las fechas que encontré eran de años anteriores.

—¡Ay! Todavía no he conseguido llegar al *Daily Star*. Pero sigo soñando —añadió sin un resquicio de sonrisa y sin responder a la pregunta—. ¿Tenéis *start-ups*? ¿Emprendedores?

—Pues... —A Delia se le ocurrió rápidamente uno extremadamente inapropiado, pero su boca se empezó a mover sin consentimiento del cerebro—. Tenemos algo bastante sencillo y novedoso en el ámbito del consumo. Nada importante... —murmuró deseando haber mantenido la boca cerrada y esperando haberle desalentado.

—Inténtalo.

Oh, no.

No, no.

—Bueno. Es una cosa de aromaterapia para el baño. El cliente está intentando introducirlo en hoteles de lujo. Es un... espray para el baño.

Los ojos de Adam se abrieron de par en par. Delia quería desaparecer.

—¿Me estás ofreciendo un Air Wick estilo jipi?

—Shoo Número 2 es diferente porque no enmascara los olores, sino que los neutraliza.

Adam se rio a carcajadas mirando su café, y ella pensó que el único resquicio de dignidad que le quedaba era hacer como que estaba intentando arruinar la conversación deliberadamente.

—Creo que ya hemos visto que no tenemos nada para ti en este momento.

—No estoy tan seguro. ¿Tenéis algo para hacer pedos de purpurina?

Capítulo 27

Cuando Delia volvió caminando a la oficina, Kurt estaba charlando con Steph. Ya salía, pero no parecía tener prisa. Mierda. Ojalá pudiera ocultar justamente aquella reunión.

—¿Dónde has estado, pelirroja?

—Tomando un café con un autónomo que quería saludar —respondió Delia intentando poner una imagen deslumbrante y dirigiéndose a su sitio a toda prisa.

—¿Quién era?

—Pues..., Adam West.

El ambiente cambió de repente.

—¿Para qué quedaste con él? —preguntó Kurt cortante.

Steph alzó la mirada.

—Él quiso quedar. Dijo que quizá podría escribir algo sobre clientes de negocios, pero no parecía estar interesado en nada en particular. Una pérdida de tiempo.

—Nunca jamás vuelvas a quedar con ese gilipollas. Ni a hablar con él.

—¿Es malo? —A Delia le dio un vuelco el corazón al darse cuenta de que su primera iniciativa no podía haber ido peor.

—¡¿Que si es malo?! Para tu información, Adam West trabaja para una web de investigación, una pequeña página gratuita y controvertida que intenta publicar mierda de la gente que trabaja para ganarse la vida. Solo causa problemas.

Delia sintió un pequeño escalofrío pensando en lo cerca que había estado del desastre.

—Entendido.

—¿Has descubierto quién es su jefe?

—No.

—Mmm. Me gustaría saber quién maneja los hilos. Siempre sigue el dinero.

Kurt clavó la mirada en Delia al terminar la conversación y ella tuvo la horrible sensación de que ponía una marca negra junto a su nombre en su registro imaginario.

Una hora después, vio que tenía dos llamadas perdidas de Adam West. Al ver el parpadeo de su móvil, pensó: «Ja. ¿Crees que voy a ser tan tonta de volver a hablar contigo? Pues te equivocas».

Pero pocos minutos después le llegó un email.

> *Hola, Delia:*
> *No respondes al teléfono. Quería informarte de que te dejaste la carpeta. Había pensado que quizá quieras recuperarla. Que tengas una buena tarde.*
> *Adam.*

A Delia se le revolvió el estómago. Oh, no, no, no, no. ¿Se había dejado la carpeta de clientes allí? Agarró su bolso como si la estuviesen apuntando con una pistola, esperando, en vano, que la estuviese vacilando. Tras hurgar desesperadamente en su cavernoso bolso, supo enseguida que la búsqueda era inútil. No había ni rastro de lo más valioso que allí guardaba.

Delia recorrió con la mirada la habitación como si le fuese a dar una respuesta. Piensa. ¡Piensa! Si Kurt lo descubría, la echaría. Sin ninguna duda. Aunque ella también se echaría por su estupidez y su irresponsabilidad.

Con el corazón latiendo con fuerza, y tras ofrecerle a Steph una sonrisa nerviosa y aceptar una taza de té, intentó calmarse y continuar.

> *Adam:*
> *Sí, me gustaría, gracias. ¿Cuándo puedo recogerla?*
> *Saludos,*
> *Delia.*

¡Dios mío! Seguro que le respondería con una de esas calaveras que salen en las películas cuando los terroristas *hackean* el servidor.

> *¿Por qué no vienes mañana a la fonda de Endell Street*
> *a las 16 y hacemos un trato?*
> *Adam.*

¡No podía salir de la oficina para quedar con él otra vez! Aquello también se merecería un despido. Sus dedos se movieron por el teclado mientras lo pensaba bien.

> *Hola, Adam:*
> *Mañana tengo muy poco tiempo, ¿dónde puedo recogerla?*
> *Puedo ir hasta tu oficina, si... quieres.*
> *Gracias, D.*

Esperar y esperar.

—¿Estás bien? —dijo Steph.

—Eh, ¡sí! —dijo ella. No podía confesárselo. No serviría de nada y la haría cómplice.

—No te preocupes por el asunto del tal Andy West. ¿Cómo ibas a saber que es un enemigo público? —dijo ella.

—Ya, gracias —respondió Delia con la sonrisa más falsa y horrible del mundo. Vio por el rabillo del ojo que había llegado un correo nuevo y lo abrió muerta de miedo.

> *Querida Deidre:*
>
> *Parece que me tomas por idiota. O quizás eres la peor negociadora del mundo. Espero que nadie te pase nunca el megáfono.*
> *Esto funciona así: yo tengo algo que quieres y tú no tienes nada que yo quiera ni influencias, por lo menos de momento. Así que nos vemos allí a las 16 o me quedo la carpeta.*

Con mis mejores deseos.
Adam.

«Qué completo, COMPLETO gilipollas», pensó Delia.

Aquella tarde, cuando por fin consiguió soportarlo, es decir, después de un *gin-tonic* cargado, buscó a Adam West en Internet. Esta vez lo hizo bien.

Era cierto que tenía muchísimos artículos en periódicos nacionales. Sin embargo, si se molestaba en leer más atentamente, vería que había estado metido en una serie de reportajes sobre corrupción de guante blanco. Aquello había terminado en un caso de difamación que ganó su periódico.

Se le contrajo el estómago al leer las palabras del demandante referentes a Adam: «Una información denigrante y agresiva... Tácticas de perro de pelea y chico malo...»

Ahora estaba en una página web. Se llamaba Unspun. Un cruce entre *Private Eye* y *Drudge Report* para negocios, medios de comunicación y política. Muchos artículos extensos especializados en esas largas y minuciosas investigaciones que los periódicos de gran tirada ya no hacían. Tan respetable e intimidador que molestaba.

¿Cómo era posible que se hubiese dado de bruces con el suelo tan poco después de estar volando alto? Qué idiota. Se pegaría una torta si pudiese.

Cuando Emma llegó, Delia estaba de malhumor, zapeando, con el tercer *gin-tonic* o, mejor dicho, casi todo *gin* y casi nada de *tonic*.

Puso a Emma al corriente.

—¿Qué va a hacer con esos documentos?

—Sabe Dios. Es todo. Todo está ahí. Las empresas de relaciones públicas son muy reservadas respecto a quiénes son sus clientes, y ahí no hay solo una lista de ellos, sino también de estrategias e ideas para empezar a trabajar, detalles autobiográficos, etcétera. Son las líneas maestras de Twist & Shout. Las posibilidades son infinitas.

—No lo entiendo, es una empresa nueva. ¿Qué problema tiene?

—No tengo ni idea. Adam es un hueso duro de roer y, por lo que parece, le gusta airear escándalos. Quiero decir, mira estas historias sobre él. Tiene fama de arruinar a la gente completamente —dijo Delia girando la pantalla del ordenador hacia Emma.

—¡Madre mía! —dijo su amiga después de unos minutos.

—¿Ves?

—No. ¿Has visto esta foto? Me encantaría que me menospreciase y me hiciera el amor, al menos, tres veces seguidas. Y que se abalanzase sobre mí como un perro de pelea rabioso a la mañana siguiente.

—Joder.

—¿Lo conoces? ¿Está cachas?

—Es malvado y totalmente tu tipo. Ese estilo de hombre horrible y prepotente de «la clase gobernante, que lleva chupa de cuero los fines de semana y da una limosna a tu padre por vivir en su gran propiedad.»

—Mmm, sigue, ya casi estoy.

—¡Emma! —gritó Delia riéndose—. No me puedo creer que se me olvidase la carpeta allí —gimió—. Soy una estúpida.

Emma miró de reojo la pantalla y cerró el ordenador antes de beber un trago de la ginebra de Delia.

—Si es tan despiadado, te habrá quitado la carpeta cuando estabas mirando hacia otro lado.

Delia se reacomodó un poco en el asiento.

—Pues sí.

Aquella idea la puso nerviosa, desde luego. Era ilegal, aunque en realidad sabía que aquello era dar palos de ciego. Aun así, alguien que tuviera un poco de sentido de lo que es la decencia lo habría recogido, como mucho hojeado un poco y luego la habría perseguido por la calle para devolvérselo.

Sí, eso.

—¿Qué clase de trato crees que te va a ofrecer? —preguntó Emma.

—Ni idea. Uno horrible.

—Bueno, voy a hablar como la abogada Emma. Hay muy pocas situaciones a las que no se pueda dar la vuelta en tu beneficio si mantienes la calma. Esto es solo una fase del juego. Ve allí, escucha lo que tenga que decirte y recuerda que esto no es un asunto de vida o muerte. Llegará el momento en que esté a tu merced.

—Eh. Mmm. Gracias, mmm...

Hubo un silencio en el que parecía que Emma estaba nerviosa por lo que iba a decir.

—¿Has hablado con Paul desde que has venido? —le preguntó dando otro sorbo a la copa de Delia. Pensar en hombres que estuvieran a merced de su amiga no había hecho que los pensamientos de esta volasen hacia el norte.

—No. Me ha llamado unas cuantas veces, pero no le he devuelto las llamadas. Le respondí con un mensaje diciendo que todo iba bien.

Delia estaba evitando a Paul, no sabía qué otra cosa hacer. Tenía que esperar a estar preparada para ajustar cuentas con él y, si nunca lo estaba, ahí tendría la respuesta.

—¿Le has dicho que tienes trabajo?

—Todavía no.

Emma la miró sin decir nada.

—Voy a rellenar esto. ¿Ginebra con un toque de tónica?

—Sí, por favor.

Por algo Emma era abogada. Delia sabía que había entendido perfectamente la situación solo con aquella información.

Delia seguía sin hacer caso a Paul, pero decirle lo de su trabajo sería insinuar que se había ido de verdad. Y todavía no estaba preparada para eso.

Capítulo 28

—Bueno, me voy. Nos vemos mañana —le dijo Delia a Steph.

—Suerte con eso de los pies planos —le dijo Steph alzando la mano jovialmente.

Delia había decidido ocultar a Adam West con la escusa de que tenía una cita con el podólogo por un problema de pies planos que quizá (aunque finalmente no sería así) necesitaría de la opinión de un quiropráctico. «De llevar las zapatillas de *ballet* todo el tiempo», había dicho innecesariamente como siempre que se adornan las mentiras.

Delia esperó y rezó para que Kurt no la viese con Adam, porque lo único que obtendría de eso sería un despido instantáneo.

Bajo la clara luz de verano entró a escondidas en el café pasando debajo del toldo, bajando la cabeza tan furtivamente como alguien que tuviera una aventura. Se preguntó si Paul habría llevado a Celine a algún sitio. Se lo imaginó con la mano en la estrecha espalda de Celine, guiándola al pasar por la puerta, con mil ojos mirando hacia la calle mientras entraba detrás de ella. El enfado creció en su interior al pensar que podría haberla llevado a cenar a alguno de «sus» sitios..., pero no. No creía que lo hubiese hecho. Aparte de cualquier otra cosa, el riesgo de ser descubiertos habría sido demasiado grande.

La cafetería estaba a años luz de Balthazar: platos de porcelana llenos de desayunos completos con lagos naranja de alubias cocinadas al estilo inglés, boles de pan tostado y tazas rebosando té color ladrillo. El aire estaba lleno de una bruma de grasa mantecosa y del sonido de las salchichas y el beicon chorreando y chisporroteando en la sartén.

Era como si Adam West dijese sin la menor sutileza: «Lo de ayer era la ficción, lo de hoy es la realidad, querida». Delia sintió asco, enfado y miedo en igual medida.

En el otro lado de la sala, Adam, muy serio, la saludó con la mano.

Parecía totalmente fuera de lugar con su camisa de corredor de bolsa rosa, y Delia decidió al instante que odiaba a los hombres rubios que llevaban camisas rosas, especialmente en fondas mugrientas. ¿Por qué no podía estar en su lugar, creando otra crisis bancaria en lugar de creársela a ella?

Había un café con leche delante de él. Pero ni la menor señal de la carpeta que le había quitado.

—¿Té? ¿Café? —preguntó.

—No quiero nada, gracias —respondió Delia secamente.

Adam alzó las cejas con una expresión que quería decir: «¡Anda! ¿Así es como vas a jugar?».

—¿Puedes devolverme lo que me pertenece, por favor?

Delia era un manojo de nervios y no había decidido conscientemente actuar con diplomacia. Simplemente no podía soportar la espera de descubrir en qué estaba metida.

—Sí, lo tendrás.

El pelo rubio, los ojos azules y el mal congénito de Adam West le funcionarían perfectamente si quisiese trabajar en una peli de nazis, pensó Delia.

Además, analizándolo mejor, se dio cuenta de que no tenía ninguna característica que lo hiciese diferente o atractivo. Era solo que todas juntas funcionaban bien, más o menos. No resultaba atractivo exactamente, pero sí resultón, aunque no dejaba de ser aburrido.

—¿Qué significa eso? —preguntó ella volviendo a la realidad.

—Significa que quiero algo a cambio.

Delia lo fulminó con la mirada y él soltó una carcajada desdeñosa.

—¡Venga ya! Como si tú no fueras a usarlo si estuvieses en mi lugar.

Por confuso que pareciera, Delia no lo haría. También sabía que no tenía interés en subrayar el hecho de que estaba más perdida que un burro en un garaje. Conseguir que un periodista de poca monta diese saltos alrededor de un mayo empezaba a parecer bastante poca cosa.

Tenía la extraña sensación de que Adam le podía leer los pensamientos.

—¿Exactamente qué sabes de tu jefe? —preguntó.

Delia dudó. Desde el día anterior había estado a la defensiva en aquel baile más que la pelirroja Ginger Roger. Se encogió de hombros.

—Es de Canberra, es relaciones públicas personal y de empresas. Está divorciado...

—Me refiero a sus otros negocios.

—Trabajo en Twist & Shout. ¿Qué tiene que ver con eso?

—De nuevo no has vuelto a hacer una búsqueda a fondo en Internet, ¿verdad? —dijo Adam.

Delia sacudió la cabeza a regañadientes. Había buscado a Kurt, pero no había encontrado nada alarmante. LinkedIn, artículos de prensa sobre ferias, relaciones con algunas empresas grandes...

—Pues ahora me te toca a mí contarte qué tipo de persona es tu jefe. ¿Sabes cuando recibes esos correos de «Por favor, ayuda, mándame dinero» del extranjero con horribles historias de situaciones muy, muy tristes relacionadas con «bandidos armados»? ¿Esos ladrones que siempre roban carteras, pero por alguna razón nunca se llevan los pasaportes? Es mejor que respondas a uno de esos correos que a un comunicado de prensa de Kurt Spicer.

Delia puso los ojos en blanco fingiendo indiferencia mientras notaba que se le erizaba la piel.

—Un horrible relaciones públicas que debería trabajar como voluntario en una ONG somalí —dijo ella. Para pagar con la misma moneda, Adam West le había hecho hablar como él. Otra razón para odiarlo.

—Por mucho que odie a tu gremio, reconozco que algunos relaciones públicas son mejores, o peores, que otros. Kurt Spicer es un corredor olímpico que va hacia el abismo. Es un embaucador, un fantasma y alguien que retuerce la verdad hasta que se rompe. O un mentiroso, dicho claramente —añadió Adam, echándose hacia atrás juguetendo con la cuchara y examinando la reacción de Delia.

Ella recordó que Kurt había dicho que Adam solo traía problemas. Ese Adam que la estaba chantajeando.

—¿Vas a hacer una crítica feroz sobre Kurt? —preguntó Delia.

—«Crítica feroz» es una explicación algo sesgada. Prefiero llamarla «una exposición».

—¿Exposición de qué? ¿Que las empresas de relaciones públicas mueven los hilos para conseguir clientes? Creo que eso sería bastante menos sorprendente para la gente de lo que crees.

—Oh, gracias, —Adam West hizo una mueca. Desde luego no le gustaba que le devolviesen esa actitud condescendiente—. Es mirar a los problemas con los medios de comunicación modernos a través del progreso de una persona. Ya sabes, el mundo en un alfiler. O en un idiota, en este caso.

—No creo que el público esté muy interesado en las diabluras de la prensa —dijo Delia, pensando que aquella observación hubiese tenido más fuerza sin la palabra «diabluras»—. Todas esas negociaciones por la puerta de atrás.

Adam se encogió de hombros.

—Quizá no, pero apuesto a que se dijo lo mismo de las escuchas telefónicas o de los gastos de los diputados. Lo principal es poner la verdad ante la gente, para que puedan crear sus propias opiniones. Esa es la única obligación del periodismo, tal y como yo lo veo.

—La verdad como tú la ves.

—No, la verdad no. Los hechos. No darles de comer tonterías sin sentido, como a bebés gordos atrapados en tronas que no se merecen más que puré previamente masticado.

—La verdad, conocida por encontrarse en cada página de todos esos periódicos sensacionalistas para los que has trabajado —repuso Delia.

—Muy bien, pero ya no trabajo para ellos.

—¿Qué quieres de mí? Soy nueva en esto. No conozco ningún trapo sucio.

—Eso sí que me lo creo —dijo Adam inclinando la cabeza—. Pero los descubrirás. Este es el trato: te devuelvo la carpeta. Quedaremos de vez en cuando para que me des la información que te pida de ciertos clientes. Espera la batseñal en el negro cielo nocturno.

Delia reflexionó sobre aquella proposición.

—¿Quieres que sea un... agente doble?

—Exactamente.

Adam se agachó y sacó la carpeta de su maletín, empujándola al otro lado de la mesa.

—Ahí tienes.

—¿Y cómo sé yo que no lo has fotocopiado todo?

Adam se rio a carcajadas mostrando sus dientes blancos de comandante nazi.

—¡Claro que los he fotocopiado! Joder ¡Vaya! Eres una auténtica novata, ¿verdad?

—Entonces, ¡¿de qué sirve que me lo devuelvas?! —dijo Delia casi gritándole.

—Tú tienes tu carpeta, no te meto en problemas con Spicer por haberla extraviado. Si todo sale bien, nada de lo que escriba se podrá relacionar con lo que he visto.

Genial. Muy tranquilizador. Delia lo metió en el bolso.

—¿Qué pasa si me niego?

—Entonces llamaré a Kurt y le diré que te lo olvidaste y supongo que perderás tu trabajo. ¿Eres insustituible? Lo siento pero, sinceramente, no lo pareces.

Delia se retorció llena de odio.

—De todos modos, ten en cuenta que yo no tengo interés en que pierdas tu trabajo mientras me sigas siendo útil.

—Eso tranquiliza.

—Teniendo esto en cuenta, vas a darme tu correo electrónico personal. Y si todavía no lo has hecho, yo borraría nuestros últimos mensajes. Kurt los inspeccionará.

Adam le pasó su cuaderno y su bolígrafo. Podía negarse, desde luego, pero tenía razón: usar su correo de trabajo solo la pondría en peligro a ella, no a él.

—Gracias por el consejo —dijo Delia garabateando con resentimiento—. A lo mejor también puedes decirme cómo limpiarme el culo. ¿De delante hacia atrás o de atrás hacia delante?

Delia se sorprendió a sí misma por lo borde que estaba siendo, y se dio cuenta de que tenía miedo y de que aquello hacía que sus palabras sonasen débiles.

—¡Lo dejo a tu elección! —exclamó Adam.

No tenía sentido intentar ser mala. Solo le hacía más feliz. La tenía entre la espada y la pared y, aunque podía patalear todo lo que quisiese, eso solo supondría más entretenimiento para su captor.

—¿Te puedo preguntar algo? ¿Por qué llamaste para hablar con Kurt si sabías que no querría hablar contigo?

—Sabía que no podría hablar con Kurt, porque no responde a su propio teléfono. Primero hablé con tu amiga de Liverpool, a la que dejé un mensaje para él. Por suerte tú fuiste más útil.

Vaya mierda. Delia había caído en su trampa por ansiosa.

Sabía que solo le quedaba una carta. Era humillante y del año catapún, y suplicar la humanidad de alguien resultaba bastante inútil cuando su interlocutor parecía no tener ninguna. Había llegado a un punto que no podía ser peor.

—¿Sabes? Conseguí este trabajo por los pelos, tengo que pagar el alquiler y no me mudé a Londres por... un motivo fantástico. Perder mi trabajo arruinaría mi vida. Te pido, como ser humano, que no hagas esto.

Adam se recostó en la silla.

—¿Como ser humano masculino? No te he sujetado como alguien que agarra de Penelope Glamour. —Removió su café y dio varios golpes con la cuchara en la taza—. Incluso aunque fuese un cateto que cayese en la historia de la damisela en apuros, creo que te haría un gran favor si te hiciese perder el trabajo, Daisy. Sería mejor para ti acabar en un albergue de caridad que obedecer las órdenes miserables de Kurt Spicer. A no ser que se deshaga de lo que es su factoría de ficción.

Hizo una pausa y añadió:

—Aunque ha sido un buen toque poner ojitos —dijo, imitando los ojos de cordero degollado, después hizo un puchero y parpadeó exageradamente. Bueno. Ahí estaba el punto de referencia intangible del tiempo que llevaba en Londres.

Delia había hecho su primer enemigo.

Capítulo 29

Kurt hacía girar su silla sobre sí misma en el centro de la aburrida oficina del sótano.

—Acercaos.

Había anunciado que harían un *brain storming* para una cliente, una tormenta de ideas, dicho en cristiano.

Era la actriz Sophie Bramley, una belleza angelical rubia que nadie entendía cómo había llegado tan alto. Atractiva, pero sin que a uno lo dejara sin aliento.

Sophie tenía en ese momento un papel secundario en una serie de médicos, *La hora dorada*. Transcurría en la sala de urgencias de un hospital y se distinguía por sus inusuales niveles de sexo explícito.

Era el tipo de serie en la que gente en pijama blanco gritaba: «¡Necesito cincuenta centímetros cúbicos de *oxitoxicontalina,* YA, joder!». Utilizaban continuamente el desfibrilador, y tenían confesiones desgarradoras al lado de la cama, discusiones con especialistas gilipollas y rolletes entre médicos fuera del trabajo.

Sophie tenía treinta y un años, un hijo, y habitualmente no la tenían en cuenta para papeles más interesantes (léase adulto, *prime time,* posible desnudo). Para luchar por ser más conocida, estaba dispuesta a quitarse los guantes de cirujana.

Kurt estaba intentando elaborar un plan de combate para Sophie y acababa de utilizar la frase «sexualiza tu dosier».

—Necesitamos cosas atrevidas con alguna adversidad de por medio —estaba diciendo Kurt mientras jugueteaba con una goma entre las manos—. Me imagino los titulares: «Mamá tigresa hace un *striptease* para salirse de la norma».

Delia miró sus notas.

—Es de Ashby-de-la-Zouch.

—¿Tiene barrios chungos ese sitio?

—Es un pueblo cerca de Leicester. La verdad es que no.

—Mmm. En realidad, no estoy seguro de querer usar el rollo de la madre soltera. No quiero tener la complicación del padre que no se hace cargo. —Kurt frunció el ceño lanzando la goma a la mesa de al lado. Teóricamente a su mesa, aunque casi nunca la usaba—. Hubo algunos problemas con la custodia. Lo último que queremos es alentar a la Asociación de Padres por la Justicia y a los idiotas que se disfrazan de Spiderman y dicen tonterías en los tejados.

—Creo que Padres por la Justicia ya se ha disuelto —dijo Delia.

—Me sorprende, porque cuando se trataba de que se les viese como personas responsables que pueden hacerse cargo de sus hijos, su representante era impecable. Lo que necesitamos para Sophie es un buen escándalo sexual de los de siempre.

—¿Una aventura con un compañero de rodaje? —preguntó Delia.

—Lo he analizado con ella, pero no hay nadie adecuado en este momento. Además, alguien de la misma serie tendría efectos negativos a corto plazo. No solo queremos que la gente piense en ella, queremos que piense en ella de manera diferente. ¿Alguna idea más?

Liberada de las restricciones de la imperturbabilidad a raja tabla del Ayuntamiento, Delia intentó ponerse en situación, cosa que resultaba realmente difícil. «No llores por un trabajo creativo, estrafalario y divertido, para después quejarte», pensó poniéndose seria consigo misma. Aunque aquello parecía estar en la frontera entre la frivolidad y la vulgaridad.

—¿Y subir una foto de ella desnuda a Instagram como si fuera por error? —dijo recordando un incidente de una de las camareras de Paul. (Aunque su exnovio había dicho: «Se lo contó a todos los del equipo y a cinco clientes habituales antes de borrarla. Creo que ese error fue tan real como los que ocurren mientras graban los de *Vídeos, vídeos*.)

Kurt se frotó la barbilla, pensativo.

—No está mal. Aunque pone todo el peso sobre la clienta. Queremos algo que justifique su sueldo.

Pasaban los minutos.

—¿Un vídeo sexual? —propuso Steph mirando nerviosamente hacia donde se encontraba Delia.

Kurt inclinó la cabeza.

—¡Oh! Eso suena bien.

—¿Te refieres a hacer que grabe un vídeo porno? —dijo Delia dudando y con miedo. Vale, aquello era muy asqueroso. Ojalá estuviera aquí Roger «el Normas» con Anita «la Fértil». ¡Uf!

—¡No! —exclamó Kurt—. Súbete al barco, pelirroja. Libera tu mente y el resto vendrá solo.

Delia tradujo esto como: «¡Nada tiene que ser verdad!» Las palabras de Adam West se le pasaron por la cabeza.

—Un vídeo porno, buen comienzo. —Kurt entrelazó los dedos detrás de su cabeza balanceándose sobre las patas traseras de la silla—. Bien, bien. Un novio capullo venderá el vídeo a los periódicos. Nosotros sacaremos un comunicado diciendo que condenamos estos actos. Nadie debería tener nada que ver con él. Y además, Sophie no se avergüenza de su pasado.

—¿Qué exnovio? —quiso saber Steph. Delia agradeció que la relevase en la tarea de hacer las preguntas obvias.

—No daremos importancia a esa pregunta con una respuesta —dijo Kurt—. No le vamos a dar más publicidad a ese imbécil. Lo descubrirán si él se acerca. Y le desaconsejaremos encarecidamente que lo haga.

—Pero no se acercará... —dijo Delia intentando ponerse al día.

—No, porque no existe —replicó Kurt mirándola como si fuese una pueblerina mascando una brizna de paja.

Delia notó que Steph y ella tenían muchas ganas de compartir una mirada de angustia, pero no se atrevían.

—Ya veréis. Va a pasarse mucha gente por aquí —dijo Kurt.

«En teoría ya se había pasado mucha gente por aquí antes», pensó Delia.

—Estoy pensando en algo más grande. ¿Qué os parece que Sophie tenga una carrera en el porno que hubiera mantenido en secreto hasta ahora? Rodó un par de vídeos *amateur* con su novio y después se hizo semiprofesional. Vendió un par de ellos en la tienda de su barrio. Con portadas en blanco y todo eso.

Delia no entendía cómo Kurt era capaz de tener una imaginación tan temeraria.

—¿Cómo vamos a inventarnos ese tipo de historias? ¿No debería haber grabaciones?

Kurt se encogió de hombros.

—¿Un distribuidor pequeño al que arrestaron? Veamos si a los periódicos les interesa y luego nos preocuparemos de eso. Personalmente, me encanta. *La Linda Lovelace de Leicestershire. Garganta profunda*. Delia, escríbeme el comunicado de prensa. Yo haré que Sophie suscriba sus palabras. No quiero algo gris. Quiero prosa poética. Poética, asquerosa y punzante.

¡Agg!

—Mándamelo en cuanto esté y lo leeré en el Smartphone. Me gusta ir un paso por delante.

—¿Ella quiere que se crea que ha hecho porno? —preguntó Delia preocupándose por que Sophie se pudiese ofender con algo de lo que escribiese. Todavía no había olvidado las mentiras que Kurt le había contado a Gideon.

—¿Tienes idea de lo que es actuar? Hoy día queda a un paso de la prostitución. —Kurt apoyó las patas delanteras de su silla de un golpe y se levantó—. Tenía un amigo en el colegio, un guaperas con talento. Pensaba que sería el próximo James Dean. Hablaba de los directores con los que rodaría, y decía que solo le importaba el arte, no el dinero. Cinco años después trabajaba en un centro comercial disfrazado de aro de cebolla, y daría su huevo izquierdo por ser el tercer cocodrilo en *Hasta luego, cocodrilo: el musical*.

Kurt sacudió la cabeza.

—¿Qué hace ahora? —preguntó Steph.

—Ni idea —respondió Kurt, y parecía sorprendido por la pregunta—. En la última de Scorsese no aparece, eso seguro.

Kurt recogió su abrigo haciendo un saludo militar.

—Buen trabajo, señoritas. ¡Adelante!

Delia y Steph esperaron unos segundos hasta asegurarse de que Kurt no iba a volver.

Cuando desapareció el ruido de sus pisadas, se miraron con los ojos de par en par antes de estallar en una carcajada.

—Esto es una locura —dijo Steph.

—¿No deberíamos tener algo más consistente antes de probar si interesa? —dijo Delia—. ¿No debería haber un poco de verdad?

—¡Uf, la verdad! —se rio Steph.

—Al menos que tenga algo de cierto, aunque no sea muy real. Algo seguro para personas que padecen de alergia a la verdad.

Delia estaba preocupada de veras, aunque no se lo dejara ver. Estaba segura de que si aquella historia salía rana, no sería Kurt el que farfullase y tartamudease al teléfono a un periodista y el que mancillase su nombre. Al fin y al cabo, en las primeras semanas había que trabajar mucho.

Ojalá Sophie Bramley al conocer la historia dijese que no lo haría ni en broma.

Pensando esto, Delia intentó dejar a un lado la vergüenza y escribir un comunicado de prensa lo suficientemente inquietante para que le gustase a su jefe. Delia siempre había encontrado un poco incómodo el proceso de inventar citas de concejales, pero aquello resultaba humillante. ACTRIZ DE TELEVISIÓN DA UN TORTAZO A SU EXPAREJA, QUIEN INTENTABA SACAR TAJADA DE UNA PELÍCULA PORNO QUE HIZO HACE AÑOS. Delia lo enfocó hacia el peligro moderno del «porno de venganza» y la indignación de Sophie ante aquel mercenario sin principios que actuaba a sus espaldas.

«Me deja paralizada que alguien que me fue tan cercano traicione mi confianza de esta manera.» Delia se preguntaba quién sería el que paralizaba a Sophie. *«Fue hace mucho tiempo y, aunque no me avergüenzo de mi pasado, la película que ha dado a conocer era en particular estrictamente para consumo privado y algo que hicimos como pareja.»*

Se lo envió a Kurt esperando que le dijese que no era ni por asomo lo suficientemente escandaloso o que Sophie lo aborrecía.

Pelirroja. ME ENCANTA. Sophie también está de acuerdo.
Publícalo. KS.

Delia no sabía si alegrarse o creerlo. Le dio a Enviar con una sensación de asco. Sabía que se había ensuciado las manos.

Capítulo 30

El asunto no dejaba de darle vueltas en la cabeza. No había dicho nada, pero sabía que no resistiría mucho ante Emma.

Citando a su anfitriona: «No eres Julian Assange y esto no es la embajada de Ecuador».

Emma le había pedido que se dejase libre la noche del jueves. Como si Delia tuviese las tardes ocupadas.

—Tienes que ver ese tugurio, El Alcalde de la Ciudad de los Cobardes, en Spitalfields. Te va a encantar. Se entra por la puerta de un frigorífico Smeg. Los cócteles están deliciosos.

Estaba tan entusiasmada que no fue capaz de decirle a Emma que lo último que le apetecía era sentarse en un sitio modernillo, tomándose unas cuantas copas de un trago, de esas que se adornan con sombrillas de papel y que cuestan diez libras cada una.

Quería un *pub* estándar con papel pintado de texturas, boles de fruta confitada y parejas mayores malhumoradas con jarras grandes de cerveza negra que se habían quedado sin tema de conversación veinte años antes. Necesitaba comodidad, no una novedad picante.

Para que resultara todavía más difícil negarse, fue el día anterior a que Emma desapareciese para participar en la semana de despedida de soltera maratoniana en Roma. Tenía que levantarse prontísimo para ir al aeropuerto, pero aun así salía de fiesta. Las reservas de energía de Emma eran realmente inmensas.

Como era de esperar, el bar era un paraíso de lo más pretencioso. Tenía todos los distintivos: una penumbra infernal, camareros con tirantes con aspecto de D. H. Lawrence, una bola-espejo de discoteca y señales que rezaban MAGREOS PROHIBIDOS.

Tuvieron la primera media hora para ellas. Delia le contó a Emma su encuentro con Adam West.

—Que actúes de agente doble es una muy buena noticia —dijo Emma acercándole a Delia su «Albahaca deliciosa» para que lo probase, y acercando hacia ella el de Delia, «Mujer de rojo», muy apropiado para la ocasión.

—¿Sí? —preguntó Delia intentando conectar su boca con la pajita—. A mí me parece un desastre absoluto.

—Claro que sí. Hay espacio para todo tipo de maniobras. ¿Qué pasa si le das información inventada?

—¿Y si se da cuenta y me mete en un lío?

—Depende de la información. No va a poder amenazarte siempre con lo de la carpeta. Esto tiene una duración limitada. Un par de éxitos en el trabajo y será agua pasada.

—Siempre que tenga éxito.

—¡Ah, ahí están! —Emma saludó con la mano a un grupo de extraños de pelo engominado que habían entrado por la puerta.

Delia puso cara de póquer e intentó hacer un esfuerzo educado con un grupo de personas que, con la mejor voluntad del mundo, solo fingían un interés educado hacia ella.

Jessie, Tallulah, Sarah-Louise y su novio Roan, y alguien que parecía que se llamaba Bounty, no querían esforzarse con la rara si se les daba a elegir entre eso y ponerse al día con las personas con las que habían quedado. No podía culparles.

De vez en cuando, Emma chillaba un comentario en su dirección, pensando que la ayudaría a meterse en la conversación. Sonrió y se esforzó, pero ningún tema de conversación arraigó tanto como para convertirse en una charla amena. Delia recordó el viejo horno de la casa de sus padres, que necesitaba que uno sostuviese varios minutos el mando para conseguir que se encendieran las resistencias: «Clac, clac, clac».

Se quedó en medio de dos conversaciones y consiguió permanecer en su pequeña burbuja de soledad, sintiendo pena de sí misma.

Por desgracia el alcohol tampoco ayudaba. En algún momento Delia había decidido mandar a la mierda el precio y se tragó cóctel posmoderno tras cóctel posmoderno. La bebida solo intensificó y alargó su oscuridad interior en lugar de animarla.

Cuando fue al servicio, vio una llamada perdida de Paul junto a un mensaje que decía: «¡Hey! Solo te llamaba para ponernos al día/charlar si es buen momento. P». Ya había perdido la cuenta de las veces que había visto parpadear su nombre en el teléfono durante las últimas cuatro semanas, pero ahora no era lo suficientemente fuerte para resistirse a devolver la llamada. Quería hablar con alguien que quisiese hablar con ella.

—Hola, Paul.

—¡De! Gracias por llamarme. ¿Dónde estás? —le preguntó Paul.

—En la puerta de un bar, ¿por qué?

—Por nada, se oye ruido.

No había tanto ruido, pero su ex podía percibir que no estaba en el apartamento y quería estar al tanto. No estaba mal que creyese que se lo estaba pasando bien, pensó, a pesar de que en aquel momento no había nada más lejos de la realidad.

—¿Qué tal va todo?

—Bien —dijo Delia—. ¿Y por ahí?

—Igual que siempre.

—¿De qué querías hablar?

—De nada en particular. Quería oír tu voz y saber qué tal estabas.

Por eso estaba evitando a Paul. No era capaz de ponerse a hablar del tiempo y tampoco estaba preparada para tener una conversación seria.

—¿Qué tal está *Chirivía*? —dijo empujando un envoltorio de hamburguesa con la punta de su zapato de charol.

—Ya sabes. Siempre ladrando y pachucho. ¿Estás bien de dinero?

—Tengo un trabajo. —Delia no podía evitar admitirlo, y menos si ahora iba a ponerse en plan paternalista—. No estoy segura de cuánto durará.

—¿Qué tipo de trabajo?

—Relaciones públicas. En una pequeña agencia.

—Vaya.

—¿Qué?

—¿Te has ido para siempre, verdad?

—Ya te lo he dicho. Es más bien un... año sabático. No he tomado ninguna decisión a largo plazo todavía.

Paul estaba callado y empezó a darle pena; los hábitos tardan en desaparecer. Pero después recordó a Celine diciendo que era su novio y la lástima se vio arrastrada por una corriente de furia líquida e inseguridad. Si estuviese sobria, habría detenido la marea. Pero como estaba ebria, continuó:

—¿Celine te llama «novio»?

—¿Qué?

—He visto que se refería a ti como su novio en Facebook...

—¿Eh? ¿Cómo lo has visto?

—Su perfil es público y todo el mundo puede verlo, y lo más seguro es que eso sea así tanto en su vida como en las redes sociales.

Paul se quedó callado antes de decir:

—Quizá está saliendo con otra persona. Se debía de referir a otro.

—Ya, y yo me chupo el dedo.

No podía más.

—Mira, a lo mejor se refería a mí como su novio —murmuró él—. La verdad es que no lo sé. No éramos amigos en Facebook.

—¿Lo hacía o no?

—Delante de mí, no. Pero ella hablaba así. Es la típica cosa que ella diría.

—Pero ¿qué es esto, por Dios? Sigues mintiendo y mintiendo, ¿verdad? Paul, tengo que colgar.

—Delia, no...

Cortó y, al respirar hondo un aire lleno de humo de cigarrillos Camel, se dio cuenta de la tontería que había hecho. Aquellas peleas no la llevarían a ninguna parte. Quería que él deshiciese lo que había hecho y no podía. Le llamó porque se sentía sola en el bar, pero hablar con Paul le había hecho sentirse sola de otra manera.

Estaba atrapada entre dos mundos, unos mundos que tenían como puerta de entrada un frigorífico Smeg. La Narnia *hipster*.

Capítulo 31

—Hola. Soy Freya Campbell-Brown, del *Mirror*. Esa historia de Sophie Bramley...

Delia, sola en aquella sofocante oficina, sintió una punzada de miedo. Los comunicados de prensa habían sido lanzados al mundo.

—¿Sí?

—¿Nos puede dar el nombre del exnovio?

—Lo siento, pero no es posible. No le queremos hacer más publicidad. Sophie ha insistido mucho.

—Vaaaaale —dijo Freya con un deje lánguido y despectivo subiendo la voz al final—. Es que sin él esto no es una historia.

Delia hizo una pausa.

—Ya tenéis las declaraciones de Sophie.

—Sí, pero no tenemos nada sobre las películas. ¿Decís que las hizo para vender? ¿Dónde las vendieron concretamente?

—En tiendas locales, creo... —murmuró Delia sintiendo que se ruborizaba.

—¿Crees...?

—Obviamente, son recuerdos dolorosos para Sophie.

Dios mío, aquello era vergonzoso. Delia no era Kurt. No podía levantar castillos en el aire de algo que no era cierto en un espacio ficticio que no existía. Se moría de vergüenza.

—¿Cómo sabemos que las películas existen?

—¿Por qué hablaría Sophie de ellas si no fuera así?

—No me interpretes mal, nos interesa. Pero no sin algo más que lo sostenga. No sale nada sobre ese asunto en su página de IMDb...

—Difícilmente va a poner algo así en su página de IMDb —repuso Delia.

Freya dejó de hablar durante varios segundos para dejar suficientemente claro que era ella la que ofendía, no al revés.

—... No hay nada en su página de IMDb. Así que, bueno, llámame si tienes algo más. En caso contrario, no nos vale. Gracias.

Clic. ¡Bufff! Podía fingir que aquella conversación no había tenido lugar. Sin embargo, desde que se había convertido involuntariamente en una chivata, no era sensato crear más situaciones que le causasen problemas.

Delia llamó a Kurt y le informó del problemático pero esperado efecto de la prueba.

—Mierda. Diles que pueden tener una entrevista en exclusiva con fotos y todo. Diles que si quieren ver las películas pueden hacer una solicitud pública. Mira si alguien que haya comprado porno casero en East Mindland en la década de los 2000 quiere ofrecerse. Y dinos qué les parece. Ja, ja.

Delia colgó el teléfono profundamente desanimada. Estaba entre la espada y la pared. Tal y como le había parecido desde el primer momento, convencer a la prensa del sinsentido imaginado por Kurt no resultaba tarea fácil.

Era necesario tener los nervios bien templados al prepararse para tener otra humillante batalla con Freya. Lo peor de todo era que no tenía a nadie de quien compadecerse, pues Steph estaba en sus tareas de asistente muda con el nuevo cliente de Twist & Shout.

Abrió el correo y le contó a Chile Picante sus problemas. Aquello era horrible, pero don Chile tampoco era perfecto.

Complicado. ¿Crees que saben que no es verdad? CP.

Es más extraño y complejo que eso: probablemente sepan más que de sobra que no es verdad. El caso es que tenemos que darle «pruebas» suficientes para que puedan decir que se lo creyeron si hay alguna discusión. Denegación plausible. D.

Mmm. ¿Y por qué no mandáis un enlace a la web del distribuidor de cine porno fallecido? CP.

Estaría bien, pero no hay ni distribuidor, ni web. D.

¡JODER! Sigue así. ¿Qué pasaría si hubiese una? ¿Entiendes? CP.

... No mucho. D.

Podría crearos una. CP.

¿Puedes hacerlo? ¿Harías eso por mí? D.

Segundo «sí» enfático. Creo que te debo un favor. Y como esta semana tengo libre, lo tendrás en un santiamén. CP.

Delia empezaba a sentir cariño de verdad por aquel hombre que parecía tan predispuesto a echarle una mano. Chile Picante y ella intercambiaron ideas sobre el diseño de la página y sintió que realmente estaba haciendo algo creativo y útil, por raro y retorcido que fuese.

Cuando Kurt y Steph volvieron a la oficina, dijo con desinterés:

—Tengo un amigo que es un genio de la informática y me debe un favor. Me ha sugerido crear una página del distribuidor de Sophie. ¿Qué os parece?

A Kurt pareció no disgustarle la idea.

—Suena bien. A ver qué consigue.

Unas horas después, Chile Picante envió un humilde «¿Qué te parece?» con un enlace a la página de un distribuidor que podría ser real, hortera, en tecnicolor, inteligentemente pasada de moda y muy detallada, llena de parodias de películas reales.

Howard no llegaba era la favorita de Delia, pero *Pocofollas, Pocahontas* y *El largo viernes sudoroso* también merecían mencionarse.

En la lista de actrices había una tal «Sophie Sweeney», el *alter ego* sugerido por su amigo virtual. Delia llamó a Kurt para que lo viese y advirtió con extraña satisfacción cómo tuvo que mirarlo dos veces.

—¡Toma! ¿Y este es amigo tuyo? ¿Está buscando trabajo?

Delia se dio cuenta demasiado tarde de lo que le costaría: Kurt querría el efecto Chile de nuevo.

Cuando su jefe se alejó, le mandó un correo efusivo para expresarle su gratitud, asombro y admiración.

Todo en un día de trabajo normal. O no tan normal. Pero está hecho y espero que te sirva :) CP.

Delia le mandó un «¿Sirve esto?» a Freya, quien contestó de inmediato: «Gracias. Nos gustaría tener una entrevista con Sophie».

En el otro lado de la estancia, Kurt hacía como que lanzaba una pelota de béisbol imaginaria.

—¿Sophie está de acuerdo en hablar de esto en una entrevista? —preguntó Delia. Kurt no bromeaba cuando dijo que ya aprenderían cómo trabajaba.

—Es actriz —dijo Kurt guiñándole el ojo.

Delia necesitaba una ducha; pero en el trabajo, y no en términos morales, aquel era uno de los éxitos de los que hablaba Emma. Incluso cuando los valores se habían trastocado, el instinto de contentar a la persona que paga los sueldos subsistía.

Y quizá, a medida que pasase el tiempo, sería capaz de manejar los asuntos para que no fuesen necesarias páginas web falsas.

Pero un par de horas después debería haberse imaginado quién sería el Capitán Aguafiestas del día, que llegó como una bala a su cuenta de Gmail sobre las cinco y media.

¡Hola, Delores!

Una idea rara. He quedado con mi amiga Freya en el Mirror *y me ha hablado de una historia LIGERAMENTE MALOLIENTE de una actriz que de pronto tiene un pasado de películas porno. ¡Imagina mi sorpresa cuando mencionó quiénes eran sus representantes! ¡Y tu nombre! Qué éxito. Bueno, como los grandes depredadores, mi visión se basa*

en el movimiento, y esto me recordó que tenemos que quedar.
¿Qué tal mañana?
Adam.

Adam. No me podría importar menos lo que pienses. Vale,
mañana, pero esta vez lejos del centro y después de las 17:30.
Delia (es «Delia»).

Mañana dicen que va a hacer sol. ¿Qué te parece en Hyde
Park, en el Speakers' Corner a las seis? Adam (es «Herr
Adam»).

Capítulo 32

Bajo el calor de una tarde de principios de junio, con el sol filtrándose entre los árboles, Delia buscó un buen sitio en Hyde Park.

La gente, con mucha menos ropa que ella, pasaba patinando y creaba una brisa agradable. Todavía no dominaba eso de cómo vestir en Londres. Para todo había que recorrer distancias largas, por lo que ir corriendo a casa y volver no era una opción.

Delia se moría de calor con su atuendo oscuro, que le recordaba sus viejos maillots de *ballet*, falda a media pierna de flores y *leggins* negros hasta el tobillo.

Pasaron diez minutos. Adam West llegaba tarde. Sintió una oleada de recelo: ¿se estaba burlando de ella? Se esperaría cualquier cosa de él. De pronto, por el rabillo del ojo, vio que la saludaba.

Llevaba una camisa de color azul claro remangada y estaba comprando helados en un puesto cercano.

—Lo siento, he tenido una urgencia. ¿Un Frigopié? —dijo sujetando dos polos rosas y alcanzándole uno a Delia cuando llegó.

—No, gracias —dijo ella con los brazos cruzados.

—¡No seas cabrona! Se va a derretir y me va a gotear en la mano. ¿A quién no le gustan los Frigopiés?

—A mí.

—Mentirosa. Soy yo el que no te gusto, no es culpa del pie.

—No entiendo por qué tendría que caerme bien el tipo que intenta que pierda mi trabajo —dijo Delia.

—¡Te equivocas! —dijo él mientras daba su primer bocado al helado—. Me estoy arriesgando a que mantengas tu trabajo como consecuencia de conseguir lo que quiero. ¿Lo pillas?

Delia suspiró y, odiándose a sí misma porque le gustaban los helados y odiaba tirar comida, le quitó el polo de la mano izquierda.

Adam sonrió.

—Caminemos mientras comemos y hablamos.

Si el helado era un recurso para hacerla sentir más comprometida, estaba funcionando. Para Delia era difícil mantener el orgullo mientras mordisqueaba los dedos de un Frigopié.

Al entrar en el parque, un grupo de mujeres con una cesta de picnic pasó por su lado. Delia notó que todos los ojos se centraban en Adam. Después en ella y de nuevo en él, intentando descubrir por qué el señor Ambición Rubia estaba con aquella pelirroja pechugona y gruñona con medias cortas.

—¿Qué has hecho hoy? Aparte de disfrutar de la intensidad de fingir la carrera porno de Sophie? La web era muy profesional, por cierto. *Masajeando a Miss Daisy* me hubiese gustado más que la original.

—¿Vas a escribir un artículo sobre Sophie? Porque dijiste que «nada de *show business*» cuando nos vimos. ¿No era cierto?

—Simplemente estoy sacando un tema de conversación.

—Pues preferiría no hablar de ello.

—Ya he visto la lista de clientes, ¿sabes? Déjate de secretismos. Por cierto, ¿qué tal anda Marvyn Le Roux? Me encantó el plan de hacerle «mejor que Derren Brown», jaja. Marvyn parece el tipo de persona que agitaría un pollo de plástico tras quitárselo a su perro.

Kurt y Steph habían quedado el día anterior con Marvyn. Steph había dicho que llevaba un tupé engominado, tenía los ojos llorosos y no paraba de sacar monedas de detrás de su oreja. Kurt quería que dijese que tenía poderes casi sobrenaturales que no eran más que un par de trucos malos.

—¡Qué charlatán! Ten cuidado con él y su hábito de acompañarte de noche. He oído que le gustan jovencitas.

Delia frunció el ceño.

—Yo no soy jovencita. De hecho, ya se me empieza a pasar el arroz.

Adam se rio a carcajadas.

—Me refería a que estuvieses en guardia en general, porque eres su representante. ¿Has convencido a algún casino para que le prohíba hacer su truco final de Rainman en una mesa?

—¿Te tengo que contestar o también es opcional?

—Sí —dijo Adam, sacando una servilleta de papel de su bolsillo y limpiando el helado derretido de su mano izquierda—. No me interesa mucho Marvyn. Estoy seguro de que a Kurt tampoco le interesaría si no fuese el heredero de una fortuna de un fabricante de galletas escocesas.

Adam le ofreció una servilleta de papel y ella la aceptó sin darle las gracias.

—¿Ah, sí? —dijo olvidándose de que no debería saber menos sobre su cliente que Adam West—. Le Roux no es un nombre muy escocés.

Él la miró con los ojos de par en par y estalló en una carcajada.

—¿Crees que Marvyn Le Roux es su nombre real? Me matas, Dina.

—¡Mi puto nombre es Delia!

—Tu puto nombre. Un Frigopié y te vas con cualquiera, ¿eh? Creo que en su momento debió de pensar que decir: «Atención, lo que vais a ver os dejará patidifusos» llamándose Tavish McTartan no iba a tener el mismo efecto.

A pesar de su enfado, la horrible imitación del acento de Adam hizo que aquello resultara todavía más gracioso y Delia se contuvo intentando no reírse. Aquel hombre no se merecía ni una de sus risas.

—¿Cómo iba a saber que no era su nombre real?

—Porque es muy obvio que es un nombre estúpido de mago abracadabra.

—No soy tan cínica como tú.

—Bueno, trabajando para Spicer tienes que serlo. Teniendo en cuenta que Marvyn es un perdedor flagrante, Kurt tendrá otros usos para él y su dinero. Y te diré algo más: Kurt Spicer no debe de ser su nombre real. Kurt Spicer. Ni siquiera suena verdadero. Se ha reinventado más veces que David Bowie, estoy seguro.

Delia tiró el palo del polo y la servilleta en una papelera y dijo:

—¿Podemos pasar a la parte en la que me preguntas lo que quieres saber?

—Quiero que estés atenta a políticos con los que quizá podrías trabajar. No hay ningún nombre de político en vuestra carpeta de estrategias. Cuéntame lo que se diga.

—¿Eso es todo? —preguntó Delia con desconfianza.

—Por ahora, sí.

Le dio la sensación de que aquel desgraciado estaba alargando aquello para atormentarla.

—Excepto una cosa.

Delia dejó caer los hombros.

Habían hecho un pequeño recorrido que los había devuelto a la calle. Adam se volvió para mirarla.

—El truco de Sophie. Ese tipo de cosas funcionan una vez, dos, tal vez alguna más si puedes sacarte webs de la manga. Pero tarde o temprano uno de esos cuentos se irá al traste. Tendrás un serio problema al volver a hablar con esa periodista o cualquier otra persona con quien hayas hablado. Os vetarán. La industria todavía es suficientemente pequeña como para que importe la reputación.

—¿Y por qué me lo cuentas?

—Es solo un comentario para los insensatos.

Delia miró la idílica escena a su alrededor. ¿Por qué nada era lo que esperaba? ¿Por qué terminaba hablando demasiado? Se sentía... sucia con todo aquello. No podía confiar en nadie.

Miró a Adam con tranquilidad.

—Fuiste arrogante conmigo en Balthazar, me robaste la carpeta y ahora me pides un rescate. Y hoy toca dar un paseo, tomar un helado y darme un consejo. ¿A qué viene esto?

Por primera vez, Adam pareció no tener la respuesta adecuada. Se encogió de hombros.

—Esperaba encontrarme con alguien con alma de cuervo, pero cada vez más tengo la sensación de que no sabes dónde te has metido. Ten cuidado, no sea que te salgan plumas y al final seas un cuervo de verdad. Por ahora, te hago una advertencia amistosa.

—Muy generoso por tu parte. Lo que más me gustaría es que me liberases de este acuerdo para que no me echen.

—Me temo que no puedo hacerlo.

—Entonces ahórrate tus advertencias amistosas.

Adam se encogió de hombros y sonrió. Su móvil empezó a vibrar, lo sacó del bolsillo, respondió, articuló un «Adiós» y se fue paseando y hablando.

Delia lo miró irse intentando aclarar qué pensaba de él ahora. Se sentía explotada, pero ya no muy enfadada. Le había ayudado demasiado para que así fuera. Pero tenía que salir del atolladero y hacerlo por su cuenta.

Caminando hacia el metro, Delia tuvo una idea prometedora. Adam West estaba igualmente en posición de advertirle desde su ángulo de ataque.

Quizá podría usarle. Delia Moss: agente triple. No estaba sola. También le gustaba trabajar con Steph, no había tenido una amiga en el trabajo desde hacía muchos años. Chile Picante era otra pieza a tener en cuenta, dada su ubicuidad *online*.

Al llegar a casa, fue a buscar su bolígrafo y su cuaderno de dibujo sonriendo mientras sus personajes emergían del lienzo.

Aquella era la magia de La Raposa: la ayudaba a concentrarse y a recomponerse, le contaba una historia inspiradora. Le mostraba hacia dónde apuntar.

Capítulo 33

Cuando se trataba de hacer horas extras, si había que hacerlas, no estaba mal que fuese cenando en el último restaurante de moda con su cartel de «LLENO» colgando.

La carta de Apricity era extraordinariamente cara en varios sentidos: gruesas hojas de papel suave como el algodón con exageradas letras doradas.

Empezaba con el enigmático:

> apricity (n.) Inglés antiguo.
> Del latín *apricitas*, 'calentado por el sol'.

«Menos mal que lo han aclarado», pensó Delia.

También parecía que había mucha más carta de la que era necesaria. Para llegar a la comida había que pasar por *Nuestros principios, Cómo comer y Fuentes de inspiración*. Decían cosas como «Deja que la comida sea tu medicina», y afirmaban que su misión era «curar a la vez que alimentaban», a lo que Delia pensó que aquello era llevar su responsabilidad más allá de su jurisdicción.

Kurt la miraba entrecerrando los ojos a través de sus gafas.

—Pensaba que venía a cenar, no a un lugar de culto.

Cuando llegaron a la selección de platos, de pronto el menú se volvió parco en palabras, tan parco como el comedor rectangular de acero y madera sin adornos.

Había «huevos de pato de tres maneras».

Eso era todo.

—¿Cocidos, revueltos y fritos? —sugirió Delia, y Kurt se rio a mandíbula batiente.

—¿Os gustaba mucho comer a ti y a tu ex? ¿*Gourmets*? —preguntó bebiendo un sorbo de agua.

—Nos gustaba comer, pero no estoy segura de si se nos podría llamar *gourmets*. Nuestra regla de oro era que si un restaurante no tenía un adorno de flores secas en la ventana, le dábamos una oportunidad.

Kurt se volvió a reír.

—¿Lo dejasteis por que se acostó con otra?

A Delia le sorprendió aquello y se preguntó si Steph se lo habría contado. Él se dio cuenta de su sorpresa y añadió:

—Era probable que tú o él lo hubieseis hecho y no fuiste tú, porque estás aquí.

Delia asintió ante su vaso de agua y volvió a examinar el menú.

—¿Sabes qué deberías hacer? Acostarte con alguien.

De pronto Delia encontró fascinantes los detalles sobre dónde recogían a mano la salicornia los de Apricity.

—¿Cómo?

—En serio, pelirroja. Es la única manera de que vuelvas a equilibrar las cosas. Ojo por ojo. Soy de los del Antiguo Testamento. La gente ha perdido la perspectiva de lo coherente que es.

—Quizá porque se han sacado los ojos unos a otros.

—¡Ja, ja! Qué bueno. Te va la ironía, ¿verdad? —Ahí estaba otra vez esa mirada de lobo—. Eres joven y tienes todavía mucho camino por recorrer.

Delia se sintió muy aliviada cuando el sumiller llegó con el vino. Después de servirlo, darle vueltas, beber y asentir, volvieron a ocuparse de elegir la comida.

—Albóndigas de emú... —dijo Kurt sacudiendo la cabeza—. Vengo del otro lado del mundo para evitar a esos capullos fibrosos y... Los emúes tienen las patas largas y delgadas y corren mucho. Si fueses caníbal, ¿te comerías a Usain Bolt?

Delia sonrió. El sarcasmo de Kurt era demoledor. Atrajo la atención de uno de los camareros, todos de veintitantos años y que parecían salidos de una pasarela. Vestidos con camisas de un blanco inmaculado, exhibían una especie de sonrisa beatífica de esas que la gente suele poner antes de preguntarte si sabes que «Él ha resucitado».

Una belleza con el cabello color miel se acercó flotando e inclinó la cabeza educadamente cuando Kurt dio un golpecito a la página de pergamino que tenía delante.

—Pone «yogur de gallo». Ayúdame. ¿Cómo se puede ordeñar un gallo exactamente?

—Se masajea la cresta hasta que emana un líquido que se añade a nuestro yogur casero. Es como un queso agrio muy especial.

La cara de Kurt era todo un poema.

Delia tuvo que taparse la boca con el menú para contener la risa.

—¿No crees que después de que los humanos lleven tantos años deambulando por este mundo y alimentándose habrá alguna razón por la que nunca hayan pensado: «Ya sé, voy a frotarle la cresta a un gallo hasta que eche un chorrillo»?

Delia temblaba de risa. La camarera puso la sonrisa de alguien que sabe que el hijo de Dios camina entre nosotros y que todo irá bien.

—Apricity es una experiencia completamente única.

—También lo fue la guerra de Vietnam.

Kurt miró la carta con el ceño fruncido, y Delia y él eligieron por puro instinto.

—Mi mujer y yo queremos otra botella de agua —dijo Kurt guiñando un ojo, y Delia se sobresaltó un poco. Había insistido en que su compañía sería más «adecuada para su edad» que la de Steph.

Se formó un torbellino y Gideon Coombes miró el comedor tan tranquilamente como si fuese suyo y eligió una mesa junto a la ventana con un amigo rechoncho. Gideon y su acompañante iban vestidos como dandis salidos de una novela: pañuelo en la solapa y chaleco.

Los empleados del restaurante se congregaron a su alrededor cual enjambre de abejas, y Gideon dio instrucciones con un giro de muñeca, dejando la carta cerrada.

—¿Cuánta gente está en esto? —siseó Delia con una voz casi inaudible.

—La justa —respondió Kurt—. Apunta esto. Consigues un efecto mejor si la gente te ayuda sin saber que lo está haciendo.

Delia tuvo que contenerse para no mirar de reojo a Gideon. Kurt solo le había contado que ocurriría algo muy sorprendente durante la cena.

Kurt y Delia terminaron los sofisticados entrantes que incluían dados de verdura en escabeche y ramitos rizados de algo verde, junto con una huella de algo marrón y umami, pero en muy pequeñas cantidades.

En realidad, los platos que les sirvieron eran algo así como un anticlimax, como si fuesen la respuesta al significado de la vida.

Delia adivinó por qué no solía ir a sitios tan pijos: eso de esperar tanto y pagar más de la cuenta siempre la desilusionaba: después de todo, solo era comida.

Lanzó una mirada hacia Gideon, que seguía sin comida unos veinte minutos después, y que ignoraba a su amigo mientras jugueteaba con el teléfono móvil. Era tan maleducado que daban ganas de matarlo.

Bebieron vino y charlaron de cosas sin importancia, aunque Kurt estaba totalmente distraído pensando en lo que iba a pasar después. Diez minutos más tarde hubo un pequeño escándalo en la puerta y se podía oír al *maître* diciéndole a alguien que había habido un error.

Al darse la vuelta, Delia vio a un repartidor con una caja de Domino's Pizza en la mano.

Gideon tiró la servilleta de manera teatral, se levantó y se acercó a zancadas dándole un billete al repartidor. Volvió a su sitio con la *pizza*.

Vaya. Todos los presentes habían dejado sobre la mesa los cubiertos y estaban mirándolo anonadados. El *maître* puso la misma cara que si hubiera estado viendo al Titanic hundirse.

Gideon abrió la tapa con calma y comenzó a morder un trozo grande de peperoni con jamón. Le ofreció a su amigo, quien también atacó el plato.

—¡Madre mía! —susurró Delia poniéndose la mano sobre la boca. Kurt estaba radiante.

El *maître* se acercó a Gideon como si se aproximara a un tigre en la jungla y dijo en voz baja, aunque no lo suficiente para un restaurante en completo silencio:

—Señor, no se le permite comer eso aquí.

El aludido le miró fijamente.

—Es que tenía tantísima hambre que tuve que hacer algo. Por favor, dígale al chef que si su servicio fuese más rápido no habría necesitado tomar medidas urgentes.

El *maître* dudó, obviamente sopesando los pros y los contras de arrebatarle de las manos la comida basura a un crítico culinario o de alertar a sus superiores de que el comedor olía a salami y a *mozzarella* derretida.

El *maître* se había quedado con el traspaso de responsabilidades y desapareció en la cocina.

Kurt miró a Delia y volvió a guiñarle el ojo. Nunca lo había visto tan satisfecho.

De pronto, en un zumbido de chaquetillas, un tosco pero apuesto hombre con la cara roja, el pelo oscuro sudoroso y de punta, y con tatuajes de dragones en los antebrazos, entró echando chispas en el ángulo de visión de Kurt y Delia.

—¿Qué cojones te crees que haces en mi restaurante, pizzero de mierda? —gritó Thom Redcar con su acento galés a un Gideon imperturbable.

—¿Qué te parece que estoy haciendo? Comer. Pero no me sorprende que esto sea una novedad para ti teniendo en cuenta el tiempo que te lleva sacar dos entrantes.

—¿Qué coño es esto? —bramó Thom tirando al suelo la *pizza*, que se cayó formando una mezcla que parecía vómito. Gideon se puso de pie.

—Me ha venido bien entre las aceitunas y los entrantes. O como probablemente lo llamaréis, el período de ayuno previo a la llegada del primer plato.

Thom le apuntó con el dedo a la cara.

—No soy un puto cocinero de cafetería haciéndote tortitas. Lo que hacemos aquí es arte.

—Sí, una naturaleza muerta. Apuesto a que *Los girasoles* de Van Gogh eran más rápidos que tus caracoles de Dorset estofados en vino tinto. ¿Qué estabas haciendo? ¿Pedirles que viniesen hasta aquí?

—¿Qué? ¡Vete de aquí! Tienes prohibida la entrada. ¡Para siempre!

—Es como si llevase aquí toda la vida, así que tampoco es para tanto.

Thom Redcar le agarró de las solapas y le sacó por la puerta acompañado por más suspiros, con su amigo caminando detrás.

Delia vio que había un fotógrafo, agachado entre dos automóviles aparcados, captando la escena. Se seguían oyendo sus voces por la ventana.

—¿Me devuelves mi *pizza*, por favor? Tengo la concentración de azúcar en sangre peligrosamente baja.

—¿Quieres que te la suba de golpe? ¡Te voy a partir la cara, gilipollas afeminado —tronó Thom.

Gideon se colocó su pajarita moteada. Un brillante coche espeluznantemente puntual recogió a Gideon, y su acompañante entró con él.

—¡Eso! Llévate al gordo contigo.

Thom se quedó de pie el tiempo suficiente para que los fotógrafos le sacasen unas cuantas instantáneas más, con una mano en alto haciéndole un corte de mangas al Mercedes que se llevaba a Gideon y compañía.

Miró fijamente el silencioso comedor, donde los empleados se apresuraban en recoger la *pizza* del suelo.

—Dijo que quería que le devolviésemos la *pizza*. ¿Podéis meterla en la caja y enviársela? Con un lazo rojo. La dirección es *Evening Standard*, a la atención del *Pizzero de mierda*.

Los empleados asintieron.

—Y añadid unos cuantos pelos del culo.

El equipo estaba atónito, obviamente preguntándose si se les notificaría en un papel con lazos dorados quién era el proveedor.

Thom fulminó con la mirada al resto de comensales, como si estuviesen implicados de alguna manera en lo ocurrido, y abrió con fuerza las puertas dobles de la cocina.

Se comenzó a escuchar un extraño y tenue murmullo de conversación.

Kurt murmuró:

—Se ha salido del guion con eso último. No creo que quiera asociar su restaurante con meter nada tan asqueroso en la comida.

Delia, inquieta, intentó iniciar una conversación.

—Qué ganas tengo de que llegue el trío de huevos —dijo.

Capítulo 34

Kurt iba a pasar diez días en Australia, y Delia estaba que se salía de contenta por el éxito de la broma de la *pizza*.

Se habían enviado las declaraciones cuidadosamente planeadas de Gideon y Thom a los medios de comunicación más adecuados después de que se hiciese pública la noticia. La historia había llegado a todas partes porque había fotos de Thom echando a Gideon a la calle.

La suerte quiso que un testigo sorprendido con una memoria perfecta estuviese allí para informar del altercado verbal de aquella noche, palabra por palabra. Algunos clientes incluso lo habían grabado con sus teléfonos móviles.

Gideon, con un traje inmaculado y sonriendo con superioridad, apareció en un programa vespertino diario para discutir si el culto por los chefs famosos se estaba saliendo de madre y si la cultura moderna de los servicios se había olvidado de que el cliente siempre tenía la razón.

Thom hizo unas declaraciones muy polémicas en el sentido de que el poder de los críticos se había salido de madre y de que no había ninguna excusa para tener malos modales, al hilo de lo cual Delia pensó que resultaba bastante gracioso que eso lo dijese alguien capaz de echar pelos del... en las *pizzas*. (Gideon se aseguró de colgar una foto en Twitter de los restos de su *pizza* cuando se la devolvieron, por supuesto, para que el asunto siguiese candente. Delia prefirió no hacer *zoom* sobre la imagen.)

No se pusieron de acuerdo acerca de cuánto tiempo había tenido que esperar Gideon. Por extraño que parezca, los medios no parecían muy interesados en aquel detalle. «El crítico cuya comida tardó tanto que tuvo que llamar a una *pizzeria*» era demasiado bueno para ponerse quisquilloso respecto a los hechos.

—¿A Thom no le importa que esto sugiera que su restaurante hace esperar a la gente? —le había preguntado a Kurt antes de que se fuese.

—Apricity lo tiene todo reservado hasta Navidad, no va a tener problemas. Además, ¿cuánta gente de la calle había oído el nombre de Thom Redcar antes de esto? ¿Y ahora? Pues eso. Todo el mundo sabe que Gideon es implacable. Es una pantomima. —Kurt se frotó las manos—. Estoy deseando ver cómo hacen las paces. Tengo una imagen en la cabeza en la que Thom finge atacar a Gideon con un cuchillo mientras él ataca una masa rellena. Creo que deberíamos proponérselo al suplemento gastronómico de *The Guardian*.

Delia sentía que cada día ganaba más capas de cinismo que acabarían formando un caparazón tan duro como el de un escarabajo.

Durante la semana siguiente, la ausencia de Kurt fue un agradable respiro que les permitió a ella y a Steph hacer un picnic para comer en los parques cercanos. A pesar de que, curiosamente, cuando llamaban a Kurt para dejarle mensajes, no sonaba ese *staccato* internacional con el que suenan los teléfonos al otro lado del océano. Steph y ella arqueaban las cejas.

Delia sentía que si hubiese podido escoger a su compañero de trabajo entre mil personas, habría escogido a Stephanie de Liverpool. Steph llevaba siempre un peine en el bolso para tratar de comesticar su salvaje cabello y usaba bolígrafos para tocar la batería sobre su mesa cuando no había cucharas a mano. (Delia le había prometido ir a ver su nueva banda cuando Steph creyese que estaban preparados.)

A la hora de la comida, no se volvía loca con ensaladas bajas en calorías. A menudo llevaba una tabla de quesos entera con galletitas y la invitaba a comer. Y cuando se reía, hacía una pausa, con la boca abierta de par en par, y emitía un fuerte y monótono graznido. A menudo se sentía como si fuera su hermana mayor.

Una tarde, durante el breve período sabático, estaban sentadas, echadas sobre la hierba, mordisqueando una empanada de cerdo cada una, cuando Steph dijo:

—Delia. ¿Crees que es posible que Kurt haya entrado en nuestros ordenadores? ¿O que haya hecho eso de grabar lo que tecleamos?

—No sé. ¿Por qué?

Su compañera parecía inquieta, jugando con un cordón de sus zapatos.

—Sabe cosas de mi vida privada. O parece que las sabe.

—¿A qué te refieres?

—El otro día me estuvo haciendo preguntas sobre con quién salía.

—¿Podría ser menos discreto?

Steph hizo un gesto.

—Me avasalló, de verdad: «¿Te gustan los chicos o las chicas? ¿O las dos cosas?».

Delia sintió que se estaba perdiendo algo. Aquello sonaba a que el tipo era un salido asqueroso, nada más.

—No respondí, y dijo que hoy en día estaba bien… Y después añadió que las chicas de Liverpool solían ser más elegantes que yo. Ni que fuese de pueblo.

—¡Qué capullo!

—No todas imitamos a Coleen Rooney. Le dije que él tampoco se parecía a Cocodrilo Dundee.

—¡Qué bueno!

Se rieron.

¡Ay! Delia ya lo entendía. Kurt se había dado cuenta de que Steph era lesbiana o bisexual y Steph estaba preocupadísima. A Delia nunca se le había pasado por la cabeza. Pensaba que era un poco marimacho. Pero ¿en todos los aspectos? Kurt era un gilipollas.

—Después me preguntó directamente si tenía novia.

—¡Cómo se atreve! —exclamó Delia—. Como si fueses a presentársela. No venimos a ganar puntos en nuestro trabajo.

Delia le lanzó una sonrisa de apoyo y la tensión de los hombros de Steph se relajó un poco.

—Sí. Tampoco tengo tanta pinta de lesbiana, ¿no?

Las dos se rieron para aliviar la tensión.

—¡No! Seguramente me pregunte a mí lo mismo. Es un pervertido. No dejes que te moleste.

Entre la simpatía y la preocupación, Delia se preguntó si Steph habría sacado en parte ese tema para hablar de su sexualidad. Aquello hizo que se sintiera todavía más protectora, ya que Kurt estaba siendo tan lascivo.

Un secreto merecía otro.

—Si puede ver nuestros ordenadores, tengo un problema. ¿Te acuerdas de aquel periodista autónomo con el que no debía haber quedado, Adam West? Sin querer me olvidé la carpeta en el sitio donde nos vimos. Leyó lo que había dentro y lo fotocopió antes de devolvérmela.

—¡No! —dijo Steph mientras daba un bocado a su empanada—. ¡Uy!

—Sí. De hecho, por eso creo que Kurt no nos espía. Cuando pasó, me habría echado si hubiese leído mis correos.

Delia decidió dejar de lado el asunto del chantaje por el momento. No era justo que Steph se sintiese obligada a encubrirla.

—Tengo un amigo que sabe mucho de ordenadores. Voy a preguntarle.

—Hay algo sospechoso en esa oficina... —comentó Steph y, en cuanto lo dijo, supo exactamente a qué se refería. Joy, la recepcionista, flotaba por el lugar como si fuera el fantasma de una limpiadora asesinada. Parecía que estaba abandonado y, al mismo tiempo, que las paredes podían oír. Incluso cuando no estaba Kurt.

En el agradable calor de un día de julio, Delia se estremeció.

Sr. Chile Picante. No se ría de mí. ¿Es posible que mi jefe vea lo que mi compañera y yo hacemos en los ordenadores que traemos a la oficina? Delia (te he pedido tu número para poder usar una línea segura).

¡Hola en un nuevo canal! Es posible, pero no muy probable. ¿Lo habéis dejado solo con vuestros ordenadores al mismo tiempo, las dos habéis abierto algún archivo adjunto chungo o habéis notado alguna señal de tener un virus? CP.

No, no y creo que no. D.

Entonces, si no tiene espejos, lo dudo. CP.

Sin la amenaza de Kurt de pronto cerniéndose sobre ellas, Delia incluso se atrevió a tomarse un viernes libre e invitar a Ralph a su casa. Le costó bastante esfuerzo convencerlo. De hecho, era como tratar de levantar a un hipopótamo en un pantano utilizando cordones de zapatos.

Delia no habría tenido la convicción de haber insistido tanto, pero su madre había dejado caer que en la freiduría (o el «bar de pescado ganador de un premio de Tyneside», como su madre se lo describía a los vecinos) le habían estado insistiendo al muchacho para que disfrutase las vacaciones que le quedaban. Según parecía, se estaba resistiendo porque «no tenía adonde ir».

Delia insistió en que podría usar la habitación de Emma mientras ella estaba en Roma. «He cambiado las sábanas, ¡trae a alguien! O mejor, trae a alguien a tu cama», había dicho antes de irse mientras ella ponía los ojos en blanco.

El viernes por la mañana, mientras esperaba a que Ralph llegase, el teléfono empezó a sonar. Adam West. Quería quedar. Le explicó en tono cortante que no debería tener que hablar con él porque no estaba trabajando.

—¿Vas a algún sitio bonito? —dijo.

—¡No! —dudó, pensando que humanizarse ante su captor y con ello hacerle más difícil que la asesinase metafóricamente sería una buena jugada—. Viene mi hermano de Newcastle a visitarme.

—¡Qué bien! —exclamó Adam—. ¿Le vas a enseñar la ciudad?

—Ralph ha dicho que quiere ir al museo de cera.

—Es todo un cultureta, ¿eh?

Delia se imaginó al bueno de Ralph hablando con una navaja como Adam West y le dio un pequeño escalofrío. Llamaron a la puerta y abrió, agradecida de tener una excusa para colgar. Carl, con expresión pétrea, sujetaba un sobre marrón sin decir palabra. Llevaba su nombre escrito.

Delia le dio las gracias recordando la advertencia de Emma.

No sabía qué más decir, y él le ahorró la molestia dándose media vuelta.

Rasgó el sobre para abrirlo. Un frasco de perfume Eternity de Calvin Klein junto con una nota.

De, he pensado que te podía mandar algunas cosas que te hagan recordar por qué nos queremos tanto. Aquí está la primera. Te quiero, Paul.

Abrió con vacilación la caja, destapó el perfume y se lo acercó a la nariz. Era raro cómo el sentido del olfato parecía golpear la caja fuerte de la memoria y encontraba recuerdos dormidos desde hacía mucho tiempo que activaban emociones asociadas a ellos.

El dulce olor la devolvió a los primeros y emocionantes días con Paul y a esa vez en la que habían pasado una hora uno encima del otro en el viejo sofá escuchando un álbum de *Talk talk* de fondo. Volvió a leer la nota. Recordó que había pensado: «Esta persona es mi futuro» y el clic espontáneo que sintió. «Y ahí estás, en el sitio adecuado.» Pensó en que suponía que encontrar su alma gemela sería muy difícil, y de pronto, con sus zapatos de plataforma rojos, tropezó con ella sin siquiera intentarlo.

Dudaba de que Paul recordase el nombre concreto del perfume, solo la colonia. Le había debido de costar buscar en la tienda, con una asistente merodeando por allí, hasta que lo encontró.

Paul nunca iba de compras. Delia casi se tenía que pelear con sus harapientos *jeans*.

«Estoy pensando en ti»: la cosa más simple y a la vez poderosa que alguien o que un gesto podía decir.

Hizo que Delia languideciese. Había pasado mucho tiempo preguntándose si podría recuperar a Paul. Quizá se había planteado el dilema al revés. ¿Podría ella dejarlo atrás?

Cuando Delia vio el despeinado cabello pelirrojo de su hermano entre la muchedumbre en King's Cross, sintió que la sacudía una actitud protectora. Llevaba una mochila enorme en los dos brazos, una camiseta de Spaceballs y una sudadera con capucha: su atuendo de empleado de Planeta Prohibido fuera de servicio. Parecía profundamente incómodo. No había estado en la capital desde hacía décadas, desde que eran pequeños. Ni siquiera iba mucho a Newcastle. Ralph nunca tuvo esa necesidad: las cosas que le gustaban estaban en casa. Sus amigos, en líneas generales, eran gente con quien jugaba a los videojuegos.

Se sintió todavía más protectora cuando oyó a dos chicos decir: «Se parece a Forrest Gump pero en pelirrojo» y explotar en carcajadas.

Quizá Ralph (siempre se lo había preguntado y hacía que se le encogiese el corazón) no salía mucho de casa porque sus primeras excursiones al exterior no le habían resultado agradables.

A petición de su hermano, se fueron directamente al museo de cera de Madame Tussaud, donde él mostró especial interés por la sección de Primeros Ministros fallecidos y la de la Cámara de los Horrores. Delia intentó imaginar cómo sería explicar a una raza alienígena por qué se consideraba un pasatiempo mirar estatuas de cera de hombres que habían envenenado y desmembrado a sus mujeres a finales del siglo pasado.

Tras agotar los placeres del museo, Delia estaba desconcertada. Ralph se rindió a su itinerario de principales sitios turísticos, aunque obviamente le resultaba complicado tratar con aquella húmeda muchedumbre, el *tsunami* de otros cuerpos empujándolo en las aceras. Delia quería encontrar alguna manera que se lo pusiese más fácil, pero temía que los hábitos de toda una vida no se perdían en un fin de semana.

—¡Deberíamos parar a comer! —le dijo a Ralph al cruzar el puente desde el Southbank Centre esperando atraer a su estómago.

Él asintió.

—¿Hay algo que te apetezca? Yo invito —dijo.

—Algo que esté bien, no sé —dijo Ralph, y Delia vio cómo se esforzaba con valentía por demostrar que se estaba divirtiendo y eso la hizo entristecerse.

—¿Quieres que te haga mi pollo frito? —preguntó Delia, y los ojos de Ralph se iluminaron. Su hermano siempre había sido el comensal más entusiasta de lo que ella cocinaba. Sabía que si era sincera y escuchaba los sentimientos de su hermano en lugar de los suyos, él querría estar en casa.

Al cabo de una hora estaba alegremente instalado en Finsbury Park, con las piernas estiradas, jugando a sus videojuegos en la enorme televisión de Emma mientras ella preparaba la comida.

—¡Sí! ¡Otro! ¡Toma!

Comieron en la mesa de la cocina, montones de pollo empanado y la «ensalada Glasgow» de patatas fritas con kétchup. Lo cierto era que, cuando había hecho la compra, había llenado las alacenas de comida «Ralphiana». Emma iba a pensar que tenía bulimia.

—¿Ahora vives aquí y no vas a volver? —preguntó su hermano mientras daba buena cuenta de su sexto trozo de pollo—. Bonita foto de *Chirivía*.

Delia sonrió. Había colocado la foto de la piscina de plástico en la ventana de la cocina.

—Él me cuida. Algún día volveré —dijo Delia tomando una patata del bol—. Echo de menos a *Chirivía*. Mi trabajo es divertido, pero es una locura. Miento para ganarme el sueldo y los periódicos lo publican. No podré hacer esto durante mucho tiempo sin despreciarme a mí misma.

«Algún día» podía significar muchas cosas. No se había mudado a Londres del todo. Sin embargo, en aquel momento no se imaginaba volviendo a Newcastle y con Paul. Estaba entre los dos lugares, en el purgatorio.

—¿Qué va a pasar si descubren que estás mintiendo?

—Mmm. Buena pregunta —dijo, sintiendo un dolor punzante en la barriga—. Además, a lo mejor Paul y yo lo arreglamos —añadió mirando a Ralph por encima del siguiente muslo de pollo—. No estoy segura.

—¿Te dijo por qué había estado con otra chica?

—No me lo explicó exactamente —respondió. Su hermano era sorprendentemente perspicaz en su manera de ser simple y tranquila. Aquello era precisamente lo que Delia necesitaba: saber por qué. Eso era lo que faltaba y quizá siempre faltaría.

Ralph miró a su alrededor.

—Este sitio está genial, ¿eh?

—Sí. Emma no podía tenerlo de otro modo.

—¿Esa es La Raposa? —preguntó Ralph con voz emocionada inclinando la cabeza. Había visto una viñeta en la que el personaje estaba siendo perseguido por un enemigo enmascarado y anónimo mientras huía por los tejados de Londres.

—Ah, sí —dijo Delia con timidez. No había sido tan cautelosa con sus dibujos mientras Emma había estado fuera.

No se avergonzaba de sus dibujos como tales. Bueno, tal vez un poco. Se trataba más bien de que tomaba a La Raposa como su *hobby* privado, un secreto maravilloso. De momento no quería dejar entrar el aire y que lo arruinase. También debía tener cuidado, porque muchas veces usaba a personas a las que conocía y los convertía en superhéroes o en villanos.

—¿Lo puedo leer? —preguntó Ralph con los ojos abiertos de par en par clavados todavía en los cuadernos que estaban en una silla junto al fregadero.

—Claro.

Se limpió las manos en papel de cocina y se llevó el cuaderno de dibujos al salón. Delia encendió el hervidor de agua y asomó la cabeza por la puerta, y vio que Ralph estaba sentado con las piernas cruzadas, pasando páginas, riéndose entre dientes, completamente absorbido.

Era un momento bonito. Resultaba gratificante de una manera en la que nada más lo era. Si era capaz de entretener a Ralph, ¿podría hacerlo con otras personas?

—¿Te apetece que hagamos el vago aquí por la tarde, vamos a un bar a tomar unas cervezas tempraneras y volvemos a ver alguna película tonta en Netflix?

Ralph sonrió: «¡Siií!». Aquella era la idea que tenía de unas vacaciones.

Más tarde, habiendo bebido más cerveza de la cuenta y habiendo tomado más dulces de los necesarios, además de haber visto una película muy tonta de Liam Neeson, Ralph siguió jugando a los videojuegos y ella se sentó a mandarle un correo al señor Chile Picante.

Ya han pasado seis semanas. Ya es hora de que me digas tu nombre real. No puedes seguir pensando que el Ayuntamiento se puede permitir mandarme a Londres como una estrategia para desenmascararte. D.

... BP (buen punto). Me llamo Joe. Trabajo en el departamento fiscal. 👍 😮
¿Te vale? CP/J.

¡Hola, Joe! ¡Por fin nos conocemos! D.

Bueno, no nos «conocemos» ahora, pero nos conocimos, ¿recuerdas? (No lo recuerdas). J.

¿Cómo me recuerdas? ¿Tan fáciles de recordar son las pelirrojas con aspecto de refugiadas de una producción de teatro de barrio de Grease? J.

¿Sinceramente? Eres guapa. J.

Delia se sorprendió un poco y se descubrió sonriendo. Era bonito que a una le dijesen algo así, especialmente en aquel momento de su vida.

¡Gracias! ☺

Se dio cuenta de que Joe no le había dado su apellido y se preguntó si podría obtener esa información en la web del Ayuntamiento. ¿Realmente quería saberlo?

Pensó en lo que había dicho Emma del riesgo de las aventuras amorosas virtuales. A Delia le encantaba charlar con Chile Picante, pero, a medida que pasaba el tiempo, no podía decir que sintiese que se estaba enamorando ni esa santa trinidad que formaban la atracción, el afecto y la admiración que podían convertirse en amor. Era puramente platónico, pero ¿por qué le ponía tan nerviosa investigarle? No quería romper el hechizo, supuso. El poder desinhibidor de Internet suponía que hablasen de cosas que normalmente no le contaría a alguien tan poco conocido, y ponerle cara a su confidente cambiaría las cosas.

Hablando del tema...

P. D.: Mi hermano ha encontrado el cómic que llevo escribiendo desde que llegué a Londres. Le ha gustado mucho. D.

¿¡QUÉ?! ¿Escribes un cómic? Quería preguntarte si tenías alguna pasión además de las relaciones públicas. Las relaciones públicas no te «pegan mucho», si esto no es ir demasiado lejos para un hombre que te conoce de un instante de charla de bufé y una serie de correos. J.

Ah, no. No pasa nada. Trabajar en relaciones públicas/ comunity manager *no me pega mucho, simplemente era algo que podía hacer. Sí, mi sueño siempre ha sido dibujar cómics. En la universidad hice diseño gráfico, después cuando tenía veinte años sentí que mi cómic era una estupidez y lo guardé en una estantería. Luego trabajé en cosas que se suponía que eran más «apropiadas». Solo que ahora «apropiado» parece ser completamente inapropiado. Ha estado muy bien recuperarlo. D.*

¿De qué va el cómic? J.

Un alter ego *nocturno de Delia, la superheroína La Raposa, vive bajo tierra y con su bicicleta mágica lucha contra el crimen urbano con su ayudante zorro, Reginald. ¿Aún no te vas a reír de mí? D.*

Gracias a Dios estaba detrás de un teclado. Era mucho más fácil escribirlo que decirlo.

¡GENIAL! *Sé que vas a decir «No, ¡cotilla!», pero ¿puedo verlo? J.*

Si quieres... No te esperes gran cosa. D.

Delia alzó la vista de la pantalla hacia donde Ralph miraba otra pantalla.

—¿Te lo estás pasando bien? —le preguntó.

—Sí, me gusta Londres —contestó él absorbido por el Miami virtual de la tele.

Capítulo 35

Por mucho que disfrutase de la soledad, al final del viaje a Italia de Emma, Delia estaba deseando que hubiese una noche en la que la compañía no fuese el murmullo de la televisión mientras hacía tartas sin parar en la KitchenAid. Ralph se había ido el domingo; lo había acompañado hasta el vagón que le correspondía y esperado a que se sentase antes de ser capaz de irse. Sabía que ella tenía la misma tendencia que sus padres de mantenerlo entre algodones. Era difícil no hacerlo.

Delia había aceptado que hacer *tours* por los sitios turísticos no era lo que más le gustaba, así que tomaron un desayuno tardío y después fueron a ver la última película explosiva de acción y suspense en un cine de pantalla grande en Leicester Square.

Kurt parecía angustiado y un poco misterioso después de su semana de vacaciones. Delia seguía conociendo cosas de su temperamento: sus buenos momentos eran muy buenos, pero parecía que tenía otros malos para compensar. En los días siguientes, Steph y ella aprendieron a parecer ocupadas en aquel nuevo ambiente que venía a decir: «¡Estamos arruinados!».

Si intentaban calmarlo diciendo que el negocio iba bien, él vociferaba que iba bien para ellas, que tenían un sueldo. «Lo que supone que no compartamos el botín de los éxitos», pensó Delia.

Durante aquel bajón, Kurt soltó: «Este viernes hay una inauguración de un bar a la que creo que deberíamos ir los tres. Habrá muchos contactos que hacer». Delia asintió.

Steph dijo nerviosamente:

—Yo tengo una prueba para un grupo este viernes.

—¡Vaya, qué bien! —exclamó Delia rápidamente viendo que a su jefe se le oscurecía la mirada.

—Ya os dije que tendríais que trabajar algunas noches —le recordó Kurt a Steph.

Silencio. Steph parecía afectada.

Era muy injusto por su parte, pensó Delia, pedirle que dejasen la tarde del viernes libre con un día de antelación.

—¿Es el grupo que no quería un batería mujer? —preguntó Delia intentando enfatizar que su compañera necesitaba ir a la cita.

—Sí, los convencí —contestó ella, lanzando una mirada nerviosa a Kurt.

—¡Qué guay! Genial.

—Vale, no nos hace falta que finjas un orgasmo —le soltó Kurt a Delia, que palideció—. Haz lo que quieras —le gruñó a Steph.

Cuando se fue, Steph dijo:

—He metido la pata, ¿verdad?

—Si fuese tan importante, lo habría dicho antes —respondió Delia, aunque sospechaba que Steph había dado en el clavo.

Delia llegó al día siguiente a trabajar con su vestido favorito color violeta, de cuello barco, y con un lazo negro en el pelo que Paul llamaba el *look* «lavandera». Intentó pensar positivamente acerca del acontecimiento social con Kurt y donde se encontrarían con un grupito de *hipsters* con piel de serpiente.

Probablemente porque su jefe no hacía colas, un taxi los llevo rápidamente al bar por un precio que no tenía nada de módico. Kurt se había puesto un traje azul brillante bastante ajustado y unos zapatos calados marrones. Había completado el conjunto echándose cantidades asfixiantes de una colonia asfixiante con olor a pino.

Cock & Tail estaba en un almacén en Wapping, adornado para que pareciese una carnicería. Había ganchos con carne en forma de S colgados encima de la barra, el personal llevaba delantales de rayas negras y verdes y había una cabeza de cerdo con una manzana en la boca colocada como si fuera un trofeo de caza sobre la barra.

El efecto general era de mal gusto y rezumaba una asquerosa y ofensiva autosatisfacción.

Todos los cócteles tenían un «toque carnívoro». Delia esquivó el «Bloody matadero Mary» que parecía tener una salchicha de mezclador y atacó el «Chúpate el cerdo», algo espumoso que sabía a manzana y se servía con un aperitivo de beicon.

Kurt se estaba tomando un «Pudin de terciopelo negro» que venía con un medallón de pudin negro en el borde en lugar de una rodaja de fruta. Puaj.

—Por Dios. Pensaba que esto sería un encuentro con clase —dijo Kurt mirando hacia la puerta.

En el otro lado de la sala descubrió a quién ponía Kurt los ojos en blanco; allí estaba Adam West, un poco confundido (y realmente elegante), llegando con su abrigo beis. Iba con lo que los tabloides llamarían «una glamurosa acompañante».

Delia se puso de los nervios. Adam y Kurt en el mismo sitio: aquello podía acabar muy mal para ella. Se tragó lo que quedaba de su bebida y pilló otra de una bandeja que pasaba por allí. Podía sentir cómo su valentía aumentaba a la vez que su nivel de alcohol en sangre.

Kurt la abandonó pronto para darse una vuelta por la sala.

Ella se ocupó de tomarse su tercera (¿o era ya la cuarta?) cosa espumosa de cerdo y de mirar el teléfono móvil con el ceño fruncido, como si fuese un cirujano esperando a que le dijesen que acababa de llegar en ese momento un órgano para un trasplante.

—¿Qué te parece del bar, Dana?

Delia miró hacia arriba para descubrir a Adam con su habitual aspecto de tipo arrogante.

—Oh, la vieja broma de decir mal mi nombre. Me alegro de volver a oírla —respondió, notando que estaba hablando con bastante esfuerzo y que una cantidad considerable de precaución había abandonado su cuerpo—. Para ser sincera, creo que es bastante horrible.

—Estoy de acuerdo. Este sitio está lleno de parásitos dañinos.

—Uno o dos.

Delia se hizo con su siguiente bebida y miró la sala para que pareciese que había perdido momentáneamente a sus cinco grandes amigos en lugar de hablar con Adam West.

—Es una de esas ideas de bombero, ¿no? —continuó—. ¿Por qué nadie ha hecho un bar así antes? ¡Ah! ¡Porque es asqueroso! —Se tomó su bebida con ayuda de una pajita.

Delia volvió a concentrarse en él.

—Aun así, estás aquí bebiendo gratis.

—Aun así, estoy aquí.

La amiga de Adam se unió a ellos y Delia se quedó todavía más sorprendida.

—Freya. Esta es Delia Moss, de Twist & Shout. Creo que habéis hablado por teléfono.

Adam lanzó una mirada de sarcasmo en dirección a Delia, y ella intentó no doblarse de dolor al descubrir quién era.

Freya tenía el pelo color *toffee*, sedoso y liso, un cuerpo color caramelo bronceado en Saint Tropez y los ojos de un reptil de pantano: juntos y casi amarillos. Se balanceaba sobre unos zapatos estilo sado que hicieron que se preguntase cómo podía caminar un metro cuando se quedaba sola en Cock & Tail.

Freya rodeó a Adam con el brazo y la miró de arriba abajo.

—Hola.

A Delia por poco le da la risa. Nunca había visto a una mujer marcando el territorio de esa manera. Era como si se enrollase sobre la pierna de Adam, como hacen los gatos con la cola. Si hubiese podido levantar la pierna para mearle encima, probablemente lo habría hecho.

—¡Delia! —gruñó Kurt al pasar, inclinándose sobre Adam y Freya—. Caminemos y hablemos con gente importante, ¿de acuerdo?

Él siguió andando.

Adam sonrió.

—Un capullo con el pico de oro, ¿verdad?

—¿Quién era ese gilipollas? —preguntó Freya.

—«¿Quién era ese gilipollas?» Una pregunta que se oye a menudo cuando desaparece Kurt Spicer. Y ojalá que también cuando aparece —respondió Adam.

—Si me disculpáis, hay gente con la que necesito hablar —dijo Delia expresándose de la manera cortante que Bette Davis usaba en las películas cuando tenía que escapar de acompañantes inoportunos en un cóctel. Adam hizo una mueca con los labios como diciendo: «¡Oh!, ¿en serio?».

De hecho, tenía que hacer pis.

Aunque hizo su trabajo: al salir de los fríos lavabos de Cock & Tail con uno de esos modernos jabones en forma de limón que giraban en un gancho metálico y que seguramente fuesen antihigiénicos, Adam y Freya se habían sumergido en la fiesta y no se les veía por ninguna parte.

Después de conseguir otra bebida (estaban empezando a gustarle aquellas cosas de manzana), se colocó fuera de la vista de Kurt, Adam y Freya, junto a una enorme planta exótica con hojas llenas de pinchos en una maceta de cerámica.

Para su sorpresa, cuando se acabó la música, se dio cuenta de que podía oír claramente una conversación privada al otro lado de las hojas.

—... Al principio no le encontraba el sentido y luego caí. Spicer ha contratado a dos chicas del norte como «mulas» perfectas para cambiar su producto. Son realmente dos mulas perfectas —oyó decir a Adam.

—¿Una de ellas es esa pelirroja que habla como una palurda y va vestida como una limpiadora? —preguntó Freya.

—Delia Moss.

—No debe de ser familiar de Kate con esas caderas.

¡Ufff!

—Mmm. No parece tener ni la más mínima idea de lo que ocurre.

—Probablemente la tenga. Que no te engañe su aspecto de bonachona.

—En serio. No se entera de nada. Ha caído en la trampa y se ha golpeado la cabeza. Yo sé más de su empresa que ella.

—¿Así que te vas a acostar con ella y que te lo cuente después?

—Ja, ja. Difícilmente.

—¿No te gustan las pelirrojas?

—Creo que el color del pelo que tengan en la cabeza, llegados a cierto punto, es lo que menos me importa.

A eso le siguió una carcajada femenina.

—Tengo otros métodos.

—Me sorprendes.

—Kurt empezará a trabajar con políticos y yo estaré allí para disparar a las ruedas de su vehículo.

—¿Ella forma parte de tu plan?

—Sin saberlo. Cuando llegue el momento, la echaré a los perros.

—Me encanta cuando te pones en plan despiadado.

—No es despiadado si alguien lo merece.

«¡Qué cabrón!», pensó Delia.

Jaja, bueno, ironías de la vida: él decía que ella no sabía nada. Ahora sabía más cosas, ¿eh? Lo celebró con otra copa.

Capítulo 36

Casi una hora más tarde, su jefe estaba como una cuba. Se la encontró y le dijo que creía que había conseguido dos reuniones VIP.

—Genial —dijo Delia pensando que aquello era su permiso para irse, aunque su cabeza y sus piernas se movían lentamente.

—¿Sabes por qué inquietas a los hombres? —preguntó Kurt.

Le llevó un segundo entender aquel repentino cambio de tema.

—Mmm... ¿no? —dijo Delia pensando: «¿Los inquieto?».

—Tienes cara de niña y un cuerpo muy desarrollado.

«¿Un cuerpo desarrollado?» Seguro que esa era la frase que utilizaban los pedófilos durante sus juegos de mesa.

—No sabemos si protegerte o meterte mano —dijo Kurt. La miró fijamente con lo que él creía que era una mirada abrasadora. A Delia se le revolvió el estómago. Necesitaba cortar de raíz aquella conversación y rapidito. Lo malo era que nada en ella iba rápido. Se sentía más bien mareada, lenta y acalorada.

—Nunca lo había pensado.

—Claro. Eres inocente. No hay nada malo en ser una chiquilla. —dijo Kurt—. Ni en acostarse con...

—¡Nadie!

Adam West apareció junto a ellos. «El que faltaba.»

—Kurt, ¿qué tal tus estafas? Nunca un saludo ha sido más oportuno.

—Me estás interrumpiendo.

—Lo sé. Oye, me encanta tu trabajo con Marvyn Le Roux. ¿Le estás enseñando algún truco para desaparecer?

—Hay una antigua frase aborigen que me hace pensar en ti, West. Se puede traducir así: «Ve a lavarte la cara entre las nalgas de un ualabí».

—Qué poético. Me encantaría escucharlo en el idioma original —dijo Adam—. Bueno, venía a decirte que el fotógrafo quiere hacerte una foto con otro borracho.

—Lárgate —gruñó Kurt.

—Lo digo en serio —respondió Adam asintiendo al fotógrafo. Un hombre con una Nikon colgada del cuello lo saludaba con la mano y levantaba el pulgar.

Kurt se separó de Delia a regañadientes y se fue al otro lado del bar.

Adam se volvió hacia ella en cuanto Kurt estuvo fuera del alcance del oído.

—¿Te das cuenta de que está intentando llevarte a casa? ¿Y qué es ese *aftershave*? Huele como una taquilla de gimnasio.

Delia quería soltar algo ofensivo relativo a que la presencia de Adam West tampoco era bien recibida.

En lugar de eso, notó un burbujeo en el estómago y un sabor agrio en la boca. No creía que fuese a vomitar, pero tampoco podía quedarse allí dentro más tiempo.

Finalmente se dio cuenta de que estaba demasiado borracha.

—Necesito un poco de aire fresco —dijo, y Adam asintió y la guio hasta la puerta. Ella no fue capaz de quitárselo de encima.

Fuera, respiró profundamente el aire frío del barrio de Docklands y se enderezó. Vale, vale. Todo controlado.

—Estoy demasiado borracha para volver —le dijo a Adam.

—No creo que sea buena idea que regreses ahí dentro según estás —dijo Adam—. Esto es trabajo. No muestres tu debilidad.

¡Según estaba! Capullo arrogante.

Delia tenía una respuesta formada en su cabeza: «¿Cómo que según estoy? Ahora, si me disculpas, voy a volver a entrar».

En lugar de eso, soltó una especie de «Pseeeeh». Vale, seguía borracha.

—Veo que tienes tu bolso. ¿Cómo es tu abrigo? —preguntó Adam—. Ah, ya sé. Es ese que parece que has matado y despellejado a un Teleñeco. ¡No te muevas!

Delia vio a Adam corriendo hacia dentro. Tenía la sensación de que debía reunir las piezas de lo que ocurría para formar una imagen coherente, pero no tenía las habilidades cognitivas para completar ese rompecabezas.

Se preguntaba si sería más inteligente moverse, ya que él le había dicho que no lo hiciese. La puerta se abrió al salir dos personas y Delia se coló detrás de ellos.

¿Debería tomarse otra copa? Quizá podía tratar de dar una vuelta. Se sentía con fuerzas y estaba segura de que le iría bien.

Freya, del *Mirror*, se acercó a ella. No era la persona con la que le apetecía pasear.

—Ten cuidado con Adam. Ya sabes que se acuesta con todo el mundo —le dijo.

—Conmigo no se ha acostado —balbuceó.

Freya alzó una ceja y le dio la espalda.

Mientras vaciaba una bandeja de copas, sintió un tirón en el hombro y Adam el Promiscuo se inclinó silbando:

—¡Eh! Pensé que te había dicho que te estuvieses quieta, borrachina.

—No eres mi jefe —repuso Delia.

—Seré tu jefe por tu propio bien y mañana me lo agradecerás.

Delia protestó cuando él la empujó hacia la salida. Fuera, le colocó su abrigo color frambuesa sobre los hombros. «¿Había dicho que parecía un Teleñeco? Ella le diría..., ¿qué le diría?...»

—Ahora intenta hacer como que no has perdido la compostura lo suficiente como para que el taxi te lleve a casa. Concéntrate. Mírame...

Adam le agarró la cara y Delia frunció el ceño mientras sus ojos se movían de lado a lado. Parecía totalmente cons..., cont..., contenta. ¡Ja! ¿Cómo no se había dado cuenta de hasta qué punto se parecían esas dos palabras?

—Devuélveme la cara —exclamó y, al hacerlo, su voz sonó como la del Monstruo de las Galletas..

Adam se rio a carcajadas, bajando las manos y sacudiendo la cabeza.

—Eres única.

Delia tuvo la ligera sensación de que probablemente las cosas estaban yendo muy, muy mal y de que no las vería de la misma manera a la mañana siguiente.

Freya color caramelo vino pitando de Cock & Tail, y Adam le dio la espalda. Tuvo una tensa conversación en susurros que ella, tambaleándose, solo captó parcialmente.

Pilló una extraña frase de la mujer enfadada, cruzada de brazos: «¿Qué cojones...? Bueno, qué más da si él... Pensaba que estabas intentando pillarlo a él, no a sus bragas».

¡¿Bragas?! Delia se quería mover, pero todo lo veía acuoso.

Oyó la brusca respuesta de Adam el *Sexy*, que concluyó: «Si la gente piensa eso, que lo piense. ¿A mí qué me importa?».

Freya volvió adentro, lanzándole una mirada envenenada a Delia. Ella quiso hacerle un corte de mangas, pero le salió algo extraño.

Adam suspiró con fuerza y le puso la mano en el hombro.

—Bueno, Delia borrachina, destrozanoches. Vámonos.

Delia tenía una respuesta preparada: «¡Así que sabes cómo me llamo!». Y también: «No, gracias. Ya sé ir sola».

Pero su boca la desafió y salió un «Sshhffff». Sacudió la cabeza. Adam dio una zancada hacia la carretera, levantó la mano, llegó un taxi y metió dentro a Delia.

Un brazo la rodeó una vez dentro, y tuvo lugar una conversación de la que ella no era consciente de formar parte, aunque oía su propia voz. Con el soporífero movimiento del vehículo, estaba luchando, pero sintió que su conciencia resbalaba, resbalaba, resbalaba...

—¿Delia, Delia? —oyó decir a una voz de hombre.

—Mmm...

—Quédate conmigo. Apártate de la luz. O de la oscuridad.

♡ Capítulo 37

Delia abrió un párpado pegajoso, tan desorientada como alguien que recupera la consciencia tras la anestesia de una operación.

Quién era... Dónde estaba... La habitación olía raro: a una repugnante marca de detergente en polvo que ella no usaba. Y a polvo.¡Y a chico!

Se apoyó en los codos y miró a su alrededor. Estaba en una cama individual, en una estrecha habitación, con un tendedero de plástico abierto en un extremo.

Su vestido morado en el suelo.

Ufff, su cabeza. Y su barriga. Por Dios, no... La noche anterior volvía en *flashbacks* luminosos y violentos. Aquel horrible bar... Kurt intentando ligar con ella... Se fue... ¿Con quién se había ido? Había estado en un taxi con alguien, no lograba discernir con quién. Se sentía psíquicamente mareada, llena de aprensión y remordimiento, unos buenos acompañantes de su mareo real.

Junto a ella, en la mesilla había una botella de Coca-Cola con un *post-it* que ponía: «Bébeme», una caja de pastillas de ibuprofeno que pedía: «Tómame» y un papel doblado que decía: «Léeme».

Una versión alcoholizada de *Alicia en el País de las Maravillas*.

Delia movió aquellos huesos que crujían y dolían y una cabeza que parecía llena de canicas que rodaban hacia un lado. Desdobló el papel.

¡BUENOS DÍAS!

¿Qué tal la cabeza? Anoche pensé que tenías que irte a casa, pero no conseguí sacarte la dirección. Resulta que los taxistas necesitan algo más que FINSHBURRY PORK repetido tres veces

cada vez más alto. Era demasiado pedir. Tenía que elegir:
buscar en tu bolso para descubrir dónde vivías o traerte a mi
casa. Pensé que, como rivales mortales, sería mejor que no
bucease en tu bolso. Así que aquí estamos. Siento que el cuarto
sea tan feo. Te veo en el salón del desayuno al amanecer, con
trajes de algodón para tomar huevos revueltos y cereales caseros.

Adam.

¡Oh, no! ¡Joder!

Delia buscó su bolso en la mesilla y sacó el teléfono. Fue a Google Maps, puso el código postal de Emma y pulsó en «Ir a». Apareció la chincheta azul y le mostró su localización, justo al final de Clapham High Street. Gimió y volvió a mirar su ropa interior. ¿La había desnudado él? ¿Qué había dicho? ¿Y hecho? Aquello era horrible.

Con las manos temblorosas, destapó la Coca-Cola y se la colocó encima de los labios agrietados. Aaahhh. El poder revitalizante del azúcar y la cafeína. El abrasivo sirope burbujeante fluyó por su lengua de lija e hizo un ruido al caer por la garganta. No estaba segura de si podría tragarse las pastillas. Su estómago le decía que no debía tomar nada sólido. Esperó un instante y las tragó lo más rápido que pudo.

Delia salió poco a poco de la cama y se puso el vestido. Se sentía profundamente incómoda andando en bragas y sujetador. No iban a juego, y estaba depilada a trozos.

Habían tirado los zapatos cerca, pero pensó que si quería salir sigilosamente, mejor sin tacones. Abrió un pequeño espejo que tenía en el bolso e inspeccionó los daños, haciendo una mueca de dolor. Abrió la puerta con suavidad y oyó ruido de alguien moviéndose en el piso de abajo, pero por lo demás no parecía que hubiese moros en la costa. Entonces vio donde estaba el baño, justo al otro lado del descansillo.

Entró de puntillas y cerró la puerta. Era una casa de chicos, pero aparentemente con alguien que hacía la limpieza: las toallas eran de colores oscuros, la esquina de la bañera estaba llena de botes de gel y champú anticaspa. Dentro del armario de espejo había cuchillas desechables y pastillas de jabón.

Delia mojó trozos de papel higiénico y se limpió los ojos manchados. Se echó un poco de pasta de dientes en el dedo índice y la frotó contra los dientes y la lengua, escupió y se aclaró. Se peinó con los dedos el pelo cardado y lleno de enredos e intentó hacerse algo que se pareciese a una coleta.

Tenía algo de maquillaje corrector en el bolso, que ahora podría usar como si se recuperase de un accidente: antiojeras, bálsamo labial, una muestra de perfume y su rímel. Cuando terminó, se parecía más a una *madame* en estado terminal que a un cadáver sin identificar.

Volvió a la habitación, se calzó los tacones y encontró el abrigo colgado en una silla.

Era hora de hacer una salida muy rápida y tan digna como fuese posible.

Se bamboleó cautelosamente por los dos tramos de escaleras bajas y sacó la cabeza por la puerta de una de las últimas habitaciones.

Adam West estaba en la cocina con una camiseta, pantalones de correr y zapatillas deportivas, con una taza de café en la mano. En comparación, parecía tan fresco como un narciso cubierto de rocío, brillando después de correr.

—¡Se ha despertado el Kraken? —preguntó con una amplia sonrisa.

—¡Eh! Buenos días. ¿Qué pasó? —dijo Delia, comprobando por primera vez que podía hablar. Sonaba un poco como la Rana Gustavo.

—Pues pasaron chupitos de manzana en copas de champán, unas diez veces. O bien «maravillosas y malcriadas delicias de manzana, devuélveme mis fantásticas delicias de manzana», como no parabas de decir de camino a casa.

—¡Joooder! —exclamó frotándose una sien palpitante.

—Los licores mezclados con champán son el chute de los cócteles. Alégrate de que solo seas un muerto viviente en Clapham y no un muerto muerto en un *pub* de Estados Unidos.

Delia se dio cuenta de que él iba a disfrutar con aquello de lo lindo. Claro que lo haría.

—¿Café? —dijo, sacando una taza humeante junto al hervidor de agua.

—Gracias —graznó Delia, agarrándola para tener algo que hacer y como excusa para no hablar mientras bebía.

No tenía ni idea de qué decirle.

—Gracias por dejar que me quedara —dijo ella torpemente.

—Un placer.

—¿Todo el mundo...? Mm... ¿Todo el mundo nos vio salir juntos?

Adam fingió dos veces que escupía la bebida.

—¿Crees que he hecho esto para que todo el mundo pensase que había triunfado? No me gusta el «Coma» Sutra, gracias.

Delia quería morirse.

—¡No! No quiero decir eso. Necesito saber si todavía tengo trabajo.

—No creo que nadie nos viese, no —dijo Adam—. Fue un acto de caballerosidad inmensa por mi parte y entendí la necesidad de ser discreto.

—¿Por qué no llevaba puesto el vestido? —dijo ella, una respuesta refleja por vergüenza, no porque realmente quisiese saberlo.

Los ojos de él se abrieron como platos, inocentemente sorprendido.

—Eh, espera. Cualquier ropa que no tuvieses puesta te la quitaste tú después de que cerrase la puerta. No conviertas esta buena hazaña en algo siniestro o me pondré nervioso y me enfadaré.

Delia asintió débilmente.

Había sido tremendamente estúpida al emborracharse tanto. ¿Cuántos años se había librado de la fiesta de Navidad del Ayuntamiento en cuanto empezaban a cantar *Paquito el Chocolatero*? Pero se fue a Londres y se volvió loca.

—¿Te sueles emborrachar tanto? Si no hubiese estado allí, sabe Dios lo que habría pasado —dijo Adam por encima del borde de su taza de café.

Delia se estremeció. Aquel hombre rubio y malvado tenía toda la razón. No recordaba la última vez que había estado tan mal. La Delia más delgada y triste que había olvidado comer no tenía la misma tolerancia al alcohol que la más gorda y feliz de antes. Pero no se admiten esa clase de debilidades ante un enemigo.

—Me las habría arreglado. Me habría ido a casa...

—En serio, has de tener cuidado. No estás rodeada de gente buena. Alterna bebidas alcohólicas con agua y mézclalas con precaución.

—Oh, cuéntame algo más sobre los efectos del alcohol, ¡somos idiotas que tocamos el banjo de Newcastle! —exclamó Delia. Era imposible mantenerse relativamente furiosa entre las felices risas de Adam.

—¡Ohhhh, oooh! ¡NO! No sabes a lo que me refiero. Kurt iba detrás de ti y quería lío.

—Ah, no. Es un australiano muy directo... —mintió Delia.

—Lo vi comprar condones en el baño de hombres —dijo Adam poniendo cara de horror.

A Delia se le pusieron los pelos de punta.

—Quizá los quería para otra cosa.

—Sí, para hincharlos y hacer animalitos —dijo Adam poniendo su taza sobre la mesa y levantándose sobre la barra de desayuno. Sus ojos se desviaron a la puerta de la cocina, detrás de Delia.

—Ah, Dougie. Esta es Delia; Delia, este es Dougie.

Ella se volvió y vio a un hombre arrugado, voluminoso y despeinado de unos treinta años en albornoz. Parecía que había tenido una noche casi igual de dura que la de ella.

—Hola, encantado —dijo con acento de Glasgow. Se echó cereales Kellogs en un bol, añadió leche con Cola Cao y se dio la vuelta para irse. La actitud indiferente de Dougie hacia ella le dio a entender que el hecho de que una mujer a la que no conocía estuviera en su cocina no era algo infrecuente.

—¿Te vuelves a la cama? —dijo Adam.

—Sí. Para siempre. Estoy fatal.

Se arrastró fuera de la cocina.

—Dougie salió con los amigos de su ciudad. Se hacen llamar los guerreros de Willy Wallace. Imagínatelo. Bueno, mejor no.

—¿Aquí solo vivís vosotros dos? —preguntó. Estaba segura de que había pasado por delante de varias habitaciones al bajar.

Por primera vez desde que lo conocía, Adam parecía un poco incómodo.

—Sí.

¿Sería gay? No había tenido ninguna vibración en ese sentido, pero quién sabe. Aparentemente se acostaba con «todo el mundo», así que quizá Freya se refería a que era bisexual.

—¿Por qué has hecho esto? —preguntó con una sonrisa forzada—. ¿Para meterme en problemas con Kurt o para que te deba más cosas?

—Puedes decir «gracias». Porque sabía que si no lo hacía te levantarías con las ingles irritadas en algún Sofitel. Me dio pena.

Delia no sabía qué pensar.

—Nunca sé si creerte.

—Te diré un secreto, Delia. Siempre digo la verdad. Así que puedes creerme siempre.

Curiosamente, no le creía.

Capítulo 38

—Me voy a ir ya. ¿Por dónde se va al metro? —preguntó Delia, pensando que Adam tendría tantas ganas de que se fuese como ella.

—Siéntate un rato a descansar —dijo él levantándose de la encimera.

—Mmm. No... —se resistió Delia.

—Has pasado la noche aquí, quince minutos más no van a suponer ninguna diferencia. Pareces la versión disecada de ti misma.

—Imbécil —murmuró ella, pero tenía que admitir que estaba agotada por el esfuerzo de permanecer despierta.

—Venga. Dougie no me va a hacer compañía, ni a mí ni a nadie, en las próximas doce horas por lo menos. Ten piedad de mí al menos

Delia no fue capaz de decir que no y llevó el café al salón.

Aquel era un piso de chicos de verdad. Todos los muebles eran de color azul marino o gris militar. Había grandes sofás desgastados con fundas, una mesa de centro de pino llena de huellas de vasos pegajosas y un televisor de pantalla plana enorme cubierto con una suave pátina de polvo grasiento.

La habitación estaba inundada de un brillo verde por el grueso cortinaje color bosque que colgaba como una hoja en la ventana, aunque era una buena alternativa a las persianas.

Delia se dejó caer en el asiento más cercano y se preguntó qué sacaría Adam de todo aquello. En aquel momento no podía pensar en eso. Sobrevivir físicamente a la resaca ya era suficiente trabajo.

—¿Te puedo hacer una sugerencia? —preguntó Adam en el sofá de enfrente—. Cuando me ha dado una paliza la cerveza, me gusta tumbarme así —se deslizó dejando la espalda en el asiento—, y las piernas así —y las colocó en el brazo del sofá—. Creo que el ángulo te parecerá muy relajante y la luz de la ventana es justo la cantidad que tus ojos de vampiresa son capaces de soportar.

Colocó las manos sobre la barriga.

—Pruébalo. Te lo prometo, cinco horas en esta posición salvaron a Dougie después de hacer el reto de beber *Top Gun*.

Top Gun homoerótico, ¿eh?

—¿De qué se trata?

—No sé. A juzgar por cómo está Dougie, debéis de beber cada vez que surja un momento de machismo patriótico.

Delia suspiró y se colocó en una postura parecida a la de Adam. Sus músculos se relajaron sobre los cojines del sofá, con los tacones colgando.

—¡Ves! —dijo Adam—. Parece que estás... en paz.

Ella hizo un leve sonido gutural.

—Eso es lo que se dice de la gente cuando vas al tanatorio.

—¡Ja, ja! Recuérdenla como le habría gustado, no así!

Adam se rio y ella pensó lo mucho que estaba disfrutando.

—Bueno..., y ese tal Paul —dijo Adam, y a Delia le dio un vuelco el corazón como los que dan en una montaña rusa al darse cuenta de que había dicho cosas que no recordaba. Nada. Como anestesia general. Tendría que arriesgarse.

—¡Vaya! ¿Qué? —preguntó—. ¿Qué dije?

—Bueno, no mucho —respondió Adam suavemente—. Me contaste que había estado haciendo tonterías y que por eso viniste a Londres.

La piel, aún pegajosa del alcohol del día anterior, se le volvió todavía más pegajosa contra el sofá. Era horrible, y se sentía muy expuesta sin saber qué había dicho.

—¿Cuándo?

—Te hice beber un vaso de agua cuando llegamos y charlamos. Un poco.

La idea de que Delia le dijese cosas cuando no había un mecanismo de selección antes de que las palabras saliesen de su boca resultaba absolutamente inquietante. Gruñó y se puso la mano sobre los ojos.

—Ahora que estás sobria y probablemente vayas a recordarlo, ¿te puedo dar mi punto de vista sobre el asunto? —le preguntó Adam a Delia, que seguía gruñendo—. La visión masculina.

Ella siguió emitiendo gruñidos.

—Porque todos los hombres sois iguales.

—No, no lo somos, pero creo que a veces las mujeres aplicáis vuestra lógica al comportamiento masculino para entenderlo. —Ladeó la cabeza para mirarla—. Y no lo entendéis. No diré ni una palabra más sobre esto si no quieres que lo haga.

A Delia le hubiera gustado recuperar algo de control diciéndole que lo dejase. Pero por otro lado, sintió una pequeña punzada de curiosidad sobre su opinión.

—Adelante —le dijo exhalando como si sufriese.

—De acuerdo. Creo que no deberías volver con Paul por dos motivos. En primer lugar, quería que tú le dijeses que tenía que dejar a la otra. Que no te diese una respuesta directa de si iba a dejarte o no cuando lo descubriste fue un truco de mierda.

Oh, no. Había contado un montón de cosas.

—Bueno, sí lo hizo. Más o menos. Quería que yo le dijese que íbamos a superarlo, pero no pude.

—Traducción: quería que dijeses que estarías ahí si la jodía. Un truco de mierda, como te decía. Eso lo hace alguien que nunca va a hacerse responsable de sus actos o a tratarte con mucho respecto.

Delia torció el gesto. Aquello resultaba más incisivo y duro de lo que esperaba. Y oír cómo denigraban a Paul le dolía.

—Segundo. Él te engañó y estaba tan contento, no triste. Si hubiera sido una respuesta a algo de la relación que necesitaba arreglarse, se podría arreglar. Pero un tipo infiel que lo hace por aquello de la aventura lo hará otra vez.

—¿A qué te refieres? ¿Que si lloras después está bien?

—Quiero decir... —Adam encontró un cojín detrás de su espalda y se lo colocó debajo de la cabeza—. La vez que yo tuve una aventura fue porque no era feliz y quería dejar esa relación.

—Ah, o sea que tú has tenido una aventura —dijo Delia—. Ahora lo dices.

El comentario de Freya sobre los vigorosos niveles de actividad de Adam le volvió a la cabeza.

—Nunca he fingido ser perfecto. De hecho, por eso precisamente puedo darte una opinión valiosa. Sí, tuve una aventura, para sabotear algo que no funcionaba y a la que no tenía los huevos de poner fin. Pero nunca he sido infiel a una pareja de una relación larga con la que quería seguir. Tampoco esperé que lo olvidase y me perdonase.

—Quizá Paul no quería estar conmigo y esa era su manera de escapar.

—Sí que quería —repuso Adam—. Tiene treinta y tantos, estoy seguro de que sabe que no hay muchas Delias en el mundo. Pero te quiere con sus propias condiciones. Vio la oportunidad de tener un poco de diversión extra y la aprovechó. ¿Y por qué la aprovechó?

Delia no dijo nada, sorprendida de ser descrita como un recurso escaso, como un ingrediente valioso, como el azafrán. No era como creía que aquel hombre la veía: como un bicho raro y pelirrojo que vestía como su abuela.

—Porque sabía que no lo dejarías.

—Pero lo he dejado.

—Bueno, en realidad no, ¿verdad? Le estás castigando y después le recuperarás. O eso dijiste anoche...

Delia se sentía en seria desventaja en un debate en el que no tenía ni idea de lo que sabía Adam.

—Recuerda mis palabras: un día volverá a aprovechar la oportunidad. También dudo de que Celine fuese la primera.

—Joder, ¡eso es de muy mala educación! ¿Cómo puedes saberlo?

—Solo digo que diez años de buen comportamiento, un desliz sin importancia y vuelta a la fidelidad no es un patrón ofensivo que conozca.

—Pareces muy seguro de analizar una situación complicada y también a un completo extraño desde lejos.

—Soy bueno juzgando el carácter —dijo él—. No es tan complicado, ¿verdad? Resumiendo: nunca dejará de pensar que te tiene asegurada.

—Gracias —dijo quejumbrosa—. Eso es justo lo que necesita una mujer con resaca.

—Lo siento —dijo Adam con sequedad, recolocando el cojín—. He pensado que alguien tenía que decirlo.

—Al final —dijo Delia con un nudo en el pecho—, tus razonamientos pueden ser correctos, pero esto se reduce a quererle. Yo le quiero, así que no me puedo separar de él.

—Pero él no te quiere lo suficiente. Tú no puedes hacerlo por los dos. No funciona así.

Delia se sentó erguida.

—¿No me quiere lo suficiente? ¿De verdad has dicho eso?

Silencio.

—No, según lo que me has dicho, no.

—Gracias por decir algo tan brutal e innecesario.

—Lo siento. —Adam parecía sorprendido. Él también se sentó notando la alarma en su voz—. No quería molestarte.

—¿Qué podría molestarme que me dijeras que mi novio no me quiere?

—Lo suficiente, no te quiere lo suficiente —dijo Adam.

—¿Tienes idea de lo cruel que es eso? Mira, mi hermano Ralph no tiene tacto y no lo habría dicho.

Adam vio cómo la joven se levantaba y buscaba el bolso y el abrigo.

—Vamos, no salgas corriendo.

—No salgo corriendo. Me voy porque no quiero oír más cosas horribles sobre mi horrible vida.

—¡No he dicho que tu vida fuese horrible! Pareces buena chica y se están aprovechando...

—¿Una buena CHICA?

—¡Aagh! Mujer, perdón.

—Eres un sexista sureño que se cree superior con sus aires de «Eh, nena, deja que te cuente cómo es el mundo real» —soltó Delia sin saber exactamente por qué había escogido aquel momento para ponerse en plan feminista y defender el norte, pero sabe Dios que él lo merecía.

—Tanto en asuntos laborales como personales tienes una relación complicada con la verdad —dijo Adam mostrando una expresión más dura. Parecía más decepcionado que enfadado.

—Y tú... —Delia reunió todas sus fuerzas para insultarlo, pero su cerebro deshidratado le falló estrepitosamente— eres un GILIPOLLAS.

Minutos después hacía el paseo de la vergüenza por Clapham High Street, entre familias de ojos claros salidas de un anuncio de un centro comercial que habían salido a desayunar en domingo, pensando que Adam West era una persona horrible, sin contar el detalle de la Coca-Cola y el ibuprofeno.

También tenía la sensación de que había algo que no sabía de la noche anterior, además de todas las cosas que sí sabía.

Algo que había olvidado y que necesitaba recordar.

Capítulo 39

—Después dijo que seguro que Celine no era la primera aventura de Paul —concluyó Delia indignada.

Por un segundo Emma perdió la compostura y Delia vio que estaba de acuerdo con Adam. Ese desgraciado no podía tener razón. No podía. Estaba completamente equivocado. Debía de ser porque a Emma le gustaba. Sí, era eso.

Su amiga estaba sentada en el sofá gigante con su pijama gris. Había vuelto de Roma a última hora del sábado y tenía mal aspecto. A la mañana siguiente deleitó a Delia con historias tórridas de la rígida lista de cosas que hacer en la despedida, en la que cada momento estaba planificado.

—De 15:30 a 16:30: «relax en la sede central de la despedida». ¡Gracias por decirnos que podemos descansar media hora si queremos! Fue como una de esas horribles carreras *Iron men* con muñequeras, pero por lo menos esas solo duran un día, pagas a la gente para que te grite y adelgazas.

Emma le había comprado una botella de Aperol y una Virgen María de plástico que brillaba en la oscuridad.

—La otra dama de honor, India, dijo que esto era trivializar una religión y yo le contesté que no me había dado cuenta de que estaban mostrando sus respetos cuando se sacaban *selfies* haciendo el signo de la paz delante del Vaticano.

Delia se rio y agradeció no haber estado en la despedida de la cordura, como la llamaba Emma.

Su amiga se levantó y dio un grito de alegría al ver toda la comida con la que Delia había llenado la cocina.

—Esto parecen… ¿*nuggets* caseros? —dijo Emma con asombro, como si acabase de descubrir una pieza de oro inca en el frigorífico.

—Hice unos cuantos para Ralph la semana pasada y pensé que a ti también te gustarían. Estoy experimentando con suero de leche y galletas Ritz.

—Genial. Por favor, no te vayas nunca.

Hicieron picnic en el sofá.

—¿Qué es eso? —preguntó Emma cuando Delia movió un sobre y un grupo de fotos recortadas de revistas.

—Ah... —Delia se reconoció extrañamente tímida—. Es de Paul. Me esta mandando cosas para recordarme nuestro pasado. Una vez tuvimos una conversación en la que mezclé a Jean Cocteau, Jacques Cousteau y Jean-Michel Jarre.

Paul estaba eligiendo sabia e ingeniosamente sus acometidas. Habían estado de vacaciones en un pueblo de Grecia lleno de casas con paredes blancas y contraventanas color cobalto salpicadas de buganvillas. Paul finalizaba diciendo: «Por favor, no metas a los Cocteau Twins en esto o no lo superaré», agarrándose la barriga de la risa. Se habían reído hasta llorar, y Delia pensó que la complementaba perfectamente y ella a él.

—Qué gesto tan bonito —dijo Emma con una mirada apreciativa que ella devolvió manteniendo una expresión neutral.

—¿Le hablaste a Adam de tu exnovio? —dijo Emma al hilo de lo cruel que le había parecido Adam.

—Al parecer se me fue la lengua cuando estaba borracha. Qué vergüenza. No debería haber seguido hablando conmigo misma de cosas personales si sabía que no estaba consciente.

Las dos se quedaron en silencio, porque resultaba obvio que no era posible condenar a Adam en una situación de la que Delia no era capaz de acordarse.

Todo lo que sabían era que Adam había dicho «Mmm, ejem, bueno...» mientras Delia hablaba a gritos sobre los delitos sexuales de Paul mientras subían las escaleras.

—Aquel no era el lugar para decir eso de Paul —dijo Emma, y ella volvió a notar que medía con cuidado sus palabras.

¿Podía ser cierto? ¿Que, teniendo varias oportunidades, Paul hubiera recaído una o dos veces antes? Había mencionado ocasionalmente a alguna mujer, pero ella pensaba que aquello era una señal segura de que no había nada de lo que preocuparse.

¿Era Paul de esos mentirosos listísimos que entienden que para hacer algo invisible hay que esconderlo a plena luz del día? Ahora Delia estaba excavando en su memoria para ver qué restos arqueológicos aparecían. Mmm. ¿Esa comercial de vinos, de piernas largas, con la que Paul se reía estuvo intentando ligar con él unos años antes? ¿Becky se llamaba?

Se sintió como una detective a la que hubieran asignado a la unidad de crímenes violentos, reabriendo investigaciones de incidentes que se habían clasificado como no sospechosos.

Recordó que Aled actuaba de manera un poco rara al hablar de Becky, y que cuando ella le había preguntado a Paul por qué, él había dicho: «Creo que a Aled le gusta un poco. Nada de lo que Gina tenga que preocuparse. Aunque ya sabes cómo son como pareja, no son como nosotros. Si se entera, van a tener una buena bronca».

«No son como nosotros.» Si Delia tuviese una máquina del tiempo y se enfrentase a la antigua Delia sobre el hecho de que Becky fuese una amenaza, su viejo yo se habría reído en su cara. Uno de sus más poderosos argumentos habría sido: si Paul me estuviese engañando, Aled me lo diría.

«O quizá le diría a Paul que lo dejase y se quedaría sentado sintiéndose molesto cada vez que saliese su nombre.»

Sí, eso.

Delia sacudió la cabeza para librarse de pensamientos dolorosos del pasado. Mejor olvidarse y volver al presente.

—Eso fue después de que Adam me metiese en un taxi y me llevase a su casa. ¡Ufff!. La gente que me rodea, Emma. Me alegro de haber conocido a Steph, porque si no pensaría que estoy en una cloaca acompañada de ratas.

—Aunque —comenzó Emma con vacilación— lo que hizo Adam estuvo bastante bien, ¿no? Lo de llevarte a casa.

Delia no estaba preparada para estar de acuerdo. Sentía que creérselo a pies juntillas era ingenuo y que más adelante descubriría sus motivos. Dicho de otra manera: parecía cínico después de todo lo que había hecho, pero, por lo que sabía, lo había intentado con ella. Además, el hecho de que no recordase nada significaba que no podía liberarle completamente. Mejor ser cautelosa. Ella no le encontraba el sentido y, entre todas aquellas contradicciones, necesitaba aferrarse a la simple sinceridad de que al principio Adam no le gustó.

—Habrá sopesado que sacaría algo bueno. Así funciona él. Probablemente quería hacer enfadar a Kurt.

Delia tampoco le había perdonado que le hubiese robado su primer estallido de entusiasmo en Londres y en Twist & Shout. Antes del estúpido error con la carpeta, estaba disfrutando.

Emma asintió.

—Tu jefe parece un capullo total.

Bajó la vista.

Delia no podía sino estar de acuerdo. Antes pensaba que era un ligón, pero ahora veía que podía ser un depredador peligroso. Nunca volvería a emborracharse cerca de él, eso seguro.

—Mañana no quiero ir a trabajar.

—Ya somos dos —dijo Emma—. El correo de la muerte.

Delia decidió controlar la situación con Kurt. Se había emborrachado demasiado y ahora estaría en guardia. Seguramente no volvería a intentarlo ahora que sabía que no conseguiría nada con ella, ¿verdad? Y sería dejar tirada a Steph, dejar que aguantase a Kurt ella sola. No, ¡adelante! Si conseguía experiencia suficiente en Twist & Shout, le serviría para cambiarse a otro sitio.

Sin embargo, Delia había olvidado que los temores de los domingos por la noche eran lo peor del mundo.

Su trabajo en el Ayuntamiento de Newcastle le había supuesto un montón de días aburridos, pero no muchos terribles. Y esa había sido una de las razones por las que había aguantado tanto en el trabajo: que no fuese malo era más fácil que perseguir el sueño de que fuese bueno en la vida laboral y terminara en algo normalmente horrible.

Sin embargo, brillaba un poco de luz en la oscuridad de una larga noche: un correo de Chile Picante. Delia todavía se estaba acostumbrando a pensar en él como Joe. Había escaneado algunas páginas de *La Raposa* con una impresora que Emma había dejado en una caja debajo de las escaleras. Delia pensó que le daría vergüenza, pero cuando juntó las páginas le pareció que no estaba tan mal. Aquello estaba muy bien.

Delia. La Raposa: me encanta. Me ENCANTA. *Es genial. ¿No has hecho nunca nada con este cómic? ¿No lo has puesto o mostrado en ningún sitio? ¿Por qué? J.*

¡Hola, Joe! ¡Gracias!... Por miedo. Besos, D.

No sé de qué tienes que tener miedo. Besos, J.

... Yo ahora tampoco. Besos, D.

Pues genial. Besos, J.

Se le vino un nombre a la cabeza: *Raposa Fantástica*. ¿Y si subía el cómic a Internet y esperaba a ver si alguien preguntaba —como hizo Ralph una vez— qué pasaba después?

Capítulo 40

Los nervios de Delia aumentaban a medida que avanzaba en las ya familiares y anchas calles de Charing Cross. Pasaba por la librería Foyles, donde a veces desperdiciaba media hora en comer, de camino al edificio donde misteriosamente nunca veía otra alma más que las que le acompañaban...

¿Qué se encontraría en Twist & Shout aquella mañana? ¿Una trampa para osos? Kurt se parecía bastante a un oso. Un oso pardo de las antípodas. Quizá Delia era como aquel pobre hombre del documental que estaba convencido de que podía hacer que los osos pardos fuesen sus amigos y terminaba convertido en un *kebab* mixto.

Su teléfono móvil sonó: era un mensaje.

Delia, te voy a llamar en un sex. Por favor, contesta. Es importante que hablemos antes de que entres en la oficina. Besos, A.

P. D.: SEG ☹ Odio el autocorrector/Freud.

¿Besos? ¿Aquel asqueroso le mandaba ahora besos virtuales? Y justo en ese momento, su teléfono móvil empezó a sonar.

—¡Ah, has respondido! Buenos días.

—No tenía otra elección. ¿Qué quieres, Adam?

—Escucha. Kurt te va a preguntar probablemente adónde fuiste el viernes.

—¡Ah! ¡¿Así que estás admitiendo que nos vieron juntos?!

Minutos antes de que tuviera que entrar en la sala donde estaba Kurt, va y le suelta la verdad. Capullo Adam West.

—No creo que nos viesen, pero uno nunca puede estar seguro y él, obviamente, sospechará.

El estómago ya medio revuelto de Delia empezó a centrifugar.

—Por el interés de los dos, no debe saberlo. Si te pregunta, dile que me viste irme pegado a Freya. Ella debería confirmarle esta versión.

«Ja, ja. Apuesto a que lo hará», pensó Delia.

—... por favor, usa esa excusa, porque me ha costado horrores conseguir que Freya aceptase.

Delia se sintió un poco culpable por provocar una bronca doméstica con su rescate.

—No pretendía que tu novia se enfadara.

—No es mi novia —dijo Adam con énfasis.

—Ah, sí. Dijo que te acuestas con todo el mundo —soltó Delia, también con énfasis, disfrutando de poder vengarse un poquito.

—Freya es mi representante —repuso él bruscamente.

¿Qué era? ¿Qué tenía que recordar?

—De acuerdo, le diré que te fuiste con Freya. Pero deberíais estar juntos, ¿sabes? Mi abuelo siempre dice: «Dios los cría y ellos se juntan».

—¡Uf! Para —dijo Adam. Delia podía sentir su gesto. Un delicioso cambio de papeles—. Otra cosa... El sábado por la mañana me pasé con lo que dije. Por favor, acepta mis disculpas.

Delia hizo «mmm» y luego dijo:

—Ya, bueno. Pero si alguna vez cambias de trabajo que no sea para ser terapeuta, ¿de acuerdo?

Adam se rio con ganas en lugar de soltar una carcajada sarcástica.

—De acuerdo, me lo merezco. Por cierto, los Kellogs de chocolate que se tomó Dougie por la mañana acabaron en vomitona. Fue puro orgullo, como mucho podría haberse tomado una bebida isotónica. Pensé que te gustaría saberlo.

A Delia se le escapó una carcajada.

—Vaya, Kellogs de chocolate. Menudo subidón de azúcar. Me sorprende que no temblase.

—Ya, bueno. Los hábitos alimenticios de Dougie cumplen completamente los estereotipos escoceses. Todo son fritos y rebozados. Si me quedase quieto el tiempo suficiente, hasta a mí acabaría rebozándome. Incluso vuelve a freír las sobras del Kentucky Fried Chicken.

—Se parece a mi hermano Ralph. Es famoso por untar natillas en pan de perrito caliente. Dice que el huevo del brioche hace que se convierta en un pudin de pan y mantequilla.

—Por Dios. ¡Eso sí que es asqueroso!

¿Por qué estaba charlando con Adam? ¡Ah! Era un intento por distraerse de lo nerviosa que estaba. Resultaba sorprendentemente fácil hablar con él, y se preguntaba cuánta gente se habría dado cuenta de esa característica justo antes de que aquel tipo los llevase a la ruina. Dicho aquello, no veía qué importancia tenía intercambiar lamentos culinarios. Y teniendo en cuenta que se había ido de la lengua hablando de su ex mientras estaba mentalmente ausente por el alcohol, no tenía mucho sentido mantener el tipo.

—... Por cierto, ¿se lo pasó bien tu hermano cuando estuvo aquí? Habíais ido al museo de cera, ¿no?

Por supuesto, Adam hacía eso tan típico de chico educado de recordar detalles y hacer preguntas educadas.

—Sí, gracias por preguntar. A Ralph le gustó especialmente el doctor Crippen. Dijo que le recordaba al jefe del *Fish and Chips* donde trabaja.

Delia añadió ese detalle deliberadamente para ver si Adam aprovechaba la oportunidad para burlarse de su hermano.

—Uno de los mejores homeópatas de todos los tiempos el doctor Crippen, muy competente. Guau, ¿y Ralph tiene acceso a una freiduría? Dougie estaría en el cielo de los glotones. Supongo que no le gustarán los videojuegos, ¿verdad?

—¿Que si a Ralph le gustan los videojuegos? Vive para ellos.

—Esto da miedo. A Dougie le encantan los de fantasía. Ahora mismo está intentando beberse las babas mágicas del búho gris de Gahoole o algo así. Deberíamos haberlos presentado. Seguro que pronto acabaríamos comprándonos las pamelas de la boda.

Delia se volvió a reír. No creía que alguien como Adam fuese recomendable para el dulce carácter de Ralph. Dicho eso, Dougie parecía del mismo estilo que su hermano: no el tipo de creído y despiadado que se asociaría con Adam West.

Delia se despidió a una distancia segura de la oficina y se alejó caminando. Se sentía sorprendentemente fortalecida por la conversación: estaba arrinconada, pero tenía un plan.

Kurt llegó pocos minutos después de ella, con la BlackBerry pegada a la oreja. (Delia había hecho un comentario sobre su elección de BlackBerry en lugar de iPhone: «No se pueden encriptar completamente las conversaciones con un iPhone. Obama no tiene iPhone». Sus explicaciones a menudo la confundían más que si no hubiese respondido.)

—... Joder, qué lío. ¿Dónde está? ¿En Saint Barts? Vale. Estoy allí en veinte minutos —dijo Kurt antes de volverse hacia Delia y Steph.

—Marvyn Le Roux ha conseguido perforar los intestinos de alguien arruinando un truco de tirar cuchillos. Estúpido idiota. Necesito ir y asegurarme de que su víctima no hable con nadie. ¿Podréis haceros cargo?

Ambas asintieron, y durante un maravilloso momento, Delia pensó que había esquivado una bala. Porque a otra persona le habían clavado un cuchillo. Adam tenía razón acerca de la falta de talento de Marvyn.

—Delia, ¿puedo hablar contigo fuera un momento, por favor?

La tortilla que había desayunado empezó a darle vueltas en el estómago. Kurt se volvió hacia ella en el pasadizo de fuera con aspecto estresado.

—¿El viernes te fuiste con Adam West?

Delia puso cara de horror fingido.

—¡No! Por supuesto que no.

—¿Seguro? Os vieron salir juntos.

Delia puso cara de confundida mientras se le aceleraba el pulso.

—Se fue con su novia. Esa chica alta y delgada del *Mirror*. Creo que se llama Freya.

Kurt estrechó los ojos.

—¿Es su novia?

—Sí. Bueno, creo que sí. Eso me dijo ella.

—Espero que me estés diciendo la verdad, porque juntarse con Adam West es un delito penado con el despido en Twist & Shout.

—Pregúntale a ella si no me crees. Parecía bastante posesiva —dijo ella.

Los hombros de Kurt se relajaron.

—Ha sido un error. Estaba bastante borracho...

Ya.

—Yo también —dijo Delia, pensando que quizás aquel sería el momento en el que uno se disculpaba por decir cosas sumamente inapropiadas a una mujer que trabaja contigo.

Kurt la miró de reojo, como diciendo: «Entonces ambos haremos como si aquella conversación nunca hubiera ocurrido».

—¿Os apetece a Steph y a ti comer en ShakeShack? Si es que aún puedo comer después de escuchar cómo Marvyn ha convertido los intestinos de esa chica en sushi.

Delia se dio cuenta de que eso sería lo más parecido a una disculpa que obtendría.

—¡Sí, una hamburguesa con queso, por favor! Aunque Steph es vegetariana. Creo que hacen hamburguesas de judías.

—Jodidos liantes. Si Dios no quisiera que comiésemos animales, ¿por qué los hizo de carne?

A Kurt le encantaba estudiar la Biblia.

Se fue caminando enfadado y Delia soltó un suspiro de alivio. Tenía que admitir que si Adam no le hubiese ofrecido una coartada, habría sido considerablemente peor.

Le gustaría seguir diciéndose a sí misma que no tenía que haberla salvado de la situación del bar. Pero Delia decía que estaba en fase de negación; se habría abierto de piernas.

Y si tenía que decidir entre Adam y Kurt para llevarla a la cama, sabía a cuál elegiría. Mejor el demonio que no te quiere follar.

Sonó su teléfono.

¿Y? ¿Nos hemos librado? Besos, A.

Por poco. Quizá llame a Freya, pero se lo ha creído. Besos, D.

¡Gracias a Dios! Me debes una, Delphine. Besos, A.

Adam tenía razón en que el apoyo de Freya tenía su precio, porque Delia recibió un mensaje muy borde de ella:

No sé a qué estás jugando con Adam, pero se te está yendo de las manos. La próxima vez que te quieras acostar con él, busca tu propia excusa. Freya CB.

Si Delia se había preguntado alguna vez qué tipo de persona abreviaría su doble apellido casi nobiliario en un mensaje de texto, ahora ya lo sabía.

—Delia —dijo Steph dudando, cuando se pusieron con el trabajo de la mañana—. ¿De qué iba eso?

Se lo explicó, eliminando la parte en la que se iba a casa con Adam West. Delia veía que Steph quería hablar de algo que le preocupaba.

—¿Sabes que Marvyn no pertenece a la Asociación de Magos? —dijo.

—¿No? —se sorprendió Delia—. Supongo que eso explica por qué está causando graves daños corporales a sus ayudantes, ¿no?

—Pero hemos dicho que sí en todos los comunicados —repuso Steph con expresión cada vez más angustiada.

—Qué sorpresa —dijo Delia.

Recordó que Adam le había dicho que había un límite de tiempo para que funcionen las mentiras y se preguntó si estaban llegando a ese límite. Ella no tenía mucho interés en quedarse en Londres a largo plazo, pero en cambio, Steph sí. ¿Debería advertirle?

—Le pregunté a Kurt qué debíamos hacer si un periodista descubre que no está en la asociación. Lo digo porque es bastante fácil de buscar en Internet...

Delia hizo un gesto de dolor sabiendo que lo que vendría a continuación no sería nada bueno.

—Kurt dijo que en el peor de los casos diríamos que Marvyn nos mintió.

Silencio.

—¿Es que nosotros le aconsejamos que dijese que estaba en la Asociación de Magos?

—Sí —soltó Steph.

—Buuf —exhaló Delia.

—Kurt comentó que diríamos que es un mentiroso y un chalado y que dice toda clase de tonterías.

—¿Vamos a darle la espalda al cliente y a tirarlo por la borda por seguir nuestro consejo? ¿Tenemos que hablar mal de él a los periodistas?

Steph asintió.

—¿Qué pasa si lo descubren? —preguntó jadeando.

Delia hizo una mueca. Tenía clarísimo que Steph y ella cada vez se comprometían más. Decidió que la próxima vez que quedase con Adam West le pediría que le contase todo sobre Kurt. Necesitaba saber de una vez por todas dónde se había metido. Cuando quedaron en Hyde Park todavía no sabía nada y no se habían visto desde entonces. ¿Había decidido liberarla?

—Quizá revise las notas de prensa y lo elimine. Kurt no se dará cuenta —dijo Steph.

Delia asintió.

Otro mensaje un poco más tarde la hizo estremecerse.

Para tu información, Kurt ha comprobado la historia con Freya. Una bonita demostración de la confianza en sus empleados, ¿verdad? Ten cuidado. Y aléjate de las traviesas Manzalicias. Besos, A.

Una hora después, Kurt entró con un montón de hamburguesas, patatas fritas, batidos y la noticia de que la víctima de Marvyn no había sufrido lesiones graves.

Delia tuvo que sonreír, agradecérselo e intentar no preocuparse por el cuchillo metafórico alojado entre sus omóplatos.

Capítulo 41

Fue una semana lenta durante la que se dedicó a escribir ocurrencias para los clientes, y Delia se sentía aliviada. Parecía que todo se había calmado hasta que el jueves por la mañana una llamada de Paul, susurrando, dio un giro a los acontecimientos.

—De, es *Chirivía* —dijo—. No quería molestarte hasta saber qué pasaba, pero creo que está muy enfermo.

—¿De verdad?

—Le están haciendo pruebas.

Le temblaron las rodillas y el teléfono móvil se le resbaló de la mano. Llegó al pasaje fuera de la oficina, corrió escaleras arriba, pasó delante de Joy la recepcionista y salió a través de la puerta principal, grande como la de una catedral.

Paul le explicaba que *Chirivía* se había comportado de manera extraña y por eso lo había llevado al veterinario la noche anterior. Iba a volver más tarde para que le dieran el diagnóstico. ¿Delia querría estar allí? Por supuesto que sí. Nunca debía de haberlo dejado allí.

Le corroía la culpa.

Había abandonado a *Chirivía* como una manera de castigar a su ex y, sin ella, se había puesto enfermo. Era posible que nunca volviese a ver su estúpida sonrisa torcida. En realidad, sus remordimientos eran tan irracionales como pensar que tenías que haberte quedado despierto para pilotar el avión, pero Delia sentía que todo era lo mismo. Paul también estaba ocupado en culparse a sí mismo.

—Debería haberme dado cuenta antes. Es tan bueno que no protestó nada. Ha debido de sufrir mucho... —la voz de su ex flaqueó y hubo un silencio mientras intentaba controlarse.

—Me han advertido que ya no es un cachorro y quizá su corazón no aguante, si necesita una operación. —Delia sabía lo que venía ahora y tuvo que mirar fijamente la matrícula de un automóvil que pasaba para contener las lágrimas—. No tiene buena pinta, De.

Se produjo un silencio en el que Paul ahogó sus propias lágrimas y ella tragó y tragó y se ordenó a sí misma: «no llores más, estás en el trabajo, no llores».

—Voy para allá —dijo ella automáticamente.

—… me siento fatal por no habértelo dicho antes para que estuvieses sobre aviso. Quería tener algo definitivo que decirte y sabía que no pegarías ojo si te hubiera llamado ayer por la noche.

—Esta bien, has hecho lo correcto —dijo Delia respirando hondo—. ¿A qué hora es la cita?

—Cuatro y media.

Miró el reloj. Podía llegar.

—Voy a ir.

—¿Estás segura? ¿Tu jefe te dejará?

—Hay más trabajos, pero solo hay un *Chirivía*.

No dejaría que su perro muriera pensando que lo había abandonado. Kurt tendría que despedirla.

Delia lo llamó inmediatamente, preparada para la batalla. Cuando le explicó que necesitaba utilizar días de vacaciones por motivos personales, él le dijo con tono calmado:

—Claro, pelirroja. Utilízalos como una baja por enfermedad. Espero que no sea de vida o muerte.

—Mi perro está enfermo. Quizá se muera —dijo ella temblando.

—¡Mierda! Tómate el tiempo que necesites. Avísame si hay algo que pueda hacer.

Habiéndose preparado para el impacto, Delia agradeció muchísimo a Kurt su generosidad.

Roger, el del Ayuntamiento, tenía una obsesión acerca de que los animales no eran niños, y se enfadó muchísimo el día que su compañero Gavin pidió un día libre cuando su perro boxer, *Jefe*, murió. Gavin volvió al trabajo, puso su collar en la mesa, y lloraba en silencio cuando creía que nadie le miraba.

Delia le compadeció a pesar de que había llamado *Jefe* a su perro.

No sabía cómo sentirse acerca de Kurt. ¿Por qué la gente podía ser tan diferente?

Fue corriendo al piso, hizo la maleta rápidamente y al cabo de una hora estaba en el tren hacia el norte. Dejó el teléfono en la bandeja plegable temiendo que vibrase con una llamada inesperada de Paul.

Comprobó sus correos electrónicos.

Delia, tengo algunas ideas para la web de La Raposa antes de que la publiques, si es que no me estoy excediendo. Besos, J.

Delia le dio vueltas a varias respuestas, pero no fue capaz de enviar ninguna: si volvía a la ciudad, podía quedar con Joe. Pero no sabía si se sentía capaz de ello.

Finalmente decidió contarle sus dudas y él le respondió amablemente. Sería muy raro conocerse cara a cara después de tanto tiempo hablando. Un buen amigo que al mismo tiempo era un completo desconocido. Delia estaba prácticamente segura de que no había amor, a pesar de que anteriormente le había parecido que le gustaba. Había llegado un momento en el que se sentían amigos. Ella había mencionado a Paul a propósito varias veces para eliminar posibles esperanzas, si es que existían. No creía que existiesen: no había ninguna actitud por parte de Joe que pudiese indicar deseo, aunque pensase que era guapa o recordase su charla en el bufé. A pesar de que era amable con sus trabajadores, el Ayuntamiento no era solo las relaciones públicas. No ofrecía un bufé de bellezas, y una pelirroja vestida de forma vistosa podía resultar bastante memorable. De hecho, le recordaba mucho a su hermano Ralph: alguien muy feliz de estar donde estaba, sintiéndose cómodo física y psicológicamente.

Pero en ese momento no podía preocuparse de que Joe pensase que sería una cita. En lugar de eso, pensó en *Chirivía* en su jaula del veterinario, y se sintió un poco mejor porque ya estaba haciendo algo al ir junto a él.

Delia no había pensado dónde iba a quedarse y se le ocurrió que lo mejor sería dormir en la habitación de invitados de Heaton en vez de aparecer de la nada en casa de sus padres en un estado deplorable.

Paul dijo que la recogería en la estación.

Mientras empujaba la maleta por el vestíbulo en Newcastle, lo vio estirándose para buscar su cara entre la gente que llegaba: las llaves de su vehículo balanceándose en una mano, el anorak color caqui y los dobladillos de los *jeans* arrastrándose sobre sus sucias Adidas Gazelle blancas. Delia sintió una sacudida del antiguo amor tan fuerte que estuvo a punto de soltar la maleta y salir corriendo hacia él. Estaba en casa. Paul era su casa.

Pero aquel no era el momento ni el lugar.

—Tienes buen aspecto —le dijo Paul cuando se encontraron y ella vio algo de lo que Emma había dicho de que su partida tendría efecto. La miraba de manera diferente, como si volviese a ser un atractivo misterio para él—. Déjame que te lleve la maleta —añadió y Delia puso reparos y dijo que no, que ella podía hacerlo.

En el camino en el viejo cacharro de Paul (el Golf plateado que se mantenía unido con cinta de embalar y muchas oraciones), se dedicaron a hablar de *Chirivía*. Como la mayoría de las mascotas queridas, *Chirivía* significaba algo para ellos que nadie podía entender. Otras personas veían un perro viejo y harapiento que tenía un parecido sorprendente con Dobby el elfo doméstico que estaba en las últimas. Paul y Delia veían al viejo perro callejero que todavía no podía creerse que su comida fuese para él y dejaba de comer cada tres segundos para comprobar si alguien le intentaba robar desde atrás. Era un animal que roncaba tan fuerte que tenían que subir el volumen de la tele. Que nunca dejaba de intentar hacerse amigo del Pomerania hembra de la calle de al lado, aunque ella intentase atacarlo siempre que se acercaba a saludarla.

Otras personas tenían elegantes galgos con pedigrí o algún noble Gran Danés. Ellos tenían al torpe de *Chirivía*, que una vez, estando en el parque, atrajo a un grupo de niños pequeños que le acariciaban diciendo: «Ay, perrito, perrito», mientras él parecía más contento que unas pascuas.

Capítulo 42

Estacionaron en el aparcamiento del veterinario, y lo que vendría a continuación se hizo real para Delia. Paul se desabrochó el cinturón de seguridad y la agarró de manera extraña a través de la palanca de cambios mientras ella se tapaba los ojos y sollozaba.

—Piensa que vamos a tranquilizarlo para que sepa que estamos aquí. No sabe lo que está pasando. Somos nosotros los que estamos tristes.

Delia asintió.

—No tienes que entrar.

—Quiero entrar. Bueno, no quiero...

—Lo sé.

Paul le apretó la mano. Delia se recordó a sí misma que Paul, de adolescente, tuvo que portar el féretro de su padre y se dijo para sus adentros que debía levantar el ánimo.

Caminó haciendo ruido con los pies contra la gravilla hasta la sala de espera, un paso por detrás de Paul. Dentro sonaba como un zoo, aunque no se veía ningún animal. La sala estaba llena de transportines que maullaban y jaulas que piaban y un fuerte olor a desinfectante. Les dijeron que se sentasen y esperasen.

Delia se distrajo leyendo el *collage* en recuerdo del paciente canino más viejo y fallecido del veterinario, una tal *Gloria Hambly*. La gata de extraño nombre humano, *Gloria*, era una gata persa de mirada enfurruñada y arrogante que había alcanzado la pavorosa edad de veinticinco años. Delia se imaginaba a la Parca que había ido varias veces a por la gata naranja de ojos fruncidos, *Gloria*, y a la que el animal había dado varias veces con la puerta en las narices.

Finalmente, apareció un joven y amable cirujano veterinario con pijama verde y los llamó. Se pusieron de pie y Delia sintió unas leves náuseas.

Los llevaron a sentarse en una sala con suelo de plástico, sillas y una mesa de consulta. Delia vio la caja de pañuelos de papel y supo que aquello no era bueno.

Paul le pasó el brazo alrededor y escucharon cómo el joven veterinario les explicaba que el tumor que habían descubierto y que era el causante de los problemas de *Chirivía* era muy grande y no podía operarse. El pobre animal sufriría un dolor terrible antes de morir si dejaban que la naturaleza siguiese su curso.

—¿Cuánto tiempo le queda? —preguntó Paul con voz engolada y Delia se alegró infinitamente de que estuviese allí. Su brazo se pegó más a ella mientras hablaba.

—Es difícil decirlo, pero no sería una buena muerte. En esta situación, recomendamos sacrificarlo.

Los ojos de Delia se anegaron en lágrimas y convirtieron la escena de la habitación en algo parecido a lo que se ve a través de la ventana de un automóvil durante una riada. El veterinario era una figura borrosa marrón, rosa y verde.

—¿Cuándo podéis...? —preguntó Paul, y luego pidió perdón y se quedó callado, y Delia supo que él también estaba llorando.

—El jefe de la consulta no está aquí ahora, así que podemos llevar a cabo el procedimiento mañana.

En ese instante Delia pensó que podían darle todos los argumentos razonables que quisiesen, pero sus sentimientos rechazaban completamente la idea de lo que iban a hacer. Iban a asesinar a su mascota. Iban a permitir que mataran a la criatura que más había confiado en ellos en el mundo, sin que ella lo supiese.

Soltó una disculpa y salió corriendo de la sala, huyendo delante de los rostros que la miraban en la sala de espera y saliendo de un golpe por la puerta al aparcamiento.

Delia oyó que de allí salían mucho ruido y jadeos. Hasta ese momento no había aceptado que aquello era una despedida, y no estaba preparada. Por favor, aún no.

Entre tanta incertidumbre, la única certeza que tenía era que estaba a punto de perder a *Chirivía* y aquello no se podría arreglar ni deshacer nunca.

Paul la encontró, y sin decir palabra la rodeó con los brazos. Ella enterró la cabeza en su camiseta e inhaló el cálido y familiar olor de Paul mientras él le besaba la cabeza, siseaba para tranquilizarla y murmuraba: «Lo sé, lo sé». Era el único que sabía cómo se sentía.

—¿Por qué no nos lo llevamos a casa esta noche? —preguntó Paul—. ¿Un último «hurra» para el muchacho?

—¿No está...? ¿No necesita analgésicos?

—Le han puesto una inyección que lo ha adormilado. El veterinario no cree que sienta mucho malestar ahora mismo.

—¿Cómo vamos a hacerle creer que vuelve a casa cuando mañana...? —Delia volvió a sollozar con movimientos convulsivos del vientre.

—Escucha, escucha. —Paul colocó los arreglados mechones del húmedo pelo de Delia detrás de las orejas y le puso las manos firmemente sobre los hombros—. No tiene miedo ni está triste. Nuestro trabajo es cuidar de él hasta el final. Envolverlo entre algodones y actuar con normalidad. No pienses en el momento hasta que de verdad tengas que hacerlo. Piensa en lo bonito que será pasar las próximas veinticuatro horas con él. Hazlo por él. ¿De acuerdo?

Delia asintió y Paul desapareció dentro de la clínica. Reapareció con un *Chirivía* tembloroso en brazos y ella intentó contener las lágrimas al verlo, por si acaso podía sentir su angustia.

Se agachó, le besó el áspero pelo y susurró: «Hola, chico» poniéndole los brazos alrededor de su tosca barriga, que parecía un barril. Podía oírle jadear por la alegría de verla. Miró hacia arriba, y esta vez era Paul quien tenía las mejillas empapadas de lágrimas.

—Prepárate, chico. Vas a pasar el mejor día de tu vida —dijo Paul limpiándose las lágrimas de las mejillas con el dorso de la mano.

Capítulo 43

No mucho antes, a Delia le habría costado horrores acostarse con Paul. Resultó que, para hacerlo solo necesitaba un perro moribundo.

Esa noche durmieron con *Chirivía* tirado entre ellos, jadeando y husmeando, pero encantado de que le concediesen derechos de cama especiales, tumbado con las patas estiradas en una pose de abandono total.

Normalmente su cama estaba en la cocina, que se cerraba por su entusiasmo en empezar el día a las cinco de la mañana. En lugar de eso, Delia había llorado y le había acariciado tanto la noche anterior, que al amanecer *Chirivía* estaba dormido, mientras ella le saludaba con la cara hinchada y un dolor de cabeza tremendo. Estaba tumbada con una luz verde amarillenta filtrándose a través de las cortinas y tenía la desagradable sensación de que había terminado su oportunidad de descansar algo.

Una vez Paul le había contado que, después de que sus padres murieran se había quedado despierto durante toda la noche escuchando música hasta que cayó rendido de agotamiento, temiendo dormir porque cada vez que se despertaba recordaba de nuevo la realidad.

Delia miró cómo dormía con un brazo sobre *Chirivía*. Su familia se había roto en pedazos. Era difícil no ver a Celine como un tumor, pero sin que nadie le dijese que era imposible eliminarlo y dejar lo que quedaba en unas condiciones decentes.

En aquel momento no podía culpar a Paul. Estaba siendo un apoyo para ambos y, si estaba haciendo algo con la intención oculta de recuperarla, ella se sentía demasiado vulnerable como para preocuparse de ello. Bromeó acerca de que siempre decía que *Chirivía* se parecía a Martina Navratilova y fingía quejarse de la falta de espacio en la cama. Mantenía un poco de charla y bullicio que la relajaba.

Aunque pensaba que sería imposible, perdió la conciencia de manera inmediata y se despertó para ver a Paul de pie delante de ella, vestido, duchado y blandiendo una bolsa llena de lo que parecían trocitos de cerdo.

—Venga, dormilona. Vamos a llevar a *Chirivía* al parque. He ido a la tienda de animales y le he comprado una de esas malolientes orejas de cerdo.

Delia se vistió rápidamente y se puso una toallita fría en la cara, se pintó los ojos con rímel, dio color a sus pálidas mejillas con colorete y se imaginó que tenía el aspecto grotesco de la protagonista de, *¿Qué fue de Baby Jane?*

Pasearon con *Chirivía* hasta su lugar de picnic favorito y Paul tendió una manta. Los tres se sentaron. *Chirivía* estaba completamente en paz y contento mordisqueando la oreja, y Delia agradecía el calor del sol sobre su cansado cuerpo. La tristeza le llegaba en oleadas, su cuerpo no tenía energía suficiente para soportar el dolor constantemente. Eso significaba que podía disfrutar del momento.

—Tenías razón —le dijo a Paul—, me alegro de que hayamos hecho esto.

Le puso la mano en la pierna.

—Hay que despedirse adecuadamente, duela lo que duela.

—Parece que está tan bien... —Delia tenía que decirlo—: ¿Estamos seguros de que hacemos lo correcto? Si tuviese buena calidad de vida un poco más de tiempo... me quedaría en casa con él...

—Eso le pregunté al veterinario cuando volví a entrar. Le dije que nos diese más analgésicos y que ya veríamos cómo iba. Pero me contestó que era cruel continuar. Es un animal, tendría muchísimo dolor y no sería capaz de decirnos cuándo le resulta insoportable. No podemos dejar que sufra para sentirnos mejor nosotros, De. Tenemos que aceptar la responsabilidad para que tenga el mejor final posible. Es la tarea que aceptamos. Lo bueno y lo malo.

Delia asintió en silencio para no llorar. Paul era una buena persona. Tenía sus defectos, sí, pero era el hombre al que amaba. Aquello era lo que gente como Adam West no entendía cuando reducían su decisión a un ejercicio limitado a elegir una opción u otra. «¿Es un comportamiento aceptable? Sí/No.»

Unos metros más allá había niños jugando en la hierba con espadas de plástico, y Delia sintió una extraña disociación al ver cómo se desarrollaba la vida de otra gente cuando la suya propia se rompía en pedazos, como si los vieses en televisión en una zona de guerra.

—Ralph adora a *Chirivía*. ¿Debería darle la oportunidad de venir y decirle adiós? Creo que su turno no empieza hasta la noche —dijo ella.

Paul accedió y se ofreció a recoger a Ralph, y a ella le sorprendió que no quisiese evitar la incomodidad de ver a su familia.

Aquello también significaba que tendría tiempo para estar sola con su perro. Al volver a casa, envolvió a *Chirivía* en su manta favorita, lo abrazó en el sofá y le dijo lo feliz que era de haberlo conocido. Él le dio un golpecito con el hocico y la miró con ojos brillantes.

Le susurró disculpas conmovidas por lo que iban a hacerle y le pidió que la perdonase. Intentó memorizarlo todo sobre él, porque las mascotas son personalidades con hábitos, olores y peculiaridades que eran completamente únicos, y eso solo podían recordarlo uno mismo y otras personas que lo quisiesen.

Paul volvió a entrar, torció la cabeza y le dio un besito en la mejillas susurrando:

—Hemos venido «vía súper» —lo que a Delia le sonó como un extraño código de espías.

Lo entendió cuando su hermano apareció detrás de él llevando una gran caja de tarta con ventana de celofán, las típicas que se compran en los supermercados. Tenía escrito CHIRIVÍA con letras que parecían gusanos de color verde lima, una combinación que parecía de Halloween con el mazapán rosa claro.

—Ralph —dijo ella conteniendo la sorpresa de su voz para no parecer desagradecida—. ¿Qué es eso, una tarta de Feliz Muerte?

—No, es un momento especial, ¿verdad? Después de todos los funerales se come algo.

Paul le guiñó un ojo a Delia.

—Es un genio —dijo Paul.

La bondad inocente de su hermano hacía que el sarcasmo resultase inapropiado. Delia se alegraba mucho de verlo. Le rodeó con los brazos balbuceando un «Gracias» a la camiseta de los Guardianes de la Galaxia que olía un poco a moho.

—Ven, chico.

Ralph dejó la tarta en el suelo y la sacó del círculo de gomaespuma. Delia reprimió un comentario irreflexivo de que no era bueno para el perro tomar mucho azúcar.

Chirivía aulló, se levantó reptando de su asiento del sofá y comenzó a lamer la cobertura mientras Ralph le daba una palmada en la espalda.

—La fresa es tu favorita, el tío Ralph lo sabe.

Paul sonrió a Delia.

—Una información interesante sobre su trabajo como niñera. No me sorprende que a *Chirivía* le gustasen las visitas a Hexham, ¿eh?

Ralph fue como un bálsamo. Jugaba con *Chirivía*, le hablaba tranquilamente, se hacía fotos junto a él con el teléfono móvil. Delia había decidido no hacerlo, porque no estaba segura de si alguna vez querría recordar su último día, así que se alegraba de que tuviera sus recuerdos seguros con Ralph. Cuando llegó el momento de que Paul lo llevase a casa, le estrechó la pata a *Chirivía* y limpiándose una lágrima dijo:

—Encantado de conocerlo, señor *Chirivía*. Disfruta del cielo de los perros y de todas esas tartas.

Paul y Delia hubiesen seguido permitiendo la glotonería excesiva de *Chirivía* toda la tarde, pero era obvio que estaba muy lleno y débil, y que solo quería dormir. Egoístamente, Delia se alegró de ver una prueba real de su enfermedad.

Finalmente, después de una siesta inocente de una hora, llegó el momento. Delia se cerró en banda y midió el proceso en pasos previsibles. Meter a *Chirivía* en su automóvil. Llegar al veterinario. Entrar en la sala de consultas, abrazarse, cada uno agarrando una de aquellas flacuchas y huesudas patas. Besarlo en la mejilla con fuerza y decirle adiós al oído. Abrazarlo con fuerza y no mirar cómo la aguja entra, aunque eso signifique sentir los últimos y cada vez más lentos latidos de su débil corazón y oler el azúcar de la tarta de despedida en sus viejas y deslucidas orejas.

Oh.

Desenredar los miembros sudorosos, agarrar a Paul y llorar juntos abiertamente. Después, intentar no mirar en la mesa el cuerpo ya sin vida de su querido perro.

El veterinario comentó otros asuntos con Paul en voz baja. Habían hablado de enterrarlo, y a Paul eso no le entusiasmaba.

—Te cambias de casa y lo dejas allí —dijo. Delia se preguntó si aquello estaba relacionado con el hecho de que a Paul no le gustase visitar las tumbas de sus padres. («No están ahí», decía siempre con vehemencia en alguno de los extraños momentos en que mostraba enfado al respecto.)

Además, también se necesitaba cavar mucho para preparar la tumba, señaló Paul. Las cobayas que su hermano y él tuvieron de niños, *Ant* y *Dec*, hicieron una macabra reaparición durante una tormenta surfeando por la hierba del jardín. Mejor incinerarlo, y Paul recogería las cenizas al cabo de unos días.

Volvieron a casa en el automóvil vacío, ambos demasiado conmocionados por la enorme ausencia de *Chirivía* para hablar.

Les fue imposible cenar. Inevitablemente se sentaron en la casa sin *Chirivía* y bebieron tanto vino tinto como para desdibujar los bordes afilados de sus sentimientos, y al final acabaron uno en brazos del otro. No había riesgo de ir más allá, ninguno de los dos se sentía con fuerzas.

—Delia, ¿sabes que esta es tu casa, verdad? Siempre. Pase lo que pase. Esta es tu casa y de nadie más —dijo Paul, embriagado, con vehemencia, contra el pelo de ella.

Delia dijo que sí, que lo sabía, y sí que lo era.

Y con aquello, sin siquiera necesitar muchas palabras, volvían a estar juntos.

Capítulo 44

El primer día en casa sin *Chirivía* fue un sábado. Delia no quería estar allí. Paul tenía su vía de escape, la habitual. Había dejado el *pub* dos días y necesitaba prestarle atención.

Claro.

Fue tan efusivo con las disculpas por tener que trabajar que ella se preguntó si esperaba que le diese un tortazo por haber abierto el *pub*.

Después de una hora sin hacer nada, mandó un mensaje a Joe para quedar y acordaron verse en el Tragoz y Tapaz a la una.

Estaba extrañamente nerviosa mientras se vestía, escogiendo una camiseta ajustada de cuello barco y su falda verde descolorida favorita, y maquillándose con un esmero especial. Él pensaba que era guapa; había una cierta presión. Esperó que el tono fácil y fresco de sus intercambios electrónicos se transfiriese al encuentro cara a cara.

Suponía que todas las amistades que se hacían por Internet acababan en aquel punto en algún momento: el ahora o nunca del mundo real.

Delia pidió una mesa junto a la ventana, pensando que le gustaría la ingeniosa referencia a su historia, y esperó. Y siguió esperando. A la una y media ya había pasado de la expectación impaciente al aburrimiento resignado. Le mandó un mensaje.

¿He venido al lugar y la hora correctos? ¡Estoy aquí! Besos, D.

Pasaron diez minutos.

Delia, lo siento mucho, pero me ha surgido algo y no puedo ir. Siento haberte dejado plantada así. Besos, Joe.

A menos que se le hubiese caído el tejado, la había dejado plantada, sí. ¿Le preocuparía que Paul los viese? ¿Había distorsionado la información en sus conversaciones? ¿Había sido bien más Delia que él quien había querido arriesgarse a quedar para conocerse?

No había mencionado la muerte de *Chirivía* y se alegraba de ello, no quería darle pena.

Dejándolo por imposible, decidió consolarse comprando unas buenas medias Wolford en Fenwicks. Después se tomaría un café y un sándwich sola, preferiblemente mirando al río Tyne y empezando un nuevo libro.

Al salir a la calle, se alegró de estar en casa y de no sentirse una intrusa como todavía se sentía en Londres.

Tras haberse comprado las medias, deambuló por los pasillos llenos de cosméticos de colores y sus promesas de sarpullido, rociando distraídamente probadores de perfumes afrutados en sus muñecas hasta que empezó a oler como si fuera un paquete de caramelos.

Se estaba aplicando un perfume de Miller Harris que olía a cítricos cuando un cúmulo de hechos que entrevió a través de un expositor de brillantes neceseres le provocó un escalofrío.

Era algo conocido y desconocido a la vez, y durante un segundo se quedó paralizada con el tarro del probador flotando encima de su muñeca.

Celine se recogía el pelo oscuro detrás de la oreja y caminaba hacia la cafetería. Sin decidirlo conscientemente, Delia la siguió.

La joven se dirigió hacia la puerta de salida con Delia pisándole los talones a paso rápido. Llevaba un vaporoso vestido azul marino de tirantes y dobladillo de picos como banderines que dejaban ver sus largas piernas color avellana y sus sandalias de gladiador. En un segundo, se miró y se vio descuidada y bastante gordita en comparación.

Persiguió a Celine por el centro comercial, perdiéndola en varios lugares, aunque cada vez conseguía descubrir de un vistazo la parte de atrás de su cabeza. No se preguntó por qué hacía aquello o cuándo se detendría. No era probable que Celine quedase con Paul un fin de semana en que ella estaba en casa.

Después de ir hacia el sur, hacia calles más tranquilas, y tras pasar el Granger Market, Celine se detuvo a mirar un escaparate haciendo que ella se detuviese también fingiendo estar paralizada por lo que veía en una tienda de baratijas.

Después de un minuto o así, Delia se dio cuenta de que algo no estaba bien. O mirabas y entrabas o mirabas y te ibas. Celine llevaba allí de pie demasiado tiempo.

La miró de reojo y su perseguida volvió la cabeza. La miraba directamente a ella.

—¿Delia?

Se quedó sin palabras por el asombro. Por supuesto, Celine también la había buscado en Internet.

La habían pillado, la habían descubierto persiguiendo a su némesis sexual por las calles como si fuera la loca señora Rochester, la de *Jane Eyre*, a la que habían liberado del desván. No había nada que hacer o decir, sino darse la vuelta e ir recogiendo lo poco que le quedaba de dignidad. Pero algo la mantenía pegada al suelo.

Celine se arregló el pelo detrás de la oreja con una mano temblorosa.

—¿Te puedo invitar a un café?

Si aquella muchacha no le hubiera parecido tan aterrorizada y ella no se hubiera sentido tan tonta, habría dicho que no.

Capítulo 45

Estaban cerca de una de las cafeterías favoritas de Delia, The Singing Kettle. A pesar de que no quería ir allí en aquella ocasión en particular, no habría manera de mantener una conversación civilizada si decidían ir caminando hasta encontrar algún Caffè Nero.

The Single Kettle era un lugar diminuto y encantador: máquina de café Gaggia, bizcochitos bajo una campana de cristal junto a la caja registradora, mucha gente hablando y ventanas con los cristales empañados por el contraste con la temperatura que hacía fuera. Y por suerte, el local estaba casi lleno con una manada de domingueros que no dejaban de parlotear, de modo que Delia y Celine no tendrían que preocuparse de que alguien escuchase la conversación.

Ambas pidieron un café cortado, con cierta incomodidad que chocaba con la alegre actitud del camarero.

—Gracias por hacer esto —dijo Celine. Hablaba con acento culto, no de Newcastle, y Delia recordó que estaba allí estudiando.

—No estoy segura de qué estamos haciendo —respondió ella de manera neutral, agarrando el café con las dos manos. ¿Acaso Celine le haría una advertencia del tipo: «Oye, ahora estamos juntos, es a mí a quien quiere, deja que se vaya»? No lo parecía.

—Quiero pedirte perdón por todo lo que ha ocurrido —dijo Celine.

En 3D, su rostro no resultaba tan hostil e intimidante como la imagen que Delia había construido en su cabeza. Era guapa, pero también tenía la típica piel propensa a que te salgan granitos típica de los veinte y unos dientes que eran demasiado grandes para su cabeza.

Delia iba dándose cuenta de todo eso de modo desapasionado, no cruel. La habían embaucado las fotos poniendo morritos con luz tenue de las redes sociales, cuidadosamente seleccionadas para encajar con la imagen de uno mismo interiorizada e idealizada. El carrete de los puntos fuertes, o «el carrete caliente», como lo llamaba Kurt.

Delia se preguntó cuál de sus otras ideas sobre Celine sería falsa.

La joven sintió un estremecimiento y la mandíbula le temblaba al bajar los ojos en dirección a la mesa. Delia también tenía miedo, pero nada de lo que sentirse culpable, y por ello estaba más firme.

—No pensaba que yo sería el tipo de persona que haría estas cosas —dijo Celine repitiendo el tic de recogerse el pelo. No había tocado su café.

—Paul dijo lo mismo. —A Delia le sorprendió que su voz funcionase—. Quizá la gente que hace cosas de este tipo nunca piensa que las hará. Quizá por eso pueden hacerlo.

Lo dijo sin rencor, aunque Celine parecía aterrorizada.

—Es como si no fuese real mientras estaba ocurriendo. Quiero decir, sé que sí era real...

—¿Sabías que yo existía desde el principio?

Celine asintió.

—Otras personas me dijeron que Paul vivía con su novia cuando lo conocí. Cuando nos... empezamos a llevar bien no pensaba en ello. Me decía a mí misma que debíais de tener problemas para que él estuviese conmigo...

Celine sacudió la cabeza al oírse decir aquello, y se veía claramente que tenía miedo de que Delia le diese un tortazo.

En lugar de eso, ella aceptó de mala gana que Celine estaba haciendo algo respetable. Estaba mostrando fortaleza y una honestidad difícil, una cualidad que escaseaba últimamente. Delia asintió.

—¿Paul te dijo que teníamos problemas?

Celine sacudió la cabeza.

—No..., no. Alguna vez dijo que os habíais distanciado un poco, pero solo cuando yo le preguntaba por ti, en beneficio propio. No quería hablar de ti. Sabía que nunca te dejaría. Cuando me dijo que os ibais a casar tuve ganas de vomitar. Me di cuenta de lo que había hecho, o de lo que habíamos hecho, y ya no estaba en una burbuja.

—¿Pero le pediste que os fueseis a París?

Celine se ruborizó mucho.

—No sabía si quería casarse. Le dije que podíamos hablar, irnos hasta que se le pasase...

«¿Hasta que se le pasase?» Delia sintió que haber dicho aquella frase se debía a que solo tenía veinticuatro años, pero Celine había desperdiciado una vida.

—Paul dijo que no y que se iba a casar.

—¡Ah! Pues ya no lo va a hacer.

Las lágrimas surcaron las mejillas de Celine. Delia no sabía qué hacer. ¿Consolarla? ¿Jactarse? ¿Echarle un sermón?

La joven se limpió los ojos y miró al techo hasta que consiguió controlarse haciendo con las manos el gesto de secar el esmalte de uñas acercándolas a su cara.

—Fue una tontería —dijo con la voz tan engolada que era difícil entenderla—. Pensé que solo se trataba de algo divertido, pero no es divertido jugar con la vida de la gente y nunca debí haberlo hecho.

—¿Alguna vez te hizo creer que iba a dejarme?

—No. —Celine sacudió la cabeza sin dudar—. Siempre me decía que debía encontrar a alguien de mi edad. Nunca te dejaría por mí.

—¿Tú querías que lo hiciese?

—A veces —dijo ella, dándose golpecitos debajo de los ojos con el dorso de la muñeca, moqueando.

Celine abrió su bolso acolchado de Chanel, una falsificación, y hurgó buscando pañuelos, haciendo que su iPhone con una ridícula carcasa que imitaba a una tableta de chocolate y un tarro de vaselina saliesen volando. De pronto le pareció demasiado joven y sintió un arrebato de ira contra Paul por herir a dos personas como ellas.

Lo último que habría querido hacer era sentarse con Celine. Y ahora la estaba ayudando. Aquella chica no le daba miedo. De hecho, estaba impresionada consigo misma, había afrontado lo peor y lo había superado. El dolor que le provocaba la idea de Paul y Celine juntos había empezado a reducirse a una suave molestia.

—Lo siento muchísimo —dijo Celine—. No puedo expresar lo mucho que lo siento. Es una cosa horrible. Yo no soy ese tipo de chica, ¿sabes?

Delia no reaccionó, pues intentaba elegir las palabras con cuidado.

—No digo que acostarse con el novio de otra persona esté bien, pero fue más culpa de Paul que tuya —dijo.

Celine asintió.

—Entendería que me tirases ese café a la cara. Yo lo haría si estuviese en tu lugar.

Delia sonrió.

—He descubierto que una nunca sabe cómo se sentirá hasta que eso ocurre.

Aunque no lo dijo, de pronto se dio cuenta de que ella misma podía haber sido una Celine si se hubiesen dado las circunstancias. ¿Si hubiese conocido a un hombre mayor y seguro de sí mismo a la edad de Celine, si se hubiese enamorado de él y él evitase el tema de su novia educadamente? Probablemente habría pensado que era responsabilidad de él.

Para que Celine fuese alguien a quien no pudiese entender, tendría que haber sido una persona mala, despreciable, y que se alegrase del dolor que había causado. Pero tratándose de una muchacha que había cometido un error, podía identificarse con la situación y también con ella. El director de reparto del drama de la vida de Delia la había cagado. No era una enemiga de verdad.

Era Paul quien tenía treinta y cinco años y conocía las consecuencias de lo que Celine y él estaban haciendo. Era Paul quien le había hecho promesas a Delia, quien llegaba a casa para tomarse la cena que ella había dejado para él en el frigorífico y quien pasaba más tiempo del habitual en la ducha después del trabajo antes de subirse a la cama a su lado y decir que lo sentía, pero que estaba demasiado cansado para hacer cualquier cosa.

Su indignación volvió a estallar. Celine la miraba nerviosamente y Delia se dio cuenta de que ella también estaba aterrorizada, no solo Celine. Tenía las respuestas ante ella. ¿Se atrevería a preguntar? ¿Debería irse después de haber tomado la decisión de volver con Paul? Seguro que aquella sería la decisión fácil, pero, si la tomaba, siempre se lo preguntaría.

—¿Te puedo hacer unas preguntas?

Celine asintió con expresión tremendamente recelosa.

—¿Paul te regaló una tarjeta de San Valentín?

La joven volvió a asentir lentamente y Delia sintió que la fe que había tenido en Paul la noche anterior empezaba a disiparse.

—¿Cómo era?

—Tenía ositos de peluche —dijo Celine.

—¿Tú decías que era tu novio?

—Sí. Él me llamaba «La Niña».

Delia tragó saliva. ¿Motes? ¡Mentiroso! Aquello era el infierno. Pero si había empezado, tenía que terminar.

—¿Recuerdas la primera vez que Paul fue a tu casa? —preguntó Delia—. ¿Quién se insinuó? ¿Cómo ocurrió?

Celine frunció su ceño sin arrugas.

—Bueno... Se acercó a mí cuando me iba y me dijo que, si me quedaba, me haría una *caipirinha*. Habíamos estado tonteando y yo sabía que solo estaríamos nosotros...

Se volvió a poner colorada. Delia sabía que aquello era verdad, tenía el sello de su primer encuentro con Paul.

—¿Él se insinuó? ¿No fue al revés? ¿No estaba fuera, cerrando el *pub*, cuando tú te acercaste a él?

Celine sacudió la cabeza, y por primera vez parecía sentir pena por Delia y también vergüenza.

—¿Cuándo fue eso? —continuó Delia.

—Después de Año Nuevo. El 4 de enero.

Por supuesto, Celine recordaba la fecha perfectamente, seguro que igual que Paul.

Así que lo que había dicho del Día de la Madre era pura invención, una mentira.

Por primera vez, Delia se retiró.

Capítulo 46

Delia estaba de pie bajo el tejado abovedado de la estación escuchando los vagos y distorsionados anuncios de los trenes y sintiéndose como si estuviese en un centro de información.

Era una lección dura pero instructiva descubrir lo que podía aguantar. Si le hubiese dicho a la vieja Delia, feliz planeando su propuesta de matrimonio, que perdería a *Chirivía* y Paul con pocas horas de diferencia, se habría derrumbado. Pero no lo había hecho, claro que no. Allí estaba con su maleta esperando el tren de las 15.35 a King's Cross con voluntad firme. Ya no dudaba.

Su teléfono móvil sonó como sabía que lo haría. El mensaje simplemente decía que volvía a Londres. Contestó la llamada.

—¿Por qué te has ido? Pensé que te quedarías todo el fin de semana.

—Me encontré a Celine.

Silencio. Horror.

—¿Qué? ¿Cuándo?

—Me la encontré en un centro comercial. Fuimos a tomar un café.

—¡Madre mía! —exclamó Paul, y ella sospechó que a él no le importaba mucho no estar cara a cara—. ¿Y qué pasó?

—No es lo peor que me ha pasado este fin de semana, pero eso dice mucho del fin de semana.

Paul chasqueó la lengua y Delia oyó que anunciaban el andén de su tren.

—Me contó muchas cosas que no coinciden con lo que tú me habías contado, ya ves.

Silencio.

—¿Se te ocurre por qué?

—Mira, Delia...

—Sí que le mandaste una tarjeta de San Valentín. Sí que sabías que decía que eras su novio. Tú la llamabas «La Niña». Tú lo empezaste todo. ¿Y cuándo empezó, Paul?

—... ¡Dios mío! Delia, escucha...

—¡¿Cuándo?!

—En Año Nuevo —respondió él con voz queda.

—Y tú dijiste que había sido el Día de la Madre. Me pregunto por qué escogiste ese día entre todos los que había.

—Había soltado sin pensarlo que había durado tres meses, y me pareció que si me desdecía no iba a... Dios mío, no fue por lo de...

—¿Por qué dijiste tres meses?

—Sabía que la había cagado tanto que te perdería y que no diría nada que sirviese para que aquello no ocurriera. Ya había ocurrido y lo demás eran detalles, y yo no quería que los detalles te hiciesen todavía más daño.

—¿No crees que me merecía saber la verdad?

—Sí, por supuesto que sí. Ahora lo sé. Sin pararme a reflexionar, pensé que tres meses no parecían tanto. Delia, te lo prometo. Te lo prometo por mi vida. Simplemente estaba desorientado e intentaba que no te fueses.

«Te lo prometo», unas palabras que Delia ya no podía creer. Madre mía, desenmarañar las mentiras era agotador.

—Tú empezaste la relación.

—Me metí en un lío. Qué más da. No sé por qué lo hice, Delia. El tonteo se me fue de las manos. Cuando me descubriste, me estaba agarrando a un clavo ardiendo...

—¡Mentira! —Delia vio por el rabillo del ojo que las cabezas de la gente que había a su alrededor se alzaron de golpe—. Has mentido tanto que probablemente sigas haciéndolo. No me tienes ningún respeto, Paul. Hemos terminado. Vuelve con Celine, a ver si ella se agarra a tu clavo. Aunque creo que se merece algo mejor.

—Delia, por favor. Vuelve para que hablemos de...

Respiró hondo y colgó el teléfono, dejando a Paul a mitad de la frase. Aquello era todo. De golpe y sin llorar.

Después de que el tren llegase hasta la siguiente parada, encontró una esquina tranquila de un vagón y abrió el ordenador. Había un correo de Joe.

Se puso de mejor humor incluso antes de saber qué decía. Escribir en el ordenador era una manera de concentrarse y olvidarse de sus tempestuosos sentimientos.

Delia. Siento tremendamente no haber aparecido. Joe.

¡No te preocupes! ¿Qué pasó? ¿Todo bien? Besos, D.

Me siento como un idiota. Me acojoné. ¿Sigues aquí? Joe.

No, estoy en el tren volviendo a Londres. ¿Sabes la otra de Paul? Tomamos un café. Resulta que todavía es más mentiroso de lo que pensaba. Hemos terminado para siempre, lo he dejado. Siento no poder verte. ¡No has de tener miedo de mí! Soy bastante dócil, te lo prometo. Besos, D.

¡Madre mía! ¡Lo siento! ¿Estás bien? Besos, J.

Sí, lo estaré. ¿Y tú? Besos, D.

Sí, más o menos. Bueno, esta explicación es más de lo que querrías o necesitarías saber, pero hace tiempo me preguntaste por qué seguía en el Ayuntamiento si se me daba bien la informática. Resulta que tengo una ansiedad social bastante paralizante. Si quedase contigo, necesitaría un mes para prepararme y daría vueltas al edificio veinte veces. Y aun así, probablemente no conseguiría entrar. Debería habértelo dicho antes, pero en Internet es donde consigo ser «yo». No el yo que suda, tiembla y tartamudea. Pero me gustas y quería conocerte. Lo siento. Prefiero que lo sepas a que pienses que no me importas lo suficiente para hacer acto de presencia. Joe.

Parece algo difícil. No pidas perdón, no tienes por qué pedirlo. ¿Pero consigues trabajar bien? ¿Has pensado en someterte a

*algún tratamiento? (Obviamente no me refiero a
electrochoques en hospitales de islas secretas). Besos, D.*

*¡Ja, ja! Igual me gustaría. Lo he probado todo, terapias
cognitivo-conductuales, betabloqueantes, trabajos... Es como si
yo fuese mi peor enemigo. No es agorafobia, puedo salir de casa.
Es que no me resulta fácil tratar con gente o con situaciones
nuevas. Como ya sabes, en el Ayuntamiento no hay muchos
estímulos en lo que a eso se refiere :) Me imagino que ahora te
alejarás lentamente y no te culpo... Joe.*

*¡Claro que no! ¿Es miedo del corazón? Yo tengo mucho de eso.
Podemos seguir hablando así y solo quedaremos, si alguna vez
quieres hacerlo. Besos, D.*

Pensó en lo que Emma había dicho de que los pretendientes de Internet no
eran lo que parecían y tenía razón, pero no de la manera que ella imaginaba.
Los guerreros del teclado quizá no fuesen rompecorazones o limpiadores
de cuentas bancarias. Quizá simplemente vivían una situación muy complicada que no habías tenido en cuenta en tus fantasías.

Pero... Delia era una cabrona para un pájaro con un ala rota. Al fin y al
cabo, eso era lo que la había ayudado con Paul.

El tren atravesó con rapidez el campo bañado en la luz melosa de la
tarde. Mientras veía el mundo pasar a toda velocidad, decidió allí mismo
que no habría más medias tintas. Londres ya no sería una sala de espera. Era
un destino, era donde iba a construir una nueva vida, ella sola. Era su oportunidad de empezar de cero.

Su teléfono móvil estaba en silencio sobre la bandeja plegable. Lo vio
moverse con la vibración de tres llamadas perdidas, un mensaje en el contestador y un SMS de Paul, como un escorpión automático con un teléfono
por aguijón. No hizo ni caso y envió un correo para Joe.

P. D.: Hablando de miedo. Pulsa PUBLICAR *en* Raposa
Fantástica. *Es hora de dejarla salir a ver mundo. Besos, D.*

Capítulo 47

Lo bueno de Emma era que resultaba muy tranquilizadora. No había nada que le pudieses soltar que le pareciese excesivo y que no pudiese asumir con calma. El pánico no estaba dentro de su vocabulario emocional, ni tampoco la duda que frecuentemente hacía que a Delia le temblasen las rodillas. Su sentido del humor nunca salía perjudicado.

Por eso era tan buena en su trabajo, pensaba Delia, además del detalle de que podía dirigir una serie infinita de áridos datos a voluntad. En su lápida pondría: «Déjamelo a mí».

Así que cuando la llamó para decirle que su perro había muerto, que su relación también había muerto y si se podía quedar un poco más de tiempo en Finsbury Park, no hubo ningún drama. Emma la Competente dijo con su voz de Minnie Mouse que por supuesto que sí, que la quería, que todo saldría bien y que si le apetecía hablar del asunto con buena comida china.

Mientras picoteaban pálidas bolsitas de un *dim sum* excelente sobre recipientes de cocción al vapor de mimbre, y sintiéndose mucho mejor de lo que creía posible, Delia relató lo que había pasado.

Emma estaba preocupada, pero se daba cuenta de que no parecía suficientemente sorprendida y enfadada por las revelaciones de Celine o por las débiles explicaciones de Paul. Era como si repitiera el momento de acuerdo mudo con Adam West.

—¿Lo has dejado? ¿Para siempre? —preguntó Emma cautelosamente.

—Sí.

—Creo que es lo que debías hacer y lo necesitabas. Pase lo que pase en el futuro.

«¿Pase lo que pase?»

—¿No crees que Paul y yo hayamos terminado? Porque yo estoy bastante segura.

—No lo sé, eso solo lo sabes tú. Pero no necesariamente. ¿Puedo hacer de abogado del diablo? No me sorprende mucho lo que te dijo Celine —aclaró Emma al tiempo que bebía de la pajita de un refresco gigante con efecto reconstituyente. La noche anterior había acabado mal en una cata de vinos de la empresa con los asesores de gerencia.

—¡Paul me mintió!

—Paul te mintió desde que tuvo esa aventura. Prueba un poco del cerdo con cebolleta, es increíble.

—Lo sé. Pero ¿mentir después de que lo haya descubierto? Seguir mintiendo es muy ofensivo. Nunca volveré a confiar en él. Mmm, este cerdo está buenísimo.

—No quería perderte.

—Eso no es suficiente —dijo Delia sacudiendo la cabeza y chocando sus palillos como si fuesen una mandíbula antes de ir a por su presa—. Para mí, mentir en ese punto es peor que cualquier otra cosa.

—¿Peor que acostarse con otra?

Delia compuso una mueca de dolor.

—Sé que duele. No puedo imaginarme cuánto. Estos son los efectos secundarios, pero no estoy segura de si van a cambiar algo.

Delia parecía dudar.

—¿Puedo usar la analogía de la frase de Bill Clinton «No me he acostado con esa mujer»? Y Bill y Hill lo arreglaron.

—¿Se acostó con esa mujer? —preguntó Delia confundida.

—Me refiero a mentir en un aprieto. Te pillan echando un polvo y ¿qué haces en ese momento? Sales de allí diciendo cualquier cosa. No era muy probable que Paul admitiese cosas como que fue él quien se insinuó. No estoy segura de si se debe a un defecto profesional, soy abogada, pero sé que muy poca gente hace que la situación empeore para ellos mismos de manera voluntaria si tienen elección. Ya sabes: hay una manera en que a todos nos gusta creer que nos comportamos y después está el modo en que lo hacemos.

Delia reflexionó. ¿Era posible que hubiese usado las respuestas de Celine en lugar buscar su propia respuesta sobre qué hacer con Paul? ¿Que quería encontrar un punto que le permitiese hallar pruebas concluyentes que le dijesen qué hacer? Pero si no se hubiese encontrado a Celine, habría creído a Paul, básicamente porque le quería. No debía volver a repetir ese error.

—No quiero quitarle importancia a lo que has hecho. Creo que venir a Londres para quedarte es increíble. Obviamente. Dejando mis intereses a un lado —dijo Emma.

—No. Está bien tener otra perspectiva de las cosas —dijo Delia.

Emma movió la tabla giratoria.

A Delia le preocupaba lo que había dicho. No creía que el asunto Monica Lewinsky fuese la mejor analogía, porque Bill Clinton se jugaba algunas cosas más, ni estaba de acuerdo con Emma en que se podía disculpar a Paul por seguir mintiendo cuando ya lo había pillado. La realista Emma decía que todo el mundo actúa en su propio beneficio, mientras que ella era una idealista que creía que alguien que se arrepentía de verdad no debía callarse nada. Era algo demasiado ideal, pero Delia lo mantenía.

—¡No me puedo creer que esté soltera! He estado mucho tiempo fuera de circulación —dijo Delia recostándose, hasta arriba de *dim sum*—. Las relaciones que tuve antes de Paul fueron hace tanto tiempo que ya no cuentan.

—¡Ah, no te preocupes por eso! —exclamó Emma haciendo un gesto con la mano—. No es que el Pene Número 12 sea una llave mágica que abra los secretos del universo erótico. ¿Sabes? Necesito un cambio de aires, ¿salimos?

Fueron a tomar algo tranquilamente no lejos de allí en un estrecho bar gótico con el amigo gay de Emma, Sebastian. Tenía una cabeza redonda tan pequeña que parecía que sus miembros iban a deslizarse hacia uno de los lados, y tenía una risa que sonaba a «ñac, ñac, ñac».

Delia había olvidado que no había nada como tomar algo tranquilamente con su amiga, que ya había cambio de aires.

—¡Tomemos Pepinillos inversos! —chilló. Los Pepinillos inversos resultaron ser pura necromancia: un chupito de *whisky* seguido de otro de escabeche.

—El sabor a sal ayuda a quitar el sabor a *whisky*. En Brooklyn todo el mundo los toma. Acompañados con tequila —añadió Emma, tosiendo un poco, como si alguna parte de lo que decía tuviera lógica. Delia rechazó beber más agua de pepinillos y se pasó a la cerveza.

—Bebes pintas —le dijo Sebastian con aprobación—. Me encanta el... —sus manos bailaron alrededor del recogido y la diadema de Delia mientras aspiraba su cigarrillo electrónico—... el conjunto *vintage* a lo Lucille Ball que llevas. Te vistes para las mujeres, no para los hombres.

—Me visto para mí... —dijo ella—, y yo soy una mujer. Así que supongo que tienes razón.

Le gustó la idea de que se peinase con intención. En muchos otros aspectos, su vida parecía que era aquello que le pasaba.

—¿Alguna noticia del aristócrata Adam? —preguntó Emma mordiéndose el labio.

—Solo que, en mi revolución, no lo malgastaré —respondió ella tomando prestada una frase de Paul y reprendiéndose internamente por ello.

Le contaron a Sebastian la historia de Adam, incluyendo el improvisado Bed and Breakfast después de Cock & Tail.

—Si es tan malo como dices, ¿por qué lo hizo? —preguntó él.

—No lo sé —admitió Delia—. Te prometo que no por interés carnal, eso lo dejó muy claro. Probablemente piensa que las mujeres borrachas en público son inmorales a causa de su educación.

—Yo sí que educaría a nuestros hijos —dijo Emma rotundamente.

Sebastian jugueteó con su pelo, enrollando dos mechones junto a las sienes como cuernos.

—Quizá pensó que era lo que debía hacer —dijo encogiéndose de hombros—. Hay hombres con principios. Pero ninguno de los que conozco. Lo vi una vez en una peli.

Capítulo 48

Delia había empezado a pensar que nunca conocería a un cliente de Twist & Shout del mundo de la política y que la solicitud de información de Adam West sobre clientes de esa esfera le serviría para poco o nada: de donde no hay no se puede sacar.

Sin embargo, a la mañana del jueves siguiente, Kurt farfulló que quería que le acompañara a conocer a un diputado, un tal Lionel Blunt.

Al salir de la oficina, el cielo se abrió con un chaparrón de verano, y llovió a mares mientras corrían por el Soho bajo los paraguas. Resultado: acabaron completamente empapados.

Cuando localizaron a Lionel estaba bajo un toldo, en la terraza de un bar. El agua caía por el ala de uno de sus bordes y daba la impresión de que estaba detrás de una cascada. Sus razones para estar al fresco con un tiempo como el que hacía no tenían nada que ver con el amor que el diputado sintiera por la naturaleza, sino que simplemente estaba fumando un cigarrillo a la vez que se tomaba un coñac de buena mañana.

Tenía el pelo entrecano y peinado hacia atrás, gafas de bibliotecario en la punta de la nariz y un traje de americana, chaleco y pantalón algo gastado. Aunque no tanto como su cara de nuez, que parecía más bien «una bayeta vieja» que algo simplemente «usado».

—¿Qué jodido mundo es este —preguntó como saludo haciendo aspavientos con su cigarrillo— en el que a un hombre trabajador, un simple individuo cuyos antepasados lucharon por este país, se le echa como a un perro por querer disfrutar de los frutos de una de las industrias de mayor éxito?

—Los gilipollas están a cargo de la granja de gilipollas, Gran Bretaña —coincidió Kurt con solemnidad, dándose palmaditas en el pelo con servilletas de papel que sacaba de un dispensador de metal.

—Como mi querida madre dijo en su lecho de muerte: «Estoy contentísima de irme a mi caja de pino, Lionel, porque este mundo cada vez va a peor». Que en paz descanse, qué razón tenía.

«Me pregunto si la causa de su muerte fue cáncer de pulmón como fumadora pasiva», pensó Delia.

—¿Y quién es esta ave del paraíso? —preguntó mirando por debajo de los ojos cómo Delia, ligeramente asqueada y totalmente empapada, sacudía el paraguas y se desabrochaba el abrigo.

—Mi chica, Delia. Tráenos unos café, ¿vale, Red? —dijo Kurt, y el alma de Delia se estremeció por aquella muestra de flagrante sexismo—. Y otro... Courvoisier, ¿verdad?, para Blunt.

Cuando entró en la cafetería, pudo oír claramente la voz de Lionel:

—Qué estupendos melones tiene tu secretaria. Me gustaría ver el despegue de esos torpedos sobre mi acorazado *HMS Dreadnought*.

El rostro de Delia se encendió y se estremeció, alegrándose de que la respuesta de Kurt se perdiese entre el sonido del tráfico.

Lionel Blunt era un vividor y un fantasma (y otros eufemismos de «alcohólico de manual»). También llevaba un diario social y era columnista; su columna semanal *Al habla Blunt* del *Telegraph* era lo que se podía denominar, educadamente, controvertida.

Ahora era diputado por un nuevo partido pequeño y esperaban ganar pronto en Eastleigh Central. A favor de la caza, en contra de la prohibición del tabaco, antieuropeísta, antiinmigración, partidario de las grasas saturadas, los militares y el críquet: Lionel era un libertario.

Excepto, al parecer, cuando se trataba de «esas hordas de sinvergüenzas patéticos que caminan como maricas con menos pelo que el latón», como él describió a dos hombres con cresta y pelo rapado a los lados que vestían camiseta de rejilla en colores fosforito y pasaban por la calle en aquel momento, y murmuró: «Gracias a Dios que aún quedan hombres de verdad en el país para combatir por él».

A Delia le gustó la idea de que sus costas estarían mejor protegidas por un viejo libertino y asmático como Lionel.

Los cuarenta y cinco minutos que pasó en su compañía le hicieron sentir que había conocido a una reliquia del pasado y, como los baños al aire libre y el estofado de lengua, un trozo del pasado que se alegraba de dejar atrás.

—El problema es —dijo Lionel girando su segundo coñac con el pie de la copa entre los dedos índices— que a los idiotas de los rojos, con su progreso de colores y zapatos baratos que salen en la BBC, les encanta crear un escándalo por nada. El fin de semana pasado estuve en una fiesta al aire libre en Amersham y di un discurso. Tuvo una acogida excelente. Pero los medios eligieron una estúpida broma y los puritanos empezaron a despotricar contra mi vulgar forma de hablar...

—¿Qué broma...? —preguntó Delia.

Lionel apagó el cigarrillo y encendió otro.

—Dije que estaría más a favor de que hubiese diputadas si en el conjunto no hubiese tantas señoras de ubres grandes que me recordasen a mi niñera Bootle. Créeme, si hubieses conocido a Bootle, entenderías por qué. La cara de aquella mujer podía agriar la leche. Y cuanto menos hable de ella, mejor. Digamos que pintarle una cara en el trasero y enseñarla a andar hacia atrás sería misión imposible.

Los ojos de Delia se abrieron de par en par. ¿Aquel hombre se iba a presentar a un cargo político?

—No te preocupes, querida —dijo Lionel viendo que estaba desconcertada, dándole una palmada en la rodilla con el cigarrillo sujeto entre los labios—. Tu eres un castillo inflable irresistible para cualquier caballero de sangre caliente.

Sus ojos se deslizaron hacia abajo buscando el pecho de Delia.

—Aunque no cuento con su voto —dijo asintiendo a un hombre que llevaba pantalones cortos de ciclista y una camiseta con las palabras «Ponme el trasero aquí».

Delia se quedó sentada en silencio y alucinada. La idea era usar el idioma de Kurt para «darle un poco de color» y «darle valor» a la imagen de Lionel Blunt.

No sabía qué espectáculo estaba tramando Kurt para hacer a Lionel más adorable (Delia pensó que iría tan bien como ponerle una diadema con antenas a un cocodrilo y llamarlo Miriam), pero el círculo de confianza era muy pequeño. Incluso delante de ella fueron prudentes al hablar de los detalles. Lionel y Kurt hablaron de hora y lugar para una futura reunión, pero no llegaron a nada en concreto.

Después de los varoniles apretones de manos y de que Delia sobrevivie-se a un húmedo beso de sapo en la mano, intentó interrogar a su jefe para descubrir cuáles eran sus planes exactamente.

—Espera y verás —dijo Kurt—. Es probable que sea lo mejor que he hecho.

Por «mejor» Delia entendió «peor» y tuvo un presentimiento.

Capítulo 49

La lluvia, poco común para el verano, continuó toda la semana. Delia prefería la combinación de calor húmedo, cielos amenazadores, ambiente plomizo y diluvios tropicales. Aunque había que admitir que era mejor admirar el tiempo con una bebida caliente a través de la ventana.

Un mensaje de Adam decía que era hora de quedar y quería hablar de Lionel Blunt. Delia pensó «vale, mucha suerte: no sé mucho más que tú acerca del Plan Blunt». Esperaba que no necesitara que él hablase.

Quedaron a las siete en un cine independiente en Borough, después de que ella aceptase el razonamiento de Adam de que allí era donde la gente se encontraba tradicionalmente para intercambiar información en secreto. A su pesar, a Delia le gustó bastante la idea de meterse en una jornada matinal de *Crimen perfecto* con una bolsa de papel en la mano.

El Roxy Bar & Cinema solo proyectaba con la luz encendida, si no estaría muy lleno. Delia había adquirido un chubasquero amarillo brillante que ese día se había puesto sobre su vestido de verano de algodón blanco que a su vez había comprado por cinco dólares en Oxfam, y se sentía como un guardia de tráfico luminiscente en medio de la oscura habitación.

Sus mesas estaban tenuemente iluminadas con lámparas estilo bar clandestino, y guirnaldas de cortina carmesí como el cuerpo de baile enano de *Twin Peaks*. En la pantalla del fondo se podía ver *Scarface,* mientras la gente tragaba cócteles y comía hamburguesas de un tamaño descomunal. Delia decidió que volvería allí por un motivo mejor. Era una de las cosas de Londres que le hacía sentir que formaba parte de la ciudad.

Pidió una cerveza, buscó un asiento en la zona del bar y se apartó el pelo hacia un lado, retorciéndolo como una sábana sin escurrir.

Adam apareció en el otro lado de la oscura habitación.

Parecía que se había puesto un periódico encima de la cabeza como paraguas improvisado, y ahora lo tiraba y se ponía ambas manos sobre el pelo mojado. Se quitó el abrigo y también la empapada camiseta que llevaba debajo, inclinándose hacia delante. Delia se encontró extrañamente paralizada por la escena, lista para el diálogo de una película muda. Levantó su botella de cerveza para indicarle que pidiera una, y él asintió.

Adam fue hasta la barra, cruzó la habitación y se sentó con su botella, arrojando el abrigo empapado en una silla vacía.

—Necesitas que te sequen como a un perro —dijo Delia en voz baja sin pensarlo.

—«Que te sequen como a un perro» está en la lista de servicios de una sauna cerca de mi oficina —replicó Adam también susurrando. Le dedicó una sonrisa y añadió—. Me alegro de verte.

Lo dijo tan simple y sinceramente que Delia solo fue capaz de responder: «Aah». Y luego continuó:

—Me obligas a verte.

De acuerdo, a lo mejor ahora estaba siendo más suave, pero Adam no había jugado limpio desde el principio. Estaba allí porque él la obligaba.

Adam se rio, sofocando el sonido con un trago de cerveza.

Eso era, ese era el problema. Siempre que intentaba insultarle y recordarle que eran adversarios implacables, a él le parecía gracioso. Se había reído en Hyde Park de magos escoceses inútiles una y otra vez, y eso era algo que a ella le comía la moral. Aquello evidenciaba, decidió con remilgo, una falta de respeto absoluta.

—Si es un castigo, mejor voy al grano. Lionel Blunt. Venga.

—¿Cómo sabes que trabajamos con él?

—Eso no tiene importancia —replicó Adam—. Una chica tiene sus trucos. Blunt es tan de fiar como el primer novio que te puso los cuernos, ¿verdad?

Delia torció el gesto. En un susurro le contó las opiniones prehistóricas de Lionel con una vaga alusión al modo en que había dicho que la aprobaba como activo de Twist & Shout.

—Verás, ya sé que no es un secreto que no soy un admirador de tu jefe, pero aun así, ¿cómo se atreve a dejar que te hable así un cliente? ¿Acoso laboral consentido o qué?

Se hizo un silencio. Adam retorció la etiqueta de la botella de cerveza.

—¿Kurt lo ha vuelto a intentar contigo?

Delia sacudió la cabeza.

—Algo es algo, supongo.

—Estamos saliendo —dijo Delia con cara de póquer.

Adam se quedó con la boca abierta.

—Por Dios, dime que no es verdad.

—¡Ja, ja! —se rio Delia con la cerveza haciendo ruido en su barriga.

—Sé que me odias, pero no pensaba que te odiases a ti misma.

Los dos se rieron entre susurros y ella comprobó que a nadie parecía importarle que pudiesen interrumpir la interpretación de Al Pacino.

Estaba en peligro de que le gustase a Adam West si no se vigilaba a sí misma. Obviamente, estaba siendo víctima de algún tipo de síndrome de Estocolmo, teniendo en cuenta que ni siquiera debería estar allí.

Delia se reprochó: ¡sabe que es encantador y creíble! ¡Esto es lo que hacen los hombres-que-se-acuestan-con-todo-el-mundo! Llevaba tiempo fuera de juego, pero todavía podía recordar las reglas básicas de las citas. Los prototipos shakespearianos. Ese tipo de hombres te prestaban especial atención, una manera perfecta de hacerte sentir especial. Te embrujaban para quitarte la ropa en una especie de hipnotismo masculino. Después, a la mañana siguiente te susurran: «Otra que ha mordido el anzuelo» mientras se ponen los gemelos y te prometen que te agregarán a su página de Facebook.

No es que hubiese pensado ni por un momento que Adam quisiese acostarse con ella, pero fuera lo que fuese lo que perseguían ese tipo de hombres, los métodos eran los mismos.

Volviendo al tema, Delia hizo un resumen de lo poco que sabía de Lionel. Adam anotó una fecha, una hora y un lugar antes de cerrar el bolígrafo y guardar su cuaderno.

—Si se te ocurre aparecer por allí, va a resultar muy sospechoso —dijo Delia volviendo a ponerse nerviosa—. Si solo lo sabemos Kurt, Lionel y yo, no les costará mucho descubrirlo. ¿Vas a intervenir?

—Confía en mí, seré discreto. ¿Te salvé de lo de Cock & Tail, no? No sabrá que has sido tú.

—Parece arriesgado.

—Supone un riesgo, pero creo que lo harás bien. Tendrás que confiar en mí.

—¿Qué tienes contra Kurt? Parece algo bastante personal.

—¿Estás preparada para tener una imagen completa de él?

Delia sintió un hormigueo en el estómago. En realidad, no lo estaba.

—Pues Marvyn Le Roux, el mago más inútil del mundo que no es capaz de sacar un conejo de una conejera...

Delia alzó las cejas. De todos los clientes de Twist & Shout, creía que él era el más inofensivo.

—Su rica familia de Caledonia, los McGraw, hizo su fortuna con las galletas. Tienen unos cuantos negocios más, uno de ellos es una compañía llamada Edad Dorada, residencias para jubilados. Hay unos cuantos en Escocia, y ahora están intentando expandirse a Inglaterra.

Delia asintió.

—Edad Dorada está pujando para conseguir la gestión de dos residencias de la autoridad local del distrito de Lionel Blunt. Sorprendentemente, este se ha ocupado de ensalzar las virtudes de la eficiente propiedad privada en los medios de comunicación locales. Si esto sigue el patrón de las aventuras en las que Kurt se ha visto involucrado anteriormente en el otro lado del mundo, creo que sé por qué. Está actuando como intermediario y chantajeando a Blunt de parte de los McGraw para ayudar a su candidatura. Edad Dorada no se considera el colmo del lujo, por decirlo de una manera amable. Búscalos en Internet, hay muchas historias muy duras acerca de las condiciones casi carcelarias en las que viven los ancianos. En Escocia se los conoce como El Purgatorio. Los pobres Stan y Betty son los perdedores, mientras que todos los demás se llenan los bolsillos. Supongo que nunca les faltarán las galletas.

—¿No puedes informar del conflicto de intereses porque Lionel Blunt y Marvyn tienen el mismo representante?

Adam se encogió de hombros.

—Marvyn no tiene nada que ver con la empresa de su familia. Es mera coincidencia a no ser que haya intercambio de dinero, cosa que en la actualidad no puedo demostrar. El resultado de la subasta se decide el mes que viene, así que ya queda poco.

Delia pensó en los pobres ancianos y en que ella sería culpable en parte. El corazón le dio un vuelco.

—¿Cómo sabes lo que Kurt hacía en Australia?

Adam bebió un poco más de cerveza. Tenía la extraña sensación de estar viendo al Adam real por primera vez. Su actitud era superficial y despreocupada, pero la imagen no coincidía con su interés. Se dio cuenta de que estaba bastante enfadado y, sí, tenía principios.

—Cuando era joven, obtuve un trabajo de prácticas en el departamento de política del *Sydney Morning Herald*. Me interesé por Kurt y husmeé en algunas cosas en las que está involucrado. Luego supe que estaba en la oficina del director y me dijeron que no había encajado. Yendo al aeropuerto fue cuando caí en la cuenta de que había sido Kurt. En particular, porque me envió un mensaje de despedida pavoneándose de ello. Al parecer tenía algo con alguien del periódico... Yo estaba muy orgulloso de haber conseguido el trabajo. Mi visado dependía de él, así que eso fue todo. Volver a casa antes de tiempo me hizo sentir como si llevara el rabo entre las piernas. Había sido bastante imprudente, y mi madre pensó que aquello era un punto de inflexión. —Adam hizo una pausa para quitarse de encima su seriedad—. En fin, imagínate mi alegría cuando reapareció aquí, Debra.

Delia sintió lástima por él. No había pensado en Adam como una persona con padres, obligaciones y sentimientos de verdad hasta aquel momento.

—¿Por qué no me preguntaste esto desde el principio? Dijiste que estabas interesado en clientes relacionados con los negocios y después me dijiste te daba igual Marvyn.

—Ah, bueno... —Adam mostró una de sus sonrisas de aspecto aniñado—. Disculpa mi cinismo. Sospechaba que harías de agente triple y le contarías a Kurt lo que estaba preguntando.

Delia recordó su encuentro en Hyde Park. Sí, podía haber hecho eso.

Adam movió la silla para que un grupo pudiese llegar a la mesa de al lado. Su proximidad hizo que tuvieran que dejar a un lado temas sensibles.

—¿Por qué dejaste el periodismo? —preguntó Delia.

—Eh, eso duele.

—¡Me refiero a los periódicos!

—Una mañana me encontré escribiendo un artículo sobre exportación de comida con el titular «La moda californiana por la col rizada no acabará pronto». Y pensé: «¡Basta!». Aquel no era el tipo de cruzada periodística que imaginaba cuando trabajaba con mi gran corbata y pantalones acampanados en el periódico del pueblo acosando sexualmente a las secretarias y fumando en mi despacho.

—Ja, ja. Nunca has trabajado en un periódico de pueblo...

—¿Y esa es la única parte que no parece cierta? —Adam inclinó el cuello de la botella hacia su boca—. Eres un lince.

Delia sonrió.

—¿Ganas dinero suficiente con el periodismo *online*?

—Por ahora, sí—respondió Adam encogiéndose de hombros—. La web está empezando, el equipo es pequeño.

—Al principio pensé que erais el típico blog chillón, pero Unspun parece más riguroso y profesional.

—Sí, no soy yo solo haciendo ruido en WordPress. Gracias por darte cuenta —dijo Adam poniendo los ojos en blanco y sonriendo—. A mí me gusta decir que es un periódico de noticias en profundidad. No siempre hacemos cosas de estricta actualidad. Podemos seguir nuestros intereses y nuestras pistas.

Delia asintió.

—De pronto tienes muchas preguntas —dijo Adam recostándose y observándola antes de dar otro trago a la botella.

Sonrió.

—Por sacar conversación, como dices tú. ¿Quién lo lleva? ¿Quién es tu jefe?

—Prefiere que no se diga su nombre. Es tu estereotípico benefactor millonario y solitario —sonrió Adam—. ¿Qué planes tienes a largo plazo? ¿Vuelves a Newcastle?

Delia tragó saliva y sacudió la cabeza.

—¿Has terminado definitivamente con tu ex? —La expresión de Adam mostraba que había hablado sin pensar y parecía momentáneamente avergonzado—. Lo siento, no quiero ser cotilla.

Delia le dedicó una sonrisa fugaz.

—Disfruté de un maravilloso fin de semana en el norte, durante el que me encontré con la amante de mi ex. Justo después de tener que sacrificar a mi perro.

Durante una milésima de segundo Delia pensó que no pasaría nada por mencionar a *Chirivía*. Le llevó un segundo descubrir que sí. Sus ojos se inundaron de lágrimas y agradeció muchísimo la tenue iluminación.

—Joder. Lo siento. —Adam le puso la mano en el brazo y la apartó inmediatamente.

Delia respiró hondo y tragó saliva para dejar de llorar, y Adam dijo, en un momento de auténtico carisma y consideración:

—¿Quieres que diga tonterías durante un rato? Eh..., ¿pasa algo si te enseño la foto de un gato?

Delia sonrió agradecida y dijo que no con la cabeza de manera enérgica. Vio que él buscaba fotos, con la cabeza ladeada, el iPhone en la mano y un reloj anticuado con correa de piel marrón. Bonitas manos. Era atractivo, suponía. Si te gustaban esas cosas.

—Bueno, este es mi amor secreto —dijo Adam. Giró el móvil para mostrarle un gato tricolor bastante gordito, con parte de su estómago blanco colgando sobre las patas traseras—. Es *Stuart*.

Delia casi era capaz de volver a hablar.

—Es un gordo cabrón que mi hermana gemela adoptó en una protectora de animales. La última vez que pedimos *curry* me robó el pan de pita de la mano. Un momento después volvió de la cocina con los bigotes color naranja brillante, y nos dimos cuenta de que había estado nadando en el pollo tandoori.

Delia se rio.

—¿Otra cerveza? —preguntó Adam educadamente cuando a las botellas solo les quedaban restos de espuma.

—Gracias, pero tengo que irme. Y esta es nuestra última reunión, por cierto —dijo ella con una sonrisa—. Ya tienes lo que querías.

Delia se alegró haber decidido decir aquello. Advertía que se estaba empezando a sentir demasiado cómoda con aquel tranquilo amigo-enemigo. Era hora de mostrarle que no era su juguete. A pesar de que lo hacía por una buena causa, seguía arriesgando su trabajo.

—¡Oh! —se limitó a decir Adam frunciendo el entrecejo—. Pensé que sería yo quien pusiera el punto final.

—Lo estoy poniendo yo. —O más bien, yendo de farol.

Adam puso cara de pocos amigos.

—¿Qué pasa si llamo a Kurt y le cuento lo de la carpeta?

—No lo harás —dijo Delia segura de que lo tenía todo bajo control; había hecho sus cálculos y Emma había dicho lo mismo. Aquello tenía un límite—. Si me has salvado de sus garras, no dejarás que me eche.

—Recuerda que yo pienso que trabajar para él es solo un poco más aceptable que acostarse con él.

Delia sacudió la cabeza.

—Esto es un trato justo, he hecho lo que me pediste. Además, conozco tu secreto —dijo.

—¿Ah, sí? —Adam parecía cauteloso.

—Eres bueno.

Parecía sorprendido.

—Un cumplido de Delia Moss. Por algo se empieza. Me alegro de haber trabajado contigo —le alcanzó la mano para que se la estrechase.

Se la estrechó y no se le ocurrió nada mejor que decir:

—Disfruta del resto de tu vida.

Adam parecía ligeramente inquieto, y Delia tuvo la impresión de que no le gustaba que ella decidiese. El típico ego masculino.

Caminando hacia el metro, mojándose con la llovizna mientras la lluvia cambiaba de opinión, un cartel del *Evening Standard* en la esquina de una calle hizo que Delia se detuviese en seco. Hablaba de muleros de la droga. Se quedó boquiabierta.

¡Eso era! ¡La conversación que había oído en el Cock & Tail, eso era lo que tenía que recordar! ¡Adam las había comparado a Steph y a ella con mulas!

Un momento... Delia se quedó paralizada mientras los transeúntes caminaban a su alrededor. Freya le había sugerido a Adam que se acostase con ella para conseguir información... y él había bromeado diciendo que no había ninguna posibilidad...

Y había dicho algo así como: «Cuando llegue el momento, la arrojaré a los perros. No merece otra cosa».

¿Acababa de decirle que era bueno?

Durante cinco minutos la había pillado. Durante un instante incluso había pensado que había una remota posibilidad de que fuesen amigos si

Delia sobrevivía a que la expusiese ante Kurt y más adelante, cuando ella lo decidiese, dejase Twist & Shout. Lo que había dicho de Kurt era horrible, pero ¿sería verdad?

Siempre la había inquietado pensar que no debía confiar en Adam. Solo porque Kurt fuese malo, no significaba que él fuese bueno. Por fin había obtenido una prueba sólida de su traición. Era todavía más horrible después de haber estado sentada con él y hablado alegremente de la valla del jardín de su hermana para su gato *Stuart* y después de haber sentido lástima por él por lo de Australia.

¿Qué planes tendría Adam para ella?

«Cuando llegue el momento...»

¿Habría llegado el momento?

Capítulo 50

Delia y Kurt se bajaron de un taxi negro (Delia creía que aquel hombre nunca iba en transporte público) en el punto de encuentro; a las nueve y media, en la estatua de bronce de Boudica del puente de Westminster.

Se colocaron junto a una tienda de *souvenirs* con la bandera del Reino Unido, llaveros del Big Ben, pisapapeles con una bola de cristal con el palacio de Buckingham y camisetas de I ♥ LONDON, con la noria de Londres y el palacio de Westminster detrás.

Todo muy típico.

Delia solo sentía que empezaba a conocer la capital cuando seguía la estela de Emma, aprendiendo los patrones con los que se movían los residentes en aquella inmensidad. Cuando estaba en el centro, se sentía como un pez fuera del agua, como cuando iba de niña con sus tíos a que le pintasen la cara y a comer en el Hard Rock Café.

—Lionel llega tarde —dijo Kurt unos minutos después al tiempo que miraba el reloj—. Espero que no haya vaciado una botella de Rémy Martin con cereales y se haya quedado dormido.

—¿Hace esas cosas? —preguntó Delia y Kurt le dedicó una mirada sarcástica que decía: «¿Tú qué crees?»—. Su última limpiadora se fue cuando se lo encontró haciendo su yoga mañanero en cueros. Dijo que era la postura del «bebé feliz». Dijo que ver el «noes» de Lionel era más Lionel de lo que podía aguantar por lo que le pagaban.

—¿...«Noes»?

—Ya sabes. Esa parte que no es la de delante y tampoco la de atrás.

Delia torció el gesto.

Pasaron otros diez minutos inquietantes mientras Kurt examinaba la calle de arriba abajo en ambas direcciones.

El corazón de Delia se puso a cien, y maldijo a Adam West por convertir lo que tendría que ser un día normal de trabajo, aunque poco convencional, en uno lleno de malos pensamientos.

Un autobús rojo retumbó al pasar y en la distancia, al otro lado de la calle, en un hueco momentáneo entre transeúntes, Delia vio un reflejo de pelo rubio oscuro de un hombre alto. ¿Y un abrigo beis...?

Oh no. Adam West se estaba apoyando en la barandilla del puente, mirando desde lejos con el teléfono en la mano. Tuvo la sensación de que estaba haciendo fotos, pero no podía estar segura. Aquellas serían las fotos que acabarían en su página web y allí estaría ella, la mano derecha de Kurt, cuando estaba a punto de descubrirse algo terrible: la cámara nunca miente. Kurt ataría cabos acerca de quién era la chivata. Sintió una explosión de pánico.

Kurt seguía buscando a Lionel, y sería cuestión de tiempo que sus ojos mirasen en la misma dirección y viese a Adam.

No había manera de que fuese creíble que Adam estuviese allí por casualidad. Aunque quizá nunca pretendió que lo fuese. Incluso si Kurt no se daba cuenta de que los estaban vigilando, algo estaba a punto de resolverse con Lionel Blunt y, si Adam entraba en acción, entonces se daría cuenta.

Delia sentía que el sudor se le acumulaba en el labio superior y en las axilas.

En ese momento se dio cuenta de que estaba harta de tener miedo. ¿Sabes qué? Que le den a Adam West por meterla en esa situación. Había estado merodeando como un animal acorralado y había dejado que otra gente pusiese las condiciones.

Y aquella conversación con Freya, y la manera horrible y despectiva como había hablado de ella y después hacerle creer que eran colegas.

Delia todavía podía decidir: podía irse tras haber tomado el control. No iban a pillarla en un horrible trío entre Kurt y él. De nuevo se la llevaba la corriente, en lugar de elegir ella su propio camino. Era la historia de su vida.

Miró a Boudica cabalgando hacia la batalla. ¿Realmente era tan horrible dejar un trabajo de relaciones públicas? ¿Qué era lo peor que le podía pasar si era sincera? ¿Que tendría que volver a casa en transporte público? Si uno comete un error, es mejor admitirlo. Eso es lo que siempre te dicen. Delia admitiría su error y descubriría para quién estaba trabajando.

—Kurt —dijo Delia—, tengo que contarte una cosa. ¿Recuerdas la primera vez que quedé con Adam West, cuando no sabía quién era?

—Sí...

Delia estaba compartiendo la atención de Kurt con su BlackBerry.

Se aclaró la voz y habló con seguridad y claramente.

—Llevé conmigo la carpeta de las estrategias. Se me olvidó sin querer, y no para de chantajearme desde entonces.

—¿Te chantajea? ¿Para qué? ¿Te lo estás tirando?

En ese momento atrajo toda la atención de su jefe.

—¡No! Para conseguir información.

—Ah, vale. ¿Y qué le has contado?

—Nada, solo dónde y cuándo habíamos quedado hoy con Lionel.

Kurt ladeó la cabeza.

—¿Por qué me lo cuentas ahora?

—Lo estoy viendo allí... —Delia inclinó la cabeza y él siguió su línea de visión—. No quiero ser la responsable de que él arruine las cosas. Entenderé que me eches.

—La cosa es —dijo Kurt haciendo una mueca— que West te la ha jugado. Nunca te habría echado. En esa carpeta no hay nada importante.

A Delia se le abrió un poco la boca.

—Pero... tú dijiste...

—Sí, es algo que suelo hacer. Una prueba. Si lo que contiene sale a la luz, sabré que no se puede confiar en todo el mundo. No todos los clientes de esa carpeta son clientes de verdad.

—Vaya.

—Todo lo que necesita Twist & Shout está aquí —dijo dándose palmadas en la cabeza—. O en mi amiguito que nunca se separa de mí.

Delia no sabía a qué se refería, pero pensó que lo correcto sería disculparse.

—Lo siento muchísimo. Era novata cuando ocurrió y no sabía qué hacer. Acababa de conseguir el trabajo y quería conservarlo como fuese. Quería probarme antes de reconocerlo.

Kurt entrecerró los ojos y se encogió de hombros.

—Parece que lo has afrontado cuando era realmente importante.

Miró el reloj.

—Tenemos que librarnos de él antes de que empiece el espectáculo.

Miró a su alrededor. Finalmente su mirada encontró algo. Se volvió hacia Delia, presa de unos nervios terribles.

—Como aprendí de niño, pelirroja, si te metes en un lío tienes que solucionarlo. Sígueme el rollo.

Una pareja de policías pasaron delante de ellos, un hombre y una mujer, con chalecos reflectantes, y *walkie-talkies* haciendo ruido pegados a ellos.

—Disculpen —dijo Kurt con un convincente acento australiano—. Aquel tipo de allí se ha bajado los pantalones delante de mi novia.

—¿Qué? —dijo Delia sin respiración, horrorizada.

Kurt le pasó un brazo por detrás.

—Le da vergüenza. Hay que contárselo a los agentes cuando estas cosas pasan, cariño. No puedes dejar que esos locos se vayan de rositas.

—¿Quién dicen que lo hizo? —preguntó la policía.

Delia tragó saliva y no fue capaz de responder en el momento.

Kurt señaló a Adam, que había visto que le habían pillado y parecía tremendamente preocupado, con el ceño fruncido y las manos en los bolsillos.

—Eh. Ese de ahí. El del abrigo marrón claro y pelo claro —murmuró Delia.

—¿Qué ha ocurrido? —preguntó el policía. Sacó una cartera y comenzó a apuntar los detalles.

Delia tuvo una experiencia extracorporal en la que una versión de sí misma que apenas reconocía estaba de pie en un puente histórico de Londres a media mañana acusando falsamente a un hombre inocente de mostrar sus partes nobles delante de ella.

—Pues... estaba en ese lado del puente haciendo una foto de las vistas con mi teléfono móvil y él estaba justo a mi lado, miré hacia abajo y...

—Cabrón asqueroso —dijo Kurt enérgicamente, apretando más el brazo alrededor de Delia y sacudiendo la cabeza.

—¿Podría hacer una declaración? —preguntó el policía, y Delia asintió pensando: «¡Madre mía! ¿Qué estoy haciendo?» mientras anotaban su nombre, su dirección y su número de teléfono.

—¡No la hagan ir a comisaría con ese depravado! —exclamó Kurt con vehemencia.

—Puede hacer su declaración en otro momento. Déjelo en nuestras manos —dijo la agente. Cruzaron la calle juntos para hablar con Adam.

—Tranquila, no tendrás que declarar —dijo Kurt con el brazo todavía rodeándola—. Di que has cambiado de opinión y que el sol te deslumbraba. O que la tenía tan pequeña que no estás segura, ja, ja.

Delia miró apenada cómo los agentes tenían lo que parecía una agria disputa y Adam lanzaba miradas furiosas en su dirección y los señalaba. Delia pensó que su problema era que no tendría un buen motivo para estar allí sin moverse.

Como era de esperar, se llevaron a Adam, que no dejaba de protestar vociferando. Lo habían arrestado.

—Ja, ja, listo. No debería ir por ahí con ese aspecto de exhibicionista —dijo Kurt riendo entre dientes—. ¡Ah! Ahí está Lionel, por fin. L. B., vamos a esa entrevista de radio. Quizá después de pasar por el bar.

—Madre mía, me siento como un topo —anunció Lionel con los ojos irritados.

Capítulo 51

Delia siguió a Kurt y a Lionel hacia el palacio de Westminster preguntándose qué le habría pasado a Adam West y si le harían un retrato robot a su parlamentario.

Había tenido que actuar, no tenía elección; que acabase fuera de control en cuanto Kurt se vio involucrado en el asunto no debería ser ninguna sorpresa. Delia debería alegrarse: había vencido la amenaza de la carpeta archivadora y se había adelantado al ataque de Adam West. Pero no se alegraba, sino que se reprendía a sí misma: «Lamentarás haberte metido en esta situación. Sí, habría estado bien tener una prueba concluyente de qué hubiese cambiado. El problema es que en ese momento tú habrás cambiado». Y aquella ya no era la vieja Delia, era La Raposa controlando su destino.

Por muy bien que Kurt se hubiese tomado su error, dudaba de que se hubiese sentido igual si se lo hubiera contado Adam West en tono triunfante mientras echaba por tierra sus planes.

A mitad del puente llegaron hasta un grupo de gente que bloqueaba su camino.

—Disculpen —gruño Kurt—. Tenemos prisa.

Uno de los presentes dijo:

—Va a saltar.

Por entre los espectadores vislumbraron un hombre sentado en la barandilla del puente, inclinado contra sus farolas victorianas llenas de verdín. Tenía el pelo oscuro, unos cuarenta años, aspecto desaliñado y una camiseta sucia.

—¡No lo hagas! ¡Baja de ahí! —lloraba alguien entre la muchedumbre.

—¡No me queda nada! Me quiero ir —respondió el hombre con un marcado acento extranjero.

El ambiente tenía esa electricidad de la gente a la que le gusta ver los accidentes de tráfico, cuando algo tremendamente extraño ha ocurrido en un escenario rutinario y todos han dejado que su educación británica campe a sus anchas, cautivados por el espectáculo y unidos por la tensión.

La ira de Delia aumentó al pensar que iba a ver que alguien acababa con su vida, y contuvo el impulso de lanzarse hacia delante y tirar de aquel hombre para ponerlo en un lugar seguro. Pero cualquier intento de intervenir podría hacer que saltara, por supuesto.

De pronto, ¡zas!, como una ola, se dio cuenta. ¿Era aquello? ¿Aquella era la estrategia? Miró de reojo a Kurt y a Lionel, quienes parecían bastante interesados en la escena que tenían delante. Mmm. Pero no aparentaban sentirse muy molestos por llegar tarde a la entrevista, y aquellos no eran hombres cuyo corazón latiera por los demás.

Pasaban los minutos y la muchedumbre crecía, hasta que llegó la policía en dos coches patrulla con las luces encendidas, pero sin las sirenas, para bloquear el tráfico con una ambulancia detrás de ellos.

—¡Alejaos o salto! —chilló el hombre girando la cabeza para mirar a la repentina multitud de chalecos amarillos.

—Nadie va a hacer nada que usted no quiera —dijo con voz suave una policía—. Tranquilícese.

La gente sacó los teléfonos y comenzaron a hacer fotos en silencio; algunos grababan vídeos. Delia se preguntó si había algún tipo de calamidad o humillación humana que la gente creyese que no era adecuado grabar y subir a las redes sociales. Teniendo en cuenta que había escuchado a un hombre murmurar a su acompañante: «A algunos les lleva horas. Venga, ya has hecho la foto, vámonos», ya tenía la respuesta.

—¿Cómo te llamas? —gritó Lionel poniéndose las manos alrededor de la boca a modo de altavoz.

Todo el mundo se volvió hacia él.

—Bogdan —dijo el hombre.

—¿Fumas, Boglin? —le preguntó Lionel.

—¡Bogdan! —siseó Kurt.

—¿Qué? ¿Si fumo? —dijo el hombre por encima de su hombro, estirándose para ver quién le hablaba—. Sí.

—Tengo aquí un puro buenísimo. Cohiba, el número 1 en las encuestas de las revistas de cigarros. Lo estaba guardando para una ocasión especial. Me gustaría regalártelo a ti si no te importa.

Los policías presentes parecían preocupados. Un agente dijo:

—Señor, por favor, no se meta. Nosotros nos encargamos de esto.

La muchedumbre contenía la respiración.

—¿Un puro? —dijo Bogdan.

—Sí.

—Me gustan los puros...

—Señor, si se bajase, quizá podría... —terció un agente.

—¡No me voy a bajar! ¡Lo voy a hacer! —gritó Bogdan tambaleándose peligrosamente aferrado a la barandilla, haciendo que a Delia se le revolviese el estómago y que el policía diese un paso atrás.

—Tranquilo, tranquilo.

—Quiero un puro.

Lionel se acercó, blandiendo el puro, estirando el brazo como si le estuviese dando una manzana a un caballo con los dientes del tamaño de una lápida.

—Te lo voy a poner en la boca. Quédate quieto, soldado... —le dijo.

Delia pensó que Lionel intentando quedarse quieto era algo de lo que preocuparse.

Bogdan abrió y cerró la mandíbula sobre el puro y Lionel sacó del bolsillo un mechero plateado en forma de mujer, chascándolo dos veces antes de conseguir encenderlo.

Cuando Bogdan inhaló, Lionel se lo quitó de la boca mientras exhalaba y después se lo volvió a colocar, manteniendo la conversación.

—Un sabor fabuloso, ¿verdad? Es lo único bueno que ha producido el comunismo. ¿A qué te dedicas? ¿Eres albañil? Muy bien, una profesión noble. Detecto que hablas con cierto acento, ¿de dónde eres?

Después continuó la extraña pantomima de Lionel ayudando a Bogdan, que era de Macedonia, a fumarse el puro mientras hablaban ya con más calma.

Sin duda se había corrido la voz de que algo raro estaba pasando en el puente de Westminster, y gente con acreditaciones y cámaras de gran tamaño hacían fotos junto a los *paparazzi* de los iPhone.

Parecía que habían terminado de hablar. Lionel le quitó cortésmente el puro y apagó los restos contra el metal. Después se dio la vuelta para dirigirse a la multitud.

—Bogdan, un divorcio es una cosa horrible. Bueno, si estuvieras casado con mi exmujer sería un bendito alivio, pero ese es otro tema. Si reconsideras tu decisión, me gustaría ofrecerte unos oídos amistosos para cuando lo necesites, buscarte un trabajo y suministrarte Cohibas durante el resto de tu vida. Con esta amable gente —Lionel movió el brazo hacia la multitud— como testigos. Eres un buen hombre y el mundo no se puede permitir perderte.

Bogdan se volvió para mirar el Támesis.

Todo el mundo contenía la respiración mientras se preguntaban si estaban siendo testigos de cómo un parlamentario había convertido un suicidio potencial en uno real. Delia se sentía bastante segura del final.

—¿Cohibas para toda la vida? —preguntó Bogdan.

—Tienes mi palabra —respondió Lionel.

Se produjo un silencio. Bogdan se echó hacia atrás, balanceó las piernas sobre la barandilla y volvió a poner los pies en la acera. Lionel lo abrazó de manera afable, dándole palmadas en la espalda. Hubo un fuerte aplauso y gritos de júbilo mientras llevaban a Bogdan a la ambulancia con la policía dirigiéndolo con cuidado. Delia se sintió tremendamente incómoda. Deseó compartir las emociones de los espectadores al pensar que había sido un rescate.

Kurt avanzó furtivamente hasta Bogdan, le dijo algo al oído y le pasó su tarjeta de visita antes de que la policía lo echase.

—¡Usted es un héroe! —le decía a Lionel una mujer de sesenta y tantos con maquillaje de un tono muy pálido—. ¡Un héroe! Ha salvado la vida de un hombre.

—Yo no, querida. El Cohiba —dijo Lionel consiguiendo más risas devotas de la audiencia.

—Vas a llegar tarde a la entrevista, muchacho, pero por una buenísima razón. Tienes el corazón demasiado grande, amigo. Sufres de una enfermedad llamada corazón inmenso —le dijo Kurt a Lionel, pero también a la multitud.

—Qué bien que no sean las almorranas.

La gente se reía a carcajadas y Delia quería gritar: «¡Parad! ¡Es un truco!». Ya era demasiado tarde, había colaborado en aquello. Era la mano derecha de Kurt y la lacaya de Lionel. Podía alegar no saber nada y decir que solo seguía órdenes.

Sin embargo, estaría en el lado equivocado de la historia.

Capítulo 52

—Bueno, Lenny, te ha ocurrido algo extraordinario y estupendo viniendo al estudio esta mañana. ¿Nos lo puedes contar?

El presentador, Stevie, hablaba de un modo falsamente amistoso con un deje estadounidense que parecía obligatorio para los pinchadiscos de las radios locales. También había creído conveniente bautizar a Lionel con el apodo de Lenny. Estaban en un estudio cerca del Parlamento y Delia consideró que no tenían ninguna razón para haber quedado en el otro lado del puente más que para desfilar por delante de Bogdan. Kurt Spicer había orquestado la historia del inmigrante macedonio deprimido con su mujer infiel y el puro salvavidas de Lionel, de eso no tenía ninguna duda. Al parecer Kurt se había ofrecido a encargarse de las solicitudes de entrevistas de Bogdan para conseguirle el mejor precio, lo que realmente significaba controlar quién accedía a él.

A Lionel, miembro de un nuevo partido conservador con su variedad de locas políticas ofensivas y retrógradas, solo se le podían dar las cosas hechas, como si hubiese hecho una entrada triunfal en una oleada de aclamación sentimental. El pinchadiscos había mantenido en ascuas a la audiencia durante la espera, rastreando la tardanza de Lionel con la promesa de una historia «milagrosa y conmovedora», que Kurt había transmitido amablemente a un ayudante al salir del puente.

Lionel restaba importancia a su heroísmo con una perfecta mezcla de humildad altruista y pícaro ingenio, mientras Stevie y el equipo del estudio lo acogían con entusiasmo.

—¿No te preocupaba meterte? —le preguntó Stevie—. Caería un peso enorme sobre ti si hubiese salido mal.

—La cosa es, Stephen —dijo Lionel con ademán de estadista—, que soy de una generación en la que se premiaban los actos en lugar de las palabras.

En estos locos tiempos modernos de salud y seguridad y minimización de riesgos, se oyen historias horribles de socorristas que dejan que los niños se ahoguen porque no tienen el papel adecuado que diga que legalmente se les permite sacarlos del agua. Los mayores de sesenta años no estamos de acuerdo con eso. Nosotros arrimamos el hombro y nos ensuciamos las manos para bien o para mal. Esto significa que nos acaban culpando de los errores; pues que así sea.

—In... creíble. Los jóvenes que nos estén escuchando deberían tomar buena nota de esto, Lenny. Eres un soplo de aire fresco.

«¡Por favor!», pensó Delia.

—Los aburridos grupos de presión antitabaco no estarán de acuerdo contigo, amigo, pero gracias.

—¡Ja, ja! En serio, eres inspirador. Seguiremos hablando con Lionel Blunt después de esta canción de T'Pau.

Lionel ya no era el sórdido borracho, sino un valiente híbrido de Churchill y Gandalf que abogaba por la victoria del sentido común.

Delia se volvió a preguntar qué habría hecho Adam para acabar con aquella situación. Volvió a recordar la imagen de él mientras era arrestado y se avergonzó.

Al volver a la oficina, con el despliegue de llamadas al móvil de Kurt, que no dejaba de menearse alegrándose ya de las futuras fotos de Lionel y Bogdan en el *Evening Standard*, Delia se sentía débil como una esponja. La presencia de Kurt en la oficina implicaba que ni siquiera podía cotillear con Steph.

Delia se ofreció a ir a buscar café a Starbucks como una manera de salir de la habitación en la que estaba Kurt, mientras él gritaba a alguien por teléfono que el delicado estado psicológico de Bogdan requeriría que Kurt fuese a cualquier entrevista suya y que no quería que se explotase su fragilidad. Si la hipocresía tuviese pelo, Kurt sería el Yeti.

Mientras volvía de la cafetería intentando mantener en equilibrio tres grandes vasos de café metidos en una bandeja, una voz desde detrás por poco la hace saltar y derramarlos.

—Buenas tardes, Delia.

Se volvió para ver a Adam West con una expresión de enfado terrible y una camiseta azul clara. De manera frustrante, las dos cosas le quedaban bien.

—No te preocupes, no me bajaré la bragueta. He aprendido la lección.

—Eh... Hola.

—Mentir a la policía, hacerles perder el tiempo. Y ese pequeño detalle de joderme miserablemente. Enhorabuena, ya eres un miembro perfecto de Twist & Shout. Por fin lo has conseguido, ¿eh?

Delia y las tazas temblaron. La echaría a los perros. *Quid pro quo.*

—Sigue diciéndome lo falsa e interesada que soy cuando tú eres igual.

—¡Madre mía! —exclamó Adam dando un paso atrás—. ¿Yo soy igual? Esto tiene buena pinta. ¿Me lo puedes explicar?

—Ibas a hacer que perdiese el trabajo. Lo único que hice fue detenerte.

—Te aseguré muchísimas veces que no lo haría si podía evitarlo. Aunque en realidad te hubiese hecho un favor.

—Si la empresa de Kurt se arruina, me quedaré sin trabajo, ¿verdad?

—Básicamente, sí. Eso no puedo evitarlo. Delia, siento que necesites verlo escrito en el cielo, pero tu jefe es peligroso. No me voy a disculpar por querer bajarle los humos, pero podría ocurrir de una forma en la que tu nombre quedase limpio.

—¿Entonces qué plan tenías hoy?

—Iba a mantenerme a una distancia prudencial.

—Te vi.

—Sabía que me encontrarías. Solo hice que vieses que estaba allí cuando realmente podía decir que alguien me había dado el soplo. Como un favor. Y ahora me pregunto de verdad por qué me molesté.

—Entonces, ¿cuándo me ibas a traicionar? Porque ibas a hacerlo. «Cuando llegue el momento, la voy a tirar por el precipicio. Ese monstruo pelirrojo se lo merece.» ¿Te suena? No es una cita literal, pero se parece bastante.

Adam frunció el ceño.

—¿Cuándo...? ¿Qué?

—Cock & Tail, Freya y tú. Os oí hablar sobre mí.

Parecía que lo había pillado desprevenido. «Venga, ahora sal de esta», pensó Delia con amargura.

—Si me lo hubieses preguntado antes... —murmuró y continuó en voz más alta—: En realidad, en esa conversación estaba engañando a Freya para protegerte.

—¡Ja! De verdad piensas que soy una paleta de pueblo, ¿verdad? ¿Qué le dijiste, que me había caído de la carretilla?

Adam se llevó la mano a la frente exasperado.

—Freya se pone de un humor de perros cuando cree que voy detrás de alguna mujer. Si no le hubiese dicho que no sabías nada, no tendría ninguna prueba contra ti y te dejaría en paz. Ya te lo he dicho otras veces: es mejor no tener enemigos en periódicos nacionales.

—¿No tenías intención de hacerme perder mi trabajo?

—Te dije la verdad. Era un riesgo, pero intentaría limitarlo. ¿Sabes? Es posible que escuchases la conversación, pero no conocías el contexto ni la historia que había entre esas dos personas para entenderla. Si te preocupaba, podrías haberme preguntado.

Adam podía escabullirse como un ratón untado en mantequilla en una caja cerrada. Aquella conversación con Freya había irradiado puro desprecio y desdén hacia ella.

—El tono de la conversación no tenía nada que ver con preocuparse por mí. ¿Qué me dices de eso de «¡Ja! Como si fuese acostarme con ella, ¡qué asco!».

—Ya te lo he dicho, no se trata solo del trabajo. Freya es muy celosa, así es más fácil calmarla. Si no le hubiese seguido la corriente, lo habría pagado contigo de alguna manera. Ya tuve suficientes problemas por llevarte a casa. Además, respóndeme a esta pregunta: si quisiese hacerte daño, ¿por qué te habría rescatado de las garras de Kurt aquella noche?

—Para tener algo con lo que presionarme.

—Ya lo tenía.

—Quedarme en tu casa me comprometía todavía más.

—Me aseguré de que Kurt no se enterase.

—Querías que siguiese en juego para lo de Lionel Blunt.

—Ya lo estabas haciendo.

Delia recolocó la bandeja en sus manos.

—Incluso aunque lo hicieses para ser amable, eso no cambia el hecho de que me estabas utilizando y de que tenía muchas razones para protegerme.

—Yo creo en mi causa; no quería que fueses un daño colateral si podía evitarlo. Intenté actuar con honor y mira adónde me ha llevado: a la comisaría de West End Central, respondiendo preguntas de si me la estaba tocando a propósito o simplemente la había dejado ahí colgada...

Delia cerró los ojos de vergüenza.

—Lo siento —dijo con voz ronca.

—¿Sabes? Le hablé a mi hermana de ti. Le dije que pensaba que eras mejor que el lugar en el que te encontrabas. ¿Sabes qué dijo? Quien con niños se acuesta, mojado se levanta. Debería haberla escuchado. Me la jugaste.

—¡Tú me la jugaste! ¡Fuiste tú quien empezó la manipulación con lo de la carpeta!

—Para atacar a Twist & Shout, no a ti. ¿No te importa nada de lo que te he contado de Kurt?

—¿Qué pasa? ¿Se suponía que tenía que creer ciegamente todo lo que dijeses?

—No, se suponía que te harías tus propias preguntas, reflexionarías y sacarías tus propias conclusiones. Parece que ya lo has hecho. Te has ido con el equipo de Kurt.

—Deja de ocultar todo lo que has hecho con una nobleza enorme y de convertirlo en un juicio moral sobre mí cuando fuiste tú quien me acorraló.

—Creo que es un juicio, te guste o no. Es un triste descubrimiento de lo que eres capaz de hacer cuando estás acorralada.

A Delia le hizo daño el tono despectivo de su voz.

—Ha estado muy bien, pero tengo que volver a trabajar —dijo.

—Ah, por cierto. Voy a tener una charla con tu jefe sobre la carpeta. ¿Qué te parece?

—Me parece que... ¡que te jodan! Ya se lo he contado yo y le da igual.

Aquello sorprendió a su interlocutor. Se quedó pálido y no habló durante unos segundos.

—En el puente, la policía dijo que erais pareja... Estás con él, ¿verdad? ¿Lo que dijiste en el cine era cierto? —Una mirada de auténtico enfado y repugnancia apareció en su cara, algo de la antigua arrogancia de esas películas de nazis—. ¡Por Dios! Y pensar que sentí pena por ti —soltó—. Pensar que creía toda esa perorata («Es vulnerable y su novio infiel le ha hecho daño y todavía no se ha dado cuenta de la cantidad de mentiras que le ha contado») que estaba diseñada para que te admirase. Está claro que te encantan los mentirosos.

Delia podía corregir su error, pero aquello parecía que le estaba pidiendo su consentimiento, algo que no tenía sentido dadas las circunstancias.

—¡Como si estuviese intentado darte pena hablando de Paul! Al día siguiente no me acordaba de lo que había dicho.

—¿Pero te acordabas de lo que habías escuchado por casualidad?

Delia abrió la boca para explicárselo, pero Adam siguió porfiando:

—Era difícil que alguien me hiciese pensar peor de los seres humanos de lo que lo había hecho Kurt Spicer. Pero felicidades. Lo has conseguido.

La miró con una mezcla tan fuerte de rabia, decepción y resentimiento que Delia no pudo evitar sentirla.

¿Cómo había acabado así? Tres meses antes era una buena persona, enamorada, con un trabajo respetable y planeaba un futuro intachable. Y ahora había sido sustituida por la mujer que había hecho aquellas cosas miserables y había elegido muy mal en quién confiar entre Adam y Kurt. Nunca había tardado tanto en hacerse las preguntas pertinentes y en encontrar respuestas sinceras, como había dicho Adam. Se había concentrado en su propia supervivencia, no en el panorama general. La Raposa luchaba contra los malos, no para salvar su propio pellejo.

—No me puedo creer que alguna vez confiase en alguna palabra que saliera de tu boca —dijo Adam.

—El sentimiento es mutuo —respondió Delia, se dio media vuelta y lo dejó allí.

No lo era. Por fin creía todo lo que le había dicho.

Capítulo 53

—Casi no te he visto —anunció Emma al inicio del tercer mes de Delia en Londres. Había llegado a la hora a la que ella se había ido a dormir, había bebido zumo de manzana directamente de la botella que había en la puerta del frigorífico y parecía destrozada—. Tenemos que pasar el domingo juntas. El domingo es el mejor día para estar en Londres. Cuando voy al pueblo de mis padres los sábados es como viajar en el tiempo hasta 1955.

—Siempre dices que estás harta de Londres y que quieres vivir en una parcela con gallinas —repuso Delia.

—Así es. Pero también quiero tener tres rayas de cobertura en el teléfono móvil, capuchinos, tiendas Uniqlo y los *Bloody Mary* de Kopapa. ¿Es mucho pedir?

—¿Quieres vivir en el campo en cuanto dispongan de todas las cosas que tienen aquí en la ciudad?

—¡Exacto!

A Delia le presentaron debidamente a aquellos *Bloody Mary* ese fin de semana (con un toque de jerez y vodka, Emma habría encajado en la corte de Calígula), junto con huevos escalfados al estilo turco con aceite de chile y pan tostado. Kopapa era un sitio ruidoso, luminoso y estaba lleno de gente joven que vivía vidas resplandecientes en una habitación escandalosa con el suelo de cerámica. Delia no creía que su espíritu se pudiese sentir cómodo en Londres, pero su barriga podía ser muy feliz. Balanceó los pies cubiertos con bailarinas y casi canturreó.

—¿Te gusta? —le preguntó Emma quitándose una rama de apio de la boca mientras bebía su cóctel de las once de la mañana. Tenía mechones enrollados de su largo flequillo separados de su cara angelical con horquillas y llevaba una camiseta color crema de volantes junto con un colgante de una lágrima de ónice que le había regalado Delia dos navidades antes en un mercado de artesanía. Tenía el aspecto de una becaria de veintidós años. Delia no entendía cómo el estrés de su trabajo y su ritmo de fiestas no afectaban a su aspecto.

—Mmm —asintió Delia enérgicamente con la boca llena de comida y la yema escapándosele. Nunca entendería a la gente a la que no le gustaba comer.

En aquel momento vio la inconfundible figura escoba de Freya Campbell-Brown con un vestido a ras de trasero, las piernas desnudas y botines con flecos. Estaba fumando en la calle, con el cigarrillo en alto entre los nudillos y la otra mano agarrándose el codo y escuchando a su acompañante con expresión inteligente. No era Adam, gracias a Dios, sino un hombre con tupé a lo John Travolta, zapatillas blancas deslumbrantes y una dilatación en la oreja lo suficientemente grande como para pasar un lápiz a través de ella. A Lionel Blunt no le gustaría. Freya terminó su cigarrillo, tiró la colilla y la aplastó con el tacón.

—¡Emma, habla! Di algo para que no me vea la mujer que viene por la puerta —siseó Delia.

Había estado evitando contarle a su amiga el último giro de la saga de Adam West. Pensar en lo que había pasado entre ellos hacía que los músculos del estómago se le movieran como una planta carnívora.

—Hola.

Delia oyó una potente voz a su izquierda y giró la cabeza para ver a Freya con la mirada del oso Paddington.

—Hola.

—Sigo esperando que me des las gracias por salvarte el culo delante de tu jefe.

Delia tragó saliva. La hostilidad brutal no era algo con lo que uno se encontrase a menudo. El estilo británico era más bien una hostilidad codificada que considerabas después.

—Lo siento, pero yo no te pedí nada. Lo hizo Adam por su cuenta.

—Él sentía que tenía que solucionarlo por ti. Por. Alguna. Razón.

Tal y como había escupido Freya aquellas tres últimas palabras, quedaba claro que se refería a «las razones de su pene».

—No estoy haciendo nada con Adam —dijo Delia secamente, deseando que se le ocurriesen cien respuestas ingeniosas dignas de Mae West que no fuesen estúpidas negaciones.

—No será porque no lo hayas intentado, eso seguro. Tienes huevo en la cara —dijo Freya torciendo el labio. Volvió pavoneándose a su sitio mientras ella se frotaba la cara con el dorso de la mano.

—Esa bruja sí que tiene huevo en la cara —dijo Emma alucinada, bajando el tenedor y abandonando de pronto su salmón con mayonesa de yuzu—. ¿A qué venía eso? ¿Está con él? Tenía el pelo casi tan erizado como Sigourney Weaver en *Los Cazafantasmas*.

Delia le brindó un breve resumen de lo que había pasado, concluyendo:

—Parece irónico, pero ahora Adam me odia.

Con incomodidad tenía que reconocer que el comportamiento de Freya confirmaba lo que Adam había dicho cuando había hablado mal de Delia; estaba calmando la personalidad de un misil nuclear.

—¿Puedo ser clara? No te enseñó nada, así que no tiene sentido que te preguntase nada más.

Delia miró hacia arriba confundida y vio que Emma ponía una cara como queriendo decir: «Soy el demonio».

—Esto parece la universidad, Delia. Te has mudado aquí y has acabado en un triángulo amoroso en... ¿cuánto tiempo?

—¡No estoy en un triángulo amoroso! No estoy metida en nada amoroso. Estoy atrapada entre dos capullos —dijo Delia fingiendo ser gruñona.

Emma apretó la pajita contra el hielo del fondo del vaso.

—No te arrepientes de haber venido a Londres, ¿verdad? Sé que tu trabajo pinta bastante mal.

—¡No! ¡Me mantiene cuerda! Está siendo genial. Y puedo estar contigo —respondió Delia intentando convencerse a sí misma de que el Señor Enseñador no había anulado las cosas buenas como los desayunos con huevo.

Emma sonrió. El tiempo que llevaba en Finsbury Park había hecho que Delia se diese cuenta de que el contacto con su mejor amiga se había vuelto muy intermitente y superficial. No dejaría que volviese a pasar. Ya había decidido proponerle unas vacaciones de chicas, si ella misma todavía podía soportar seguir aguantándola.

—Es increíble que vivas aquí conmigo —dijo Emma—. De otro modo, nunca veo a nadie.

—Pero parece que no paras de ver gente.

—No, en realidad no. Es solo quedar, pero nada que valga la pena —dijo Emma mientras seguía clavando la pajita en el hielo. Delia se dio cuenta de que había que ver a menudo a la gente a la que realmente querías, porque las conversaciones importantes no tenían lugar en las primeras veinticuatro horas juntos, ni cuarenta y ocho, ni siquiera en los primeros días. Ocurrían en lugares como aquel.

—¿Te vas a quedar aquí? —le preguntó Emma.

—No lo sé —respondió Delia—. Creo que será difícil que gane dinero suficiente para tener una vida aquí y echo de menos Newcastle. Pero de momento lo estoy disfrutando.

—Tienes suerte de ser de una ciudad guay. Si me voy de Londres, yo no tengo adonde ir. Bueno, a Bristol, pero allí está Tamsin. —Emma hizo una mueca al mencionar a su controvertida hermana—. Espero conocer a alguien que sea de un buen lugar.

—Siempre puedes volver a Newcastle conmigo y enseñarles a los abogados de allí cómo se hacen las cosas. ¡Podrías abrir tu propio bufete! Imagínate la casa que te podrías comprar.

—¿Sí? —se animó Emma—. Sería increíble. —Hizo una pausa—. La verdad es que siempre he pensado que sería más fácil encontrar a mi alma gemela aquí. Las economías de escala y todo eso. Ahora creo que la vida de Londres no tiene almas gemelas. ¿Te he contado lo del capullo de Snap-Chat?

—¿El qué?

—Sabes qué es SnapChat, ¿no?

Delia asintió: vagamente.

—¿Se destruye automáticamente como en el Inspector Gadget?

—Hace un tiempo conocí a un hombre simpático en match.com. Estábamos planeando ya nuestra primera cita y me preguntó si estaba en Snap-Chat. Le dije que sí y me respondió que me quería enviar algo. Lo abrí y era un vídeo de él... —Emma hizo un gesto frenético con el puño cerrado sacudiendo la mano derecha.

—¿No? —dijo Delia—. ¡No!

—¡Sí! —dijo Emma volviendo a lo que le quedaba de salmón.

—¿Qué le hizo pensar que querrías ver eso?

—No lo sé. Ese mercado negro de imágenes guarras me supera. Soy abogada, conozco gente como yo que las examina antes de terminar en juicio.

—A lo mejor eran para otra persona.

—Después me mandó varios mensajes preguntándome qué me parecían.

—¿Qué le dijiste?

—«Bonito reloj, ¿es un Rolex de verdad?»

Delia se rio, aunque sintió una punzada de asco preguntándose si Paul y Celine habrían hecho ese tipo de cosas. Su instinto le decía que su ex saldría corriendo, pero ese era el Paul de antes.

—No se puede evitar pensar que hemos perdido antes en comparación con la generación de nuestros abuelos. Ya es horrible que no sepamos bailar como Dios manda, ¡pero mandar vídeos de pajas en lugar de cartas de amor! ¿A quién le mandan cartas de amor hoy en día? Y eso que son bastante más sexis que ver a alguien meneándosela como un mono.

—Es como abrir los regalos de Navidad antes de tiempo —dijo Delia distraídamente.

—¡Ja, ja, ja! —gritó Emma—. Una BLANCA Navidad...

—¡ Basta ya! —exclamó a su vez Delia mirando las sobras de sus huevos.

Normalmente Emma suspiraría en ese momento y le diría a Delia lo afortunada que era de tener a alguien como Paul. Esa era una de las cosas de la nueva vida de soltera de Delia: podía hacerle preguntas sin riesgo de parecer engreída.

—¿Te molesta no haber conocido a nadie?

Emma apretó los labios con expresión de duda.

—Sí..., pero no tanto por eso, sino porque quiero que empiece la siguiente parte de mi vida. Si no voy a conocer a nadie aquí, necesito decidir qué viene ahora. En cuanto al trabajo, creo que ya he llegado a la cima de la montaña y he visto que ahí arriba no hay nada, ¿sabes?

Delia asintió.

—Bueno, no sé, nunca he tenido éxito —se rio, y Emma también se rio con ella.

—Tú tienes mucho éxito. Tienes éxito en ser Delia. ¿Decías en serio lo de que vaya a Newcastle?

—¡Por supuesto! —exclamó Delia.

Pasaron la tarde deambulando por Borough Market. «Un poco trillado, pero te va a gustar», le había dicho Emma.

Al volver al piso, habían dejado un pequeño y grueso paquete para ella apoyado en la puerta de Emma.

—Ah. Ha debido de llegar ayer y no lo subieron —dijo su amiga entregándoselo.

Delia reconoció la letra. ¿Paul seguía intentándolo? No sabía si quería que lo hiciese o no.

Rasgó el paquete para abrirlo y salió disparado un disco del single de Oasis *Live forever*.

—¿Más correo de Paul? —preguntó Emma—. ¿Qué tiene este?

Delia lo alzó.

—La cantó una vez en un karaoke. Para mí. No lo voy a escuchar. Cabrón manipulador.

Emma asintió.

No volvieron a mencionarlo durante el resto de la tarde. Emma recibió una llamada de sus padres y subió al piso de arriba para hablar con ellos, dejando a Delia sola con el equipo de música. Observó la portada una y otra vez, y finalmente se ablandó y decidió ver si tenía algún efecto, metió el CD y bajó mucho el volumen, sentada en el suelo abrazándose las piernas.

Comenzó el sonido de la batería y Delia respiró con fuerza por la nariz para evitar que se le cayesen las lágrimas.

Había sido una noche en el *pub*, unos dos años después de que empezaran a salir juntos. Paul había cerrado un jueves por la tarde para que la hermana de Aled, Rosie, hiciese allí su despedida de soltera. Normalmente, Paul no dejaría que un karaoke se acercase a menos de cincuenta metros de su establecimiento, pero en un gesto generoso típico de él, lo había dado todo y había dejado que Rosie cubriese el local de rosa y prepararse un montón de daiquiris de piña.

Delia fue a observar hacia el final de la noche para ayudar a Paul a recoger. Las chicas de la despedida habían estado acosándole para que subiese al escenario y cantase una canción. Finalmente, Paul hizo el espectáculo de dejarse acorralar como un borrego. Delia lo veía a través de los dedos de la mano que le cubrían la cara, riendo y sintiendo vergüenza a partes iguales.

Después de juguetear con la lista de canciones y anunciando que estaba llena de música de chicas, eligió Oasis.

—Se la dedico a mi novia, Delia —había dicho él al diminuto micrófono—. Está por ahí. ¡Ah, ahí está! —dijo fingiendo saludar como una estrella del rocanrol entre la multitud—. Es para ti, cariño.

Durante los acordes de apertura de la canción se despeinó, echándose el pelo hacia los ojos intentando así parecerse a Liam Gallagher. Se puso las manos en la espalda y se vació con una imitación casi perfecta de su nasal quejido de Manchester. Sonaba justo como el disco.

El grupo de la despedida se volvió loco. A Delia se le abrió la boca. ¿Sabía cantar? Paul la señaló durante la canción, y algunas chicas, que repentinamente se habían enamorado de él desde que había empezado la canción, se volvían a mirarla.

La canción terminó, Paul hizo una pequeña reverencia, resistiéndose a las súplicas para que cantase otra, y le mandó a Delia un beso por el agua y después a la futura novia.

—No te he hecho pasar mucha vergüenza, ¿verdad? —dijo.

Su expresión decía que sabía que Delia estaba tan al borde del desmayo como el resto de personal femenino de aquella estancia.

Delia, tumbada en el sofá de Emma, se acordaba de cada detalle de aquel momento: el zumbido de la música, el calor y el olor de la piel de Paul cuando se había inclinado a besarla...

La nostalgia la invadió.

Sola, en el salón de Emma, a cientos de kilómetros de él, pensó: «El encanto no lo es todo».

Capítulo 54

Durante la semana siguiente, Kurt tenía otro de esos ramalazos de mal humor, lo cual era curioso porque los exalumnos de Twist & Shout lo estaban haciendo bastante bien.

Lionel Blunt había ganado la primera vuelta de las elecciones. Delia estaba horrorizada porque incluso la prensa seria recogía el tipo de perfil de «las apariencias engañan», con fotografías suyas salvando a Bogdan con el truco de la promesa de un lote de tabaco.

Gideon Coombes había conseguido un programa de televisión diseñado enteramente para que mostrara su talento y llamado *Qué asco de comida*. Comía en restaurantes horribles y después le daba una reprimenda detallada al equipo. Delia había visto cinco minutos de él decapitando verbalmente a un hombre que tenía un restaurante marroquí en Bridport llamado *¡Morísimo!*, y tuvo que apagar la tele.

El pulverizador para el baño *Shoo Number Two* había sido el centro de una tormenta de un día de duración en Twitter cuando su marketing dirigido a las mujeres («Los hombres no deberían saber cuándo van las mujeres») fue criticado por un periodista como resultado de un comunicado de prensa y se había declarado obscenamente sexista. Una situación de éxito absoluto para Twist & Shout, puesto que ellos no eran responsables del marketing, pero se les había encargado captar la atención hacia el producto. Una columnista de *The Guardian* escribió un artículo titulado «Caca: ¿el último tabú?». Las ventas se habían disparado y los fabricantes estaban encantados.

Kurt estaba haciendo una gestión de crisis impecable debido a que Thom Redcar había «metido su herramienta» en una *sexy* jefa de sala en lugar de en la señora Redcar. Parecía que principalmente se trataba de llamar a periodistas, halagarlos y amenazarlos, como un borracho bipolar a la hora de cerrar.

En pocas palabras, el universo se desplegaba como no debía.

Los mejores momentos en la oficina eran cuando Kurt desaparecía al estilo de lord Lucan* durante dos e incluso tres días, y Delia y Steph se podían reír de lo que ocurría. Por desgracia, aquella semana había llevado su pésimo malhumor a la oficina.

Cuando por fin se largó por la tarde, Steph se puso de pie y miró fuera de la sala. Delia atisbó por encima del teclado con curiosidad hasta que su colega volvió.

—Se ha ido —dijo Steph con la respiración entrecortada entrando por la puerta y cerrándola—. De acuerdo. Está clarísimo que fisgonea en nuestros ordenadores.

Delia dejó de escribir y sintió un escalofrío.

—¿Cómo lo sabes?

—A propósito le dije una cosa a Kurt y otra al periodista, y les escribí desde mi cuenta de Gmail, no desde la del trabajo. Después, Kurt aparece al día siguiente y hay este ambiente...

Delia veía que Steph había estado esperando decir aquello. La idea de que el jefe pudiese ver el contenido de sus bandejas de entrada resultaba sobrecogedora.

—Estaba enfadado... —dijo Delia.

—Ya lo sé, pero en serio, ¿sabes cómo se puede cortar la tensión justo antes de que alguien diga algo que está deseando decir? Así. Créeme. Ha habido otras cosas, detalles.

Delia apoyó la cabeza en los bordes de las palmas.

—Supongo que la razón por la que pensé que resultaba imposible era lo de Adam West, pero ahora es de dominio público. Tienes razón, no parecía tan sorprendido como esperaba.

---

* *(N. de la T.):* Se trata de Richard John Bingham, conde de Lucan, noble británico y presunto asesino, que desapareció sin dejar rastro a finales de 1974.

Steph asintió y se volvió a sentar.

—Debemos tener mucho, mucho cuidado con lo que enviemos a partir de ahora.

Delia se detuvo mirando el comunicado de prensa y se imaginó a Kurt sentado en una oficina secreta con sus palabras llenando su pantalla y se estremeció. Mandó un mensaje a Joe. Esperaba que no le importase ser su servicio técnico de informática gratuito.

> *Bueno, mi compañera está* SEGURA *de que nuestro jefe ve lo que escribimos en el correo personal. ¿Alguna idea? Besos, D.*

> *¡Solo que quiero conocer su secreto! He estado echando un vistazo desde que me lo dijiste y, sinceramente, si os espía, estoy alucinado. ¡Alucinado! Aun así, ten cuidado. Besos, J.*

En el fondo de pantalla del portátil de Kurt aparecía una foto suya tirándose en paracaídas con las gafas puestas y las mejillas hinchadas. A medida que pasaba el tiempo, Delia se había dado cuenta de que aquel hombre también era un yonqui de la adrenalina en el trabajo. Lo que ella consideraba una calma agradable cuando todo marchaba bien, hacía que Kurt se revolviese en su jaula. Por fin tenían sentido sus cambios de humor.

Necesitaba estrategias para seguir subiendo la apuesta; se ponía nervioso cuando no estaba en la cuerda floja. Así que suponía que no debía sorprenderse cuando le volviera el bajón.

Una clienta captada recientemente, Terry Moody, escribió *Vidas dolorosas*, unas tristes memorias sobre los abusos sexuales. Su último libro, *Papá, no lo hagas* había irrumpido en las listas de más vendidos. Delia miró su obra, que incluía *Dijo que sería nuestro secreto* y el libro inspirado en el caso de Josef Fritzl, el monstruo de Amstetten, *La cueva del miserable*, y no entendía por qué alguien querría leerlos.

—Su problema con la publicidad es que no tiene ninguna historia triste propia —explicó Kurt—. Está escribiendo esos libros del tipo *Un niño llamado mierda* acerca de gente a la que le obligan a comer gachas meadas, pero ella es una madre de dos hijos felizmente casada de Billericay. Necesitas una historia. Nunca he explorado estos lugares, me preguntaba si debería tener cáncer.

—¿Si debería... tener cáncer? No tiene cáncer, ¿verdad?

—Sí. Afeitarle la cabeza y que pierda unos cuantos kilos. Podría escribirles cartas a sus hijos, preparar cajas de recuerdos y todo eso. Y después que el cáncer remitiese milagrosamente.

Delia se quedó sin palabras ante aquel horror.

—¿Qué? ¿Decirles a sus hijos que es posible que se muera?

—No, no lo sabrían, son muy pequeños. Gemelos. Feos, además, parecen dos morcillas. Pero claro, no devuelven el dinero de la fertilización *in vitro*.

Delia tragó saliva e intentó no gritar. Quería hacerse un lavado de cerebro para olvidarlo.

—No creo que debamos mentir sobre el cáncer. Es horrible para el cáncer, además de todo lo demás.

—¡Cuidado con Delia Lama! —se rio Kurt entre dientes—. Saca un comunicado de prensa, venga, y entretanto hablaré con Terry a ver si se sube al carro. Su padre era un auténtico villano del East End. ¿Conoces *Los Soprano?*, pues a él se le conoce como Kenny Soprano. Es un viejo duro de roer, creo que aceptará.

La disposición de la clienta era la última de las objeciones de Delia. Iba a cruzar la línea si hacía aquello; haría algo que no podría borrar. Todo aquello de lo que había formado parte hasta entonces era de mal gusto, pero lo de ahora superaba todo lo imaginable.

No inclinó la cabeza para compartir una mirada con Steph, aunque se moría de ganas de hablar con ella. Si dejaba el trabajo por aquello, Steph se quedaría sola con Kurt. No le gustaba la idea; como mínimo, quería que Steph estuviese sobre aviso.

—Pelirroja, ve a por unos cafés a Starbucks, ¿de acuerdo? —dijo Kurt instantes después—. Tengo la lengua como las chanclas de Gandhi.

Delia se preguntó por qué dejaba que la tratase como la chica de los cafés a sus treinta y tantos años, suspiró interiormente y se fue a buscarlos. Por el camino, se imaginó a Terry posando con un pañuelo y preguntándose si la maldad moderna sería mucho menos horrible que las payasadas con las que se habría ganado su nombre Kenny Soprano.

Como varias veces antes, mientras volvía con las bebidas pensó en su pelea con Adam West. Seguía comprobando su página web nerviosamente, pero no había ningún artículo sobre Twist & Shout. A juzgar por la longitud de los comentarios y la frecuencia con la que sus enlaces aparecían en Twitter, la página estaba consiguiendo un montón de visitas.

Dudaba de si sus razones para hablar mal de ella a Freya eran suficientes. Si lo ponía en el contexto de Freya como una ex resentida (algo había pasado entre ellos, de eso no le cabía duda), era un poco lógico. Y si examinaba los hechos en lugar de las palabras, era indudable que Adam había cuidado de ella esa noche.

Si no hubiese tenido aquella conversación como motivo, lo que había hecho en el puente de Westminster le parecía una simple traición. Pero...

—«¡Pero!»— se dijo a sí misma. Adam te estaba chantajeando, no te estaba cuidando desde un lugar en la instancia moral suprema. Te chantajeaba porque había dicho que el fin justificaba los medios ¿De verdad lo hacía? Delia le había dado muchas vueltas.

Odiaba que la odiase, eso seguro. Había dicho que nunca le mentía y, pensándolo con calma, no encontraba ninguna prueba de que lo hubiese hecho.

Se imaginaba la reacción de Adam a la historia del cáncer que le llegaba «en el momento justo» a Terry Moody y se preguntaba si incluso su cinismo sería suficiente para descubrir que se habían inventado un carcinoma.

Delia llevó la bandeja con cuidado por las escaleras hacia el sótano y puso el café de Kurt delante de él. Steph no estaba en su mesa.

—¿Steph se ha ido? —preguntó.

—Ah, sí, lo siento. Debería haberte dicho que no comprases uno para ella. Se ha ido.

—¿A dónde se ha ido?

—Se ha ido. Le he dicho que se fuese —dijo Kurt sin alzar la vista de la pantalla de su ordenador.

—¿La has echado?

¿En los últimos diez minutos? Las cosas de Steph habían desaparecido, la bolsa del súper donde llevaba las zapatillas de deporte no se veía por ninguna parte.

Kurt miró a Delia de reojo, enfadado.

—Sí, ¿quieres hablar del tema? ¿Ahora eres la jefa?

—No, es que... ¿por qué?

—No tenía nada especial. Hay chicas como ella hasta debajo de las piedras. Esto no es un autobús, no llevamos pasajeros.

Steph también era diligente, inteligente, aprendía rápido, una buena compañía y popular entre los clientes. Kurt era un capullo. Delia pensó en la conversación que habían tenido antes acerca de que él sabía lo que hacían en Internet. ¿Habría hecho algo Steph que había marcado su destino? ¿Por qué seguir enviando correos cuando ya lo había descubierto? ¿Estaría intentando pescarlo? Delia no lo sabría hasta poder quedar con ella. Fingió ocuparse en tareas administrativas para evitar escribir el comunicado de Terry Moody y se alegró cuando por fin él se fue.

Mandó a Steph unas sentidas palabras de apoyo y le pidió que quedaran en el *pub*. Se alegró de que ella estuviese matando el tiempo esperando a que ambas pudieran tomarse juntas una cerveza.

Cuando Delia salió del edificio y se apresuró calle abajo con Google Maps abierto en el teléfono móvil para encontrar el *pub* que Steph le había propuesto, tuvo la extraña sensación de que alguien la seguía. Se volvió y examinó la calle; nada. Ahhh, trabajar en Corporaciones Kurt la estaba volviendo una histérica.

Aun así, tomó la precaución de mandarle un mensaje a Steph para que buscase un rincón tranquilo del *pub* en el que nadie pudiese oír su conversación.

Cuando Delia llegó a aquella tasca bastante mugrienta, llena de borrachos y un terrier escocés atado con la correa a un taburete, se encontró con una Steph de mejillas sonrosadas que ya iba por su segunda o tercera ronda. Llevaba el pelo rizado suelto, y Delia tuvo la impresión de ver a alguien con su ropa normal cuando antes solo la había visto en «modo trabajo».

—Es horrible, Steph —dijo tomándose la primera cerveza.

—Lo fue la manera de hacerlo, Delia. Dijo que no había conseguido causar buena impresión y que tenía que irme. Lo único que fui capaz de decir fue: «Muy bien». Después me amenazó con el acuerdo de confidencialidad de nuestros contratos. Dijo que estaba mejor atado que el cinturón de un ginecólogo y que si alguna vez hablaba de mi trabajo en Twist & Shout me llevaría a juicio.

—Es repugnante. Tú no has hecho nada mal. Tu trabajo era excelente.

—Ya había pensado que esto ocurriría. Estamos a punto de cumplir los tres meses en la empresa, y entonces tiene que avisarnos con antelación y adquirimos ciertos derechos. Siempre te ha preferido a ti. Además, no te he dicho esto antes, pero creo que tienes que saberlo...

Delia se puso tensa.

—Me hacía muchas preguntas sobre si estabas con alguien o si buscabas pareja por Internet. Al principio pensé que sería porque pensaba que estabas con ese periodista, pero creo que le gustas. Creo que le he visto mirando tus fotos de Facebook. No estoy segura, porque lo cerró rápidamente, pero vi una cabeza pelirroja.

Delia sintió nauseas. Había aceptado una solicitud de amistad de Kurt poco antes: le había dado el falso motivo de que tenía información de un cliente en su perfil. En realidad, pensaba que él no entraba mucho en aquella página.

—¡Madre mía! ¿Fue hace mucho?

—La semana pasada.

Delia se retorció. Kurt había estado hablándole de entretener a un cliente de Manchester y le había preguntado si ella podía pasar una noche fuera, y ahora estaba muerta de miedo. Esperaba que lo de Cock & Tail fuese una excepción.

—Una cosa... —Delia se detuvo suponiendo que Steph lo habría adivinado enseguida. Era posible que la sorpresa y la sidra hubiesen mermado sus facultades—. Tú me contaste que creías que Kurt sabía lo que hacíamos en Internet. Quizá fue eso lo que provocó que te echase, ¿no?

Steph sacudió la cabeza.

—Bueno, solo te lo dije a ti. Nunca he puesto nada al respecto en Internet. De hecho, le mandé un mensaje a mi hermana contándole lo bien que me iba para despistarlo.

Delia frunció el ceño.

—Lo de que espíe nuestros ordenadores no tiene sentido. Le pregunté a mi amigo informático, que seguro que se le da mejor que a Kurt, y no sabe cómo lo hace.

—Bueno, de verdad, estoy segura que sabe cosas. Siempre que he hecho algo que no quería que supiese, ¡pum!, al día siguiente no me quitaba ojo. —Steph señaló con el dedo índice y el corazón hacia sus ojos formando una V, después a los de Delia y de nuevo a los suyos. Parecía todavía más de Liverpool cuando bebía.

—Espera. —Delia tuvo una revelación repentina mientras miraba un cubo de carbón—. ¡Espera! ¿Y qué pasa si no ve lo que hacemos en Internet? ¿Qué pasa si nos oye? ¿Y si ha puesto un micrófono en la oficina?

Steph se quedó boquiabierta.

—Eso explicaría por qué sabe algunas cosas y otras no. Eso es más del estilo de Kurt que las acrobacias tecnológicas, y es más fácil —recordó Delia—. ¿Dónde habrá puesto el micrófono?

Las dos tamborilearon con los dedos sobre la mesa del *pub*. Después, con los ojos muy abiertos, se miraron la una a la otra y gritaron: «¡El gato!».

—Joder, ese gato espeluznante —dijo Steph.

Era una apuesta segura: la oficina no tenía ningún otro adorno.

—¿Lo muevo para ver si reacciona? —preguntó Delia.

Acordaron que debería hacerlo para confirmar esa hipótesis.

—Aunque, si muevo el gato justo después de echarte, a lo mejor se entera de que lo sabemos, ¿no? —dijo Delia.

—¿Qué te parece esto? No muevas el gato, solo échale un vistazo a ver si encuentras el micrófono. Ten cuidado, porque quizás al moverlo haces que no se oiga tan bien. Procura que parezca que lo levantaste para limpiarle el polvo. Después buscaremos una manera de pillarlo. No quiero que pierdas tu trabajo.

—De todos modos, no seguiría trabajando para él —dijo Delia—. Después de esto no.

Le hubiese gustado quedarse hasta que cerrasen el *pub*, pero Steph tenía que volver a Chelmsford. Se despidió cariñosamente de ella y se prometieron quedar pronto para tomar unas copas como Dios manda.

Al quedarse sola con el último trago de cerveza, Delia estudió la situación. Estaba trabajando para un acosador sexual sin principios que espiaba y amenazaba a los miembros jóvenes de su equipo que ya había echado, se inventaba cánceres, suicidios y vídeos porno para la prensa y planeaba tirar a los clientes por la borda si se descubrían sus maquinaciones. No tenía nada que ver con lo que esperaba y con la vida en la capital que había soñado.

La avergonzaba que le hubiese llevado tanto tiempo darse cuenta de lo que tenía que hacer. Rápidamente se le ocurrieron todas las respuestas de manera inequívoca.

Marcó el número de teléfono de Adam. No respondió, y no quiso dejar un mensaje en el contestador. Le mandó un SMS que decía: «Por favor, devuélveme la llamada», pero no le llegó ninguna respuesta.

Delia tendría que llevar la pelea hasta su propia puerta.

Capítulo 55

Fue bastante fácil volver a encontrar la casa de Adam, ya que quedaba a solo dos minutos de Clapham High Street y las ventanas estaban cubiertas de toda esa hiedra sin podar. Estaba en una agradable hilera de casas de ladrillo rojo de los años sesenta en una calle llena de una mezcla esquizofrénica de bloques bajos y adosados georgianos con deportivos aparcados tan brillantes como el envoltorio de un caramelo.

Delia llamó a la puerta y esperó. Dougie contestó.

—Hola, ¿está Adam? —preguntó sintiéndose como si tuviese quince años.

—Ha salido para hacer la compra —respondió Dougie. Estaba menos demacrado que la última vez que lo había visto y parecía un poco inquieto.

—¿Puedo entrar a esperarlo? Soy Delia, ya nos conocemos.

Dougie frunció el ceño.

—Adam dice que si esa chica pasaba por aquí, no la podía dejar entrar. Pelirroja, guapa y... —Dougie hizo un movimiento de arriba abajo con las manos huecas para indicar senos generosos.

Delia se ruborizó.

—Estoy bastante seguro de que eres tú —dijo Dougie solemnemente.

—La verdad es que se me parece bastante —coincidió Delia, señalando su flequillo y alegrándose de que no hiciese buen día y por lo tanto su abrigo le cubriese el pecho.

—Lo siento —dijo Dougie.

—No hay problema, esperaré aquí —dijo Delia.

Dougie volvió a fruncir el ceño como si se preguntase si aquello estaba permitido. Al encogerse de hombros finalmente, Delia entendió que su compañero de piso no había añadido una clausula relativa a que ella se sentara en el muro delante del jardín, y el videojuego de Minecraft y su cerveza le estaban esperando.

Delia dejó el bolso en el suelo, se sentó y se preguntó: «¿Adam piensa que soy guapa?». Aunque el gesto de las tetas había sido demasiado.

Pocos minutos después, Adam llegó bajando la calle con dos enormes bolsas del supermercado y Delia se puso en pie. Llevaba un conjunto de ropa desgastada gris a la moda, con zapatos marrones del mismo estilo.

Adam pareció sorprendido de verla.

—Fuera de mi casa, muchas gracias.

—Quiero hablar contigo.

—Pues yo no, ya ves.

—Para disculparme y para darte la oportunidad de darle a Kurt lo que merece. Haz una buena exposición de Twist & Shout y detén el fraude de los asilos de ancianos con mi ayuda.

—Una oportunidad para trabajar con la novia de Kurt Spicer. Mmm, déjame pensarlo.

—No soy su novia.

—¿Una pelea de enamorados? ¿O es que no ponéis etiquetas a vuestra increíble conexión? Su amante, entonces.

—No estoy haciendo nada de eso con Kurt y nunca lo he hecho.

Adam pasó de largo hacia el camino de entrada.

—¿Qué Delia viene hoy? ¿La de los ojos grandes y tristes que quizá sea capaz de reconocer sus errores o la que hace declaraciones falsas a la policía acusándome de exhibicionismo? ¿La que ha ayudado a un pedazo de mierda como Lionel Blunt?

—Kurt ha echado a Steph. Está intentando que nuestra nueva clienta finja que tiene un cáncer. Creemos que nos está grabando a escondidas. Quiero trabajar contigo para detenerlo.

—¿Ahora que os ha hecho algo malo a ti y a alguien a quien aprecias te molesta? Qué pena que yo no estuviese dentro de ese grupo.

Delia intentó responder, pero él la cortó.

—¿Sabes lo que me parece imperdonable, Delia? El día que nos vimos en el cine me dijiste eso de que te parecía un buen tipo. Debes de tener el alma podrida para fingir algo así. Por lo menos las otras mentiras tenían sentido, intentaban conseguir algo. Esta era opcional, un halago por el placer de ponerme en ridículo.

Aquello hizo que Delia pensase en Paul y en el dolor de las mentiras piadosas sin ninguna finalidad.

—A mí también me han mentido así y sé cómo te sientes. No pasó de esta manera. Sí que pensaba que eras bueno cuando te lo dije, pero todavía no había recordado tu conversación con Freya.

—¿Cómo?

—Te lo puedo explicar. Déjame entrar cinco minutos.

—No, gracias. Tengo que hacer un *risotto* —Adam alzó una de las bolsas— y que disfrutar el resto de mi vida, y me prometiste que me dejarías en paz.

Delia se movió rápidamente y le quitó las bolsas de las manos. Le pilló tan por sorpresa que las soltó sin más. Las dejó en la entrada y se volvió hacia él.

—Esto es lo que pasó: no recordaba algunas cosas de la noche que me salvaste de Kurt. Por ejemplo, sí recordaba que Freya me dijo que te acostabas con todo el mundo, y eso fue ya bastante tarde.

Adam puso una mirada furiosa y apretó la mandíbula.

—Pero no recuerdo nada de lo que te conté de Paul. La conversación entre Freya y tú también se había perdido en la niebla de la borrachera. Y después de vernos en el cine, volviendo a casa, ¡pum!, de pronto volvió. Sé que me comentaste que no lo decías en serio y te creo, pero ponte en mi lugar. Si me hubieses escuchado decirle a alguien que iba a destrozarte, ¿no te lo tomarías en serio? La mañana del puente de Westminster te vi y entré en pánico. Pensé que era una situación en la que ya veríamos quién disparaba primero. Le conté a Kurt lo de la carpeta, que estabas allí y que era culpa mía. Él buscó a la policía y les contó esa historia de que me habías enseñado las pelotas. Admito que yo lo consentí; no fue mi mejor momento, pero no sabía qué otra cosa hacer.

Adam alzó y bajó los brazos expresando con ese movimiento que no entendía nada.

—De acuerdo, no pretendías comportarte tan mal como terminó. Eso no me hace tener más ganas de colaborar contigo. Lo siento.

—¿Aunque no me acueste con Kurt y te esté ofreciendo de verdad la historia que querías escribir sobre Twist & Shout desde dentro de la empresa?

—No —dijo con rotundidad.

Delia tuvo la repentina y desalentadora sensación de que había perdido su confianza para siempre. Ahora pensaba que era una *lady* Macbeth viperina y que había sido una ingenua al pensar que hablando se solucionaría.

—Quiero decir, ¿cómo sé que este no es un plan de Kurt para seguir jodiéndome? La última vez que te vi no te disculpaste mucho. Ahora apareces delante de mi puerta sin avisar ofreciéndome delatar a tu jefe con quien seguro que no estás saliendo, a pesar de que la última vez admitiste que sí.

—¡Yo no admití nada! Me acusaste de ello, y en la pelea no tuve ocasión para corregirte.

—No confío en ti, y eso no va a cambiar. Adiós, Delia Moss. Casi no te conocí.

Adam sacó las llaves de casa del bolsillo, abrió la puerta, metió las bolsas y la cerró con fuerza en la cara de Delia.

Delia ya había bajado la mitad de la calle cuando pensó: «No. No voy a aceptar esa respuesta. Voy a seguir luchando».

Volvió a la casa y llamó con insistencia a la puerta. Adam abrió en mangas de camisa con un paquete de mantequilla en la mano.

—¿Qué quieres ahora?

—Esta es una mala decisión. Tienes motivos para dudar de mí, yo también lo haría. Me ha costado bastante orientarme. Sabía que Kurt era mala persona, pero era como si me hubiese subido a un vehículo en marcha y tuviese que esperar para salvar la vida. Pensé que me ibas a echar a los perros. Tienes que admitir que no has sido precisamente mi aliado desde el principio, con todas las tomaduras de pelo y los chantajes. Me equivoqué de enemigo. Me ha llevado tiempo descubrir lo que debo hacer, pero ya lo he conseguido. Quiero hacer lo correcto. Voy a llevar la historia de los asilos a un periodista, aunque no seas tú.

Adam alzó una ceja.

—Es mi historia.

—Exacto. Deberías hacerlo tú.

—¿Me estás chantajeando?

—¡Estoy haciendo lo correcto! Si vamos a detener el asunto de las residencias de ancianos, alguien tiene que escribir el artículo.

Adam seguía impasible.

—Piensa en la prueba que quieras para demostrarte que no estoy confabulada con Kurt y te la daré. —Delia respiró hondo—. Ah, si vas a hacer un *risotto*, añade un poco de mantequilla al principio y también al final. Le da mejor textura.

Hizo un breve asentimiento para indicar que ya había terminado y dejó a Adam con sus pensamientos.

Capítulo 56

Después de un día difícil en el que había recorrido toda la ciudad hasta el sur de Londres para que le dijesen que era un ser humano de tercera, por lo menos podría pasar la tarde cocinando para Emma y chateando con Joe, con el ordenador portátil haciendo equilibrios en el regazo y una copa de vino a mano. También estaba el pequeño detalle de subir a Internet el siguiente fragmento de las aventuras de La Raposa. Tenía público. Era una revelación.

¡La Raposa está recibiendo comentarios increíbles! A la gente le encanta. Te lo dije. Besos, J.

Joe había puesto un botón de «¡Sígueme en Twitter» en la web de La Raposa Fantástica que enlazaba al perfil de Delia, y su cuenta, habitualmente tranquila, estaba empezando a recibir una oleada constante de apoyo y de felicitaciones. Pensó en lo que Emma le había dicho en la universidad. Debía haberle echo caso.

¡Lo sé! ¡Estoy muy feliz! La gente no habla mal, ¿verdad? Besos, D.

Madre mía, CLARO QUE NO. Creo que si las visitas siguen subiendo, deberías pensar en llevarlo a una editorial. Oye, se me ha ocurrido que si alguna vez te apetece, podríamos hablar por Skype. Besos, J.

Estaría genial. ¿Podrás hacerlo con la ansiedad? Besos, D.

Sí, es muy raro, pero puedo. Básicamente, me pones un ordenador delante y puedo con todo ☺. Besos, J.

Entonces fantástico. ☺ Besos, D.

Su teléfono móvil empezó a vibrar. ¿Adam? Todavía cautelosa, pensó que aquello era buena señal.

—Delia —dijo enérgicamente—. Ya se me ha ocurrido una prueba para que me demuestres que no estás trabajando con Kurt.

—¿Sí?

—Mándame una foto en pelotas.

—¿Cómo voy a conseguirla? Ya te he dicho que no me acuesto con él.

—¡Tuya! No suya.

Delia se quedó de piedra.

—¿Cómo te voy a demostrar nada con eso?

—No necesitas entender mis métodos. Mándamela y empezaremos por ahí.

Hubo un breve silencio hasta que cayó en la cuenta. Delia estalló en carcajadas.

—Idiota...

Se imaginaba a Adam sonriendo.

—Merecía la pena intentarlo. ¿Me ofreces en serio un artículo sobre Twist & Shout?

Delia sofocó el ataque de risa.

—Sí.

—Muy bien, será mejor que quedemos para hablar del asunto. Si noto el más mínimo tufo a juego a tres bandas, me las piro. ¿Cuál es el plan?

Delia tenía una idea, pero debía confirmarla con la señora de la casa. Afortunadamente, la señora de la casa parecía absolutamente encantada con la idea de acoger el encuentro.

—¿Adam West va a venir aquí dices? ¿A mi apartamento? ¿Aquí? ¿Al apartamento?

—Si te parece bien. Steph, él y yo necesitamos un lugar seguro para hablar de este asunto y no podemos fiarnos de que Kurt no nos vea en otro sitio.

—Me parece muy bien. ¿Puedo ponerme un quimono fino y dejar que se abra por casualidad?

—Preferiría que no.

La tarde siguiente, Delia abrió la puerta a Steph que llegaba con su bicicleta, agitando los rizos al quitarse el casco de plástico amarillo. Poco después apareció Adam, precavido y extrañamente educado.

Le resultaba raro verlo en su territorio. Delia les sirvió sendas tazas de té, los sentó en el sofá, se puso manos a la obra e inició el plan del día. La situación era muy diferente con Adam, y Delia se alegraba de ello.

—La idea es que, entre nosotros, consigamos una prueba fiable de lo que Kurt está haciendo pasándole mordidas a Lionel Blunt, y luego se la demos a Adam para que pueda escribir un artículo sobre Twist & Shout y los asilos. Kurt recibe su merecido y al mismo tiempo protegemos de él a los ancianos.

—¿Qué tal fue la inspección del gato de la suerte?

Delia torció el gesto.

—Tuve que hacerlo rápido y, como me dijiste, no quería que grabase nada que pudiese darle una pista. Tiene una base sólida con un panel solar, que podría tener perfectamente un micrófono dentro. Tengo la sensación de que también tiene una cámara. He buscado otros gatos de la suerte en Internet y normalmente los ojos están pintados. Este tiene pupilas negras de cristal.

Delia y Steph se miraron y se estremecieron.

—Le he preguntado a Emma sobre los aspectos legales. Se permite grabar en secreto a tus empleados si sospechas que están cometiendo algún delito como robar. Así que, en el juicio, Kurt seguiría mintiendo e intentaría destruir nuestra reputación, supongo.

—Casi seguro —dijo Adam.

—Gracias a Dios, en el baño solo está el baño y una escobilla muy asquerosa —terció Steph.

—Podría decir que me sorprende, pero no —añadió Adam bebiendo su té—. Supongo que la opción de que haya un soplón está descartada, ¿no? Me refiero a que una de las dos me conceda una entrevista.

—Steph y yo firmamos contratos con una cláusula de confidencialidad —explicó Delia—. Mi amiga Emma es abogada. Le he pedido que le eche un vistazo y ha dicho que no es recomendable saltársela.

Se oyó un ruido en la entrada y la aludida apareció en la puerta.

—¿Alguien ha dicho mi nombre?

A Delia casi le da un ataque de risa al ver lo que Emma llevaba puesto: la cara llena de maquillaje, un mono negro y zapatos de cuña de un palmo de altura. Hasta donde ella sabía, no iba a ningún sitio.

Delia se calmó para hacer las presentaciones:

—Emma, estos son Steph y Adam.

Adam se puso de pie y le estrechó la mano, un posible signo de educación privada, en opinión de Delia. Paul no estaría satisfecho con un alegre apretón de manos.

—Gracias por dejarnos quedar aquí. Un piso estupendo.

—¡Oh! ¡Gracias!

De pronto Emma parecía un bebé avergonzado al que unos adultos le acababan de decir que había hecho algo muy bien; su aire glamuroso se atenuó un poco.

—Veo que ya bebéis algo. ¿Queréis algo más fuerte?

—De momento estamos bien; gracias, Em —dijo Delia—. Estábamos hablando del acuerdo de confidencialidad de nuestros contratos. No deja mucho margen de maniobra, ¿verdad?

Emma se puso la mano en la cadera.

—No, si no queréis que os demanden y perder. Los casos que conozco en los que se discuten acuerdos de confidencialidad suelen referirse a exempleados que quieren trabajar para la competencia. Ahí el juez considera tu derecho a trabajar. Pero no es muy probable que tengan tan en cuenta vuestro derecho a chismorrear, aunque digáis que vuestro jefe está haciendo cosas prohibidas o que tenía un gato con cámaras secretas en los ojos.

—Gracias. Resulta útil tener una abogada en casa cuando luchas contra la delincuencia.

—Un mal necesario —sonrió Emma, y Adam le devolvió la sonrisa.

«Oh, no —pensó Delia—. No se van a poner a ligar, ¿verdad?» Todavía no había decidido qué pensaba al respecto.

—Bueno, os dejo con ello —dijo Emma al salir de la habitación, clavándole la mirada solo a Adam con una elegante sonrisa de azafata.

—Adam, ¿qué otra cosa podemos darte? —preguntó Delia.

Un rugido lascivo se oyó en la entrada y Delia esperó que él no lo hubiese oído.

—Necesito una prueba concreta de que Kurt está actuando como intermediario para Blunt y las residencias para mayores Edad Dorada. Si no tenemos eso, pillarlo en el momento en que le cuente algo a un capullo y partir de ahí... Algo que descubrí investigando es que por el hilo, se saca el ovillo...

Delia y Steph barajaron varias cosas que habían pasado por sus mesas, pero no había ni un solo incidente ni una prueba que fuese remotamente útil. Delia había puesto cuadernos y bolígrafos en la mesa, y cada vez más se reafirmaba en la idea de que pensar en que habría suficientes cosas de que hablar para necesitar tomar notas era demasiado optimista.

Kurt era más retorcido de lo que creían.

¡Uf!

—Ha sido muy hábil ocultándonos cosas. Siempre que se le ocurría algo lo comunicaba oralmente, pero nunca mandaba un mensaje, no hay nada en los ordenadores. Para él, la lealtad era lo de menos. Ha manipulado la información de tal manera que no nos hemos dado cuenta de nada y, para colmo, nos ha ido echando mierda encima —dijo Delia.

—Kurt debe de tener información que incrimine a Twist & Shout guardada en algún sitio —dijo Adam—. No puede estar haciéndolo todo dejando notas de papel por ahí.

—Nos dijo que las copias analógicas eran más seguras que las digitales —replicó Steph.

—Nos dijo muchas cosas para que nos las creyésemos —dijo Delia—. También nos dijo que la información que contenían las carpetas archivadoras era confidencial, cuando no contenían más que trampas y nombres de clientes ficticios y le daba igual lo que hiciésemos con ellas.

—Podemos cambiar los papeles y grabarlo nosotros a él —dijo Steph—. Hacer que hable de los clientes y grabarlo.

Delia miró a Adam.

—Pero decís que normalmente no suele hablar de los planes más retorcidos de antemano, ¿verdad? —dijo Adam—. Supongo que tardaríamos bastante en conseguir algo, y luego sus abogados dirían que se trataba de un líder inconformista el día que se ponía el sombrero de las ideas locas y se sentaba en un círculo o algo así.

—Es mejor que nada si no podemos conseguir otra cosa, supongo —dijo Delia, desanimada, esforzándose por buscar algo que no hiciese de aquella reunión una pérdida de tiempo—. Un momento. No es mucho, pero... Kurt hizo un comentario extraño cuando le dije que me había olvidado la carpeta en Balthazar. Algo de que sus secretos están guardados en su «amiguito».

—¿Conoce a algún enano astuto? —preguntó Adam.

—¡Espera! —exclamó Steph alzando las palmas de las manos—. Una vez se me olvidaron las zapatillas de deporte y, al volver a la oficina, él estaba trabajando en su ordenador. Tenía un lápiz de memoria USB. Me acuerdo porque tenía forma de un personaje, creo que era Supermán. Kurt lo extrajo rápidamente y se lo metió en el bolsillo como si no quisiese que lo viera.

—¡Sí! ¡Dijo que su amiguito nunca se separaba de él! —puntualizó Delia—. Creo que yo también lo vi una vez. Tiene que ser eso a lo que se refería.

—¡Bingo! —exclamó Adam golpeándose la rodilla con un bolígrafo—. Si hay alguna pista sobre el acuerdo de los asilos, tiene que estar ahí.

—Si lo lleva siempre en el bolsillo, ¿cómo se lo quito? —preguntó Delia—. ¿Espero a que lo meta en el ordenador y se vaya a tomar una taza de té?

—Creo que nunca lo metía en el ordenador cuando estábamos allí. Además, Kurt nunca prepara té —repuso Steph.

—Buena observación.

—No quiero ser aguafiestas, pero aunque consigamos la memoria no vamos a sacar nada. Los contenidos estarán encriptados y muy protegidos —dijo Adam.

—¿Necesitaríamos un genio de la informática para entrar? —preguntó Delia.

—Sí.

—Tengo una idea.

Capítulo 57

Delia fue a la cocina a encender el hervidor de agua y puso el ordenador en la mesa con Skype abierto. Le daba un poco de vergüenza conocer a Joe por primera vez delante de espectadores.

Respondió a la llamada y Delia, sorprendida, de pie en la cocina de Emma en Londres, se encontró cara a cara con un hombre delgado de unos treinta años vestido con camiseta negra, en Newcastle, en lo que parecía un trastero. A Delia la avergonzaba admitir que le sorprendió que tuviera una belleza juvenil atractiva como los típicos friquis de la informática, delgados, con rasgos angulosos y pelo alborotado. Se había preparado para cualquier tipo de tímido excéntrico.

—¡Hola! —exclamó—. ¡Joe!

—Delia, por fin nos conocemos. —La joven voz de Joe, con su propio acento, se oyó a través de los diminutos altavoces de su ordenador. Él le dedicó una sonrisa fugaz y tímida.

—¡Madre mía! ¡Eres tú! ¡Y yo!

—Sí —dijo Joe arreglándose el pelo detrás de las orejas—. Estoy en el garaje, por cierto. Por si pensabas que estaba en la cárcel. Es mi guarida. ¡Vale, sí! Vivo con mis padres.

Delia soltó una carcajada.

Se sintió aliviada al ver lo fácil que era hablar con él, y eso le hizo todavía más locuaz. Delia balbuceaba alegremente algo ante la pantalla mientras llevaba el ordenador al salón, colocándolo en la mesa con la pantalla hacia el sofá.

—Este es Joe —dijo entrecortadamente—. Los ordenadores se le dan de locura.

—La verdad es que estoy un poco loco —dijo él—. Ah, ahí estáis los tres. ¡Hola!

Delia notaba que Joe no era un artista natural, pero parecía razonablemente cómodo en el santuario de su garaje.

Se sentó frente al brillante experto mientras Joe saludaba a Adam y a Steph y después hablaba de la «Operación Piratear USB» con mayor autoridad de lo que Delia había conseguido hasta ahora.

—Ahora mismo todo se reduce a contraseñas, de hasta veinte caracteres más o menos —dijo Joe—. La dificultad de la contraseña suele ser proporcional al valor de la información para el dueño. Si, por ejemplo, son fotos guarras de tu novia, tendrás una contraseña de nivel medio. Si es algo que te podría mandar a la cárcel treinta años, será muy difícil, etcétera.

—Hay que esperar eso último —precisó Adam.

—¿No se puede utilizar un *software* de búsqueda de contraseñas en el que se deslizan un millón de opciones, encuentra la contraseña, el cursor se detiene en ella, pinchas y aparece? —preguntó Delia medio en broma, medio en serio.

Joe sonrió.

—Así es como lo haríamos si estuviésemos en una película. Por desgracia, la realidad no es tan sencilla.

—Si tenemos que descubrir la contraseña es como encontrar una aguja en un pajar, ¿no? Es como aquello de Shakespeare y los chimpancés que escribían a máquina.

Adam le sonrió.

—No tanto —dijo Joe agitándose el pelo con sus manos de dedos largos y con aspecto de tener dieciséis años—. En primer lugar, la frecuencia de acceso está a nuestro favor. Es algo que usa a menudo. Supongo que no habrá puesto muchos guiones bajos y números al azar, porque sería un rollo escribirla. Tiene que ser una frase. A la fuerza bruta, lo que podemos hacer es «sembrar» el ataque. Con vuestra ayuda, juntaré todo lo que haya de Kurt en la red. Con suerte habrá una pista en algún sitio sobre qué le llevó a elegir la contraseña. Utilizaremos un programa, configurado con una búsqueda, que sacará todo lo que sirva para adivinar una contraseña, ¡pam, pam, pam! —dijo Joe abriendo y cerrando las manos—. Es un asalto a mano armada hasta que salga algo. Un fogueo hecho a la medida de vuestro objetivo. Y al final lo encontrará.

Adam y Steph estaban impresionados. Por el contrario, Delia intentó no parecer decepcionada. A sus oídos inexpertos aquello le seguía sonando irremediablemente imposible.

—¿Podría ser cualquier cosa?

—Técnicamente, sí. Pero no lo será. Piensa en tus contraseñas —explicó Joe—, ¿salieron de la nada? ¿O tienen que ver con tu vida: fechas importantes, nombres, mascotas, canciones favoritas?

—Canciones —dijo Steph levantando la mano.

—¿Ves? Si tienes una cuenta de Spotify o iTunes, ya sé lo que escuchas.

—Hay mucho *glam metal* —dijo Steph.

—¿Cuánto durará? —preguntó Delia.

—No lo sé. Podríamos dar en el clavo en quince minutos o podría durar dos horas.

Adam sacudió la cabeza.

—Creo que no deberíamos apurar tanto de modo que a Kurt le dé tiempo de advertir que no está y descubra lo que ha pasado. Deberíamos intentar devolvérselo antes de que se dé cuenta. Contaríamos con el elemento sorpresa cuando lo publiquemos y Delia no correría mucho peligro. Si se da cuenta de que ella se lo mangó, todo se volverá un infierno.

—Entonces eso es lo que hay. Lo intentaremos mientras podamos tenerlo con seguridad —dijo Joe—. O, bueno, podemos drogarlo, llevarlo a un sótano y golpearle con una llave inglesa hasta que nos diga la contraseña.

—Probablemente sean más delitos de los que queremos cometer —repuso Adam.

—¿Cómo separamos a Kurt de sus pantalones para que podamos conseguir la memoria? —preguntó Delia.

Steph soltó una risita.

—Tú no tendrías mucho problema con eso.

Adam miró a Delia de reojo.

—Por mucho que quiera destrozar a Kurt, no lo quiero a cambio de que tú tengas que acostarte con él.

—Opino lo mismo —dijo Joe en tono alegre.

—Gracias por la caballerosidad, pero no iba a prestarme de manera voluntaria —dijo Delia un poco ofendida.

Se hizo un silencio mientras se peleaban con el problema de los pantalones de Kurt.

—¡Un momento, un momento! —exclamó Delia—. Hay una fiesta de disfraces el viernes en el museo Victoria & Albert, y Kurt me propuso que fuésemos; una comida con vodka. Nos vamos a cambiar en el trabajo. ¿Se quitará ahí los pantalones?

Sus pensamientos iban más rápido que ella, casi atropellándose.

—Sacará la memoria del bolsillo y se la meterá en los bolsillos del disfraz, que yo me encargaré de comprarle.

—¿De qué va?

—De gángster de los años veinte, con un traje de raya diplomática, sombrero de fieltro y metralleta. —Delia estaba nerviosa—. ¡Y Kurt dijo que no tenía bolsillos y me pidió que le llevase la BlackBerry! Pero no me dará el USB, claro. No es factible sacarlo del pantalón. Pero del bolsillo de la americana, si lo distraigo en una sala llena de ruido, con alcohol...

—¿Tú de qué vas? ¿De novia del gángster? —preguntó Adam lanzándole una mirada irónica.

—De zorro —respondió Delia—. No de zorra —añadió rápidamente—. De zorro, literalmente, del animal. Tiene una cola increíble de alambre flexible.

—¡La Raposa! ¡Dos en uno! —exclamó Joe—. ¡Cómo mola!

Delia le sonrió y tuvo la sensación de que tenía un club privado de dos.

Para su sorpresa, a pesar de que una hora antes no tenían nada, se trazó un plan con un cometido para cada uno.

Joe hablaría con Adam a través del programa de descifrar contraseñas. Delia se alegró de que aquel no fuese su papel, porque la explicación de lo que iba a hacer Joe cada vez era más incomprensible.

—Para que funcione, voy a necesitar más capacidad de procesamiento. Mucha más. Podría contratarla en la nube, pero dejaría huella. Hay un mayorista que está en la ruina y tiene un montón de antiguas Xbox 360 muy baratas. Creo que puedo improvisar algo para juntarlas en un servidor bestial para nosotros. En mi Garaje. O el cuartel general de Chile Picante, como lo llama Delia.

Ella se rio.

—Haz lo que necesites y pásame la factura —dijo Adam—. Lo puedo incluir como gastos de la empresa.

Joe colgó después de que Delia le diese las gracias varias veces.

—No hay de qué —sonrió él—. Soy adicto a estas cosas.

—La CIA debería preocuparse —dijo Adam—. En teoría, con media docena de momentos listos para el desastre y una remota posibilidad de descifrar la contraseña a tiempo, podría funcionar —añadió, mirando a Delia con admiración—. Imagínate que consigo algo que pueda usar. ¿Qué pasa contigo?

—No voy a volver a ese trabajo después del viernes, pase lo que pase. Tengo algunos ahorros, viviré de ellos si no puedo conseguir nada pronto. Incluso podría trabajar en una cafetería. Siempre he querido saber hacer un buen café.

Steph asintió y Adam la miró curioso, como si no la hubiese conocido hasta aquel momento. Le resultaba extrañamente gratificante.

Cuando concluyó la reunión, Delia pensó que sería mejor decir lo que todos debían de estar pensando.

—¿Es legal? Y además, ¿hasta qué punto es ético robar? Quiero decir, no lo es, obviamente... —dijo Delia mirando a Steph—. Siento punzadas de culpabilidad.

Steph bajó la mirada.

—Yo no, lo siento. Deberías de haberle oído cuando me echó, Delia. Es asqueroso. Además, no es robar si luego le devolvemos la memoria. Es cotillear.

Adam miró primero a Steph y luego a Delia.

—Exacto. De los asuntos legales tendré que preocuparme si lo publico, porque me pueden demandar. Pero hay una defensa de interés público para el cotilleo. Si no encontramos algo de interés público, no utilizaremos nada de lo que encontremos. La página web tiene un abogado en nómina para comprobar la seguridad de estas cosas antes de su publicación.

—¿Y si Paul nos acusa de robo? —preguntó Delia.

—Tengo la sensación de que no querrá invitar a nadie a que examine tan atentamente Twist & Shout. Tú te vas, así que el hecho de que te despida no es ninguna amenaza. Kurt hizo que me echasen una vez, y os está espiando, así que no me da ninguna lástima su derecho a la privacidad. No voy a abrir carpetas con fotos de su exmujer. Pero, Delia, ¿estás segura de que quieres hacer esto? Tú estás en primera línea.

Delia respiró hondo y cuadró los hombros.

—Creo que a veces hay que hacer las cosas mal para hacer lo correcto. No es poca cosa si alguien se lo merece, ¿verdad Adam?

Esperó a que se diese cuenta de que se estaba refiriendo a él.

—Eres incluso más arrogante que yo, Dahlia.

♡ Capítulo 58

Mientras Steph iba a por su bicicleta en el piso de abajo, Adam se quedó allí, esperando a decir algo.

—Delia —dijo—, está bien lo de quedar e inventarnos este robo a lo *Misión imposible,* pero ninguno de nosotros debería meterse en un lío con ese gilipollas. Ten mucho cuidado. Este es el sustento de Kurt, y será violento porque tiene que protegerlo. Sé que eres su punto débil, y se le ofrece otra cosa fuerte. Pero no serviría de nada que se propasase.

—Lo sé —dijo Delia estremeciéndose—. Me da igual lo que sienta Kurt, la verdad.

—Si no pasa esa noche, que no pase. Ninguno de nosotros te culpará si no consigues esa memoria USB.

—... Gracias.

Delia intentó no tomárselo como una duda sobre sus habilidades de zorro espía. Adam la miró atentamente.

—Meter la mano en el bolsillo... No vayas más allá. No hay nada que merezca la pena si va a hacer que te sientas peor persona después.

Aunque sabía que lo decía con buena intención, aquello la irritaba un poco. Ella había tomado el control y él seguía actuando como si llevase la delantera. Se cruzó de brazos.

—¿Crees que tienes que decirme que no se la chupe, Adam? ¿No te parece que esto podría considerarse condescendiente e insultante?

—No me refería a eso exactamente. En el momento, cuando fluye la adrenalina, pueden ocurrir cosas extrañas. Te sobrepasa. Yo he hecho cosas estúpidas cuando he ido detrás de una historia. He pasado un cordón policial durante la búsqueda de huellas...

—¡No voy a pasar por el cordón policial de Kurt a buscar huellas!

—No te estoy insultando ni acusándote de nada, estoy cuidando de ti. Kurt no es una buena persona. Irá más lejos que cualquier otra. Tiene experiencia en ello.

—Por eso estamos aquí —dijo Delia.

—En serio. Ten cuidado —respondió Adam.

—De acuerdo, gracias. Ya lo he pillado. Lo tendré —repuso ella en voz baja y con tono seco.

Se separaron de una manera menos afable de lo que esperaba después de lo bien que había ido la tarde.

De pronto apareció la cabeza de Emma al revés casi a la misma altura que la de Delia, lo que hizo que gritase asustada. Estaba colgada en el piso de arriba, desde donde había estado escuchando, y su corte de pelo corto hacía que pareciese una niña desobediente leyendo una novela de Enid Blyton después de que su padre apagase las luces.

—¿Se ha ido?

—Sí.

—¡Vaya par...!

—¿Qué?

—¡No me dijisteis que erais así cuando estabais juntos!

—¿Así cómo?

—Riñendo y tonteando, y tan unidos... y esa tensión sexual.

—¡Puaj! ¡Qué dices!

—¿No crees que estaba siendo varonil y protector con una mujer que le gusta demasiado?

—¿Has visto el momento en el que insinuó que soy más puta que las gallinas?

—No insinuaba eso. ¡Joder! Siempre tienes que hacer de todo un problema. Era el calor de sus celos al pensar en las manos de otro hombre sobre ti.

Delia hizo una mueca.

—Tu opinión es el resultado de una confusión debido a tu estado de cachondez. —Delia volvió la cabeza—. ¿No se te habrá subido la sangre a la cabeza?

—La estoy drenando desde mi...

—Para. ¡Para! —chilló Delia y Emma se rio, retiró la cabeza y bajó por las escaleras, sentándose en un escalón.

—Eres muy cuca. La noche que quedamos con Sebastian no parabas de decir —Emma le hizo ojitos y frunció los labios—: «¿Por qué ese arrogante hace cosas buenas por mí?». ¡Ya! Qué rompecabezas más difícil.

—Es cierto que Adam West es bueno en parte. No habría estado aquí si no fuese así. Pero te equivocas completamente con lo demás. De hecho —aquello era falso, pero Delia quería cortar de raíz aquella idea de Emma—, una vez le oí decir que antes se volvería gay que acostarse conmigo. ¡Qué te parece!

—¡Ja! La negación exagerada para despistar a los demás. Es de manual.

Delia suspiró.

—Le importas —dijo Emma, al tiempo que se alisaba el vestido sobre las rodillas—. Fue bonito oírlo.

Delia no tenía respuesta para eso.

—Ven, te quiero enseñar algo —dijo, llevándola al salón y al ordenador. Abrió el cómic *online* de *La Raposa*.

Emma contuvo la respiración mientras miraba la pantalla.

—¿Este es el cómic que hacías en la uni? Es genial. *La Raposa Fantástica*, ¡perfecto! Había olvidado lo bien que dibujas. Delia, me encanta. ¿Lo has hecho desde que estás aquí? Eres muy astuta. No me extraña que te gusten los zorros.

—Lo saqué de una caja cuando estuve en casa y volví a empezar a escribir. He pensado que quizá... He estado buscando agentes o editoriales o algo así para ver si les gusta a los profesionales. ¿Qué te parece?

—Me parece que tienes que hacerlo sí o sí —dijo Emma mirándola fijamente—. Vuelves a brillar, ¿sabes? No quiero echarme flores, aunque debería hacerlo. Venir a Londres te ha sentado muy bien.

—Sí —dijo ella, alegrándose de poder ser totalmente sincera—. Mucho —añadió abrazando a Emma—. Madre mía, estás empapada de perfume.

Delia estaba ansiosa por la Operación Memoria USB, todavía más después de las precauciones de Adam, aunque se sentía particularmente animada. Estaba haciendo cosas. Estaba decidiendo, levantándose por aquello en lo que creía, haciendo el bien a los demás y arriesgándose por los motivos adecuados.

Aquella era la vida que estaba construyendo para ella.

Capítulo 59

Hasta entonces, Delia nunca había tenido el problema de cómo sentarse en un taxi cuando una enorme cola de zorro te sale del trasero… Intentó echarla a un lado, pero aun así quedaba mucha cola entre ella y el asiento. Se sentó, y daba la impresión que estaba más agachada que sentada.

—¿Qué quieres parecer, una alimaña de esas que rebuscan en la basura? —le preguntó Kurt mirándola desde el asiento delantero con una mano sobre la puerta para mantenerse erguido y la otra agarrando su arma falsa de *Bugsy Malone*.

—A mí me gustan —dijo ella tratando de no salir despedida hacia delante cuando el taxi tomó una curva cerrada—. Son misteriosos, nocturnos y se escabullen por nuestro mundo cuando estamos dormidos.

—Son unos ladrones asquerosos que necesitan estar siempre en el lado peligroso de la escopeta.

No sabía la razón que tenía.

—¡Pero mira mi cola! —exclamó Delia.

—Sí. Supongo que te levantarás sola —dijo Kurt recorriéndola con la mirada de una manera que haría que Lionel Blunt estuviese orgulloso.

De hecho, Delia se arrepentía de su elección. Le había parecido una idea magnífica y divertida, pero en realidad era algo incómodo y vergonzoso.

Parecía que había una obligación con los disfraces de mujer: si no querías ir de sirvienta o algo similar que dijera a gritos «¡Ha llegado la *stripper*!», tenías que ser una zorrita: Heidi zorrita, bruja zorrita, Blancanieves zorrita…

Cuando llegó el traje de zorro era menos bonito y más provocativo de lo que esperaba, dado que era un vestido de tubo corto ceñido de licra naranja, con una gargantilla de pelusa blanca en el cuello, con lo que centraba toda la atención en su escote. Mientras, la cola era una invitación a mirarle el trasero. Su flequillo color fuego se asomaba debajo de una capucha unida al vestido que tenía unas grandes orejas triangulares.

Delia tenía razón, la cola era lo mejor: una fuente de treinta centímetros de pelusa color teja con la punta blanca y negra, tan frondosa como un pequeño árbol de Navidad y diseñada para sostenerse sobre sí misma.

Delia había usado un lápiz de ojos para pintarse una nariz y bigotes. Se sentía ridícula y se alegraba de llevar la máscara del Zorro en los ojos para que no la reconociesen al instante.

Al contrario que Delia, a Kurt le encantaba su atuendo: un traje negro cruzado de raya diplomática blanca y ancha, polainas, una camisa negra, corbata blanca y sombrero negro. Una caricatura de Al Capone.

A pesar de que le había dicho a Delia que tendría que guardarle la Black-Berry, no era capaz de separarse de ella y la sacó de uno de los pequeños bolsillos de la americana.

Delia lo examinó para buscar la silueta de la memoria de Supermán en su otro bolsillo intentando que no la pillase, ya que no quería de ninguna manera que Kurt pensara que le estaba mirando de reojo la entrepierna.

Debería haber metido la memoria en la americana. Debería. Adam tenía razón en que su plan tenía muchos flecos. La realidad suele tener más variables de las que se prevén en una sesión de planificación.

Kurt mismo era una gran variable aleatoria, una persona peligrosa a la que Delia había decidido retar por el bien moral de todos.

Después de pasar por delante de unos cuantos *paparazzi* aburridos, entraron en el atrio abovedado del museo Victoria & Albert, donde tacharon sus nombres de la lista de invitados. Delia estiró el cuello para ver el extraordinario candelabro de cristal de colores verde neón, azul y amarillo del techo, que parecía el interior de una nave alienígena que acabara de hacer un aterrizaje de emergencia.

Entonces, en aquel lugar tan formal e imponente, sintió toda la fuerza del plan para robar a Kurt. Daba miedo.

Siguió a su jefe por el recibidor de baldosas de mármol haciendo eco al caminar.

Acabaron en un patio con un estanque oval del tamaño de un lago. La luz del sol de aquella tarde centelleaba en el agua. Delia sintió que estaba en un episodio de *Doctor Who*: el espacio estaba lleno de Increíbles Hulks, Stormtroopers, princesas de cuento y Cleopatras. Aquella era sin lugar a dudas una glamurosa fiesta de disfraces en la que todo el mundo quería estar a la altura. Delia solo estaba acostumbrada a fiestas de estudiantes chapuceras en las que la gente aparecía con sombreros de vaquero y pajaritas de lunares que perdían media hora después de su llegada.

Los camareros, con máscaras del *Fantasma de la ópera*, paseaban con bandejas de martini, y una estatua de hielo en forma de cisne echaba vodka. El eslogan inspirador de la marca —«*Sé lo que quieras ser*»— estaba por todas partes para recordar a todo el mundo por qué tenían un aspecto tan estúpido. Ahora Delia se alegraba de llevar su disfraz, ya no estaba fuera de lugar y hacía que fuese más fácil meterse en su papel.

Aceptó un cóctel, agradecida por la valentía que daba el alcohol y al mismo tiempo consciente de que tenía que mantenerse alerta.

Había estado viendo vídeos en YouTube de cómo ser carterista, pensando lo útil y preocupante que era que en la actualidad existieran vídeos sobre cómo cometer delitos. Aprendió que necesitaba distraer a Kurt hablando de otra cosa sobre su persona, para que su «zona de concentración» se dirigiese a otro lugar.

Delia también tenía que meterle en el bolsillo algo equivalente a la memoria USB para que pensase que la tenía cuando no la tuviese. Estuvo a punto de usar un estuche de tampones hasta que se le ocurrió: «Compra otra memoria con forma de Supermán». Estaba paranoica por si los confundía o, cada vez que abría su bolso, que no era muy de zorro, por si Kurt veía el suyo. Steph había dicho que eran idénticos.

Después del primer martini se sintió lo suficientemente animada como para respirar hondo y decirse que había llegado la hora. Sacó del bolso la memoria vacía sintiendo los latidos de su corazón.

—¿El pañuelo del bolsillo está cosido o te dieron uno de verdad? —preguntó inclinándose de una manera supuestamente alegre y tirando de la seda roja de la parte superior derecha de la americana.

Los ojos de Kurt siguieron la mano de ella.

Simultáneamente, deslizó los dedos en el bolsillo de la americana y notó la memoria. ¡Sí! Estaba ahí! ¡Madre mía! Realmente, nunca había creído que la teoría pudiera convertirse en realidad. Cambió una por otra, agarrando la memoria de Kurt con la punta de los dedos y dejando caer la segunda de la palma. Tenía las manos resbaladizas por la culpa y la vergüenza transgresoras de un ladrón.

Kurt, con la mandíbula en el pecho, dijo:

—Es el traje de verdad o debería serlo con lo que ha costado —y lo sacó de un tirón ondeando el pañuelo para mostrárselo mientras Delia sacaba la mano rápidamente. Increíble: la distracción había funcionado a la perfección. Tenía la impresión de que podía haber sido menos hábil y aun así le habría salido bien.

No se atrevió a mirar lo que tenía en la mano, apretando los dientes con fuerza sobre el rugoso objeto de plástico.

—Voy un momento al baño —anunció alegremente con la voz quebradiza—. ¿Te molesta la metralleta? ¿Quieres que pregunte si la pueden guardar en el ropero?

—No, me gusta —dijo Kurt haciendo gestos de disparar a los invitados. «Precioso», pensó Delia.

Asegurándose de que no la habían seguido, se fue hacia los aseos y escribió a Steph con los dedos torpes a causa de los nervios:

Lo tengo.

Capítulo 60

Delia fingió retocarse los bigotes en el espejo. Sintió un suave golpecito en su hombro y una versión bajita del asesino de *Scream* apareció a su lado.

Habían acordado que el disfraz de Steph tenía que ser completamente anónimo y fácil de quitar, puesto que Adam estaba refugiado en una oficina alquilada al otro lado de la calle. Llamar mucho la atención al salir del museo Victoria & Albert no era lo ideal.

Delia le metió el pequeño superhéroe en la mano cubierta por un guante negro esperando haber encontrado al asesino correcto. Sentía que estaba en el cine, solo que, en lugar de que las cosas le sucediesen a otra persona en la pantalla y de que se solucionasen antes de llegar los créditos, estaba justo en el centro de la tormenta.

Volvió con Kurt y empezó su segundo martini sin escuchar una palabra de la conversación entre él y un hombre que parecía salido de la película *Avatar*, lleno de rastas, pintura de color azul eléctrico y una lanza gigante.

Todavía no podía creer que el cambio hubiese salido tan bien. En otra versión del plan, eso sería todo, listo: habían discutido si dejar a Kurt solo con la memoria USB falsa. Pero por muy atrayente que fuese tener que hacer el cambio solo una vez, habían llegado a la conclusión de que Kurt se daría cuenta de que le habían dado el cambiazo muy poco después de salir de la fiesta. Adam pensó que darle tiempo para tomar represalias legales y emitir un requerimiento antes de que su artículo se publicase no sería buena idea. O algo peor.

—Si adivina lo que hemos hecho, no me extrañaría que encargase a alguien que viniese con un bate de béisbol a destrozar mi disco duro, y posiblemente intentarían también destrozarme a mí a la vez. Quiero decir que no hemos jugado muy limpio, así que sería un problema tener que ir a la policía. Es necesario que lo sepa justo cuando esté listo para publicar el artículo sobre Edad Dorada y no antes. Publicar es protegerse.

La idea de que Adam recibiese una paliza por un plan que se le había ocurrido a ella resultaba horrible, pero tenía su lógica. Tampoco les protegería de Kurt el que de pronto decidiese irse de la fiesta y que aquello ocurriese igualmente, otra variable que hacía que se le revolviese el estómago.

A pesar de haberse dicho a sí misma que se tomara con calma la bebida, ya se sentía ligeramente mareada y confundida. Recordó la regla de que los martinis son como las tetas: uno no es suficiente y tres, demasiados, y fingió beber el tercero.

El tiempo pasaba, y Delia sabía que ya debían de haber usado el máximo de una hora que habían planeado para piratear la memoria USB. Era algo que tuvieron que acordar en principio y que podía fallar. En ese caso, Delia tendría que admitir que era increíblemente desalentador pensar que podían salir con las manos vacías y, aún así, debería hacer el cambio de nuevo.

Notó que su teléfono móvil sonaba en el bolso.

Habían pasado por lo menos cuarenta y cinco minutos. Obviamente aquello era la señal para decirle que se preparase para recibir una memoria sin descifrar.

BINGO. ESTAMOS DENTRO. Joder, tu chico es bueno. Ya va de camino. Besos, A.

Delia tuvo que absorber aquellas increíbles noticias sin exteriorizar la menor muestra de emoción. Nunca había creído realmente que pudiesen hacerlo. Sabía que Joe era bueno, pero por aquello se merecía un premio.

Esperó cinco minutos y se excusó de nuevo para ir al baño. Dentro, un asesino de *Scream* con las manos calientes le puso el talismán en la mano mientras Delia fingía retocarse su nariz de zorro. A pesar de que la cara de Steph estaba completamente tapada y de que ella iba muy disfrazada, pudo sentir la emoción del momento que estaban viviendo.

Al volver con Kurt se esforzó por estar tranquila y mantener una conversación, mientras en realidad estaba colocada por la euforia, la adrenalina y el martini. Quizá los delincuentes profesionales que estafaban en casinos y robaban famosas obras de arte lo hiciesen por esa especie de subidón prohibido además de por el dinero.

Aun así, pensando en terminar, Delia se sorprendió por la vacilación a la hora de repetir el cambio. Casi había llegado. Se había demostrado a sí misma que podía hacerlo. En cierto modo, la segunda parte era la más difícil. Ahora había más cosas en juego.

Esperando el momento adecuado, dejó pasar el tiempo. Notó que el teléfono móvil vibraba con mensajes nuevos. No quería que Kurt se preguntase por qué estaba mirando el móvil constantemente y dejó pasar diez minutos antes de repetir la operación.

¿Todo bien? Besos, S.

¿Ha ido bien? Besos, A.

Obviamente temían que Kurt la hubiese agarrado por la muñeca y estuviese intentando aplicarle la *sharia* con un cuchillo de carnicero.

¿Qué podía usar para distraerlo? No podía ser otra vez el pañuelo. Tenía que ser algo a la altura de sus ojos.

—Espero que ese del Ku Klux Klan no sea un cliente de Twist & Shout —dijo en tono familiar. Kurt había mencionado que Gideon Coombes estaba allí, en algún lugar, bajo una capa de maquillaje o una peluca. No iba a hablar con él porque no creía en eso de confraternizar con los clientes en un ambiente social.

Kurt miró hacia donde Delia le indicaba. Ella hurgó rápidamente en el bolsillo, encontró la memoria de repuesto y soltó la otra. Y entonces, una variable inesperada, Kurt la miró y le dijo:

—Creo que es un fantasma de mierda.

Ese movimiento hizo que el cuerpo de él se pegase al bolsillo y que la presión de su mano agarrando la memoria trampa fuese mayor de la que quería. Muy probablemente sentiría el contacto, y Delia tenía un instante para decidir qué hacer. No se le ocurrió otra cosa que sacar la mano suavemente y fingir que intentaba ponerle la mano en la cintura, rezando desesperadamente por que no hubiese sentido exactamente dónde la tenía antes.

—Bueno, me voy a ir ya —dijo inclinándose para darle un beso en la mejilla, como si todo aquello fuese una manera de despedirse demasiado familiar y cercana.

Fue un momento raro, con Delia comportándose de una manera que no le pegaba nada y viendo cómo Kurt intentaba entenderlo.

—¿Quieres que vayamos a un sitio más tranquilo? A mí me apetecería —dijo correspondiéndole con la mano en la cintura de ella.

Normalmente, Delia le habría golpeado enseguida, pero entonces estaba atrapada en su propia farsa. Si rompía el hechizo, podía despertarse y ver lo que había hecho.

—Mejor me voy. Mañana he de levantarme pronto. Me voy a Newcastle, a un bautizo.

¿Un bautizo?

En realidad coincidía con el plan de llamarle el lunes y decirle que se había ido de verdad.

—Si no te vas a dormir no tendrás que levantarte.

Con asco, Delia se dio cuenta de que Kurt estaba moviendo la mano por el pecho de ella.

—Nunca pensé que una mujer de pelo en pecho pudiera ser tan guapa.

Menudo piropo.

—¡Ja, ja! —Delia soltó una carcajada forzada y separó la mano intentando poner una sonrisa cómplice pero evasiva. Todavía llevaba la memoria de repuesto en la mano izquierda.

—Nos vemos el lunes.

Kurt entrecerró los ojos.

—Cálida y fría, ¿eh? ¿Me estás pidiendo que vaya a la caza del zorro? ¿Qué pasa con...?

Cuando ella se echó para atrás, chocó con un camarero enmascarado que pasaba por allí. O más exactamente, su apéndice trasero gigante chocó con él. El tamaño y el volumen de su cola hicieron que tirase sin querer una bandeja entera de martinis, que, al caer al suelo, salpicaron a un Elmo de Barrio Sésamo y una Eva que llevaba un *body* de color carne con hojas de parra que gritaban cosas poco adecuadas para un programa infantil de televisión o para el Jardín del Edén.

Al darse la vuelta, la memoria salió volando de su mano. «Joder, joder, joder, no, no, joder…» Menos mal que su cuerpo le tapaba la vista a Kurt. Tenía que recuperarla antes de que la viese o todo se iría al garete.

El camarero agitó las manos desdeñoso y enfadado, agachándose sobre los restos de cristal roto y aceitunas verdes en banderillas de cóctel. Delia vio con horror cómo con la mano cubierta con el guante recogía rápidamente la memoria con el resto de los desperdicios y los metía de nuevo en la bandeja.

«Tranquilízate, tranquilízate, piensa», se dijo a sí misma. No había nada en esa memoria. Mientras que Kurt no la viese, no importaba que la tirasen a la basura. Se quedó justo entre su jefe y el camarero, bloqueando la visión de Kurt. El camarero sostenía la bandeja con las dos manos y volvía a zancadas al edificio principal.

—¡Adiós, Kurt! —exclamó Delia casi sin mirarlo siquiera, abriéndose paso entre la multitud multicolor y abigarrada hacia el interior del museo y luego hacia la libertad.

Capítulo 61

Por fin estaba en la calle, eufórica como si hubiese conseguido escapar de una cárcel. Escribió a Adam y a Steph, que iba de camino al punto de encuentro unas cuantas calles más allá, desatándose la máscara y quitándose la capucha. Resultaba bastante embarazoso estar en público con una cola gigante con la punta blanca detrás de ella, pero le esperaban cosas más importantes.

El corazón le latía con un «pánico controlado», y miró varias veces hacia atrás. Por lo que parecía, estaba sola. ¿Prueba superada? No lo creería hasta que se chocasen la mano y se abrazasen.

Steph estaba allí vestida con ropa normal después de haber metido el disfraz en la mochila, con su rebelde cabello largo sujeto con una pinza.

—¿Lo hemos conseguido? ¿Tenemos la información? —preguntó Delia, y Steph sonrió de oreja a oreja asintiendo—. ¿Dónde está Adam?

—¿No lo viste? —dijo.

—¿Qué?

—Estábamos preocupados por si te había pillado, ya que no contestabas, y volvió a la fiesta. Iba como los camareros.

—¡No! ¡Ni siquiera sabía que Adam tuviese un disfraz! —exclamó. Ni una invitación.

—Lo trajo por si lo necesitaba. Dijo que entraría a buscarte. Yo también iba a ir, pero me pidió que me quedase a cuidar de su ordenador —dijo Steph alzando una bolsa.

—Ahí está —dijo señalándola mientras Adam doblaba la esquina de enfrente con la máscara en la mano.

—¿Sabéis? Cuando urdes un plan siempre piensas: «Espero que no tengamos que utilizar el plan B» —dijo—. Apesto a vodka y a martini. Creo que esto es suyo, señora.

Sacó la memoria USB de Supermán. Delia y él se miraron, él divertido y ella sorprendida.

—¿Qué? ¿Dónde estabas?

—Era el camarero que tiraba por ahí las copas.

—Pensé que las había tirado mi cola.

—Choqué contigo a propósito. Vi que te estaban metiendo mano y pensé en echarte una mano, por así decirlo.

Delia se había perdido.

—Lo siento. Sí. Pero ¿conseguimos entrar? ¿Tienes el contenido de la memoria?

—Nos costó muchísimo, pero sí. Da miedo lo que sabe hacer ese chico.

—Ojalá lo hubieses visto, Delia —dijo Steph—. Nos sentíamos como en una película. Adam no paraba de soltar: «¡Joder, no tenemos mucho tiempo!».

—¿Lo tenemos guardado? —preguntó Delia.

—Está en mi ordenador, y Joe también lo copió —respondió Adam.

—¡No me puedo creer que haya funcionado! —exclamó Delia mirándolos a los dos.

—¡Oh! Parece que ha ido peor de lo que pensábamos —dijo Adam con cara de preocupación.

Estaba mirando detrás de Delia y de Steph con expresión inquieta. Delia se volvió y vió a Kurt con aspecto de haber sido voluntariamente el personaje principal de una matanza de San Valentín, salvo que su arma era una réplica.

Delia comenzó a temblar.

—Adivina —dijo señalándola con el dedo índice— qué tienes tú en común con ella —señalando ahora a Steph.

Delia, Adam y Steph se quedaron paralizados, horrorizados.

—¿Creéis que no he entendido lo que estaba pasando cuando de pronto te echaste encima de mí? —le preguntó a Delia—. Agradéceselo a ese capullo —dijo mirando a Adam— por confirmarlo.

—Más bien te echaste tú encima de mí —replicó Delia tratando de dar a su discurso una seguridad bastante mayor de la que sentía.

Kurt sacó la memoria USB del bolsillo y todos los ojos se centraron en ella.

—¿Esto es lo que buscabas cuando me metías mano? —dijo mostrándolo y volviendo a metérselo en el bolsillo—. Eso pensaba. Qué mala suerte. No os hubiese servido para nada aunque me lo hubieseis quitado. Tengo un nivel de encriptación tan alto que haría que hasta la NASA tuviese migrañas.

Delia miró a Adam y después a Steph. Se contemplaron unos a otros y luego volvieron a mirar a Kurt, quien se tomó su silencio como si sintiesen que les había ganado, en lugar de notar su alivio.

—Fue idea suya para conseguir una exclusiva, lo pillo —dijo Kurt haciendo un gesto a Adam—. Joder, las mujeres sois estúpidas.

—En realidad fue idea mía. Creo que lo que haces y cómo tratas a la gente es despreciable. No puedes quejarte si se utilizan técnicas deshonestas contra ti —dijo Delia.

Kurt seguía fingiendo divertirse.

—Querida, ¿crees que soy un malvado? ¿En esta ciudad? Pobrecita. Deberías volver al lugar del que viniste y ponerte a hacer bebés. Al fin y al cabo, estás hecha para eso.

Adam dio un paso adelante.

—Ya la has despachado. Vamos a disfrutar de la noche, ¿de acuerdo?

Kurt no le hizo caso y miró a Delia.

—No te engañes, tú no eres mejor, cariño. Eres una puta peor que yo.

Adam se echó a reír.

—¿Hay algo que sostenga ese argumento? ¿Además de ti?

—Deberías haberla visto hurgándome ahí abajo. Me ha puesto las manos encima. Sí, no creo que te fuese a contar eso.

Adam permaneció en silencio y Delia se defendió diciendo:

—Kurt, por desgracia, todos sabemos que te inventas las cosas.

Él se dirigió a Adam.

—Si publicas una sola letra sobre mí en tu aburrido blog, te pondré tal demanda que te castañearán los dientes y tendrás que renovar tus empastes. Te lo advierto: esta es la última vez que nos vemos. O te arrepentirás.

—De acuerdo.

—Sinceramente —dijo Kurt sacudiendo la cabeza y mirando a Delia y a Steph—, no se puede contratar a gente hoy en día. Les di una oportunidad a estas dos pringadas de pueblo y así es cómo me lo agradecen.

De pronto, Steph gritó tan alto como para sorprenderlos a todos ellos, poniéndose más borde incluso que estresada:

—¿¡Por qué no te piras, capullo!?

Kurt sonrió con aire de superioridad. Volvió a sacar la memoria del bolsillo, la besó y volvió a guardársela. Les hizo un corte de mangas al darse la vuelta y se fue con ritmo tranquilo.

—No sé vosotras, pero lo voy a echar de menos —dijo Adam.

Los tres se echaron a reír a carcajadas liberando la tensión.

—¿Cómo nos encontró?

—Ha debido de reconocerme y me ha seguido. Lo siento —dijo Adam frotándose el cuello.

—No pasa nada. No se ha dado cuenta de lo que ha ocurrido.

Steph miró la hora y dijo que tenía que ir al ensayo con su banda. Le dio la mano a Adam y abrazó a Delia diciendo: «Hablamos».

—¿Tienes lo que necesitas? —le preguntó Delia a Adam.

Capítulo 62

—Un concurso. ¿Qué es lo siguiente que ha hecho Kurt Spicer, Daria? —preguntó Adam.

Delia sonrió al oír su voz y mantuvo el teléfono móvil en equilibrio entre su oreja y el brazo mientras sujetaba el cuaderno debajo del brazo con más fuerza. Caminaba junto al lago Serpentine, en Hyde Park, bajo el sol. No tener trabajo, esperemos que por poco tiempo, estaba bastante bien.

—Hay muchas posibilidades.

La memoria USB tenía todo lo que Adam necesitaba y más. Su web había publicado un artículo sobre el político, el mago y un representante muy corrupto que había unido a ambos. El resto de los medios se enteraron, Lionel Blunt tuvo que responder preguntas en su casa y afrontar una investigación policial, y Edad Dorada se retiró de la subasta por las residencias de ancianos. Cómo habían llegado a Adam los documentos se dejó sin revelar para «proteger a su fuente».

Adam informó a Delia de que cuando llamó a Kurt la noche de la publicación y le pidió una declaración, al principio se puso furioso y explotó, lo amenazó y gritó. Después se tranquilizó como si se hubiese dado cuenta de que si Adam había visto todo el contenido de la memoria, estaba realmente jodido y sería mejor no enemistarse más con él.

Uno de los hallazgos más repugnantes de la caja de Pandora de Kurt no era que promoviese los intereses de sus clientes, sino que desacreditaba y manchaba activamente a aquellos que consideraba sus enemigos. O «los jodía», como no paraba de decir él mismo en sus comunicaciones.

Sobrevivir era instintivo; seguía llamando a teléfonos y pirateando correos para encontrar material comprometido, así que no era ninguna sorpresa que espiase a sus empleados. La culpa que Delia pudo sentir por lo que había hecho se disipó completamente, y la habilidad de Kurt para quejarse de «un agujero de privacidad» no servía para nada.

—Su profunda corrupción ya no me sorprende —dijo Delia.

—Es el alcance de esa corrupción lo que me parece sorprendente —añadió Adam, y Delia se echó a reír sintiendo una oleada de afecto espontáneo. De alguna manera se habían convertido en los amigos más honestos del mundo. ¿Cómo había ocurrido?

—Kurt se ha largado —dijo Adam.

—¿Sí? ¿Adónde?

—Ha huido a Australia.

—¡No!

—Sí, pobres colegas de las antípodas. Por lo menos allí están acostumbrados a los delincuentes.

—No me puedo creer que se haya ido y ya está.

—Así es. Por lo que sé, ya ha hecho este tipo de huidas antes. Aparecerá en otro sitio, probablemente con otro nombre. Ahora es problema de la Interpol. O más bien de los medios de comunicación australianos. Lo principal es que si Steph y tú estabais preocupadas por cualquier problema que os pudiese causar, creo que podéis dormir tranquilas. Está en el otro lado del mundo, y es muy probable que se quede allí durante bastante tiempo. No vendrá a por mí ahora que sabe que tengo munición de sobra.

Le conmovió que Adam pensase en ellas. En realidad, había estado mirando si la seguían, y saber que Kurt estaba en el otro lado del mundo era un gran alivio. Y Steph ya había conseguido un trabajo de *community manager* júnior en una buena empresa. Delia estaba preocupada por ella, por si Kurt intentaba arruinar su nuevo empleo.

—Hicimos lo correcto, ¿verdad? —dijo Delia.

—Lo correcto siempre depende de la opinión de cada uno —dijo Adam—. Creo que cuando estemos en nuestros lechos de muerte pensaremos en que el día en que nos emborrachamos en aquel museo fue uno de los más productivos de nuestras vidas.

Delia sonrió y se pasó el teléfono móvil a la otra oreja.

—¿En nuestros lechos de muerte? Me imagino dos camas de hospital de campaña una junto a la otra.

—Si hubiese dicho nuestro lecho de muerte, en singular, habría sonado raro.

—Solo moriríamos juntos si bebiésemos de una escultura de hielo que hubiese creado Kurt.

—No sé, quizá una futura aventura nos lleve a un palacio veneciano con una estructura antigua pero extremadamente endeble. La mampostería nos aplastaría la cabeza al caer.

—Siento decirlo, pero creo que este es mi primer y último trabajo contigo, Adam. No aguanto la presión.

—Es una pena. Creo que hacemos un gran equipo.

—¡Ja, ja! Nos vemos —dijo Delia riéndose.

—Ya veremos. Por cierto, tus cómics son geniales.

—¿Los has visto? —preguntó ella— ¿Cómo?

—Ejem, soy un periodista de investigación. En serio. Estoy impresionado. Eres extremadamente creativa. Creo que a Kurt le diste demasiado.

Delia se rio.

Regresó a casa de Emma, donde encontró un paquete esperándola en la mesa de la entrada. Los envíos de Paul continuaban. Se sentía inquieta, incómoda. Dado que ella no hacía ni caso de sus súplicas por mensajes de voz o SMS para que hablaran, esta era la única vía de contacto que seguía abierta.

En la tranquilidad del piso, sacudió el contenido y deshizo el nudo verde del regalo.

Dentro había un queso con una corteza color ceniza en papel encerado de Valvona & Crolla, un tesoro encontrado en una tienda de *delicatessen* con la que Delia se había obsesionado en un viaje a Edimburgo. La llamaba «la Caverna del salami», hasta que Paul señaló que sonaba como un juego de palabras por su similitud con taberna.

Había una nota.

¿Encontré el queso correcto? ¿Ha sobrevivido al viaje?
Recuerdo que me impresionaba toda la comida que tomabas

cuando empezamos a salir. ¿Recuerdas los arenques suecos que comprabas y que, cuando abrías la lata, Chirivía *se escondía? Es igual. Delia, vuelve a casa, por favor. Te quiero. Besos, Paul.*

A casa. ¿Pero por qué tenía que estar su casa donde él estaba?

♡ Capítulo 63

Delia había organizado una salida para tomar algo con Adam y Steph y aquello le parecía un pequeño milagro. ¡Resultaba que conocía a un puñado de personas en Londres! ¡Suficientes para llenar una tienda de campaña de dos personas!

Tres amigos nuevos, si contaba a Joe, en el norte. Delia le agradeció efusivamente el esfuerzo el día del museo. Quería hacer algo por él como compensación. Joe había dicho que había algo que le gustaría que hiciese, pero que era demasiado tímido para decírselo por Skype. «¡No es nada guarro!», subrayó cuando ella se quedó un poco atónita.

Minutos después le envió un mensaje:

> *Simplemente sigue siendo mi amiga y hablando conmigo. Tu compañía ha animado mis días, ¡Delia Fantástica! Algún día nos veremos en persona, te lo prometo. Estoy trabajando en ello. CP (Para ti siempre seré CP, ¿verdad? ☺ Besos.*

Delia se lo prometió. Aunque el día en que llegó el momento de quedar con el resto de la pandilla del Victoria & Albert, tenía un trabajo que le aguaba la fiesta.

O algo así. Trabajaba en un bistró en el Soho. Era el típico lugar en el que, si pides frutos secos, te dan un tarro de pistachos pelados en lugar de una bolsa del supermercado. Servía los «entrantes y platos para compartir» en tablas de cortar, y el menú estaba escrito con pintalabios en un espejo. La sala estaba llena de cocoteros y una música demasiado alta que ponía un pinchadiscos lo llenaba todo. Las paredes brillaban con la humedad cuando se llenaba hasta los dos tercios de su capacidad.

Delia sabía apañárselas a la perfección en aquel lugar gracias a haber ayudado a menudo a Paul cuando le faltaba gente. La semana anterior había visto en la ventana un cartel en el que pedían personal durante el verano y se pasó, por impulso, pensando que le dirían: «¿Tienes treinta y tres años?», en lugar de: «¡Gracias a Dios, sí! ¿Puedes empezar esta noche?».

Delia lo disfrutaba: la simplicidad del trabajo duro sin esfuerzo mental ni disyuntivas morales. Normalmente la necesitaban desde el mediodía hasta las seis, después de lo cual volvía a casa de Emma, se daba una ducha refrescante e iba en busca de su cuaderno.

Cuando llamó a Adam para disculparse porque su turno de sábado chocaba con sus planes, él sugirió que se encontrasen en su bar para «hacerle compañía», y así ella se podría unir a ellos cuando terminase.

Delia accedió, y se dio cuenta de que quizá se sintiese tonta cuando le estuviera sirviendo la cerveza, con el pelo trenzado sobre la cabeza y con el sujetador empapado de sudor bajo el delantal.

—No te atrevas a reírte de mí —dijo esperando que lo hiciese, cuando Adam posó los codos, cubiertos por una camisa de color claro, en la barra mirándola trabajar.

—No me río de ti, Delia Moss. Me tienes un poco impresionado.

—¡Ja! Lo suficiente como para aprenderte mi nombre. —Agarró la parte plana de una espátula y quitó la espuma sobrante de la cerveza, como si estuviese colocando ladrillos. Adam la examinaba cariñosamente.

—En serio. Nunca dejas de sorprenderme.

Las compañeras de Delia detrás de la barra eran dos ágiles chicas de veintitantos que viajaban durante su año sabático, una holandesa y una irlandesa, ambas partidarias acérrimas de la ropa corta. Los ojos de la mayoría de los hombres se desviaban a sus traseros cuando se inclinaban hacia el frigorífico de las botellas o se estiraban para alcanzar algo en las baldas. Delia disfrutaba de su relativa invisibilidad junto a ellas, aunque con Adam sentía que tenía toda su atención: sus ojos nunca miraban a las chicas. Se volvió para sacar el vino rosado de Steph del frigorífico y se aseguró de arrodillarse en lugar de inclinarse como hacían ellas.

—¿No te molesta que estemos aquí? —preguntó Adam, dando el primer sorbo a su bebida mientras ella servía el vino.

—Claro que no. Me gusta.

Adam agarró los dos vasos.

—De acuerdo. Moderaremos el ritmo para que seamos capaces de decir cosas coherentes cuando termine tu turno.

Mirando a la mesa de la esquina, Delia sintió cierto malestar por no poder preocuparse de dos personas a las que ella había puesto juntas, aunque parecía que lo estaban llevando bien sin ella.

Se fijó en Adam charlando con Steph. Hablaba animadamente, gesticulando para ilustrar la anécdota que estaba contando. No se suele tener un momento para observar a alguien. Delia se encontró contemplándolo y catalogando sus gestos: la manera en que se frotaba el pelo, cómo chocaba la palma de la mano contra la frente cuando expresaba consternación, el hecho de que realmente escuchaba a la gente cuando hablaban con la cabeza gacha.

Había algo gracioso en Adam: cuanto más lo conocía, más guapo y más atractivo le parecía. A menudo olvidaba que era tan perfecto, porque era simplemente Adam. Cuando se reía, el rostro se le contraía con una boba expresión de alegría. Le encantaba la manera en la que la miraba a los ojos después de meterse con ella y luego se arrugaba, contento, si ella se reía con él.

Siguió mirando con cara de confianza, como si compartiesen una broma privada.

Entonces ocurrió. Algo que Delia había pensado que finalmente ocurriría. Hacía que sus ensimismamientos pareciesen ridículos, y dejaba sus sentimientos extrañamente heridos. Una mujer rubia de rizos pequeños y muy guapa entró en el bar. Llevaba gafas de sol de carey en la cabeza, un vestido largo hasta los pies y andaba de una manera ceremoniosa. Adam le pasó el brazo por el cuello, atrapándola en el ángulo del codo, le dio un beso en la cabeza y se la presentó a Steph con evidente entusiasmo.

Delia se alegraba mucho de tener que seguir dando vueltas para servir a los clientes. ¡Por amor de Dios! ¿Por qué ahora? Vio que Adam estaba siendo tan amable como se es con algo que te pertenece, levantándose para buscarle una silla. No era el momento de que las parejas acudieran, era su celebración no oficial de la travesura del museo. «Qué poco tacto.»

En cuanto la intrusa amazona *sexy* se sentó, Adam se dirigió al bar, inclinándose para pedirle, casi gritando por encima de la música, un dietético *gin-tonic*.

—¿Puedo presentarte a Alice? Me encantaría que la conocieses —añadió mientras Delia se concentraba en meter hielo picado en una copa caliente del lavavajillas para que se enfriara.

No supo qué decir, aparte de: «Eh, vale», tirando el hielo y rociando el vaso agresivamente con tónica de un sifón como si estuviese disparando una pistola.

—No te preocupes si te trata de modo raro. Sabe lo que hay entre nosotros.

—¿Por qué iba a tratarme raro? ¿Como Freya? Las eliges bien, ¿no? —la decepción hacía que fuese más ruda que de costumbre.

—Vale. Perdón por avisar —dijo Adam abriendo los ojos—. Alice no es Freya. Además, yo no la elegí...

—Es igual. —Se volvió y echó una medida de ginebra en la copa, preguntando por encima del hombro—: ¿Simple o doble?

—Hazlo doble, en estas circunstancias —murmuró Adam.

Delia giró el tapón de la botella de ginebra y puso la copa en la barra.

—¿Algo más?

—Una explicación de qué es lo que he hecho mal sería... Un momento. Te das cuenta de que Alice es mi hermana, ¿verdad?

«¡Uy!»

—¡Oh! —exclamó Delia bajando la cabeza. ¡Sí! Qué alivio. Pero también: ¡oh, no!

Había olvidado la rodaja de Lima y se alegró de poder darle la espalda para buscarla. Delia quería desaparecer en el sótano y no volver jamás. Por Dios, se había comportado como una novia celosa. O rechazada. Había una parte que no tenía ninguna intención de repetir. ¿Por qué se sentía tan posesiva y susceptible? ¿Acaso la experiencia con Paul la había dejado sin defensas?

Esperaba que Adam estuviese bastante ofendido o enfadado cuando se atrevió a mirarle de nuevo a los ojos al recoger su dinero, pero solo estaba perplejo y quizá sentía curiosidad.

—Bueno... —Hizo una pausa y se frotó la cabeza cuando le devolvió el cambio—. Quería decirte algo. Me siento mal por haberte dado con la puerta en las narices ese día a la hora de comer.

—¿Sí?

—Sí. Cuando me suplicaste al estilo «A Dios pongo por testigo» en la puerta mientras sostenía un paquete de *boletus*.

Delia se rio más enérgicamente al sentirse aliviada de que Adam no la atacase.

—Era mantequilla.

—Ah, sí, mantequilla. Si te atreves a venir hasta Clapham, cocinaré para ti para enmendarlo. Si Dougie come con nosotros, te advierto de que pone litros de salsa picante a todo. Es bastante asqueroso.

Delia dijo que sonaba genial, y dejó caer un mezclador en la bebida de Alice intentando no poner una mueca de vergüenza por lo que acababa de ocurrir entre ellos. Sintió un cierto recelo en sus palabras que no podía explicar ni a él ni a sí misma.

Estaba muy inquieta cuando llegó la hora de quitarse el delantal y unirse a ellos; sin embargo, la ventaja que le llevaban con las copas creó un ambiente relajado.

Hizo más esfuerzos para caerle bien a Alice de los que hubiera debido, decidida a inundarla con su encanto después de todo lo que Adam le había contado de Twist & Shout. Pero resultó que no tenía que estar nerviosa. Alice era simpática, inteligente y amigable sin ser afectada. Se imaginó que podrían ser amigas. Cuando le agradeció que hubiera ido al local, Alice dijo: «No podía perder la oportunidad de conocer a la famosa Delia, de la que he oído tantas cosas». Adam hizo una bola con una servilleta de papel y se la tiró a su hermana. Delia se ruborizó.

Media hora después, Emma y Sebastian llamaron y las cosas se pusieron todavía más complicadas. Delia estaba merecidamente agotada cuando salieron a la calle a las diez. Nunca se acostumbraría a lo lejos que uno está siempre de su cama en Londres.

De camino a casa, Delia y Emma entraron en un ebrio y endiablado debate en bucle acerca de la importancia de los acontecimientos de aquella noche.

—¡Una cita! ¡Tienes una cita! —exclamó Emma cuando Delia le habló de la oferta de Adam para cenar. Se detuvo, y mientras iban caminando hacia el metro le agarró la mano tan fuerte que parecía que iba a romperle los huesos.

—¡No es una cita! ¡Va a estar Dougie!

—¡Es una cita!

—¡Dougie!

—¡Cita!

—Dougie.

Emma se puso los dedos en las orejas

—¡Cita, ALNEV!

—¿Qué significa ALNEV?

—Aunque Lo Niegues, Es Verdad.

—Emma, tenemos treinta y tres años.

Capítulo 64

Delia estaba ante la puerta de la casa de Adam en Clapham con un vestido de verano estampado (esta vez eran golondrinas) y unos zapatos de tacón nuevos color pistacho a los que les había quitado las pegatinas de las suelas en el metro. Llevaba una botella de aguardiente de arándanos casero en lugar de vino y se decía a sí misma que no era una cita porque Dougie iba a estar allí.

Adam abrió la puerta con una camiseta blanca, oliendo a humo y con unas pinzas en la mano, y le agradeció la bebida.

—Creo que Dougie ha desaparecido.

¡Aggh! ¿Entonces era una cita? No. Siguió a Adam por el estrecho pasillo hacia la cocina y vio que la pequeña mesa del comedor estaba puesta para tres.

La puerta del jardín trasero estaba abierta y entraba el olor a pastillas de encender la barbacoa y carne adobada chamuscada.

—Pensé en hacer una barbacoa por eso de que es algo más masculino y... Como todos los hombres del mundo, la he jodido y lo he quemado todo.

Adam se limpió la frente sudorosa con la manga de la camiseta y Delia inspeccionó las cenizas, que se desintegraban sobre la parrilla, y comenzó a reír.

—Por suerte, también tengo chuletas. Mierda, no serás vegetariana, ¿verdad?

—Ja, ja, ja. No. Totalmente carnívora —respondió Delia—. Como yo digo: quítale los cuernos y límpiale el culo.

Adam se echó a reír.

—No he tenido tiempo de preparar la ensalada de patata. Ay, Delia, esto es un desastre.

Si había una emergencia en la que Delia podía ayudar era en el ámbito culinario.

—Yo la haré, tú concéntrate en esto —dijo señalando la barbacoa.

Se encargó de la cocina y en media hora estaban sentados ante una comida bastante decente, medio borrachos por la cerveza fría y el aire fresco. Adam dejó la puerta abierta, y los aviones zumbaban de manera intermitente sobre sus cabezas.

—Estamos en la ruta de Heathrow —dijo mirando hacia arriba—. ¿Por qué está tan buena esta ensalada de patata?

—Cebolla roja, zumo de limón y pepinillos cortados en dados finos. Refresca la cualidad pegajosa de una ensalada con tanta mayonesa. —Delia mordisqueaba una chuleta y pensaba la agradable compañía en que se había convertido Adam.

—¿Por qué elegiste Clapham? —preguntó Delia.

—Es donde aterricé cuando me mudé aquí, y uno tiende a quedarse donde aterriza. Entonces no era un nido de gilipollas como ahora. Aunque el lugar sigue siendo bueno.

Adam le explicó que Dougie estaba un poco más arriba, en el *pub* Bread & Roses, con sus amigos escoceses y que probablemente aparecería por la puerta en cualquier momento. Delia no se podía creer que alguna vez pensase que era raro. Es cierto que estaba bastante borracha, pero Adam y ella charlaban, reían, discutían y debatían como viejos amigos.

Dicho esto, deseó haber estado un poco menos relajada cuando subió al baño. No había visto la cortina de ducha transparente que estaba fuera de la bañera y la pisó al salir, tirando del raíl pegado al techo que hizo que cayese una lluvia de yeso.

Cuando volvió abajo y se lo soltó, Adam no pareció preocuparse y rechazó que pagase los daños. La discusión se intensificó.

—Adam, insisto. De hecho, olvídalo, no necesito tu aprobación. Te mandaré el dinero dentro de un calcetín.

—No. No quiero que te quedes sin el sueldo de un turno.

—No soy un caso para la beneficencia —repuso Delia—. En serio, ¿por qué tendríais que pagarlo Dougie y tú?

—El casero es simpático.

—¿Os deja tirar la casa abajo? —dijo ella sonriendo.

Adam agarró la esquina de la mesa y exhaló.

—Tu sobrenombre debería ser «la Tenaz». De acuerdo, escucha. El casero soy yo. Y te digo que no quiero tu dinero.

Con el tenedor lleno de una tarta de queso bastante buena (Adam había admitido que la había comprado, la había puesto en un plato y le había añadido azúcar glas por encima), Delia se detuvo.

—¿Cómo vas a ser el casero?

—Es mi casa. Es de mi propiedad.

—¿De verdad? ¿Por qué no lo has dicho antes?

—Es la norma general. No quiero que todo el mundo intente mudarse. No me refiero a ti.

Delia tragó un poco de tarta.

—Pero ¿alquilar las habitaciones no es una buena fuente de ingresos? El periodismo *online* no debe de estar muy bien pagado.

Adam suspiró.

—Demasiadas preguntas.

—Lo siento —dijo Delia avergonzada. Hacer conjeturas acerca de su salario era demasiado—. No pretendía ser tan... ruda y directa.

Adam la observó por encima del postre, separó el plato y soltó aire.

—No sé si debería decirte esto. Esta información es confidencial.

Delia se descubrió inesperadamente nerviosa. Le gustaba el Adam con el que estaba tomando una tarta de queso, que se había preocupado en encender velas en el alféizar de la ventana y en poner a Stevie Wonder en el equipo de música. Dougie y él mantenían las habitaciones libres, ¿para qué? ¿Para disfrutar de noches libertinas? ¿Para refugio de delincuentes?

—Soy rico.

—Estupendo.

Ya.

—Mi padre era el gerente de un fondo especulativo de alto riesgo en la City y creó su propia empresa. Le fue muy bien. Dejó de trabajar antes de los cincuenta. Mi hermana y yo teníamos fondos fiduciarios ya a los veintiún años. Enormes.

Delia lo observó.

—¡Oh! ¿Millones?

—Sí.

No eran exactamente malas noticias, pero Delia sintió que la brecha entre ellos había aumentado. Clapham ya parecía demasiado pijo y lleno de camisetas de *rugby* para ella. Ahora, se daba cuenta de que estaba totalmente fuera de lugar.

—¿Ves? —dijo Adam—. Ya estás modificando tu opinión sobre mí. Por eso nunca se lo cuento a nadie. —La miró fijamente—. En serio, Delia, no se lo digas a nadie. Dougie lo sabe, y ya está. Te garantizo que, si lo haces, podré verlo en la cara de la gente en segundos. Estoy acostumbrado.

—Te prometo que no lo haré.

Delia le dio vueltas y revisó sus sentimientos. La gran confianza de Adam en sí mismo no era algo a lo que estuviera acostumbrada. Había imaginado que se debía al hecho de haber recibido educación privada. Ahora se lo imaginaba navegando en yates y estudiando en Hogwarts. Tenían tan poco en común...

—¿De verdad trabajabas para esos periódicos? ¿No te inventaste nada?

—He realizado todo esos trabajos y tengo cicatrices que lo demuestran.

—¿Y Alice es profesora?

—Alice es una auténtica profesora a tiempo completo, hecha polvo, estresada, amante de las vacaciones de verano, y odia a las secretarias de Tower Hamlets.

—¿También es rica?

Adam asintió.

—Lo que ocurrió fue que mis padres se divorciaron cuando éramos adolescentes. Crecimos en Surrey, fuimos a la universidad, tuvimos vidas normales, tal vez algo privilegiadas, y de pronto, ¡pum!: Mi padre nos anunció lo de los fondos fiduciarios y desapareció en Francia con la esposa número dos. Mi madre se murió del disgusto. Sin embargo, mi padre nos dijo en un tono muy vehemente que no se lo contásemos a nadie como condición para recibirlos. Me alegro de que lo hiciese, porque entonces no entendía por qué.

Adam respiró.

—Al principio pensaba que no había de qué preocuparse cuando era Navidad todos los días. Alice dudaba. El Adam de veintiún años decidió vivir como un depravado príncipe saudí. Viajé, compré tonterías. Tuve un estúpido automóvil rojo que pesaba tan poco como una lata de Coca-Cola y que abollé como si lo fuera.

Delia hizo una mueca.

—Sí, todos los tópicos de un capullo, me temo —siguió diciendo, interpretando de forma errónea por qué Delia había torcido el gesto al pensar en él estampando un coche—. Le dije a Alice que estaba loca por molestarse en estudiar magisterio. Ella ya me había dicho que le preocupaba que me convirtiese en un gilipollas irrecuperable. Un día me levanté y me di cuenta de algo que me había estado ocultando a mí mismo con los excesos. Estaba increíblemente aburrido y aislado.

—¿Aislado? —dijo Delia—. ¿No podías comprar compañía? ¿O una compañía?

—Piénsalo, Delia —dijo Adam levantándose para cerrar la puerta de atrás. No sabía si lo hacía porque a media noche hacía más fresco o por lo secreto de la conversación—. Piensa lo que significa no tener trabajo nunca. No tener nada que ver con la gente que conoces. Es como vivir en gravedad cero. Mis amigos empezaban a tener sus primeros trabajos, aprendiendo cosas y conociendo gente. Y yo estaba tirado en un sofá, zampando patatas fritas y convirtiéndome rápidamente en una persona muy aburrida. Me di cuenta de que la única manera de que aquello fuera bien era hacer lo que Alice ya había advertido que teníamos que hacer: comportarnos como si el dinero no existiese hasta que lo necesitásemos para algo importante.

—No debería importar mucho. Emma gana siete veces más que yo y eso nunca nos ha afectado. Tú trabajas, no eres un parásito —replicó Delia.

—Ese es el problema. Piénsalo bien. Tú te quejas por trabajar en el *pub*. En algún momento alguien dirá con rencor: «No sé por qué no lo dejas, no pasaría nada». La admiración por tu trabajo está a un pequeño paso del resentimiento. Has conseguido el trabajo de otra persona. Consigues un ascenso antes que un compañero. Imagínate lo que se enfadan. Ellos necesitan ese dinero extra para pagar la hipoteca. Pon que es el día anterior al día en que se cobran los sueldos y nadie tiene mucho dinero. ¿Por qué pagar solo tus bebidas si puedes permitirte pagar las de todos? Te sientes culpable, pero cuando pagas la ronda te acaban odiando por ello. Si no lo haces eres un tacaño y si lo haces, llamas la atención. Pronto empiezan a evitarte, porque no se te pueden aplicar las reglas normales y eso resulta incómodo. Finalmente quieren que hagas el gilipollas en Boujis, bebas cócteles del cofre del tesoro, juegues al polo y te quedes solo.

De pronto parecía sobresaltado.

—¡Joder! No pretendo que me compadezcas. Obviamente tengo muchísima suerte. Solo estoy compensándolo por si piensas que soy un señorito fanfarrón.

—¡Ja, ja! ¡No!

Delia inclinó la cabeza. Entendía por qué lo ponía así.

—¿Ni tú ni Alice se lo contáis a nadie? —preguntó Delia sintiendo un floreciente orgullo por estar entre aquellos en quienes confiaba.

—A nadie. Ni siquiera cuando nos emborrachamos.

—¿Ni a alguna novia?

—Especialmente a las novias no.

—¿Ni a Freya?

Adam alzó una ceja.

—No es una novia. Y tampoco.

El orgullo de Delia volvió a brillar. ¿Era un honor que se lo contasen? Lo decía como si ella fuese una completa anomalía. ¿En qué categoría estaba? ¿Conspiradora de robos informáticos? ¿Desguazadora de baños?

—¿Por qué especialmente a las novias no?

—No quería preguntarme nunca si estaban conmigo o con mi billetero. Un asunto de autoestima.

Delia se rio.

—Creo que si estuvieras con la persona adecuada, no te lo preguntarías —dijo—. Querrías confiar en ella. Cuando te enamoras de alguien, quieres que lo sepa todo sobre ti.

—Sí —dijo Adam—. Tienes razón.

Tomó un gran sorbo de su bebida.

Delia suspiró.

—Nunca pensé que tener muchísimo dinero fuese tan complicado.

—No lo es si les pasas el trabajo a tus contables, te concedes un salario razonable y te olvidas del asunto por completo.

—¿Así es cómo creaste tu página web?

—Sí —respondió Adam recogiendo los platos y haciendo caso omiso de los intentos de Delia por ayudarle—. Con el poder viene la responsabilidad y todo eso. Puedes darlo a obras sociales, pero es algo pasivo. Cuando me desilusioné mucho con el estado general de la prensa, pensé que tenía una oportunidad única de hacerlo de forma diferente. Tengo una profesión a la que siempre puedo volver si fracaso miserablemente. Los chicos ricos aman sus estúpidos y vanidosos atrevimientos, aunque por lo menos este tuviera buena intención. No es uno de esos horribles clubes nocturnos.

Delia sumó aquello a la cuenta y le dio la vuelta.

—No quiero convertirme en uno de esos ricos que fingen ser jipis —siguió diciendo Adam mientras soltaba la vajilla en el fregadero y volvía a sentarse.

—Adam —dijo Delia—. Eres un chico pijo del sur, probablemente de esos que se cuelgan las gafas en la camisa.

—Una cosa que descubres con el dinero es que resulta mucho más fácil aliviar el dolor que dar placer. Piensa en el mejor momento de tu vida hasta ahora...

Delia inclinó la cabeza y se recordó con Emma bebiendo sidra con batas de tafetán y guantes hasta los codos. Adam la miró de una manera extraña e intensa.

—¿Recuerdas uno?

—Sí.

—¿Costó mucho dinero?

Delia alzó una mano y movió los dedos contando el dinero.

—Casi nada.

—¿Qué es? ¿Puedo saberlo? —preguntó Adam.

—El baile de graduación.

La intensa mirada de Adam desapareció.

—¿Ves? ¿Cuántas veces la respuesta es «el restaurante de Alain Ducasse»? ¿O «esquiar en Méribel»? Casi nunca. Colocarte un día que faltaste a clase y reírte con un amigo hasta que duela. Coste: tu PlayStation, una bolsa de hierba y el problema en el que después te metiste por no saber nada de la Reforma.

Delia asintió.

—Las mejores cosas de la vida son gratis — concluyó Delia, poniendo cara de haber empleado un tópico y alzando los brazos con teatralidad.

—Es verdad que lo son —repuso Adam. Había vuelto aquella mirada inescrutable—. Como las botellas de champán que conseguí en una ceremonia de premios hace unos meses. ¿Quieres ayudarme a beberlas?

—¡Ehhh! Verás, el champán fue mi perdición junto con los *Appletiser* de manzana.

—La lucha de Delia Moss, obligada repetidamente a beber champán gratis.

—Podría titular así mis memorias: *Por favor, camarero, deténgase.*

Capítulo 65

—¿A qué se dedica Dougie? —preguntó Delia mientras Adam desenrollaba el anillo metálico del cuello de una botella de Moët sobre la barra de formica.

—Trabaja en Coutts. ¿Conoces el Royal's Bank? Se necesita tener un cuarto de millón para abrir una cuenta allí. Antes de que me lo preguntes: no, no tengo una cuenta.

—Eso no era lo que esperaba.

—Es el último trabajo que te imaginarías para él, ¿verdad? Es buenísimo con los números. Aunque siempre está en números rojos. Dougie es «una de cal y otra de arena». Pero es un buen tipo.

Adam tiró del corcho y sirvió el champán en copas, mientras Delia observaba la cocina a escondidas. Pensó en todas las cosas que haría si fuese suya. Pintarla, amueblarla, reestructurarla...: no podía evitarlo, llevaba en la sangre decorar hogares. Aunque era cierto que parecía una casa alquilada, así que el disfraz de Adam funcionaba.

Brindaron y se llevaron la bebida a los deformados sofás del salón.

—¿El mago del pirateo y tú os conocéis bien? —preguntó Adam.

Delia le contó el asunto de Chile Picante, dejando a un lado los problemas de Joe para verse cara a cara, ya que no estaba segura de que quisiera que lo compartiera.

—Os... compenetráis muy bien —dijo Adam suavemente bebiendo de su copa.

—No es eso.

—¿No es qué exactamente?

Delia se encogió de hombros y sonrió. No quería centrar la atención en sí misma.

—¿Tu no sales con nadie? —preguntó.

—No.

—¿No porque sales con todas al mismo tiempo? Freya dijo... —empezó Delia sonriendo con aire de superioridad.

—No dejarás que me olvide de eso, ¿verdad?

—A la mayoría de los hombres no les importaría que se hablase de su éxito con las mujeres.

—Pues a mí sí. Me da la sensación de que parezco una sórdida mantis religiosa que no discrimina entre las personas con las que tiene algo. Lo cual era obviamente su intención.

—¿No lo eres, entonces? —preguntó Delia.

—Llevo soltero bastante tiempo, y he hecho lo que hacen los hombres solteros. Freya exageró mucho la situación.

—Freya es una de ellas, por lo que entiendo.

Adam asintió y a Delia le sorprendió descubrir que, aunque quería burlarse de él, le había salido el tiro por la culata. Al oír la confirmación sintió una punzada y descubrió que deseaba que lo hubiese negado. Seguramente porque empezaba a pensar en Adam como su tipo de persona, no como el de Freya.

—Fue una excepción, pero ella quería tener una relación y yo no. Seguimos siendo amigos. No amigos con derecho a roce, tengo que decir. Sino amigos con inconvenientes.

—¿Les hace la vida imposible a tus novias?

—Lo haría si pudiese, pero hace siglos que no tengo novia. La cosa es... —dijo Adam frotándose el pelo—. Voy a decir esto sabiendo perfectamente lo mal que va a sonar. No he conocido a mucha gente que me gustase lo suficiente como para comprometerme. Un par de veces creí que estaba enamorado, me lié y después me di cuenta de que aquello no era amor, o por lo menos no el suficiente. Causaba mucho dolor, así que dejé de tener relaciones. Es mejor ser sincero y decir lo que sientes y seguir adelante. No es lo que había planeado o lo que quería necesariamente, pero es lo que ocurrió.

—¿Nunca te has enamorado?

—Quizás encaprichado..., pero no. Nada profundo y duradero, desde luego.

¿Cuántos años tenía: treinta y tantos? No parecía que estuviese hecho para ello, entonces. No le costó mucho imaginar que cualquier mujer que posara en él sus sueños románticos y sus esperanzas obtendría lo mismo que dejando unas natillas en un colador. No dudaba que muchas lo hubiesen intentado. De alguna manera aquello hizo que se sintiese abatida.

—Te veo con alguna ricachona picaflor —dijo Delia intentando relajarse.

Adam soltó una carcajada

—¿Una ricachona picaflor? Para nada. Sería más fácil que me acostase con el Aga Khan.

—¿O con Shere Khan? —preguntó Delia.

—Amir Khan.

—Gengis Khan.

—*La ira del Khan.*

Se rieron.

—Me incomodan las etiquetas del estilo de «increíble espadachín» y «de hábil erotismo». No me gustan los estereotipos.

Delia se rio hasta atragantarse, y Adam parecía contento.

—¿Te puedo preguntar si has estado con alguien desde que te mudaste? —dijo Adam.

—No —bufó Delia.

—No es una idea tan absurda —dijo Adam.

—Va a parecer patético, pero la idea de estar... con alguien que no sea Paul todavía me aterroriza. Es como si todavía fuese suya.

—¿Cómo? ¿Sientes que le estás engañando?

Delia se ruborizó. No diría aquello si estuviese sobria.

—Sí.

—Qué tontería. Después de todo, no parece que él te otorgase exclusividad alguna sobre sus erecciones, ¿no?

Delia se rio al oírlo y le sorprendió que el latigazo de dolor al pensar en Paul y Celine juntos ya no apareciera. Era cierto que el tiempo lo curaba todo.

—Deja de vivir para él. Tu cuerpo es tuyo, no suyo.

—Me da miedo acostarme con otra persona. ¿Qué pasa si quiere...?

Delia calló.

—¿Si quiere...? —Adam hizo un gesto con la mano para que continuase.

Delia empezó a reírse sin parar, las palabras salían entrecortadamente. Le gustaba desahogarse con Adam.

—Digamos que... hacérmelo por el culo por delante? —dijo moviendo ligeramente los labios.

Adam entrecerró los ojos.

—Le dices que es bastante difícil hacértelo por el culo por delante y ya está.

Delia se rio.

—¡Ya sabes a lo que me refiero! —exclamó fingiendo tristeza—. Estoy desfasada.

—Si hay algo que no te gusta, tienes que decirlo —dijo Adam—. ¿Qué es lo que no pillo?

—Entonces se va y le cuenta a todo el mundo en Internet que tuvo conmigo el sexo más aburrido de la historia.

—Si hace una cosa así, me preguntaría por qué decidiste acostarte con él. ¿A quién te refieres, por cierto? ¿Alguien que conozca? ¿Va a forzar un ataque contra ti?

—¡No! Un hombre hipotético.

—Un hipotético matón al que le va el sexo por detrás y que comparte demasiadas cosas. Ya entiendo por qué estás preocupada. Ese hombre completamente inventado con el que tienes relaciones imaginarias es un capullo que no existe.

Delia no podía parar de reír.

—O podrías acostarte con alguien que quiera que lo disfrutes y no ponga en Foursquare que es el dueño de tu trasero.

—¿Cómo voy a saber que se me presenta esa oportunidad? —preguntó Delia—. ¿Cómo diferencias a los buenos de los manos? Como las ardillas que probaban los frutos secos en *Charlie y la fábri...*

—Porque te besará así.

Adam avanzó, acercó la barbilla de Delia hacia él, inclinó la cabeza y la besó. Era perfecto, ni agresivo ni demasiado intenso, pero claramente lleno de intención.

Al principio se quedó parada, impactada, inmóvil. De pronto se descubrió correspondiéndole. Bastante.

Cuando lo hizo, Adam se detuvo, la apartó un poco, la miró a los ojos y volvió a besarla, sin prisa, como si llevasen sentados besándose así todo el rato.

Delia sentía al mismo tiempo miedo y calor, como una adolescente besando a su novio cuando se suponía que debía estar haciendo de niñera. «¿Sería aquello oportunismo desvergonzado? ¿Acaso su amistad significaba tan poco? ¿Pensaría que iba a..., cómo se atrevía..., por qué...? ¡Madre mía! Estaba besando a Adam con demasiado entusiasmo como para culparle de algo cuando se detuviesen...»

Adam se detuvo de nuevo. Se miraron a los ojos, con el pecho subiendo y bajando y respirando con fuerza.

Hizo un gesto con la mano.

—Bueno, algo así.

Delia jadeó.

—¿Por qué has hecho eso?

—Ha llegado un momento en el que no podía dejar de hacerlo. ¿No debería haberlo hecho?

Delia lo miró fijamente. Él le devolvió la mirada sin apartarla. Ella estaba confundida y cohibida más que ofendida, pero era más fácil fingir esto último.

—¿Has pensado que tendrías suerte porque hemos llegado a la conclusión de que yo estoy desesperada y tú eres un donjuán? Pensé que éramos amigos.

—Lo somos, pero yo espero ser algo más.

La miraba a los ojos y estaba siendo más valiente que ella.

Delia tragó saliva y comprobó su reacción ante la noticia de que Adam la encontrase atractiva.

—Nunca pensé que te gustase de este modo —dijo.

Qué estupidez, pensó nada más decirlo. Estaba claro que le gustaba mucho, y en su cuerpo estallaban fuegos artificiales.

¿Por qué necesitaba la garantía de que aquello no iba a romper su amistad? Era una oportunidad para acercarse al sexo como lo hacía otra gente que no había pasado una década con la misma persona.

—¿En serio? Creía que te había dado unas cuantas pistas. Como rescatarte de Kurt.

—¡Pensé que lo habías hecho porque era lo correcto!

—Ja, ja. Sí, solo que también quería hacerlo, teniendo en cuenta lo colado que estoy por ti.

Delia se sonrojó. ¿Emma tendría razón al final?

Miró a Adam para comprobar si estaba siendo sincero. Parecía vergonzoso e incluso tímido, con la camisa un poco desabrochada, el pelo alborotado y los ojos algo brillantes a causa del champán y... ¿el deseo? La casa estaba tranquila y todavía no había señales de Dougie. Delia pensó cuáles eran sus sentimientos acerca de cómo podían pasar las siguientes horas.

La respuesta de su cuerpo fue un enfático «¡Adelante!», y su mente tampoco parecía muy en contra. Sus emociones fluían como locas. ¡Mierda!, ¿Por qué meter a las emociones en aquello? ¿Por qué intentaba echarlo todo por tierra? El beso había sido increíble. Sus emociones le pidieron que considerase si iban a hacerle daño.

«Hay que ser sincero acerca de lo que quieres y seguir adelante.» Sería demasiado inocente si pensase que le estaba ofreciendo algo más que un polvo. Él se acostaba con todo el mundo. Pero si debía superar el miedo del «Primero Después de Paul», Adam sería una elección elegante.

Se sentó erguida y volvió a besarlo. Esta vez él le sujetó con la mano la cabeza y le dio un beso más profundo. El estómago de Delia dio un salto, como cuando te inclinas hacia atrás en los columpios.

Se subió a su regazo clavando las rodillas a los dos lados de sus piernas. ¿Quién era aquella persona? Le gustaba.

—Delia —dijo Adam separándose para tomar aire con las manos en su cintura minutos después—. ¿Delia?

—¿Qué? —susurró. Era extraño cómo el sexo, de pronto, la hacía hablar en susurros.

—¿De verdad quieres hacer esto? ¿Estás segura?

Se echó hacia atrás con los tacones clavándosele en los muslos y sonrió.

—¿Esto es algún tipo de táctica de seductor, rey de las conquistas, para hacerme decir oficialmente que fue idea mía? «¿Alguna objeción?»

—No —respondió Adam agarrándola por la cadera con más fuerza y una expresión seria—. Obviamente comenzó siendo idea mía. Cuando digo que me gustas es que me gustas mucho. Me destrozaría que te arrepintieses de esto y salieses huyendo. No lo quiero si significa que no ocurrirá nunca más. ¿Entiendes?

En realidad, no lo entendía. ¿Estaba fingiendo para cerrar el trato y pasar a la acción? Delia no actuaba como si aquello fuese un trato que necesitase cerrar, pero él había admitido que durante un período había dedicado poca atención a las mujeres y que lo que sentía al comienzo no duraba mucho. Delia decidió que le daba igual. Esa noche quería tenerlo.

—Escucha —comenzó Adam con voz baja—. Respecto a lo que dije antes...

—Shhh, me parece bien. Más que bien —respondió Delia inclinándose para besarlo otra vez.

Pero cuando las cosas se habían puesto lo suficientemente serias como para que Adam sugiriese murmurando subir al piso de arriba, ella deseó mantenerse firme y soltó:

—Un momento. ¿Me puedo emborrachar antes un poco más?

Adam dijo:

—Oh, joder, ¡GRACIAS!

Y los dos se echaron a reír.

—Solo porque soy una baratija oxidada.

—¿Ese es tu nombre de estrella del porno?

Se echaron a reír hasta que la mandíbula les dolió, lo cual les ayudó a liberar la tensión.

—Una epidural, marchando —dijo Adam levantándose del sofá y dirigiéndose a la cocina. Delia se descubrió sonriendo al infinito.

Adam llevó la botella para rellenar las copas. Sus ojos se encontraron por encima de sus bebidas tras el primer sorbo y pronto se olvidaron del champán para volver a besarse. Delia descubrió que no podía separar las manos ni la boca de él.

Casi no volvieron a hablar hasta el momento en que caminaban tropezando por la habitación de Adam, y entonces él susurró algo apremiante que la sorprendió:

—¿De verdad sigues sintiendo que eres de Paul?

—No —mintió Delia.

Capítulo 66

Delia había malgastado mucha energía emocional preocupándose por si el sexo con una persona diferente de Paul sería una basura. Lo que no había considerado era lo desconcertante que sería que resultara algo increíble.

A Paul y ella les iba bastante bien. Era algo más sólido y agradable que excitante, para ser sincera. Con él la actitud podía resumirse así: «ir, hacerlo, correrse a tiempo y limpiarse». Los servicios eficientes y competentes de Paul sin duda podrían recomendarse, mientras que una valoración del desempeño de Adam incluiría risas, suspiros de deseo, sonrisas tontas y ojos que no dejan de buscarse.

Formaban un buen dúo. «Quizás esto es lo que llaman química», pensó Delia. Había creído que eso era un mito.

Esperaba sentir que Adam no era Paul, y que este hecho la asustase y le hiciera sentirse desorientada y que además se lo recriminara a sí misma. Pero no ocurrió. Si bien Adam era diferente (más alto, más delgado, más comunicativo aunque se quejaba menos porque lo echasen de la cama), no era un desconocido.

—¿Sabes? Como has estado con tanta gente... —comenzó a decir Delia tumbada a su lado al terminar.

La habitación de Adam tenía una decoración más masculina: una cama de matrimonio de pino, ropa de cama oscura, un corcho en la pared cubierto de tiques, postales y la extraña foto de su hermana con aquel gato gordo. Delia se alegraba de que hubiese una lámpara de mesa que creaba una sombra azul y una luz suave.

—¿Qué? —preguntó Adam de modo cortante. Ella le echó un vistazo. Pensó que volvería a tener una de sus salidas acerca de ser un vendedor de salami de lujo del sur de Londres, pero no parecía cómodo con la pregunta.

—¿No resulta difícil no comparar? Compare el mercado punto.com ¿No te descubres pensando: «Su movimiento de cadera me recuerda a aquella chica de Keterring que conocí en Ibiza en 2006» y todo eso? —preguntó Delia.

Adam se movió de pronto sobre las almohadas para mirarla directamente a la cara. Era un personaje tan ridículamente gracioso que seguro que podría hacer las pruebas para ser el próximo James Bond. Solo que ahora fruncía el ceño como si estuviese actuando en la escena en la que le habían dicho que el traficante de armas que llevaba la iguana en el hombro había ganado su peligrosa partida de blackjack.

—Joder, qué cosas se te ocurren en este momento. ¿Qué quieres preguntar? ¿Si he pensado en otras mientras estaba contigo? Claro que no, ¿por qué tendría que hacerlo? ¿Tú has pensado en Paul estando conmigo?

—¡No! —exclamo Delia rápidamente, un poco avergonzada por haber empezado tan mal la charla postcoital cuando se estaba felicitando porque aquello de acostarse con alguien que no fuese Paul era pan comido.

—¿Seguro? —dijo Adam—. Entonces no sé por qué lo preguntas.

—Estaba haciendo una observación superficial acerca de nuestra reciente experiencia —dijo Delia—. Es igual.

Era más que eso. Estaba celosa, la irritaba y estaba decidida a mostrar que no era así.

—La experiencia no es un cálculo —dio Adam—. Yo no he pasado una década con alguien ni le he pedido matrimonio.

Delia pensó en aquello.

—Supongo que no.

—Me preocupa lo que pienses de mí. ¿No te he dicho ya que no lo veía como un simple polvo?

—Lo sé —dijo Delia, y movió el brazo acomodándolo sobre el pecho de Adam. ¿Lo decía en serio? En realidad, no se lo creía, pero en aquel momento prefería ser feliz y creerlo.

Estuvieron tumbados en silencio un rato.

—Me encanta tu pelo —dijo Adam acariciándolo mientras colgaba sobre la almohada—. Un color rojo y dorado que solo se ve en algunos cuadros.

—¿Te gusta?

—¿Por qué te sorprenden todas las cosas bonitas? —preguntó Adam, pero esta vez de manera cariñosa—. Eres guapa.

Delia vibró de placer al escuchar la palabra «guapa».

—No a todo el mundo le gustan los chalados pelirrojos —dijo, y enseguida deseó haberlo expresado con otras palabras.

—Bueno, a mí me gustan las chaladas —dijo Adam, y se rieron. Adam se apartó un poco y la miró a los ojos desde arriba. Delia había cruzado la frontera del miedo y ahora estaba en el país, hasta ahora desconocido, en el que era capaz de estar desnuda con una persona nueva. En teoría, estar desnuda era algo muy importante, aunque en realidad un sujetador y unas bragas eran muy poca ropa, y podía llevarla o no sin que por ello se acabase el mundo.

Sus ojos se encontraron, como si estuviesen borrachos, y Delia pensó que necesitaba prepararse para la segunda ronda.

—Voy un momento al baño —dijo, alegrándose de que hubiese poca luz para levantarse delante de Adam. No era lo mismo estar tumbada desnuda que andar por ahí desnuda.

Se sentó y al mismo tiempo oyó el sonido de una voz al otro lado de la puerta diciendo: «¿Adam?».

El pomo giró y la puerta se empezó a abrir. Con una reacción propia de un *ninja*, Adam se lanzó sobre Delia y la tapó con la parte superior de su cuerpo, gritando:

—Dougie, ¡¿puedes aprender a llamar?!

—Ay, mierda, lo siento —le oyó decir. Silencio—. ¿Es... Delia?

—¡Sí, joder! ¡Es Delia, lárgate!

—Hola, Dougie —dijo ella emitiendo un grito ahogado desde debajo de Adam.

—¡Qué hay! ¿Habéis hecho las paces? —Dougie parecía borracho.

—¡No, estamos en medio de una discusión! ¡¿A ti qué coño te parece?! —farfulló Adam.

—¿He estado fuera el tiempo suficiente?

Delia soltó una carcajada.

—No tanto como me gustaría, no. ¡Adiós!

Se cerró la puerta y Adam gimió: «¡Por Dios!», moviendo a Delia para que pudiese volver a respirar entre carcajada y carcajada.

—Eso ha sido muy caballeroso —dijo Delia tirando de la sábana hasta las axilas por si Dougie había olvidado decir algo.

—No me hables del tema. No quiero tener imágenes de mi Delia guardadas en el disco duro mental de Dougie.

«¿Mi Delia?» Se le revolvió el estómago. ¿Qué había pasado entre ellos exactamente? A pesar de que quería estar con Adam, notaba que necesitaba una larga caminata en solitario para comenzar a decidir qué era aquello. Todavía iba todo demasiado rápido para aterrizar.

—Bueno, ¿qué va a pasar ahora? —preguntó Adam.

Delia se quedó en silencio.

—¿Sabes dónde no va a estar Dougie el fin de semana que viene? —continuó Adam sentándose y apoyando la barbilla en la mano—. En París.

Delia estaba alucinada.

—¿París? —repitió lentamente.

—Sí —respondió Adam colocándole un mechón de pelo detrás de la oreja—. ¿Te gustaría ir?

—¿Por qué? —preguntó Delia.

—Podría ser divertido. Podría pasarme todo el día y toda la noche contigo. Y al decir «contigo» me refiero al momento en el que Dougie no estaba aquí.

—¿Has estado en París?

—Sí, mi padre vive en Francia. —Adam hizo una pausa—. No he ido a París con otra mujer si es lo que preguntas.

¡Uf!

—No es eso... —dijo Delia—. Es una idea agradable.

Adam sonrió con tristeza.

—No veo que sientas un entusiasmo excesivo, si he de serte sincero.

—¡No! Estaría muy bien..., pero Celine quería pasar un fin de semana allí con Paul para que él decidiese si seguía o rompía conmigo, eso es todo. Una extraña asociación con la ciudad.

Adam se desplomó sobre la almohada y se quedó en silencio.

—¿Sabes qué me gustaría hacer? Pasar un fin de semana en Londres —dijo Delia.

Adam entornó los ojos.

—Enséñame tus lugares favoritos. Hazme un *tour*. Podemos dormir en un hotel. ¿Existen hoteles anti Dougie?

—No estaría mal. ¿Podemos empezar con una cita? Conozco un restaurante francés muy bueno y el *maître* me debe un favor.

—¿Ah, sí?

—El *maître*, un hombre.

—¡Ah, sí!

Adam jadeó en broma y ella le besó en la mejilla y le dijo que le parecía una idea maravillosa.

De pronto, en el piso de abajo, la televisión retumbó y se oyó a Dougie murmurando: «¡Rodesia! ¡Zimbabue! ¡Es Zimbabue!».

—Oh, no, está en uno de esos *chats* en los que una mujer en pantaloncillos te hace llamar a un número privado sin parar. Su cuenta bancaria es como una lista de delitos denunciables.

—No me puedo creer que le dijeras que tengo las tetas grandes, por cierto. Cuando vine aquella vez y Dougie no me dejó entrar, ¿le habías dado mis medidas básicas?

—Tuve que pensar en características que sobresaliesen bajo su punto de vista. Personalmente, he estado demasiado ocupado concentrándome en tu personalidad para considerar el tamaño de tus tetas. Para mí, su tamaño no está ni aquí ni allí.

Delia bajó la sábana.

—Están aquí.

—Ah, sí. No me había dado cuenta...

Adam se le echó encima y comenzó la segunda ronda, enfatizada por un grito de fondo que decía: «¡Carbonato de calcio!».

Capítulo 67

Delia entró por la puerta muriéndose por contarle a Emma, en líneas generales, la vigorosa y profunda agitación que había vivido la noche anterior.

Estaba radiante, entusiasmada. Sentía que su cuerpo era como de plastilina y que las huellas de Adam seguían marcadas en él. Casi no habían dormido y tenía un subidón de adrenalina. ¿Sería aquello el principio de...? No lo sabía. Estaba en el aire, volando, suspendida entre dos lugares. ¿Cómo había dicho Adam? «Ni aquí ni allí.» Aquello describía el estado de Delia a la perfección.

Sorprendentemente, Emma parecía consternada en lugar de estar deseando conocer la historia de su amiga después de haber pasado toda la noche sola. Sacudía la cabeza enfáticamente y hacía el gesto de cortarle el cuello con el dedo.

—Te he llamado y te he dejado un mensaje, ¿no lo has oído? —dijo en voz alta y quebradiza.

Delia frunció el ceño.

—No he mirado el móvil.

Había viajado en el metro poniendo cara de boba feliz, escuchando música a todo volumen en su iPod y dedicando amplias sonrisas a extraños.

Lo sacó del bolsillo y vio que tenía muchas llamadas perdidas, un mensaje de voz sin escuchar y tres mensajes sin leer.

—He estado en casa de Adam —dijo, sabiendo de alguna manera que aquello era lo que Emma no quería que dijese, pero era incapaz de detenerse en aquel momento.

Emma hizo el gesto de ahorcarse con una cuerda con la lengua fuera.

—Paul ha venido a verte —añadió ahora en tono alegre.

Su ex apareció en la puerta del salón con las manos en los bolsillos.

Delia y él se miraron, igual de sorprendidos y recelosos. Su mirada pasó por su vestido y sus zapatos de tacón y llegó hasta su cara pálida, dormida y a medio maquillar. Ella observó su atuendo extrañamente formal, un jersey nuevo oscuro y *jeans*. Incluso la parte blanca de las Adidas Gazelle era ahora de un blanco brillante, no gris sucio.

—¡Os dejo solos! —dijo Emma moviéndose de un lado para otro y buscando su bolso.

Delia iba a responder automáticamente que no tenía que irse, pero eso era una completa tontería y no se le ocurrió qué otra cosa decir en los segundos que a Emma le llevó prepararse para salir.

—Gracias, Be —dijo Paul y ella gorjeó un «¡Sin problema!» mientras bajaba retumbando por las escaleras. Be, ¿volvía a llamarla Be? Era el apodo con el que Paul llamaba a Emma, venía de Berry y significaba que había estado en aquel sofá más de cinco minutos. A Paul le encantaban los apodos.

En cuanto estuvieron solos, se creó entre los dos un silencio tan frío como una capa de nieve.

—Bueno... —dijo Paul finalmente, y Delia se dio cuenta de que estaba sorprendido y dolido por encontrársela así tras haber pasado la noche fuera, aunque intentaba no darle importancia—. ¿Quién es Adam?

—Un amigo —dijo Delia. ¿Se sentía culpable? No tenía motivos para hacerlo.

Otro silencio.

Delia había querido saberlo todo cuando se enteró de que él había estado con otra persona. A pesar de que su ex no tenía el mismo derecho que ella para interrogarla, era consciente de que no habría querido saber nada aunque hubiese podido preguntárselo. Paul hizo una mueca. Después de un momento dijo:

—Siento haber aparecido así. A veces el teléfono no muestra el respeto suficiente, ¿sabes?

Delia asintió. Además, ella había seguido la política de no hacer ni caso de las llamadas de Paul y él, claro estaba, había pensado que sería mejor no mencionarlo. Seguramente, había viajado de noche para estar en Londres a esa hora.

—¿Puedo hablar contigo? —dijo.

Delia soltó el bolso y lo siguió hasta el salón. El sol se colaba entre las majestuosas cortinas de Emma lanzando rayos de luz sobre el suelo color miel. Se sentaron cada uno en el borde del gigante sofá en forma de L.

—¡Ejem! —Paul se aclaró la garganta—. He estado pensando un poco desde la última vez que te vi. La casa ha estado demasiado tranquila sin ti y sin el chico...

Compartió una mirada con Delia y ella sacudió la cabeza como diciendo: «Ahora no», y Paul volvió a asentir y continuó:

—Me he dado cuenta de que para que sea posible que me perdones necesitas saber por qué lo hice. No te di una respuesta porque no me preguntaba a mí mismo cuáles habían sido las razones. Me gustaría usar una frase mejor que «buscarme a mí mismo», pero es lo único que se me ocurre. —Le dedicó una sonrisa triste juntando las palmas de las manos—. Bueno. Vamos allá. Cuando mis padres murieron...

Delia se puso rígida. Esperaba que no fuese a usar lo de dar pena. Lo había destrozado irrevocablemente al mentir sobre la tarjeta de San Valentín.

—Ya sabes que la historia oficial es que Michael estaba fatal y que yo me mantuve en pie, ¿no? No fue tan sencillo como eso. Parecía que yo lo llevaba bien y era cierto, más o menos. Hasta que me echaron del colegio.

—¿Te expulsaron?

Aquello era nuevo. «No me adapté a la academia, no logré sacar buenas notas y conseguí un trabajo en un bar» era la versión que conocía.

—Solía sacar buenas notas y después me metí en una pandilla poco recomendable y solía salir a beber a la hora de la comida y esas cosas. Solo me quedaban unos meses para terminar, pero arruiné las posibilidades de hacer el último curso o de ir a la universidad.

—¡Oh!

—No les conté a mis tíos lo que pasó. Conseguí encontrar la carta antes de que la vieran. Cuando el director llamó a casa, descolgué yo el teléfono e hice que Michael fingiese que era mi tío. En lugar de afrontar que estaba destrozando mi vida, pensaba que era un auténtico Ferris Bueller, el de la película, que era la leche. Seguí fingiendo ir a la escuela, saliendo de casa cada día y deambulando por ahí y haciendo travesuras.

—¿Qué? ¿Ibas follando por ahí con dieciséis años? —preguntó Delia.

—No, ja, ja. Ya le hubiese gustado a mi yo adolescente. Iba a por cerveza, robaba. Un día me pillaron, me arrestaron y salió todo a la luz. Mis tíos estaban destrozados. Les hice sentir que habían decepcionado a mis padres. —Paul tragó saliva y se controló—. Dijeron que lo peor de todo aquello era que les había mentido. El problema es que no quería que la gente me viese derrumbarme. Tenía mucho orgullo, y me convertí en un experto en ocultar mis sentimientos. Soy bueno actuando, ¿sabes?

Delia asintió. Aquello sí que lo sabía.

—Bueno —siguió diciendo Paul frotándose la cara, y Delia se preguntó cómo era posible que le conociese desde hacía tanto tiempo y no hubiese sabido nada de todo aquello—. He estado evitando a los loqueros desde el accidente porque, en serio, todo el mundo te pregunta cómo te sientes cada cinco minutos y tú lo único que quieres es ir a darle patadas a un balón. Después de que me arrestasen, tuve que ir a terapia. Dijeron que había tenido un episodio de depresión.

—Paul —dijo Delia con cautela—. No quiero parecer insensible, pero me estás hablando de hace veinte años. ¿Qué tiene eso que ver con acostarse con Celine?

Paul la miró a los ojos colocando las manos en el sofá, una a cada lado.

—No, tengo treinta y cinco años, nada puede justificar lo que hice, De. Pero si te ayuda a entenderlo, estoy intentando explicarte que al final del año pasado, todo se volvió oscuro. Me sentía igual que cuando hacía novillos mintiendo a la gente que me quería. Es extraño, nadie pensaría que el vigésimo aniversario tendría mucha importancia y yo tampoco lo pensaba. Pero viendo cómo me he comportado, sí que la tenía. Esto va a sonar raro, pero nunca he asimilado el hecho de que mis padres no van a volver. Incluso ahora, una pequeña parte de mí piensa que van a aparecer por la puerta y decir: «¡Sorpresa! ¿Qué? ¿A que esto ha hecho que Mike y tú maduraseis?».

Delia le miró y vio su expresión, cómo contraía los músculos y una mirada que no había visto nunca antes, y supo que estaba siendo sincero. «Cada día puedes decidir ser feliz.» ¿Cómo no había estado suficientemente alerta para no darse cuenta de que las técnicas de supervivencia también implicaban negación? Era porque se había enamorado de la persona que Paul había vendido al mundo.

—El terapeuta me dijo que volvería a tener esos episodios en que perdería el control y que tendría que buscar ayuda cuando viese que se avecinaba la tormenta. Por supuesto, no lo hice. Pensé que tenía a mi chica, el *pub* y el perro y que saldría de aquello con mi arrogancia habitual. Sin embargo, tenía de nuevo esos pensamientos oscuros sobre hacerse mayor, morir, y me sentía vacío por dentro. Me preguntaba por qué los empleados del *pub* me parecían tan jóvenes.

Paul fingió un escalofrío.

Delia estaba sorprendida. Mucho. Nervioso, efervescente... ¿dónde estaba el Paul fiestero?

El hombre respiró hondo.

—Lo que pasó con Celine... No me puedo imaginar lo dolida e insultada que debiste de sentirte. Quiero decir tú... y yo...

Delia se retorció y Paul, sabiamente, dejó a un lado la analogía con Adam.

—No tenía nada que ver con el sexo o con no ser feliz en casa, Delia. Tengo, tenía, todo lo que quería contigo y nunca lo abandonaría voluntariamente. Fue una distracción. Aquella situación ridícula empezó porque cuando lo hacía, no tenía que pensar en el resto de mis problemas. Creé un problema nuevo para no pensar en los otros. «Un extraño comportamiento en busca de riesgos», según lo llamó mi terapeuta. Como una autolesión psícológica.

¿Había vuelto a ir al terapeuta?

—Ya sabes que es muy habitual que vengan chicas a ligar con el personal del bar. No es que fuese nada diferente o especial en comparación contigo. Solo que, esta vez, no era yo de verdad.

Delia se miraba las manos sobre su regazo.

—¿Ha habido otras además de Celine? —preguntó simplemente alzando la mirada.

—¿Otras mujeres?

—Sí.

—No, nunca. Nunca. ¿Por qué piensas que hubo más?

—Mi amigo —dijo Delia—. Él dice que los hombres como tú no engañan solo una vez.

Extrañamente, Delia sintió que estaba traicionando a Adam al contar aquello, a pesar de que había escasas posibilidades de echar a perder una posible amistad entre ellos. Aunque Adam había dicho que Paul la había engañado y estaba feliz, no triste. Parecía que no era así.

—«Los hombres como yo...» —dijo Paul frunciendo el ceño—. Me gustaría conocer a ese dechado de virtudes. ¿Está sobre un pedestal sosteniendo un arco y una flecha? No ha habido otras. De verdad que no.

—Me has mentido mucho.

—Sí.

Delia sintió que estaban en los ajustes de fábrica, dejando al desnudo los componentes esenciales...: ¿seguirían pudiendo usarse?

—Esas mentiras que me contaste después de que lo descubriese fueron las que más me dolieron.

Paul tenía los ojos brillantes.

—Veía al amor de mi vida a punto de irse y pensé que la sinceridad total me haría perderte para siempre. Es ahora cuando me he dado cuenta de que la sinceridad total era mi única esperanza.

Paul se limpió los ojos con la manga del jersey.

—Delia, eso es todo. Esta es toda la historia de cómo fui tan estúpido para poner en riesgo aquello que me importaba por algo que no tenía ninguna importancia.

Le creía. Por fin lo entendía. Ya no estaba enfadada. Solo triste.

Capítulo 68

—Hay otra cosa —dijo Paul—. Teniendo en cuenta que estoy aquí para suplicarte que me des otra oportunidad, no estoy pronunciando el mejor discurso de venta...

Delia no sabía cómo sentirse. No sabía lo que sentía.

Paul se frotó las palmas contra los *jeans*.

—¿Has oído eso de que los terapeutas no están ahí para juzgar y de que se trata de hacerte hablar las cosas contigo mismo y todo eso? Bueno, pues, ¡joder!, me ha tocado la única que no sigue las reglas. Esta es muy habladora. Me ha dado una opinión muy dura, sin piedad.

Paul hizo una mueca y ella esbozó una sonrisa a regañadientes.

—Hablamos sobre mi actitud ante el matrimonio y los hijos. ¿Sabes qué dijo? Dijo que he estado oponiéndome a ellos inconscientemente y siendo un niño en el cuerpo de un hombre para seguir siendo el hijo que mis padres dejaron atrás. Como si estuviese esperando o algo así.

Aquello hizo que los músculos de la garganta de Delia se relajasen.

—Me hizo ver lo injusto que he sido esperando que tú te adaptases a mí, que me esperases.

Paul separó las piernas del sofá alzando las caderas, rebuscó en el bolsillo de atrás del pantalón y sacó algo.

Abrió la caja de un anillo. Dentro estaba el diseño *art déco* con esmeraldas y diamantes que Delia había escogido. No tenía ni idea de cómo lo habría encontrado.

Paul se volvió hacia ella.

—Este no es el lugar y posiblemente tampoco el momento para decir estas palabras. Te mereces algo romántico y bien organizado, como cuando tú me lo pediste a mí. Quiero que te tomes esto como una especie de «prepedida», que sepas que estoy preparado para ponerme de rodillas si tú estás preparada para escucharlo. Te quiero. Más de lo que las palabras pueden expresar. Quiero que estemos juntos el resto de nuestras vidas. Me quiero casar contigo. Cuanto antes.

Delia contempló el anillo asombrada.

—¿Cómo...?

Paul se ruborizó por el placer que le causaba su reacción.

—¿Es este? Sé que hay una joyería de piezas antiguas que te gusta y pensé que habrías estado allí. Le describí tu aspecto a la dependienta y se acordaba de ti. Miramos cinco o seis anillos que dijo que habías visto, y cuando vi este supe que era el que habías elegido. Ese es el gusto de mi Delia. Conseguí tu talla comparando algunos anillos que te dejaste en casa.

Delia estaba impresionada. Aquello era lo que podían hacer diez años juntos. Paul la conocía mejor que nadie.

El anillo centelleaba y brillaba con la luz de la habitación. Delia suspiró.

—Paul, no puedo volver a ser cómo éramos antes. He vivido mi vida por y para ti. He vuelto a encontrar a mi antiguo yo y no quiero perderlo.

—Lo que has hecho desde que... rompimos es increíble, creándote una vida aquí. ¿Quieres decir que quieres quedarte en Londres?

Delia sacudió la cabeza.

—No tiene que ver con la geografía. Se trata de poder seguir siendo quien quiero ser. Si regreso, no volveré a ser la persona que era, siempre esperándote y siguiéndote.

—Quieres que seamos un equipo —dijo Paul—. Lo entiendo, de verdad. Yo también.

—¿Quieres que volvamos porque me quieres de verdad y quieres estar conmigo o porque no sabes qué más hacer?

—Me sorprende que lo preguntes. ¿Quién no querría estar contigo, a ver? Por supuesto. Delia, no digo esto para darte un ultimátum porque siempre puedes volver a casa. Pero si no hay ninguna posibilidad es mejor que me lo digas. La incertidumbre me está matando. Y parece que aquí estás tan adaptada...

Se detuvo. Volvía el tabú de Adam.

Delia pensó en todos los Paul que había conocido.

El Paul que le dejaba mezclar cócteles detrás de la barra y malgastar el género derramando las bebidas, limpiando lo que vertía sin rechistar. El Paul que se sentaba a comer con su familia y hablaba respetuosamente con Ralph sobre la freiduría como si fuesen dos dueños de un pequeño negocio. El Paul que le masajeaba los pies cuando llevaba zapatos ridículos, el que arreglaba su bici, devoraba lo que cocinaba y le decía a todo el mundo que había desaprovechado su vocación de chef. El Paul que la llamaba, en sus momentos de afecto más cursis e íntimos, Tarta de Fresa, por una muñeca con pelo cobrizo de unos dibujos animados de los años ochenta. «Creo que eres igual que yo...» Paul y Delia, Delia y Paul. Había sido un novio maravilloso casi siempre.

¿Todos esos Paul habían sido borrados por el que se acostó con otra mujer y mintió sobre ello? El Paul que siempre había intentado impresionarla a su manera y, como veía ahora, mantenía el tipo incluso cuando estaba mal. Ella había querido que se hiciese el héroe. Era un trato recíproco, un pacto.

Había muchas más cosas buenas que malas. Su historia hablaba por sí misma, no podía dejar que desapareciese. Seguía queriendo a Paul.

Asintió lentamente.

—Vale. Volvamos a intentarlo. De momento, sin compromiso. Quiero volver a Newcastle.

Paul se inclinó, la abrazó y se quedaron así sentados un momento, con la cabeza enterrada en el hombro del otro y Delia preguntándose si se olería el aroma de Adam. Había sido una fantasía maravillosa, extraña, nueva y emocionante, pero aquella era su realidad.

—Por cierto, le pedí a Emma que me diera su bendición para pedirte en matrimonio —dijo él separándose—. Espero que no te importe. En estas circunstancias no podía pedírselo a tu padre y quería que alguien que tú quisieses me diese permiso.

—¿Y te dio su bendición?

—¿Lo dices en serio? Me regañó mucho. Después me la dio.

Delia se echó a reír. La tensión de la habitación se fue relajando mientras hacían planes prácticos, hablaban sobre cosas sin importancia y planeaban salir a cenar con Emma.

—También tengo que ir a ver a mi amigo y decirle que me voy —dijo Delia finalmente, obligando a su voz a que pareciese segura. Paul se mordió el labio y sacudió la cabeza aceptándolo—. A veces el teléfono no muestra el respeto suficiente —añadió.

—Guardaré el anillo de momento —dijo Paul deslizando la caja en el bolsillo.

♡ Capítulo 69

Delia no sabía el término oficial para lo que estaba a punto de hacer. ¿Se podía romper con alguien con quien no estabas exactamente? ¿Iba a hacerse la tonta y revelar que su copia del manual de citas estaba obsoleta?

Se sentía como cuando te tapan los ojos y te hacen girar en uno de esos juegos de las fiestas en que te mareas e intentas recuperar el rumbo y el equilibrio. Había salido de aquella casa horas antes sintiéndose completamente diferente. El sol abrasador que la acompañaba en su tarea de deambular por Clapham la incomodaba. De nuevo, podía haber movimientos sísmicos en tu vida, pero la existencia en general tenía la osadía de seguir como si nada.

Delia quería que lloviese. El director artístico de la vida real la había cagado.

Cuando Adam abrió la puerta, ella intentó no preocuparse por su mirada de recelo. Obviamente, no le había llamado para tener una conversación en vez de una cita para poder hablar de París.

—Hola. ¿Podemos hablar arriba? —preguntó Delia.

Adam no dijo nada, solo asintió, y ella se sentía tensa por la dificultad de lo que estaba a punto de hacer. Para empeorar la situación, él le agarró la mano y la llevó a su habitación mientras que ella intentaba no concentrarse en cómo se sentía.

Una vez dentro, Adam cerró la puerta, cruzó los brazos y se apoyó contra un armario. Su expresión le decía que ya sabía más o menos lo que venía a continuación.

Delia entrelazó los dedos.

—Eh, Paul ha venido a verme.

Silencio. Esperaba que pasase algo, pero Adam no dijo nada.

—Vamos a volver a intentarlo —agregó Delia con la voz ligeramente ronca.

—¿Vais... o ya lo habéis decidido?

—Ya lo hemos decidido.

Adam apoyó la barbilla en el pecho.

—Lo siento —añadió Delia.

Se produjo un horrible silencio. Adam se aclaró la garganta y movió la espalda para ponerse más erguido.

—Qué rápido —dijo.

Delia no podía negar que el momento era desagradable. Irte con otro hombre cuando tu cuerpo todavía reverbera por el encuentro que tuviste con el primero...

—Entonces, ¿ya ha dejado lo de acostarse con otras mujeres?

Delia no podía entrar en detalles acerca de su duelo y su depresión.

—No te lo puedo explicar ahora, pero tenía sus motivos.

—Seguro que sí.

—Me ha prometido que no volverá a ocurrir.

—Por supuesto.

—Mira, Adam. No he hecho esto a la ligera. No soy una cualquiera.

—No he dicho que lo fueras.

Delia perdió el hilo al ver la peligrosa tranquilidad de Adam.

—Ha tenido un gesto muy bonito. Me ha pedido en matrimonio, con un anillo. Le ha solicitado a Emma su bendición.

—¿A tu amiga?

—Sí.

—¿Ha hecho que tu amiga diga que deberías casarte con él? —preguntó Adam por fin, mostrando su enfado alzando los ojos. Delia se dio cuenta de que estaba tan pálido que casi parecía verde—. Cabrón manipulador.

—Creo que no era eso lo que pretendía. Está cambiando.

Delia intentó hablar, pero le temblaba la voz. Las lágrimas amenazaban con salir e hizo un esfuerzo para controlarse. No era justo para Adam que se pusiese llorar y se convirtiese en la víctima de la situación.

—¿Vas a perdonarle después de cómo te ha tratado? —preguntó Adam—. Bueno, no contestes, está claro que sí. Vale. Es igual lo que yo diga.

Adam sacudió la cabeza. Una lágrima se deslizó por su mejilla y no se la limpió.

—Nosotros no... Solo estábamos pasándonoslo bien, ¿verdad? —soltó Delia muy sorprendida.

—Eso parece —dijo Adam encogiéndose de hombros pero con la voz temblorosa. Nunca lo había visto tan vulnerable—. ¿Te mudas al norte?

—Sí.

Adam sacudió la cabeza y miró para otro lado, y Delia tuvo la sensación de que él no se atrevía a hablar.

Estaba muy sorprendida y avergonzada. No se había preocupado demasiado acerca de cómo reaccionaría y lo había hecho a propósito. Sabía que no la felicitaría cariñosamente, pero a pesar de sus bonitas palabras no había tenido tiempo para valorar cuán fuertes eran los sentimientos de aquel hombre. Sí, había dicho todas esas cosas, pero la gente lo hacía cuando le gustaba alguien. Si entonces se hubiese encogido de hombros y hubiese dicho: «Madre mía, es una pena con lo bien que nos lo habríamos pasado juntos, buen viaje» habría sido muy diferente.

Aquel era el descubrimiento más conmovedor realizado de la peor manera posible; le gustaba de verdad. Delia tragó saliva. No era raro, sino que resultaba bastante desolador.

—¿Cuándo te vas? —preguntó.

—Mañana —respondió Delia—. Ya he hecho las maletas, no tengo muchas cosas aquí.

—Claro —dijo él alzando unos ojos vacíos para mirarla.

—Adam, lo siento muchísimo...

Él sacudió la cabeza.

—Prefieres aquello a esto. No hay nada más que decir.

Otro silencio. De hecho, había mucho más que decir. Delia quería que Adam supiera todo lo que había hecho por ella y lo que ahora significaba eso para ellos. Que había llegado a Londres en el peor momento de su vida. Que su transformación de enemigo en amigo había sido lo mejor de todo, increíble, igual que el polvo de la noche anterior. Que le había cambiado la vida y había hecho que volviese a tener fe en los hombres, y que se había vuelto a convencer de que le quedaba bien el rosa. Nunca jamás lo olvidaría.

Comprensiblemente, lo único que le importaba a Adam era que ella se iba con Paul.

Eso era todo. ¿Nunca más volvería a hablar con él, a reír ni a abrazarlo? Aquello no le gustaba. ¿Seguro que tendría que ser así? ¿No deberían poder hablar de sus recuerdos y mantenerse en contacto? Casi no tenía que preguntarlo. Deseaba haber podido calcular el riesgo que correría antes de actuar. Haberse acostado implicaba ahora un punto final a la amistad entre ambos. La noche anterior se había convertido en algo diferente, algo que se había acabado antes de empezar.

Saber que aquella era la última vez le resultaba insoportable.

Delia contempló a Adam e intentó guardar su cara en la memoria. Quería dibujarlo. Notaba que él prefería que se fuese.

—Adiós, Adam.

—Sí, adiós —dijo en una voz tan baja que casi no le oyó. Con los brazos cruzados, volvió a mirar al suelo para no mirarla a ella.

Delia salió de la habitación sintiendo que sus nervios estaban fuera de control y que le habían dado la vuelta como cuando doblas un calcetín.

Pasó rápidamente por la cocina, en la que Dougie hacía como que tocaba la batería dando con una espátula en el aparador acompañando a lo que sonaba en la radio. Se oía de fondo el sonido de una sartén chisporroteando y crepitando sobre los hornillos.

—¡Hola, Delia! ¿Qué tal andas?

—Bien —contestó Delia de modo inexpresivo, sin saber qué más decir y tampoco si decía la verdad o no.

Capítulo 70

Delia volvía a estar en casa. Recorría las calles con su bici roja como si fuese la dueña del lugar, charlaba con la gente de las tiendas locales y recuperaba su acento. El aire frío empezaba a anunciar con su olor que el otoño se estaba acercando.

Limpió la casa de arriba abajo y cocinó utilizando sus propias sartenes. Sacó del armario vestidos que no se había puesto durante meses y se pintó los ojos utilizando el tocador de estilo años cincuenta con su espejo oval.

Fue de copas con Paul a su local, pidieron *curry* para llevar mientras veían la televisión y bebió café en su taza favorita. Las cosas seguían siendo diferentes entre ellos: aquello era un intento de recuperar la pareja. Delia se dijo a sí misma que era un nuevo comienzo, lo que significaba que volvían a salir desde el principio e intentaban recuperar lo que habían tenido. Pronto llegaría una noche en la que todo haría «clic» y tendría sentido, no había que tener prisa.

Paul y ella esparcieron las cenizas de *Chirivía* en el río Tyne agarrándose de la mano.

—Lo echo de menos —dijo Delia. Ambos acordaron que no estaban nada preparados para tener otro perro, solo querían a *Chirivía*. ¿Pero estarían preparados para otra cosa? Cuando se fueron, limpiándose las lágrimas, un padre joven luchaba con un niño pequeño que gritaba porque quería hacer pis contra la pared en Dean Street. Se miraron el uno al otro y sonrieron. Tuvieron un momento de comprensión mutua.

Unos días después, Paul le pidió que fuese al *pub* a la hora de cerrar. Al llegar encontró las luces todavía encendidas y vio que todo el mundo se había ido. Había un cartel que decía que cerraban antes de tiempo por «razones personales».

—¿Va todo bien? —preguntó ella preocupada.

Vio dos copas de champán en la barra, una botella rosa de Laurent-Perrier y un ramo enorme de sus peonías rosas favoritas junto a ellas. El héroe de Delia, David Bowie, sonó en los altavoces con la canción *Be my wife*, y Paul salió de detrás de la barra sosteniendo una pequeña caja de terciopelo.

Se agachó sobre una rodilla y le puso a Delia el anillo en el dedo mientras ella no era capaz de dejar de reír sintiendo que estaban entregándose a un juego de mayores. Se emborracharon hablando sobre los planes de boda en el *pub* desierto, con las bandejas apiladas en el fregadero y la caja registradora cerrada. Esa noche consumaron su unión.

Delia se dijo a sí misma que aquello era lo que quería y que era esencial seguir adelante. Debía luchar por que llegase el momento de feliz seguridad en el que aparecían los sentimientos.

Al día siguiente consultó algunas ofertas de trabajo y marcó aquellas que podían interesarle, e hizo una lista y un plan para pasar a la acción. No le preocupaba encontrar otro trabajo. Había sobrevivido a Twist & Shout, así que cualquier cosa era posible. Se sentía diferente ahora que había hecho resurgir su pasión a tiempo parcial de La Raposa. Quizás algún día se convertiría en una pasión a tiempo completo. Era una idea reconfortante.

Intentó no pensar en cosas que le doliese recordar, cosas que no ayudaban nada, sobre alguien que estaba muy lejos. Él lo superaría. Dijo que había hecho daño a otra gente. Muy probablemente le habría hecho daño a ella igualmente si hubiese estado con él el tiempo suficiente y se hubiese permitido comenzar a creer en ello. Intentaba no pensar en él, pero se inmiscuía en sus pensamientos constantemente, como si se volcara tinta sobre un papel. Ella no dejaba de tomar notas mentales, observaciones de anécdotas y conversaciones que nunca tendría con él excepto en su cabeza.

Sobre todo, intentaba no darse cuenta de que ya no sentía la necesidad de tirarse a los brazos de Paul y besarlo. Ya volvería. Quedaba poco. Delia había tomado una decisión.

Tomó prestado el viejo automóvil plateado para ir a Hexham y enseñar a sus padres, educadamente recelosos, su anillo. «No será una boda a lo grande», les aseguró Delia, y ellos sonrieron con la expresión tensa de dos personas que pensaban que ninguna boda era lo suficientemente pequeña para ellos. Delia nunca necesitó preguntarse de dónde salía su hogareña forma de ser.

No tenía ganas de hacer aquella visita solo para enseñar el anillo. También había llevado el ordenador. Apartó a Ralph con el pretexto de estar interesada en su último videojuego.

—¿Recuerdas que me dijiste que La Raposa estaba bien? —dijo quitándole el papel a un bombón mientras Ralph jugaba al nuevo videojuego—. Lo he puesto en Internet. A la gente parece gustarle mucho, así que se lo he enviado a algunas editoriales. De esas independientes, claro. Tengo una reunión con una de ellas en Leeds. Quizá lo publiquen.

Abrió el portátil y le enseñó la página de *La Raposa*.

—¿En un libro? —preguntó Ralph extasiado por las imágenes de la pantalla—. ¿Un libro que se podrá comprar?

Delia asintió tragando saliva.

—Y todo por lo que me dijiste en esta habitación hace unos meses. No me hubiese atrevido yo sola.

Ralph la miró agradecido.

—Qué guay. Solo te dije la verdad.

—Ya lo sé, tú siempre dices la verdad —dijo Delia—. Si lo publican, te lo dedicaré a ti. ¿Ese helicóptero no va a chocar?

—Sí —dijo Ralph, que se volvió a ocupar del juego alcanzando el mando—. No pasa nada, no somos nosotros. Lo hemos abatido nosotros.

—Estaba pensando que desde entonces he superado cosas que nunca pensé que podría superar. Romper con Paul, mudarme a Londres, hacer un trabajo que daba miedo, conocer a personas que daban miedo, hacer que la gente dejase de hacer cosas malas. Todo eso me hizo darme cuenta de que mamá y papá son maravillosos, pero creo que hacen que nos guste demasiado estar en casa. A veces nos asusta un poco el mundo exterior, ¿no?

Ralph parecía estar escuchándola al mismo tiempo que dirigía la acción de la pantalla. Delia no sabía cómo terminaría aquello.

—Pero al final lo superé, Ralph, y por ello soy mejor. Como me dijiste acerca de La Raposa: «estás al mando». Tú también estás al mando. No tienes que quedarte en la freiduría ni en casa. Si tienes miedo, no pasa nada, pero que tengas miedo no quiere decir que vayas a fracasar. Si hay algo que quieras hacer, dímelo. Me gustaría devolverte el favor.

Ralph se rascó un mechón pelirrojo.

—He pensado en hacer críticas de videojuegos. —Miró a Delia, incómodo—. En YouTube. Pero todo el mundo lo hace, nadie querría verme.

—¡Es una idea estupenda! Ralph, deberías empezar a hacerlo. Eres muy divertido cuando hablas de videojuegos. A mí me encanta escucharte. Serías un crítico de culto.

—Tengo algunas buenas opiniones. Hay un chico que suele ir a la tienda, John, que siempre me pregunta lo que pienso, y teníamos conversaciones muy interesantes hasta que el jefe se quejó. Ahora John pide merluza en lugar de salchichas. La cocinamos en el momento en que se pide y así tenemos más tiempo para hablar.

Delia sonrió a su hermano.

Ralph volvió a mirar a la pantalla.

—No sé si podría hacer algo que mereciese la pena ser visto.

Delia no dejaba de darle vueltas.

—¿Qué te podría ayudar? ¿Alguien que te echara una mano para hacer los vídeos y te buscase seguidores? ¿Como hicieron para mi página de *La Raposa*?

—Sí. Supongo que sí.

—Ralph, ¡conozco a alguien que podría hacerlo! La persona perfecta —añadió con entusiasmo.

Sabía que a Ralph no le gustaría presentarle la idea a un extraño, así que Delia dijo enseguida:

—Tiene fobia a conocer gente nueva. Bueno, más bien a socializarse. Pero puede hablar por Skype. Te podría contar las cosas con las que nos ayudó, fue increíble. Descifró una encriptación superdifícil y todo. ¿Te lo puedo presentar? Aquí, con el ordenador.

Los ojos de Ralph se abrieron de par en par con lo de «descifrar una encriptación», y Delia supo que le había convencido. Además, otro fantasma casero le intimidaría mucho menos.

Minutos después, con su permiso, llamó, y Joe, desde su garaje, apareció en la habitación de Ralph en Hexham.

—¡Hola! —exclamó Joe arreglándose el pelo detrás de las orejas—. ¡Ahora sois dos pelirrojos!

Pronto estaban hablando como amigos. En cuanto Delia animó a Joe a que le contase la historia del museo Victoria & Albert, intercambiaron algunos detalles y Joe prometió que no solo ayudaría a Ralph, sino que disfrutaría muchísimo con ello.

Delia se fue de Hexham dando saltos de alegría, casi felicitándose. Sabía que había conocido a Joe por alguna razón, para que ambos pudiesen ayudarse. Ahora quizás había creado una relación fructífera que beneficiaría a su hermano y a Chile Picante.

Bueno, aquello sería o bien el inicio de una bonita amistad o ambos acabarían en una madriguera jugando juntos sin parar con barbas de náufrago y las uñas de los pies encorvadas.

Manteniendo su decisión de no volver a distanciarse nunca de ellos, Delia había reservado una semana de vacaciones con Emma en Barcelona. El plan era ir de tapas, beber jerez y visitar los edificios de Gaudí.

—Te echo mucho de menos —dijo Emma cuando llamó para confirmar que los vuelos estaban reservados—. He estado mirando en una web de ofertas de pisos. ¿Qué pasaría si de verdad me mudase a Newcastle? ¿Encajaría con vuestro estilo? ¿Podría abrir mi propia empresa? Me lo imagino como en *Dos vidas en un instante*, en la que Gwyneth Paltrow abre su exitosa empresa de relaciones públicas solo yendo al banco, pidiendo dinero, pintando un poco y celebrando una fiesta de inauguración con flores en el pelo.

—Será justo así —respondió Delia—. Excepto por la parte en que un banco te da dinero. La película tiene ya unos cuantos años.

—Me has inspirado, De. Viniste aquí y lo hiciste fenomenal. Me hace pensar que yo también puedo hacer todo lo que quiera.

—¿Yo te he inspirado a ti?

—Sí. Tú eres La Raposa Fantástica.

A Delia se le llenaron los ojos de lágrimas. Había dejado olvidado lo de La Raposa porque pensaba que era infantil y frívolo. Pero en realidad le señalaba lo que más necesitaba: valentía.

Capítulo 71

Delia llevaba en Newcastle tres semanas cuando se dedicó a organizar el correo un sábado por la mañana.

Casi pasa por alto el sobre delgado y arrugado dirigido a ella con una letra que no reconocía, y faltó muy poco para que tuviese una rápida y decepcionante muerte en la papelera de reciclaje, atrapado entre un catálogo de ropa y la oferta de un crédito al 4,8%. Lo pescó y rasgó el sobre.

Dentro había una tarjeta postal, con el sello de la Tate Gallery, de un cuadro de una joven con pelo brillante color rojo estilo Tiziano. Delia la abrió. Estaba escrita por ambos lados con una letra muy pequeña.

Querida Delia:

Hola de nuevo. La última vez que nos vimos no hablé mucho, lo siento. Aquellas palabras fueron lo máximo que podía soportar mi celoso corazón. Voy a intentar decir unas cuantas más. Quiero subrayar que esto no necesita una respuesta. Es un gesto de mí para ti, porque no puedo dejar las cosas como terminaron. Primero: te echo de menos. Madre mía, cómo te echo de menos. Como si hubieran eliminado los colores de una película. Estoy harto, cansado, aburrido y triste de entrar en habitaciones en las que no hay una Delia dentro, pero parece que tendré que acostumbrarme a que eso ocurra el resto de mi vida. Segundo: estoy enamorado de ti. ¿Sabes que me he enamorado de ti? Probablemente no. No te di señales claras que dijesen que lo estaba. Y pensabas que solo quería algo puntual. No te culpo por pensarlo, teniendo en cuenta quién era antes de conocerte.

Pero no era así. Ya sabía que estaba loco por ti e intentaba descubrir cuál era la mejor manera de decirte lo serio que era sin asustarte demasiado con el ímpetu de mi adoración.

Quiero decir que pienso en cosas que siempre había creído que no serían para mí: casarse, tener hijos, estar en casa. Añade un «con Delia» a la ecuación y de pronto parecen cosas increíblemente interesantes. Por fin lo he entendido. Todas esas veces que me reía de la gente que me decía que, cuando llegase la mujer adecuada lo sabría. Apareciste y lo supe.

Quería discutir sobre estanterías en Ikea, cenar por Navidad con tus padres llevando gorros de papel, jugar a videojuegos con Ralph en vacaciones y que nuestros nombres siempre se dijesen juntos (como los de Hepburn y Tracy o Sally y Harry).

Además, no quiero convertir esto en una competición, aunque yo nunca me acostaría con otra a tus espaldas. (Sí que estoy haciendo de esto una competición.)

Cuando me dijiste que te ibas con Paul, pensé: «¿Para qué admitir todo esto? ¿Por qué seguir hiriendo mi orgullo?». Después me di cuenta de que eso sí importaba. Tienes que saber qué sentimientos tan intensos me provocabas y yo debía tener el valor para decírtelo. Incluso aunque no hubiese ninguna esperanza de cambiar nada. Incluso aunque no fuese mutuo. Nada de esto pretende hacerte sentir culpable, por cierto (o no debería hacerlo). No puedes cambiar de quién te enamoras, igual que yo tampoco puedo.

Una parte de mí desearía muchísimo habértelo dicho a la cara, esperando que eso hubiese cambiado las cosas. Pensé que era demasiado pronto. Iba a intentar librarme de ello balbuceándolo en la oscuridad a las tres de la mañana, más adelante. Pero no hay más adelante, y en el fondo creo que siempre supe que no lo habría.

Queridísima, fantástica, maravillosa y divertida Delia, con esa bonita voz que nunca volveré a oír, adiós. Siempre estaré un poco más solo sin ti.

Por favor, cuídate para que pueda pensar que eres feliz. Y si alguna vez vuelve a hacer que estés triste, le haré comer su sangre a cucharadas.

Besos, Adam.

Delia leyó y releyó sus palabras, primero con recelo, después con alegría, y al fin en una especie de dolor eufórico hasta que las emborronó con sus cálidas lágrimas. Era increíble pensar que aquellas palabras tan apasionadas hablasen de ella, que inconscientemente había hecho sentir a alguien así.

—¡Cabrón! —exclamó riendo y sollozando a la vez ante la tarjeta.

¿Estaba enamorado de ella? Adam tenía que ser solo una aventura. Ella no tenía nada que ver con su mundo ni él con el de ella. ¿Por qué nada tenía sentido? ¿Por qué le ardía el corazón y las piernas le temblaban? Su estómago parecía haber desaparecido completamente.

Aunque solo fuera eso, Adam le había demostrado que el dinero no da las cosas más importantes de la vida. Aquella carta no había costado casi nada, excepto el orgullo de Adam.

Pero para ella lo significaba todo.

♡ Capítulo 72

Delia andaba de habitación en habitación aturdida, con la carta en la mano y releyéndola. Finalmente, con un nudo en la garganta, llamó a Emma.

—Em, no sé qué hacer. Adam me ha mandado una increíble... Me siento idiota diciendo carta de amor, pero lo es. Una tarjeta postal increíble, en la que me dice que está loco por mí y quiere pasar toda la vida entera conmigo, pero nunca tuvo la oportunidad de decírmelo. Que está enamorado de mí.

—¡Vaya! ¿En serio? ¿De verdad usa la palabra que empieza por A?

—Sí, usa muchísimas palabras. Dice que quiere asentarse conmigo.

El cuerpo de Delia sentía muchas emociones a la vez: placer, agradecimiento, arrepentimiento, incredulidad, felicidad, tristeza. Culpa.

—¿No tenías ni idea? ¿Nunca te dijo nada?

—No exactamente. Me dio pistas de que le gustaba mucho, me dijo que no quería solo una aventura de una noche y que deseaba que empezásemos a salir. Nos acostamos y, si lo recuerdas, Paul llegó al día siguiente.

—¡Uf! Una noche contigo y se ha convertido en un escritor de cartas de amor. Debes de tener un suelo pélvico increíble.

—Me estoy poniendo mala con las ganas que tengo de verlo. Pensé que se me pasaría, pero no. Ha ido a peor. ¿Qué hago?

—¿Qué haces? ¿Hay algo que puedas hacer?

—No lo sé.

Emma se quedó en silencio.

—Vale. Ya sabes que creo que está buenísimo. Una parte de mí quiere decirte: «Ve a por ello». Como el «¡Sigamos adelante!» del final de *Thelma y Louise*. Pero no olvidemos que ellas se tiraron al Gran Cañón.

Delia se rio débilmente.

—Voy a ser la mejor amiga que pueda—siguió hablando Emma—. Siendo sensata. Aunque te resulte difícil, sírvete una copa de vino, llora y guarda la tarjeta donde Paul no la encuentre. O en algún sitio en que pueda encontrarla y le recuerde la suerte que tiene. Y sigue adelante.

—¿No crees que Adam esté diciendo de verdad?

—Creo que sí. Sin embargo, me parece que es diferente decirlo en serio que conseguir que la cosa funcione.

—¿Tan diferentes somos?

Emma soltó un suspiro.

—No exactamente. Creo que te juegas mucho. Tú quieres tener una familia y ya conoces a Paul.

—Antes también creía conocerlo, ¿recuerdas?

—Sí, pero te ha prometido que va a cambiar o, si no, no habrías vuelto. Adam es un desconocido. Quiero decir: ¿estamos seguras de que esto no es una reacción extrema porque no está acostumbrado a que las mujeres lo dejen? No me refiero a que no pueda estar enamorado de ti. Se trata de su forma de ser.

Delia pensó que era un buen argumento aunque destrozaba un poco su autoestima. Sin pretenderlo, ahora estaba ella en el papel de Paul. Quizás era una experiencia nueva para Adam.

—¿Cómo es su historial de relaciones? ¿Mucha monogamia? ¿O ha dejado atrás un gran número de cuerpos o restos de desolación y personas heridas como un asesino en serie?

—Escaso, creo. Me dijo que nunca había estado enamorado. Y sí, ha estado con...

—Solo una mujer valiente-barra-boba se creería que ella va a ser la que lo haga cambiar, De. Créeme, he sido esa mujer. Al final te das cuenta de que las mujeres anteriores a ti también creyeron serlo.

«Un par de veces creí que estaba enamorado, me lié y después me di cuenta de que aquello no era amor o por lo menos no el suficiente. Causé mucho daño...»

—Aunque Adam obviamente está colado por ti. Ya sabes que lo vi antes que tú —añadió Emma—. Puede ser completamente sincero y, aun así, es una apuesta arriesgada.

—Ja, Adam dijo que Paul siempre sería una apuesta arriesgada. Que lo que me había hecho volvería a suceder.

—¿Lo dijo en el momento que estaba intentando llevarte a la cama, por casualidad?

Delia tuvo que admitir que sí.

—Además, también quieres estar en Newcastle, ¿no?

Delia murmuró que sí. Apreciaba poder preguntarle a Emma sobre un cambio de rumbo cuando no hacía mucho tiempo su mejor amiga la había felicitado por su compromiso diciendo que era «como debe ser el mundo: con Paul y Delia juntos».

—Por último, creo que aceptar estar con Adam es el mayor riesgo —siguió diciendo Emma—. Te he visto pasar muchas cosas y superarlas. Odiaría que fuese mal una segunda vez. Sé que es guapísimo. Eso significa que atrae muchísimo la atención de las mujeres. ¿De verdad te gustaría pasar la vida ahuyentando a otras Emmas?

Delia se rio.

—Nunca me ha mentido —dijo Delia y lo creía de verdad. La gente pensaba que Adam era sincero, y eso era algo muy cierto. Aunque la verdad fuese desagradable, te la decía. «Y algunas cosas más...» Ay, no te dejes consumir por la lujuria, pensó. El buen sexo no hace que sea una buena idea. «Aunque ayuda», pensó. Paul y ella no habían estado muy activos en la cama desde que había vuelto. Todavía le daba miedo pensar en él con Celine mientras se amaban. ¿Sería también miedo a algo más?

—Paul tiene el *pub* y una casa. Ya sabes cómo es la vida. Adam es autónomo, sin ingresos estables, y con una gran habilidad para hacer enfadar a la gente.

—Ah, no. Adam no tiene problemas económicos —repuso Delia mordiéndose el labio—. Tiene ahorros.

Era muy difícil guardar el secreto de Adam, así que prefirió no añadir nada más. Delia estaba segura de que contárselo había sido algo importante para él. Le dio otra punzada. Aquella confidencia había sido una forma de insinuarle lo importante que ella era para él de una manera que nadie lo había sido antes. No lo había dicho exactamente con esas palabras, y ella había pasado su importancia por alto alegremente.

—Enamorarse es una cosa. Estar juntos es discutir a quién le toca el turno de comprar pastillas para el lavavajillas. Pregúntate a ti misma si quieres tener esas discusiones con otro hombre.

Emma, por su parte, tenía mucha razón, porque juzgaba la situación sin que sus sentimientos se viesen afectados o la lujuria la consumiese como un anhelo adolescente. Delia era lo suficientemente mayor para saber que el deseo tempestuoso era una droga que se desvanecía y que eso era lo importante si se trataba de decidir.

—Además, quiero ser tu dama de honor. No me lo quites otra vez.

Delia sonrió.

—Te prometo que serás mi dama de honor pase lo que pase.

Después de colgar, Delia se dio cuenta de que Emma no le había hecho la pregunta más importante.

Quizá porque sabía la respuesta. Quizá porqué —y Delia pensó que aquello era más probable— habría dicho que la respuesta no la ayudaría a tomar una decisión correcta.

La cosa era que, en aquel momento, descubrir la respuesta a la pregunta parecía lo único importante.

Delia no podía responder a Adam. No sabía qué iba a decirle. Volvió a por sus lápices.

Capítulo 73

La vida seguía adelante, e iba a haber una nueva vida en su círculo de New-castle. Delia estaba nerviosa por volver a quedar con Aled y Gina por primera vez desde su ruptura, e imaginaba que ellos también estarían inquietos.

Finalmente resultó que la unión de Paul y Delia no era la noticia más importante. Ellos trajeron un invitado misterioso.

Aquello significó que su habitual borrachera y su alborotada cena se convirtieron en un almuerzo para que fuese más fácil para una Gina con náuseas mañaneras. Delia hizo el ritual previo a las visitas de Aled y Gina: puso flores en los jarrones, sacó las mejores copas, puso velas. En el calendario ya no figuraba limpiar el pis escondido de *Chirivía,* y Delia se sintió un poco afligida al ver que ya no había charcos de pis por los rincones. Echaba de menos ambas cosas.

Estaba intentando preparar una receta turca con una salsa de tomate picante y huevos al horno, para lo que puso una pesada fuente en el horno hasta que hirviera.

Mientras miraba por la ventana, pensó en todas las cosas que nunca cocinaría para Adam. Había explorado un camino en Londres que una vez empezó y luego abandonó.

Las experiencias perdidas y las cosas desconocidas que antes solo merecían curiosidad incómoda, desde que recibió su postal, se habían convertido en un deseo rotundo.

Había una cita a la que nunca irían: Clos Maggiore, en Covent Garden. Lo había buscado en Internet. El comedor tenía una chimenea y un tejado hecho de flores blancas, exactamente del estilo que le gustaba a Delia. Miró las mesas redondas con los manteles de lino y se imaginó la noche que nunca había tenido lugar y la conversación que nunca habían mantenido. Pensó en cómo serían incapaces de dejar de pensar en que después se irían a casa juntos y cómo lo verían en los ojos del otro toda la noche. El paseo por las calles tomados de la mano probando qué se sentía al pertenecer el uno al otro por primera vez.

—Es raro no tener a *Chippy* el Meón aquí, ¿verdad? —dijo Paul acercándose por detrás—. Aled siempre le traía esos botones. ¿Estás bien? —preguntó mirando a Delia a la cara cuando se volvió en silencio.

—Sí, ¿por qué?

—Parece que estás a miles de kilómetros de distancia.

«No, solo a unos cuatrocientos.»

—Ah, no... Es por Aled y Gina. Se portaron bastante mal conmigo cuando todo ocurrió. Aled me llamó y me soltó lo de París, y Gina solo se molestó en mandarme un mensaje.

Paul parecía incómodo.

—Seguro que estaban intentando ser considerados, De, todo fue muy raro. Fue culpa mía, de verdad. No pienses mal de ellos.

Le apretó el hombro y ella fingió una sonrisa.

—En cuanto pasen cinco minutos, te olvidarás de eso y ellos también.

Al final resultó que Delia no lo había olvidado cuando hubieron pasado cinco minutos, ni quince, ni cincuenta.

Parecían los mismos Aled y Gina (físicamente opuestos él ancho y con el pelo negro, y ella huesuda y con el pelo rubio platino), pero todo resultaba diferente.

Evitaron mirarla a los ojos y no le preguntaron nada de su estancia en Londres, manteniendo un parloteo constante sobre cosas sin importancia con Paul.

Delia había sido una incorporación bienvenida a la pandilla como la divertida y despreocupada novia de Paul que cocinaba de maravilla. Como persona de pleno derecho, tras la humillación de que había sido víctima se sentían inseguros, culpables: por eso, y de una manera sutil, había que hacer como si no estuviera allí, al menos hasta que lo suyo se arreglase. Delia había descubierto que algunas amistades se mantenían en el tiempo sin ganar confianza.

Se recluyó en sus propios pensamientos, llenando copas y ofreciendo comida para que pareciese que estaba participando.

Gina les enseñó una ecografía y Delia pensó en lo que Adam había dicho de tener hijos con ella. Discusiones en Ikea. La comida de Navidad con gorros de papel. Conocer bien a Ralph. Ser una pareja. La idea la hizo estremecerse, pero de placer.

Aled bromeó sobre la cantidad de veces que habían tenido que hacerlo en un mes para concebir. Delia pensó en qué se sentiría haciéndolo todas esas veces con Adam por la noche, con los cuerpos entrelazados y él susurrándole cosas picantes al oído. Pensaba que las cosas que había dicho aquella noche sobre lo que era para él debían de formar parte de su táctica, pero finalmente resultaba que las decía de verdad...

—¿Qué cojones es una fiesta del bebé económica? —preguntó Paul—. Tenemos que pagar una luna de miel, no me digas que hay más gastos a la vuelta de la esquina.

Buscó la sonrisa de Delia acerca de su referencia a los planes de crear una familia.

Pero su imaginación voló a París: un viaje en Eurostar, un paseo de noche por el Sena, vino tinto en uno de esos bares con sillas de mimbre...

—¿Delia? ¿Delia? —la voz de Paul la cortó—. ¿Tierra llamando a Delia?

—¿Sí?

—Estaba hablando del sitio al que fuimos en Yorkshire aquella vez. ¿Dónde era?

—¡Ah! ¿Swaledale?

—Swaledale, eso. Muy bonito. Al estaba diciendo que van a ir a hacer camping pijo.

—De lujo —le corrigió Gina—. En realidad se llama *glamping*.

—Si no sufres, no es hacer camping —dijo Paul—. Delia no va de camping. Es una chica de comodidades hogareñas. No me hagáis contar la vez que intentó meter un secador en su mochila de acampada cuando fuimos a Glastonbury.

Le dio un codazo y ella sonrió amablemente. Aled y Gina fingieron sonreír de la manera en que antes lo hacían. Delia pensó que la contraposición con Paul como antagonista irreverente pero devoto de su dulce estoicidad sufridora ya no funcionaba. Había querido creer que estaría allí cuando volviese, como una habitación llena de tus pertenencias sin tocar.

Aled y Gina se fueron entre una oleada de buenos deseos y promesas de quedar con ellos otra vez. Sin embargo, ella sabía que se morían por meterse en su automóvil y hablar de si ella parecía la misma, si aquello iba a fracasar, si alguno de los dos había metido la pata y había mencionado Francia, la infidelidad o a Celine Dion. Después suspirarían y dirían como perdonándole la vida: «Bueno, esperemos que funcione», y se alegrarían de no estar en su lugar.

Delia se ocupó de fregar los cacharros. Se había dado cuenta de que, cuando se ocupaba de las tareas del hogar, sus sentimientos parecían apaciguarse. Era como si dentro de ella llevara una bolsa llena de cuchillos que, de vez en cuando, al moverse, se le clavaban.

—Qué bien verlos, ¿verdad? Como en los viejos tiempos —sentenció Paul diciendo exactamente lo que Delia no estaba pensando. Le pasó los brazos alrededor desde detrás.

—Me da un poco de envidia toda esa fiebre del bebé. En nuestra boda van a tener un hijo de seis meses —continuó. Habían puesto una fecha, pero aun quedaba por decidir el lugar.

—Ah, sí. No me había dado cuenta.

—A no ser que quieras que no vengan bebés. Siempre hemos dicho que la haríamos al estilo tradicional, de manera relajada y apta para todos. Con los niños corriendo llenos de tarta por toda la cara.

—Claro. Quiero decir, no es lo ideal que se pongan a gritar durante la ceremonia —dijo Delia ausente.

—Necesitamos un funcionario con la voz de Darth Vader que pueda encargarse de ellos.

Delia se concentró en una mancha difícil de la sartén, después dejó el estropajo y se volvió hacia él.

—Paul —le dijo podando una tagetes rosa—. Cuando viniste a verme a casa de Emma, me preguntaste si quería quedarme en Londres. ¿Qué habrías hecho si hubiese dicho que sí?

—¡Ejem! —Paul se acarició el labio superior como tocándose el bigote—. Intentar convencerte de lo contrario, supongo. ¿Tú sabes cuánto cuesta vivir allí? Necesitas ser un oligarca para tener un jardín.

—Pero ¿y si hubiese dicho que preferiría quedarme? —insistió Delia.

—No sé. No puedo levantar los cimientos del *pub* y llevármelo, ¿verdad?

Delia se dio cuenta de su orden de prioridades, de sus deseos frente a las necesidades del *pub*. Paul posiblemente se arrepentía de lo que había dicho.

—Lo habríamos resuelto si ese hubiese sido tu deseo —añadió él, sin estar convencido del todo.

—Mmm...

—¿Por qué? ¿Querrías estar en Londres? —preguntó Paul de nuevo dándose cuenta de lo que estaban hablando con un poco de retraso.

—No —dijo Delia sinceramente—. Pero tengo que hablar contigo.

Capítulo 74

Ahora le tocaba a Delia responder a una avalancha de preguntas y aceptar el dolor que causarían sus respuestas. No era que no le quisiese. No era que se hubiese echado atrás por la boda. Y tampoco era porque se hubiese acostado con otra mujer. Era porque durante el tiempo que estuvieron separados había cambiado y había descubierto que eso era irrevocable.

Ya no era la misma persona que le había pedido matrimonio en el puente, la que habría hecho cualquier cosa para que su vida juntos funcionase incluso cuando sintiese que él se distanciaba. Ahora Delia sabía que sentir como se supone que debes de sentir no se puede conseguir solamente a base de fuerza de voluntad. Quería un amor que fuese mutuo e igualitario. Aunque Paul al final consiguiese dárselo, había descubierto que ella no podía corresponderle.

¿Podría tenerlo con Adam?

Delia respondió sinceramente: eso esperaba. Pero mientras que Adam la había ayudado a ver la realidad, no la creaba. Lo que tenían Paul y ella era el pasado, independientemente de que las cosas funcionasen entre Adam y ella.

Abrazó a Paul mientras lloraba y le dejó decir que aquello no se había acabado, que él no se rendiría. Sobre todo, más allá de la tristeza, sabía que él estaba muy sorprendido. Le costaba aceptar la situación de impotencia. No había nada que pudiese ofrecer, decir o hacer. En su forma de ver la vida, él siempre sería el hombre que llevaba la voz cantante y ella la persona a quien quería.

¿Qué pasará ahora? Ella podía proporcionar la respuesta.

Ahora, por lo menos, Delia se veía como la heroína de su vida. Una heroína en un tren de Newcastle a King's Cross, armada con la convicción de que el riesgo, cuando en realidad significaba miedo, no era una razón para dejar de hacer algo. No había perseguido sus sueños artísticos por miedo a fracasar cuando las consecuencias de no intentarlo habían sido mucho peores que cualquier rechazo.

La pregunta de si Paul volvería a hacerle daño engañándola de nuevo era incorrecta, igual que preguntarse si Adam era tan buena apuesta. Nada que valiese la pena carecía de riesgo. Tenía que decidir si sus sentimientos eran lo suficientemente fuertes para que mereciese la pena correr el riesgo.

Delia llegó tarde a la casa de Clapham. Era una noche agradable, y sintió surgir en su interior una histeria contenida al llamar a la puerta.

Cómo se le dice a alguien como saludo: «He puesto toda la carne en el asador. Aquí estoy, soy tuya, espero que lo dijeses en serio y que no me escribieses con la emoción intensificada por el alcohol y después te despertases por la mañana y pensases: "Gracias a Dios que no me la voy a encontrar en el metro"».

Dougie abrió la puerta y se quedó atónito. Comprensible.

—¿Está Adam? —preguntó Delia con dulzura, como si fuese normal aparecer en la puerta de la casa de alguien cerca de las diez de la noche con una maleta y sin previo aviso.

—Ha salido —dijo Dougie.

—¿Puedo esperarle?

—Claro —respondió, apartándose para dejarla entrar—. También puedes llamarle al móvil.

Aquella conversación no se podía tener por teléfono.

—Quiero darle una sorpresa.

Se sentaron y tomaron una cerveza juntos en los deformados sofás mientras charlaban. Delia se sentía culpable de que el sincero y agradable Dougie tuviese que mantener una conversación con aquella mujer inquieta que no dejaba de mirar el reloj de la pared.

Mientras los minutos se convertían en horas, no pudo evitar darse cuenta de que ninguno de los dos mencionaba dónde podía encontrarse Adam cuando era casi medianoche de un sábado.

—Te dejo que vayas a dormir —dijo Delia después de que Dougie sofocase el segundo bostezo—. Esperaré en la habitación de Adam, si te parece bien.

Dougie emitió unos ruidos sofocados y no le culpó por no tener ni la más remota idea de cuáles eran los derechos de Delia en aquella casa en aquel momento.

Le resultaba extrañamente invasivo estar en la habitación de Adam sin haber sido invitada. Intentó no tocar nada ni hacer nada que pudiese hacer pensar que era una fisgona. Llevó la maleta a un lugar donde no pudiese verse, pensando que podría parecer presuntuoso.

Ahora que estaba sola, un pensamiento que la agobiaba y le daba vueltas en la cabeza, sonaba cada vez más alto: «¿Dónde está? ¿Dónde está?». Delia se imaginaba cosas que no quería. Y, lo que es peor, su mente volvía a Freya una y otra vez.

Se tumbó en la cama y cerró los ojos. Aquello hizo que el vídeo porno que ella se había montado en su cerebro con Adam y Freya teniendo relaciones sexuales mientras se tiraban del pelo y se arañaban la espalda fuese todavía más claro, así que los volvió a abrir. ¿Qué pasaría si lo estuviera haciendo? ¿Si volvía a ser de ese tipo? No estaban juntos, no tenía ningún derecho sobre él que lo convirtiese en infiel. Aunque se movía entre mujeres como un tractor para superar el desamor, no era un buen indicador de cómo trataría los problemas de pareja.

Además, no había nada en la tarjeta que dijese que era bienvenida a su vida. Solo hablaba de lo que podría haber sido, lo cual era inevitable desde que ella le había anunciado su intención de casarse y se había mudado a cientos de kilómetros de allí.

Unas cuantas horas antes habría dicho que aquella tarjeta no contenía nada inapropiado. En la soledad de la habitación vacía que al parecer Adam no necesitaba aquella noche, temió que Emma hubiese leído entre líneas de una manera mucho más eficiente que ella que se había quedado embobada. Quizás estaba llena de cosas que solo declararías a alguien que estabas seguro de no volver a ver nunca. Un cheque que nunca tendrías que cobrar.

No había ninguna garantía de que Adam volviese aquel fin de semana. ¡Quizá se había ido! ¿Su padre no vivía en Francia? No, Dougie lo sabría.

Delia no se iba a quedar dormida. Solo puso las piernas en la cama y la cabeza en una almohada que olía ligeramente pero de manera agradable a la loción para después del afeitado de Adam... y, oh, se quedó dormida.

Capítulo 75

Delia se despertó de un salto al oír que la puerta principal golpeaba y pensó: «¡Jooooder!». Salió de la cama. La pantalla del despertador marcaba las 7.41. Adam se había quedado a dormir en otro sitio. La idea le dolía muchísimo.

¡Oh no! ¿Y si venía con la chica? ¿Y si la traía? No había pensado en esa grotesca posibilidad. Pero no oía voces. Su alborotado corazón se relajó un poco.

Afortunadamente Adam debía de estar mirando el correo, encendiendo el hervidor de agua o algo así, porque tuvo unos cuantos minutos de gracia para lavarse los dientes y arreglarse un poco el cabello. Miró con cautela a su cansado reflejo y lo oyó subiendo las escaleras de dos en dos antes de meterse en la habitación.

Reprimió un grito de sorpresa al verla y dio un paso atrás.

—Hola —dijo Delia alzando la mano rápidamente.

Adam, todavía atónito se quedó paralizado.

—Dougie me dejó entrar anoche —continuó ella—. Al final terminé durmiendo un poco mientras te esperaba. Espero que no te importe.

Adam seguía sin decir nada. Llevaba un abrigo negro que no le había visto antes. Su vida activa, aunque solo fuese comprando abrigos nuevos, la sorprendió. Había adelgazado, lo que realzaba todavía más sus pómulos y le hacía parecer cansado.

Adam no tenía el aspecto que ella guardaba en su memoria. ¿Qué otras cosas habrían cambiado?

¿Por qué no decía nada? ¿Dónde había estado?

Sintió miedo, un miedo totalmente irracional de que la tarjeta hubiese sido una farsa.

—¿Qué haces aquí? —preguntó Adam. No parecía contento de verla. Definitivamente había estado con otra mujer.

—Quería hablar contigo.

—Delia —dijo frotándose el cabello, su precioso cabello pajizo—. Te lo agradezco, pero si estás aquí para comprobar si estoy bien, no lo estoy. No quiero parecer un capullo resentido, pero no me puedes ayudar con esto. Por favor, no hurgues en la herida preocupándote por mí como una amiga y volviendo a irte. No quiero volver a vivir esa situación de que te vayas.

—¿Te ayuda pasar la noche en casa de otras personas? —preguntó Delia con cautela.

Adam frunció el ceño.

—¿Qué?

—Creo que... dada la hora...

Hubo un silencio.

—Un momento. ¿Te mudas a la otra punta del país para casarte con alguien y no se me permite pasar la noche fuera? —dijo él.

—Sí se te permite —dijo Delia con la voz engolada y los ojos vidriosos—. Por cierto, he dejado a Paul.

Adam la miró fijamente, intentando asimilar las palabras.

—Bueno, se me permita o no, no se me ocurre nada que me apetezca menos que acostarme con alguien que no seas tú. He estado en casa de mi hermana en Leytonstone, bebiendo vino tinto hasta altas horas de la noche, comportándome como un llorón y compadeciéndome de mí mismo.

—¿De verdad? —preguntó Delia. Sintió una cálida lágrima de alivio exultante deslizarse por su mejilla, aunque nada era como lo había planeado.

—De verdad —respondió Adam, que parecía perplejo—. ¿Por qué has dejado a Paul?

—Porque no quería casarme con él. ¿No te alegras de verme? —preguntó Delia.

—Estoy abrumado de verte, pero si esto es positivo o negativo depende de lo qué hayas venido a decirme —respondió Adam más amablemente.

Delia respiró hondo.

—He venido a decirte que yo también estoy enamorada de ti —añadió.

Adam tragó saliva y se aclaró la garganta.

—De acuerdo, ahora me gustaría no haber sido tan borde.

Sonrió, y Delia rompió en un llanto sofocado por la risa.

—Aunque esto sea una completa locura. Nunca antes te has enamorado. ¿Qué pasa si el mes que viene te das cuenta de que era por aquello de la novedad?

—Por Dios, sé que te conté que una vez compré un automóvil de gilipollas, pero eso no me convierte en el tío Gilito —dijo Adam. La alegría y las expectativas compartidas burbujeaban y se arremolinaban entre ellos mientras se reían. Era, sin lugar a dudas, el momento más feliz de su vida—. Delia, desde que te conozco has pasado la mayor parte del tiempo obsesionada por los demás. No tienes el monopolio de la inseguridad. Yo no diría que siento esas cosas por ti sin estar muy seguro de que las siento de verdad y de que seguiré sintiéndolas.

Delia asintió.

—Todo eso de que quieres una vida juntos. Sé que casi ni hemos empezado y no quiero tener prisa, pero tengo treinta y tres años.

—Yo treinta y cuatro, te gano.

—Sí, pero tú eres un hombre y resulta que puedes seguir eyaculando indefinidamente.

—Creo que hemos llegado a la parte del discurso que no habías planeado.

—No, esto está en mis notas —dijo Delia, y Adam le dedicó una sonrisa que la iluminó—. Quererse no es lo mismo que enamorarse. No habrá tonterías como esas de hacer de espía disfrazada de un animal gigante, o hacer el amor tres veces y media una misma noche ni restaurantes con doseles de flores. Se trata de discutir a quién le toca comprar las pastillas para el lavavajillas.

—A mí me las traen, las compro por Internet. Tienes que probarlo. Por cierto, que es eso de «y media». ¿Cómo lo haces tú?

Delia se rio.

—¡Lo digo en serio!

—Yo también. Sé lo que quieres decir. No quiero nada intenso, irreal y corto. Quiero que sea todos los días, rutinario. Quiero la misma oportunidad que le diste a Paul.

Aquello era lo que ella necesitaba oír.

Adam dijo: «Ven aquí, por favor», y la atrajo hacia sí abrazándola tan fuerte que casi la dejó sin respiración. Después se besaron.

Era el beso mejor, más apasionado y más prometedor de su vida, uno que sabía a vino tinto y pasta de dientes y a una nueva vida en la que aquella sería la persona a la que siempre besaría.

—Gracias por volver. Muchas gracias —dijo Adam contra el pelo de ella mientras la abrazaba con fuerza.

—Siento haber tardado tanto. No había ni empezado a entender lo nuestro cuando Paul apareció...

Adam se apartó y su expresión se tensó al oír mencionar a Paul.

—¿Esta vez habéis roto definitivamente?

—Sí. Aunque hay algo más —dijo Delia.

—¿Qué?

—No estoy segura de querer vivir en Londres. ¿Te mudarías a Newcastle?

—Ahora mismo.

Delia estaba ligeramente sorprendida. Adam parecía un elemento fijo del paisaje londinense tanto como los autobuses rojos.

—¿Lo harías?

—Claro, podría alquilar esta habitación. Solo he estado una vez hace años, pero parece una buena ciudad, aunque un poco fría. ¿Por qué no? Intentémoslo.

—No me puedo creer que harías eso por mí. ¿Dejarías tu hogar por mí?

—Mi hogar eres tú —respondió Adam poniéndole la mano en la cara.

Fuera, la ciudad estaba empezando a despertar en un día nublado de final del verano. Durante la noche había caído un fuerte aguacero que había dejado la vegetación con aspecto salvaje y hacía que las calles oliesen a humedad. La mayoría de la gente estaba durmiendo y se lo había perdido. Delia y Adam habían estado escuchándolo durante una hora enrollados el uno en el otro.

—¿Adam?

—Delia.

—¿Cuándo supiste que estabas enamorado de mí? Me puedo imaginar que te enamorases de mí, pero no que te dijeses: «Oye, adivina. Creo que me he enamorado de esa chica que trabaja en relaciones públicas, Davina». Siempre pensaste que era tonta.

—No, pensaba que tu trabajo era una tontería. Y creía que tú eras la persona más fascinante, exasperante e interesante que había conocido nunca. El tiempo que pasaba contigo nunca me parecía suficiente.

—Excepto cuando me echaste aquel sermón porque creías que era la amante de Kurt.

—Uff, aquello fue horrible. Después golpeé muchos muebles, dije tacos sin parar y practiqué muchos deportes de contacto agresivos. Fui a ver a mi hermana y, en medio de una invectiva abusiva sobre tu depravación moral, dije: «Es una mierda que esté con él, debería estar conmigo». Ahí estaba. Ni siquiera sabía que iba a decirlo.

—¡Ja, ja! ¿Qué dijo Alice?

—Dijo: «Madre mía, te has enamorado de ella, idiota». Yo dije que rotundamente no, que solo sentía aquella abrumadora emoción irracional que me hace querer tirar una piedra contra la puerta de ella como un Picapiedra y encandilarla hasta que se dé cuenta de que tiene que estar conmigo. No sería un carcelero cruel, podría comer y darse baños bajo control. Mi hermana dijo que aquello era amor. ¿Y tú?

—Fue cuando me dijiste que eras rico. Vi que tenías una parte sensible.

Se rieron.

—Supe que me había enamorado cuando pensaba en ti cada cincuenta segundos. Me zumbaban los oídos. No podía recorrer los pasillos de las tiendas preguntándome cómo estarías pasando el fin de semana.

Adam rio, pero Delia se dio cuenta de que era demasiado pronto para mencionar los planes de boda.

A continuación habló con más cuidado.

—Cuando leí tu tarjeta no pude dejar de releerla. Finalmente admití que aquello no trataba solo de lo que tú sentías por mí, sino de lo que yo sentía por mí. Tú me dijiste que no puedes decidir de quién te enamoras. Aseguraste que no me culpabas por estar con Paul, pero en lugar de ello describías exactamente por qué debería estar contigo.

—Vaya. No lo escribí con la esperanza de que volvieras. Era una simple despedida.

—Lo sé, por eso fue tan efectivo —sonrió Delia.

Sabía que aunque las cosas no funcionasen con Adam, no se arrepentiría de aprovechar aquella oportunidad. Ya merecía la pena.

—No quiero competir, pero ¿habrías venido a buscarme si no te hubiera escrito? —preguntó.

—Estoy segura de que sí —respondió ella con los ojos cegados por la luz que brillaba entre las cortinas rojas haciendo que Adam pareciera una simple silueta en aquella habitación azul.

—¿Sí? ¿Por qué?

—Porque empecé a dibujarte en mis historias.

MHAIRI MCFARLANE

Nada más verte

¿Qué pasa cuando aquel que desapareció de tu vida regresa?

Rachel y Ben. Ben y Rachel. Ha pasado una década desde la última vez que hablaron, pero cuando Rachel se topa con Ben un día, este tiempo parece desvanecerse.

Desde el momento en que se conocieron fueron dos, socios en lo peor y los mejores amigos. Sin embargo, la vida ha cambiado. Ahora, Ben está casado. Rachel no. De hecho, los hombres de su vida han hecho que casi acabe por querer tomar los hábitos…

Sin embargo, nada más verle, siente que, de nuevo, se reactiva aquella vieja amistad. ¿Conseguirá ahora, por fin, al amor de su vida?

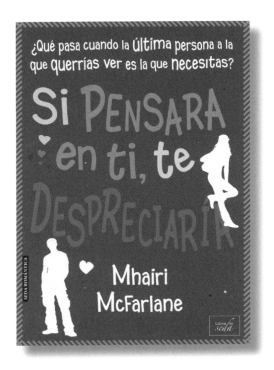

MHAIRI MCFARLANE

Si PENSARA en ti, te DESPRECIARÍA

¿Qué pasa cuando la última persona a la que querrías ver es la que aparece? Aureliana regresa a la escuela después de quince años para una reunión de antiguos alumnos. Sin embargo, ese lugar no le trae buenos recuerdos: la llamaban «el galeón italiano» porque estaba gordita. Pero Aureliana ha cambiado mucho: es una mujer diez con una melena espléndida, así que nadie la reconoce cuando llega. Entonces, decide echarse atrás, abandonar su plan de venganza y escabullirse. Pero el destino se interpondrá en su camino y, tras la reunión, se topará con James —un pedazo de hombre que fue su amor platónico en el colegio—. Muy atractivo, sí, pero bastante feo por dentro. Sus destinos se entrecruzarán y algo inesperado surgirá entre ellos.

MHAIRI MCFARLANE

¿Quién es esa chica?

¿Qué es lo que hace la novia en una boda? Besar al novio. ¿Y qué es lo que NO SE HACE EN UNA BODA? Besar al novio de otra.

Cuando a Edie la pillan en una situación comprometida en la boda de una compañera de trabajo, todas las culpas recaen en ella. Y entonces se da cuenta de que su nivel de popularidad en la oficina no es muy distinto al que tenía en el instituto.

Rechazada por todo el mundo y muerta de vergüenza por lo que se publica en las redes sociales, su jefe le sugiere que se tome un año sabático. Él ya le ha buscado qué hacer durante ese tiempo: escribirá la autobiografía de Elliot Owen —escribirá como negra, vaya—, un nuevo actor con mucho talento. Lo único que tiene que hacer es bajar la cabeza y llevarse bien con él. Fácil, ¿a que sí? Pues no, porque el tal Owen es un engreído de proporciones épicas de todo punto insoportable.